FILLE A

Abigail Dean est née à Manchester. Diplômée de Cambridge, elle a d'abord été libraire avant de devenir avocate. *Fille A* est son premier roman.

ABIGAIL DEAN

Fille A

ROMAN TRADUIT DE L'ANGLAIS (ÉTATS-UNIS)
PAR JEAN ESCH

JC LATTÈS

Titre original :

GIRL A
Publié par HarperCollins*Publisher*.

Ceci est une œuvre de fiction. Les noms, personnages et événements sont issus de l'imagination de l'autrice. Toute ressemblance avec des faits ou lieux réels ou avec des personnes vivantes ou décédées, serait purement fortuite.

ISBN : 978-2-253-10413-1 – 1re publication LGF

Pour Maman, Papa et Rich.

1

Lex (Fille A)

Vous ne me connaissez pas, mais vous avez forcément vu mon visage. Sur les premières photos, ils bombardaient nos traits à coups de pixels, jusqu'aux hanches ; même nos cheveux étaient trop reconnaissables pour être montrés. Mais les personnes qui protégeaient notre histoire finirent par se lasser, et il fut facile de nous trouver dans les recoins froids et humides d'Internet. La photo la plus célèbre a été prise devant la maison de Moor Woods Road, un soir de septembre. Nous étions sortis en file indienne et nous nous étions alignés, tous les six, par taille, Noah dans les bras d'Ethan, pendant que Père arrangeait la composition. De petits spectres blancs qui s'agitaient sous l'impact du soleil. Derrière nous, la maison s'abandonnait dans les dernières lueurs de la journée ; les ombres se déversaient par les fenêtres et la porte. Immobiles, nous regardions l'objectif. Tout aurait dû être parfait. Mais juste avant que Père appuie sur le bouton, Evie serra ma main dans la sienne et se tourna vers moi. Sur la photo, elle ouvre la bouche pour parler et un sourire apparaît sur mes lèvres. Je ne me souviens pas de ce qu'elle voulait me dire, mais je suis certaine qu'on l'a payé cher, par la suite.

J'arrivai à la prison en milieu d'après-midi. Pendant le trajet, j'avais écouté une vieille playlist composée par JP – *Passe une bonne journée* – et, privée de la musique et du bruit du moteur, la voiture paraissait soudain silencieuse. J'ouvris la portière. La circulation augmentait sur l'autoroute, on aurait dit l'océan.

La prison avait publié un bref communiqué pour confirmer la mort de Mère. La veille au soir, j'avais lu les articles en ligne, sommaires, qui s'achevaient tous par des variantes du même happy end. On pensait que les enfants Gracie, dont certains avaient renoncé à l'anonymat, allaient bien. Assise sur le lit d'hôtel, enroulée dans une serviette, au milieu des plats du room service, je riais. Le matin, au petit déjeuner, il y avait une pile de quotidiens locaux à côté du café. Mère faisait la une, sous un article consacré à une agression au couteau au Wimpy Burger. Une journée tranquille.

Le prix de ma chambre incluait un buffet chaud, et je continuai à manger jusqu'à ce que la serveuse vienne m'annoncer que la cuisine devait préparer le déjeuner.

« Des gens s'arrêtent pour déjeuner ? m'étonnai-je.

— Vous seriez surprise », dit-elle. Elle eut l'air de s'excuser. « Ce n'est pas compris dans le prix de la chambre, en revanche.

— Pas grave. Merci. C'était très bon. »

Quand j'avais commencé à travailler, mon mentor,

Julia Devlin, m'avait prévenue : viendrait un moment où je me lasserais des buffets à volonté et de l'alcool gratuit ; ma fascination pour les plateaux de petits-fours impeccables retomberait ; je ne mettrais plus mon réveil pour profiter du petit déjeuner de l'hôtel. Devlin avait raison sur un tas de choses, mais pas sur celle-ci.

Je ne m'étais jamais rendue à la prison, mais ce n'était pas très différent de ce que j'avais imaginé. Au-delà du parking se dressaient des murs blancs, couronnés de fil barbelé. Derrière, quatre tours dominaient des douves de béton entourant un château fort gris, tout droit sorti d'un conte de fées. La petite vie de Mère. Je m'étais garée trop loin et je dus traverser un océan d'espaces vides, en suivant les épaisses lignes blanches quand je le pouvais. Il n'y avait qu'une seule autre voiture sur le parking, à l'intérieur de laquelle une vieille femme agrippait le volant. En me voyant, elle leva la main, comme si nous nous connaissions, et je fis de même.

Sous mes pieds, le macadam commençait à coller. Le temps que j'atteigne l'entrée, je sentais couler la transpiration dans mon soutien-gorge et sur ma nuque. Mes vêtements d'été étaient restés dans une penderie à New York. J'avais gardé le souvenir d'étés anglais timides, et chaque fois que je sortais, j'étais surprise par l'audace du ciel bleu. Ce matin, j'avais passé un certain temps à me demander ce que j'allais mettre, plantée devant le miroir de l'armoire, à moitié habillée. Après tout, il n'existait pas vraiment une tenue adaptée à chaque situation. J'avais opté pour une chemise blanche, un jean large, des baskets immaculées et d'odieuses lunettes de soleil. *Ça fait trop jovial ?* demandai-je à Olivia en lui envoyant un texto avec une photo, mais elle était en Italie, pour un mariage sur les murailles de Volterra, et elle ne répondit pas.

Il y avait une réceptionniste, comme dans n'importe quel immeuble de bureaux.

« Vous avez rendez-vous ? s'enquit-elle.

— Oui. Avec la directrice.

— Vous êtes Alexandra ?

— Elle-même. »

La directrice avait accepté de venir m'accueillir dans le hall.

« Le samedi après-midi, les effectifs sont réduits, m'avait-elle expliqué. Et il n'y a plus aucune visite après quinze heures. Vous serez plus tranquille.

— Tant mieux. Merci.

— Je ne devrais pas dire ça, avait-elle ajouté, mais ce serait le moment idéal pour une grande évasion. »

Je la vis arriver dans le couloir, qu'elle occupait entièrement. J'avais lu des choses sur elle en ligne. Première femme à diriger un établissement de haute sécurité dans le pays, elle avait donné quelques interviews après sa nomination. Elle avait voulu devenir officier de police à une époque où il y avait encore des critères de taille et il lui manquait cinq centimètres. Elle avait découvert qu'elle était suffisamment grande, en revanche, pour être gardienne de prison, ce qui n'était pas logique, mais ça lui convenait. Elle portait un tailleur bleu électrique – je l'avais remarqué sur les photos qui accompagnaient les interviews – et d'étranges petites chaussures fines, comme si quelqu'un lui avait dit qu'elles pourraient peut-être adoucir l'impression qu'elle produisait. Elle croyait – totalement – au pouvoir de la réhabilitation. Elle semblait plus fatiguée que sur les photos.

« Alexandra, dit-elle en me serrant la main. Toutes mes condoléances. Je suis désolée.

— Pas moi. Alors, ne vous en faites pas. »

Elle montra l'endroit d'où elle venait.

« Mon bureau est juste à côté de l'accueil des visiteurs. Je vous en prie. »

Le couloir était d'un jaune fadasse, les plinthes éraflées et les murs ornés d'affiches racornies consacrées à la grossesse et à la méditation. Au bout, il y avait un portique de détection et un tapis roulant pour déposer ses affaires. Des casiers métalliques jusqu'au plafond.

« Les formalités, dit-elle. Au moins, il n'y a pas trop de monde.

— C'est comme dans un aéroport. »

Je repensai aux contrôles à New York, deux jours plus tôt : mon ordinateur et mes téléphones dans un bac gris, et le sachet transparent contenant les produits de maquillage que j'avais posé à côté. Il y avait des files réservées aux voyageurs réguliers, et je n'avais pas été obligée de faire la queue.

« Oui, exactement pareil », dit-elle.

Elle vida ses poches sur le tapis et franchit le détecteur. Elle avait sur elle son laissez-passer, un éventail rose et de la crème solaire pour enfants.

« Toute une famille de roux, expliqua-t-elle. Nous ne sommes pas faits pour un temps comme aujourd'hui. »

Sur la photo de son badge, elle ressemblait à une

adolescente, impatiente de commencer sa première journée de travail. Mes poches étant vides, je la suivis directement.

Personne non plus de l'autre côté. Nous traversâmes la zone d'accueil des visiteurs où des tables en plastique et des chaises rivées au sol attendaient la prochaine fournée. Au fond de la salle, il y avait une porte métallique, sans fenêtre. Derrière, quelque part, supposais-je, il y avait Mère, et le périmètre de toutes ses petites journées. Je touchai une chaise en passant, et pensai à mes frères et sœurs qui attendaient dans cette salle à l'odeur de renfermé d'être mis en présence de Mère. Delilah avait dû se vautrer sur ces sièges, très souvent. Ethan, lui, était venu une seule fois, pour la beauté du geste. Ensuite, il avait écrit un article pour *The Sunday Times*, intitulé « Les Inconvénients du Pardon ». Ils étaient nombreux et prévisibles.

On accédait au bureau de la directrice par une autre porte. Elle appuya son badge contre le mur et chercha une dernière clé. Qui se trouvait dans une poche au-dessus de son cœur, reliée à un petit porte-photos en plastique, rempli d'enfants roux.

« Nous y sommes », dit-elle.

C'était un bureau rudimentaire, aux murs grêlés, qui donnait sur l'autoroute. Elle semblait en avoir pris conscience, et décrété que ça n'irait pas. Alors, elle avait installé un bureau en bois austère et une chaise assortie, et obtenu un budget pour l'achat de deux canapés en cuir, destinés aux conversations délicates. Aux murs étaient accrochés ses diplômes, et une carte du Royaume-Uni.

« Je sais, dit-elle, que nous ne nous sommes jamais rencontrées, mais j'aimerais vous dire une chose avant que l'avocat nous rejoigne. »

Elle indiqua les canapés. Je détestais les entretiens formels sur des sièges confortables : impossible de savoir comment s'asseoir. Sur la table basse devant nous étaient posées une boîte en carton et une fine enveloppe brune qui portait le nom de Mère.

« J'espère que vous n'y verrez pas un manque de professionnalisme, ajouta la directrice, mais je me souviens de vous et de votre famille à l'époque, aux infos. Mes enfants étaient encore bébés. Depuis, j'ai souvent repensé à ces gros titres, avant même que ce poste ne se présente. Dans ce métier, on voit toutes sortes de choses. Certaines se retrouvent dans les journaux, d'autres non. Et après tout ce temps, certaines de ces choses – très peu – continuent à me surprendre. Les gens me demandent : Comment pouvez-vous encore vous étonner ? Eh bien, je refuse de ne pas être étonnée. »

Elle sortit l'éventail de la poche de son tailleur. De près, il semblait avoir été fabriqué par un enfant, ou un prisonnier.

« Vos parents m'ont étonnée », dit-elle.

Je regardai derrière elle. Le soleil vacillait au bord de la fenêtre, sur le point de basculer dans la pièce.

« C'est affreux ce qui vous est arrivé, ajouta-t-elle. De la part de nous tous ici… nous espérons que vous trouverez la paix.

— Si on parlait de la raison de votre appel ? »

L'avocat était posté sur le seuil du bureau tel un acteur qui attend sa réplique pour entrer en scène. Il portait un costume gris, une cravate gaie et il transpirait. Le cuir du canapé crissa quand il s'assit.

« Bill », dit-il en se relevant pour me serrer la main. Le col de sa chemise avait viré au gris lui aussi. « Je crois savoir, reprit-il, d'emblée, que vous êtes avocate vous aussi. »

Il était plus jeune que ce à quoi je m'attendais. Plus jeune que moi, peut-être. Nous aurions pu faire nos études en même temps.

« Je m'occupe uniquement de droit des sociétés. » Et pour le mettre à l'aise : « Je ne connais absolument rien aux testaments.

— C'est pour ça que je suis là », dit Bill.

Je lui adressai un sourire encourageant.

« Bien ! » s'exclama-t-il. Il tapota le carton. « Voici les effets personnels. Et ça, c'est le document. »

Il fit glisser l'enveloppe sur la table. Je la déchirai pour l'ouvrir. Le testament indiquait, de l'écriture tremblante de Mère, que Deborah Gracie, faisait de sa fille, Alexandra Gracie, son exécutrice testamentaire. Les biens de Deborah Gracie comprenaient, premièrement, les affaires conservées à la prison de Northwood ; deuxièmement, la somme d'environ vingt mille livres héritée de son mari, Charles Gracie, à la mort de celui-ci ; troisièmement, la propriété sise au 11 Moor Woods Road, à Hollowfield. Ces biens devaient être répartis équitablement entre les enfants de Deborah Gracie toujours en vie.

« Exécutrice, dis-je.

— Elle semblait convaincue que vous étiez la personne adéquate », dit Bill.

Je ris.

Imaginez Mère dans sa cellule, jouant avec ses longs, très longs cheveux blonds ; si longs qu'elle pouvait s'asseoir dessus, pour amuser la galerie. Elle considère son testament, sous l'égide de Bill, qui a de la peine pour elle, qui est heureux de pouvoir l'aider, et qui transpire, déjà. Il a tellement de questions à poser. Mère tient le stylo dans sa main ; elle tremble en mimant l'affliction. Exécutrice testamentaire, explique Bill : c'est une forme d'honneur. Mais c'est aussi un fardeau administratif, qui nécessitera d'entrer en contact avec les autres bénéficiaires. Mère, dont le cancer bouillonne dans son ventre, qui n'a plus que quelques mois devant elle pour nous entuber, sait exactement qui elle doit choisir.

« Vous n'êtes pas obligée d'accepter, précise Bill. Si vous ne le souhaitez pas.

— Je sais, dis-je et je remarque le petit mouvement d'épaules de Bill.

— Je peux vous aider à effectuer les démarches élémentaires. Il s'agit d'un très petit portefeuille d'actifs. Cela ne devrait pas vous prendre trop de temps. Le plus important – la chose qu'il faut garder à l'esprit –, c'est d'obtenir le soutien des bénéficiaires. Quelle que soit la manière dont vous décidez de gérer ces actifs, demandez le feu vert à vos frères et sœurs avant. »

Je devais prendre l'avion pour New York le lendemain après-midi. Je pensais à l'air frais à bord et aux menus élégants qu'on vous distribuait juste après le décollage. Je m'imaginais prenant mes aises pour le voyage, les trois jours précédents anesthésiés par les verres bus dans la salle d'attente, me réveillant dans la douceur du soir, une voiture noire m'attendant pour me ramener chez moi.

« J'ai besoin d'y réfléchir, dis-je. Ce n'est pas le bon moment. »

Bill me tendit un bout de papier sur lequel il avait écrit son nom et son numéro de téléphone, à l'encre gris pâle. Les cartes de visite n'entraient pas dans le budget de la prison.

« J'attends de vos nouvelles, dit-il. Si vous vous désistez, des suggestions seraient les bienvenues. Un des autres bénéficiaires, peut-être. »

J'envisageai de faire cette proposition à Ethan, Gabriel ou Delilah.

« Peut-être.

— Pour commencer, dit Bill tenant le carton dans sa paume, voici toutes les choses qu'elle possédait ici, à Northwood. Je peux vous les transmettre dès aujourd'hui. »

Le carton était léger.

« Des objets sans valeur, je le crains, précisa-t-il. Votre mère avait accumulé un certain nombre de bons points, pour conduite exemplaire, ce genre de choses… mais ils ne valent rien au-dehors.

— Dommage.

— La seule autre chose, intervint la directrice, c'est le corps. »

Elle marcha vers son bureau d'où elle sortit un classeur contenant des pochettes en plastique, qui elles-mêmes contenaient des prospectus ou des catalogues. Telle une serveuse présentant un menu, elle l'ouvrit devant moi. J'entrevis des polices de caractère sombres et des visages contrits.

« Les différents choix, dit-elle en passant à la pochette suivante. Si ça vous intéresse. Des pompes funèbres. Certains prospectus sont plus détaillés : cérémonies, cercueils, etc. Ce sont toutes des entreprises locales, dans un rayon de moins de cent kilomètres.

— Je crains qu'il y ait un petit malentendu », dis-je.

La directrice referma le classeur sur un dépliant qui montrait un corbillard à motif léopard.

« Nous n'avons pas l'intention de réclamer le corps, dis-je.

— Oh », fit Bill.

Si la directrice était troublée, elle le cachait bien.

« Dans ce cas, dit-elle, votre mère sera enterrée dans une fosse commune, conformément au règlement de la prison. Y voyez-vous une objection ?

— Non. Aucune. »

J'avais rendez-vous ensuite avec l'aumônière, qui avait souhaité me rencontrer. Elle m'avait demandé de me rendre dans la chapelle des visiteurs, située sur le parking. Une des assistantes de la directrice m'accompagna jusqu'à une annexe basse. Quelqu'un avait installé une croix en bois au-dessus de la porte et accroché des papiers de soie colorés aux fenêtres. Un vitrail enfantin. Dix rangées de bancs faisaient face à une estrade de fortune où se côtoyaient un ventilateur et un lutrin, et une représentation de Jésus sur la croix.

L'aumônière m'attendait sur l'avant-dernier banc. Elle se leva pour m'accueillir. Tout en elle était rond et humide : son visage dans la pénombre, sa bure blanche, ses deux petites mains qui se refermèrent sur la mienne.

« Alexandra, dit-elle.

— Bonjour.

— Vous vous demandez certainement pourquoi je souhaitais vous voir. »

Elle possédait une sorte de douceur à laquelle il fallait s'habituer. Je l'imaginais dans la salle de conférences d'un hôtel bas de gamme, portant un badge et assistant à un exposé sur l'importance des pauses : offrir aux gens de la place pour s'exprimer.

J'attendis.

« J'ai passé beaucoup de temps avec votre mère au cours de ses dernières années. J'avais travaillé avec elle bien avant, mais vers la fin, j'ai vu des changements se produire en elle. Et j'espérais qu'aujourd'hui, vous pourriez puiser un motif de consolation dans ces changements.

— Des changements ? »

Je sentis que je commençais à sourire.

« Elle vous a écrit bien des fois durant ces années. À vous, à Ethan et à Delilah. J'ai entendu parler de vous tous. Gabriel et Noah. Parfois, elle écrivait à Daniel et à Evie. Pour une mère, perdre ses enfants, quels que soient les péchés qu'elle a pu commettre… elle a perdu tant de choses. Elle me montrait toutes ses lettres, pour que je vérifie l'orthographe et les adresses. Elle était persuadée que ce n'étaient pas les bonnes adresses car vous ne répondiez pas. »

Les papiers de soie projetaient une lumière couleur chair dans l'allée. J'avais supposé que la décoration était une activité destinée aux détenus, mais maintenant, j'imaginais l'aumônière perchée sur une chaise après ses heures de travail, habillant son royaume.

« Je souhaitais vous voir, reprit-elle, pour parler du pardon. Car si vous pardonnez aux personnes qui ont péché contre vous, votre Père dans les cieux vous pardonnera lui aussi. »

Elle posa sa paume sur mon genou. La chaleur de sa main traversa mon jean, comme si on avait renversé quelque chose.

« Mais si vous ne pardonnez pas aux autres leurs péchés, dit-elle, votre Père ne pardonnera pas les vôtres.

— Le pardon. »

La forme de ce mot resta coincée dans ma gorge. Je souriais toujours.

« Les avez-vous reçues ? demanda l'aumônière. Les lettres ? »

Je les avais reçues. Et j'avais demandé à Papa – mon vrai père, attention, pas cette pourriture dans mes os – de les détruire dès qu'elles arrivaient. On les reconnaissait aisément : elles avaient été recachetées et un tampon précisait que ce courrier provenait de la prison de Northwood. Peu après mon vingt et unième anniversaire, alors que j'étais rentrée à la maison pendant les vacances universitaires, Papa est venu me trouver avec des aveux et une boîte, remplie de toutes ces putains de lettres. « J'ai pensé que plus tard, m'a-t-il dit, tu pourrais avoir envie de les lire. » Ça devait être les vacances de Noël car le barbecue était rangé dans l'abri de jardin. Il m'a aidée à le sortir et, vêtus de nos manteaux, lui avec sa pipe, moi avec une tasse de thé à la main, on les a postées dans le feu.

« Je crois que vous vous trompez d'histoire, dis-je à l'aumônière. Il existe un scénario – on voit ça souvent – qui s'achève par une visite en prison. Une personne enfermée attend qu'une autre personne lui rende visite. Pour recevoir le pardon. Cette personne retourne la question dans sa tête pendant des années, sans réussir à se décider. Finalement, elle y va. Généralement, ça se passe entre un parent et un enfant, ou un agresseur et sa victime, ça dépend. Bref, la personne y va. Et les deux personnes ont une conversation. Et même si la victime n'accorde pas – véritablement – son pardon à l'autre personne, elles en retirent quelque chose l'une et l'autre. Mais voyez-vous, ma mère est morte. Et je ne suis jamais allée la voir. »

J'eus honte de sentir que j'allais pleurer, alors j'abaissai mes lunettes de soleil pour cacher mes larmes. L'aumônière devint un spectre blanc bosselé dans l'obscurité.

« Désolée de ne pas pouvoir vous aider », dis-je bêtement, et je descendis l'allée en trébuchant. Dehors, le soleil s'adoucissait enfin ; c'était l'heure de boire un coup. J'imaginai un bar d'hôtel et le poids du premier verre qui alourdissait mes membres. L'assistante de la directrice m'attendait.

« Terminé ? » s'enquit-elle.

Nos ombres étaient longues et noires sur le macadam, et lorsque je la rejoignis, elles formèrent une seule bête étrange. Elle avait sans doute fini son service.

« Oui. Il faut que j'y aille. »

Dans la voiture, je consultai mon téléphone. *Peut-on être trop jovial ?* avait écrit Olivia.

La boîte en carton de Mère était posée sur mes genoux. Je soulevai le couvercle. Un assortiment d'objets personnels. Une Bible, comme on pouvait s'y attendre. Une brosse à cheveux. Deux publicités, collantes à cause du scotch, arrachées dans des magazines : une pour des vacances au bord de la mer au Mexique et une autre pour des couches, montrant une ribambelle d'enfants propres et heureux, alignés sur une couverture blanche. Une coupure de presse concernant le bénévolat d'Ethan à Oxford. Trois tablettes de chocolat et un tube de rouge à lèvres presque terminé. Comme toujours, elle ne révélait rien.

Je n'avais pas revu Mère depuis le jour de notre évasion. Ce matin-là, en me réveillant dans mon lit souillé, j'avais compris que mes jours étaient comptés, et que, si je n'agissais pas, j'allais mourir ici.

Parfois, il m'arrive de visiter mentalement notre petite chambre. Il y a deux lits une place, collés au mur dans des coins opposés, aussi loin l'un de l'autre que possible. Mon lit et celui d'Evie. L'ampoule nue qui pend entre les deux tremblote à chaque pas dans le couloir. Elle est généralement éteinte, mais parfois, si Père en décide ainsi, elle reste allumée pendant plusieurs jours. Il a fixé une boîte en carton aplatie contre la fenêtre, afin de contrôler le temps, mais une faible lumière marron passe à travers et elle nous accorde nos jours et nos nuits. Derrière le carton, il y avait autrefois un jardin et, au-delà, la lande. Il est devenu difficile de croire que ces endroits, avec leur aspect sauvage et leur climat, existent encore. Dans la lueur nacrée, on distingue entre les lits le Territoire de deux mètres qu'Evie et moi connaissons mieux qu'aucun autre. Pendant des mois, nous avons établi des itinéraires de navigation de mon lit au sien ; nous savons comment traverser les collines ondoyantes des sacs en plastique, bourrés d'objets que nous avons oubliés ; nous savons qu'il faut utiliser une fourchette en plastique pour traverser les Marécages des Gamelles, noircis et congelés, proches de l'assèchement ; nous avons débattu de la meilleure façon de franchir les Sommets de Polyester afin d'éviter le plus gros de la crasse : fallait-il emprunter les cols en altitude et braver les éléments, ou passer dessous, à travers les tunnels de matériaux en décomposition, et affronter ce qui nous y attendait peut-être ?

J'avais encore fait pipi au lit cette nuit-là. Je remuai les orteils, fis pivoter mes chevilles et battis des jambes comme si je nageais, ainsi que je le faisais chaque matin depuis plusieurs mois. Deux mois. Peut-être trois. Je dis à la chambre ce que je dirais à la première personne que je rencontrerais une fois libre : Je m'appelle Alexandra Gracie et j'ai quinze ans. Il faut que vous appeliez la police. Puis, comme chaque matin, je me tournai vers Evie.

À un moment, nous avions été enchaînées face à face, si bien que je la voyais en permanence. Maintenant, elle était attachée dans l'autre sens, et nous étions obligées de nous contorsionner pour échanger des regards. Je ne voyais que ses pieds et les os de ses jambes. La peau enfouie dans chaque sillon, comme pour y chercher de la chaleur.

Evie parlait de moins en moins. Je la cajolais, je lui criais après ; je la rassurais, je lui chantais les chansons que nous avions apprises quand nous allions encore à l'école. « C'est ton couplet, disais-je. Tu es prête ? » Rien ne fonctionnait. Maintenant, au lieu de lui apprendre les chiffres, je les récitais dans ma tête. Je lui racontais des histoires dans le noir et je n'entendais ni rire, ni questions, ni étonnement ; il n'y avait que l'étendue silencieuse du Territoire, et son souffle court qui le traversait à toute vitesse.

« Evie, dis-je. Eve. Aujourd'hui, c'est le grand jour. »

Je retournai en ville au crépuscule naissant. Une épaisse lumière dorée tombait sur les champs, entre les arbres, mais dans l'ombre des villages et des fermes, il faisait presque nuit déjà. J'envisageai de rouler toute la nuit afin d'atteindre Londres avant le lever du soleil. Le décalage horaire conférait au paysage un aspect lumineux et étrange. Sans doute que je finirais par m'endormir au bord de la route dans les Midlands, alors ce n'était pas une très bonne idée. Je m'arrêtai sur une petite aire de repos et réservai une chambre dans un hôtel climatisé de Manchester.

Au cours de la première année terrible, nous n'avions parlé que d'évasion. C'était l'Époque du Ligotage, lorsque nous étions attachés seulement la nuit, et délicatement, avec des morceaux de tissu doux et blancs. Evie et moi dormions ensemble, un poignet attaché au montant du lit, nous donnant l'autre main. Toute la journée, Mère et Père étaient avec nous, mais pour les cours (beaucoup d'étude de la Bible et quelques notions historiques douteuses), les exercices physiques – des tours du jardin, en maillot de corps et culotte (un jour, des enfants de Hollowfield avaient traversé les orties au fond de notre propriété, rien que pour nous regarder et s'esclaffer) – et les repas (du pain et de l'eau, les jours fastes), nous n'étions pas du tout attachés. La célèbre photo de famille a été prise à la fin de cette période, avant que débute l'Enchaînement et que nous cessions d'être présentables, même d'après les critères de nos parents.

Nous parlions de déchirer nos liens avec les dents, de cacher dans une poche de blouse un couteau subtilisé sur la table de la cuisine. Nous pourrions accélérer pendant que nous faisions un tour de jardin, franchir le portillon et dévaler Moor Woods Road. Père avait toujours un portable dans sa poche ; nous pourrions facilement nous en saisir. Quand je repense à cette période, je ressens une terrible confusion, que la Dr K – malgré tous ses raisonnements – n'est jamais parvenue à dissiper. Cela se lisait sur les visages des policiers, des journalistes et des infirmières, même si aucun d'eux n'osait poser la question. Pourquoi ne pas avoir fui quand vous en aviez l'occasion ?

La vérité, c'est que ce n'était pas si affreux. Nous aimions être ensemble. Nous étions fatigués, parfois nous avions faim et, à l'occasion, Père nous frappait si fort qu'il y eut un œil injecté de sang pendant une semaine (Gabriel) et un craquement guttural juste en dessous du cœur (Daniel). Mais nous ignorions ce qui allait suivre. J'ai passé bien des nuits à fouiller dans ma mémoire, telle une étudiante à la bibliothèque qui époussette de vieux ouvrages et examine chaque étagère, à la recherche du moment où j'aurais dû comprendre : Ah… là… il était temps de réagir. Hélas, ce livre me fuit. Quelqu'un l'a emprunté il y a très longtemps et ne l'a jamais restitué. Père nous faisait courir autour de la table de la cuisine, confondant soumission et dévotion, et Mère nous rendait visite chaque soir, avant d'aller se coucher, pour s'assurer que nous étions bien attachés. Au petit matin, je me réveillais à côté d'Evie, et la chaleur de son corps rayonnait contre le mien. Nous parlions encore de notre avenir.

Ce n'était pas si affreux.

Je contactai tout d'abord Devlin, et demandai à travailler de Londres pendant une semaine. Peut-être plus.

« Un drame successoral, dit-elle. Comme c'est excitant. »

C'était le début de l'après-midi à New York, mais elle avait répondu immédiatement, déjà bourrée. Autour d'elle, j'entendais le bourdonnement d'un déjeuner civilisé, ou d'un bar.

« Je ne suis pas sûre que j'emploierais ce terme, dis-je.

— Prends ton temps. On va te dénicher un bureau à Londres. Et un boulot quelconque, c'est certain. »

Maman et Papa étaient sans doute à table, ça pouvait attendre. Ce fut la fiancée d'Ethan qui répondit au téléphone : il assistait à un vernissage dans une galerie et il rentrerait tard. Elle avait entendu dire que j'étais en Angleterre – il fallait absolument que je vienne les voir, ils seraient ravis de m'accueillir. Je laissai un message sur le portable de Delilah, en sachant qu'elle ne me rappellerait probablement pas. Pour finir, je parlai à Evie. J'entendis qu'elle était dehors : quelqu'un riait près d'elle.

« Eh bien, la sorcière est morte, on dirait.

— Tu as vu le corps ? demanda-t-elle.

— Grand Dieu non. Je n'ai même pas réclamé.

— Alors… comment être sûrs ?

— Je suis plutôt confiante. »

Je lui parlai de la maison de Moor Woods Road. De notre somptueux héritage.

« Ils avaient vingt mille livres ? Première nouvelle.

— Ça t'étonne ? Vu notre magnifique enfance ?

— On imagine Père, hein ? Mettant de l'argent de côté en douce. "Car mon Dieu pourvoira à tous vos besoins…" ou je ne sais quoi.

— La maison, dis-je. J'ai du mal à croire qu'elle tienne encore debout.

— Il n'y a pas des gens qui raffolent de ça ? Il existe des circuits touristiques – à Los Angeles, je crois – qui montrent les lieux où des meurtres ont été commis, où des célébrités sont mortes, ce genre de trucs. C'est morbide.

— Hollowfield est un peu loin de tout pour un circuit touristique, non ? Et puis, ce n'est pas non plus le Dahlia Noir.

— Oui, on est un peu plus bas de gamme.

— Ils distribueraient des billets gratuitement.

— En tout cas, dit Evie, s'ils organisent des visites, faudra y aller. On pourra leur livrer quelques scoops. Une carrière en perspective, si le droit ne marche pas.

— Je crois qu'Ethan a déjà fait main basse sur le marché, répondis-je. Plus sérieusement, qu'est-ce qu'on va faire de cette baraque ? »

J'entendis un autre rire. Plus proche.

« Où es-tu ?

— À la plage. Il y a une sorte de concert cet après-midi.

— Vas-y, alors.

— OK. Tu me manques. Pour la maison… »

Le vent se levait là où elle se trouvait et fouettait le soleil au-dessus de l'océan.

« … un truc joyeux, disait Evie. Il faudrait un truc joyeux. Pour faire enrager Père.

— J'aime bien cette idée.

— OK. Je te laisse.

— Bon concert.

— Bravo pour aujourd'hui. »

Notre plan était simple :

Tels des agents infiltrés, nous suivions Père à la trace. À l'Époque du Ligotage, nous notions tout dans notre bible, avec un reste de crayon à papier de l'école (Genèse 19:17, nous avions encore le goût du mélodrame en ce temps-là.) Lorsqu'il nous fut impossible d'accéder à ce livre, je mémorisai les journées de Père, comme me l'avait appris Mme Glade quand j'allais encore à l'école. « Imagine une maison, disait-elle. Dans chacune des pièces de cette maison, il y a la chose suivante que tu veux te rappeler. François-Ferdinand est allongé dans le vestibule, on vient de lui tirer dessus. Tu entres dans le salon et tu passes devant la Serbie, qui sort en courant. Terrorisée. La guerre approche. Dans la cuisine, tu trouves l'Autriche-Hongrie, attablée avec les autres alliés. Qui est avec elle ? »

Père occupait notre maison, il était donc plus facile de décoder ses journées. Après tous ces mois passés dans la même pièce, je connaissais le bruit de chaque latte de parquet, le déclic de chaque interrupteur. Je voyais sa silhouette se déplacer d'une pièce à l'autre.

Nous avions organisé plusieurs surveillances de nuit, dans nos lits, et nous savions qu'il se réveillait tard. Même en hiver, il faisait déjà jour lorsque nous entendions ses premiers pas, lents, à travers la maison. Notre chambre se trouvait au fond du couloir, la sienne deux portes plus loin ; toute tentative nocturne serait donc vouée à l'échec : il avait le sommeil léger et il nous sauterait dessus en quelques secondes. Parfois, en me réveillant, je le découvrais sur le seuil de notre chambre, ou bien accroupi à côté de moi, en contemplation. J'ignorais à quoi il réfléchissait, mais il finissait toujours par se décider, et au bout d'un moment, il s'éloignait et disparaissait dans l'obscurité.

Il passait toutes les matinées en bas, avec Mère et Noah. Les odeurs de leurs repas envahissaient la maison et nous les entendions prier, ou rire d'une chose que nous ne pouvions pas partager. Quand Noah pleurait, Père s'exilait dans le jardin. La porte de la cuisine claquait. Il faisait de la gymnastique : ses grognements s'élevaient jusqu'à notre fenêtre. Parfois, juste avant le déjeuner, il montait nous voir, rayonnant, la peau mouillée et rouge – un barbare après la bataille –, tordant sa serviette comme s'il s'agissait du cou d'un ennemi. Alors, non, le matin, c'était impossible : la porte d'entrée était fermée à clé en permanence, et qu'on passe par la cuisine, ou même par la fenêtre, Père serait là à nous attendre.

C'était un sujet de discorde entre Evie et moi.

« On est obligées de passer par l'intérieur, disait-elle. La fenêtre est trop haute. Tu as oublié.

— Ça veut dire briser le verrou de notre porte. Traverser toute la maison. En passant devant la chambre d'Ethan. Devant Mère et Père. Devant Gabe et D. Descendre l'escalier. Noah dort en bas… Mère aussi parfois. C'est impossible.

— Pourquoi est-ce que Gabriel et Delilah ne sont pas partis ? » demanda Evie. Et dans un murmure : « Ce serait plus facile pour eux.

— Je ne sais pas », répondis-je.

Un soir, quelques mois plus tôt, j'avais entendu un bruit discret et terrible à l'autre bout du couloir. Une tentative contrecarrée. Evie dormait et je ne lui en avais jamais parlé. Maintenant que l'espoir restait suspendu entre nous, en position précaire, je préférais ne rien dire.

Après le déjeuner, Père était dans le salon, silencieux. C'était notre chance, pensais-je. Lorsque Père ne bougeait pas, quand toute la maison soupirait et se détendait. Les murmures de Delilah se faufilaient dans le couloir. Certains jours, Ethan frappait au mur, comme il le faisait quand on était très jeunes, et qu'on essayait d'apprendre le Morse. Certains jours, Mère venait nous voir. Fut un temps où je la suppliais de faire quelque chose, mais désormais, je répondais dans ma tête à ses aveux, et je lui tournais le dos.

« C'est la seule solution, dis-je à Evie. Quand il est réveillé, c'est hors de question.

— OK », dit-elle, mais je savais bien qu'elle n'y croyait pas, pas plus qu'à toutes ces histoires que je lui racontais pour tuer le temps dans la journée.

Nous avions déjà abordé le sujet de la fenêtre. Masquée par du carton, elle n'entrait pas dans notre champ de surveillance.

« Elle s'ouvre, non ? » dis-je. Mais je n'arrivais pas à me représenter le loquet, et je ne savais plus si, en dessous, il y avait de l'herbe ou du ciment. « Peut-être que je me trompe.

— Je ne crois pas qu'elle s'ouvre, dit Evie. En tout cas, elle n'a pas été ouverte depuis des années. »

Nous nous dévissions le cou pour nous regarder d'une rive à l'autre du Territoire.

« Si on doit briser la fenêtre, on aura combien de temps ? demanda Evie.

— Il mettra plusieurs secondes à comprendre ce qui se passe, dis-je. Et plusieurs autres encore pour atteindre l'escalier. Plus dix secondes pour atteindre notre porte, disons. Ensuite, il devra ouvrir le verrou. »

J'avais mal à la nuque. Je me rallongeai.

« Vingt secondes en tout », dis-je.

Ce chiffre misérable flotta dans l'air entre nous. Evie dit quelque chose à voix basse, que je n'entendis pas.

« Quoi ?

— OK, alors, dit-elle.
— OK. »

Autre obstacle : les chaînes. Mon principal souci à une époque. Mais Père était maladroit. Depuis la découverte des Mythes, et ce qui s'était passé ensuite, il n'allumait plus la lumière quand il quittait la chambre. J'aimais me dire qu'il ne supportait pas de me regarder, mais sans doute était-il trop ivre pour trouver l'interrupteur. De toute façon, ça n'avait plus d'importance maintenant. J'écartais les doigts au maximum, pour qu'il referme les menottes sur mes pouces et mes auriculaires, plutôt qu'autour de mes poignets. Conclusion : il faudrait que ce soit moi, et il faudrait que ce soit bientôt. « Il a merdé », murmurai-je à Evie, quand je fus certaine que tout le monde dormait dans la maison. Sa respiration soufflait à travers la chambre, mais elle ne réagit pas. J'avais trop attendu. Elle dormait elle aussi.

Je contemplais le crépuscule. Il faisait presque nuit, mais l'air était encore chaud dehors. J'appelai le room service, commandai deux gin-tonics et les bus allongée sur le lit, nue. J'avais envisagé d'aller courir, mais l'hôtel était entouré de voies rapides, et je n'avais pas envie de zigzaguer au milieu. À la place, je picolerais et je trouverais de la compagnie. J'enfilai une robe noire et des bottes en cuir, puis appelai la réception pour réclamer un taxi et un autre verre.

Dans la voiture, je songeai que ça se présentait bien : trois verres dans le nez, seule, Mère décédée et cette ville inconnue au-dessus et autour de moi. Je baissai la vitre du taxi au maximum. Des gens faisaient la queue devant des embrasures sombres et buvaient assis sur le trottoir. « Ils prévoient un orage », dit le chauffeur. Il ajouta autre chose, mais nous étions à un carrefour et ses paroles furent emportées par une bourrasque de bavardages.

« Pardon ?

— Un parapluie, dit-il. Vous avez un parapluie ?

— J'ai vécu par ici dans le temps, vous savez. »

Il capta mon regard dans le rétroviseur et rit.

« Ça veut dire oui ?

— Oui. »

Je lui demandai de me déposer dans un endroit animé, pour les gens du coin. Il s'arrêta devant un autre hôtel, moins chic, et hocha la tête. Le club se trouvait dans les entrailles, en bas d'un escalier étroit. Il y avait une piste de danse au fond, surmontée d'une scène vide. Et pas mal de monde. Je m'assis au bar, commandai une vodka-tonic et cherchai quelqu'un qui serait content de me parler.

Fut une époque où nous voyagions tellement, Devlin et moi, que j'en oubliais sur quel continent nous nous trouvions. Je me réveillais dans une chambre d'hôtel et me trompais de direction en allant aux toilettes, car je me croyais dans mon appartement à New York. En arrivant dans un hall d'aéroport, j'étais obligée de lire – véritablement – ma carte d'embarquement pour connaître notre destination. M'installer à un bar m'apportait toujours du réconfort : ils étaient tous identiques à travers le monde. Il y avait toujours des hommes seuls, avec des histoires semblables, et des gens qui paraissaient plus fatigués que moi.

J'offris un gin à l'homme assis six sièges plus loin. Sa chemise s'ornait d'un pin's représentant des ailes dorées et il fouillait dans son portefeuille. Il parut heureux de se faire payer un verre, et surpris ; quelques secondes plus tard, il posa sa main sur mon épaule, en souriant. Il était plus âgé que je l'avais cru tout d'abord. Tant mieux.

« Salut. Merci pour le verre.

— De rien. Vous êtes en voyage ?

— Je suis arrivé de Los Angeles aujourd'hui.

— Impressionnant.

— Pas vraiment. C'est l'itinéraire habituel. Vous n'êtes pas d'ici, vous non plus.

— Non. Plus maintenant. Vous êtes pilote ?

— Oui.

— Pilote principal ou copilote ? »

Il rit.

« Pilote principal. »

Il me parla de son métier. La plupart du temps, écouter les gens parler de leur carrière, c'est ennuyeux, mais lui, c'était différent. Il s'exprimait avec sincérité. Il parla de sa formation en Europe et de la première fois, inévitable, où il avait piloté seul. Ses mains manipulaient les commandes dans l'espace vide entre nous, et, lorsque les lumières disco les éclairaient, je voyais les petits muscles rouler sous la peau. Ce boulot fait de vous un vagabond, dit-il, mais un vagabond riche. Les premières années, il vivait dans une angoisse permanente, il pensait sans cesse au prochain atterrissage, l'adrénaline irradiait tout son corps dans les lits d'hôtel.

Désormais, il était suffisamment arrogant pour bien dormir.

« Pilote principal, répéta-t-il en riant encore. Alors, et maintenant ? »

Nous dansâmes un peu, mais nous étions plus âgés que les corps qui nous entouraient, et nous n'étions pas suffisamment ivres l'un et l'autre. J'étais fascinée par un groupe de filles à côté de moi. Leurs membres s'agitaient en rythme. Elles portaient toutes une variante de la même robe moulante, et riaient comme une créature à plusieurs têtes. Sans cesser de les observer, je palpai la peau fatiguée de mon cou et aux coins de mes yeux. Le pilote se tenait derrière moi, il avait introduit ses doigts entre mes côtes.

« Vous pouvez venir à mon hôtel, dis-je.

— Je vole demain. Je ne pourrai pas rester.

— Pas grave.

— Je ne voulais pas que vous soyez déçue. Parfois…

— Je ne serai pas déçue. »

Il avait plu, comme l'avait promis le chauffeur de taxi. Les rues étaient brillantes et plus calmes, des néons flottaient dans les flaques. Seuls des taxis roulaient encore, mais aucun ne s'arrêtait ; il fallait trouver un carrefour plus fréquenté. Je regardais les lumières de la ville glisser sur son visage et lui pris la main.

« J'ai besoin de certaines choses, confiai-je. Pour que j'y prenne plaisir.

— Ah bon », fit-il.

Il me tournait à moitié le dos, à la recherche d'un taxi, mais en voyant sa mâchoire se soulever, je devinai qu'il souriait.

Dans la chambre, j'ouvris le minibar pour prendre quelque chose à boire, mais il m'arrêta et s'assit sur le lit. J'ôtai ma robe et laissai tomber mes sous-vêtements sur le sol, avant de m'agenouiller devant lui. Il m'observait, nonchalant, comme je l'avais espéré.

« Je veux que tu m'humilies », dis-je.

Il déglutit.

« J'ai besoin d'avoir mal. »

Ses doigts se contractaient. Je ressentis les élancements familiers dans ma chatte, comme un deuxième pouls. Je m'allongeai sur le lit à côté de lui, à plat ventre, la tête posée sur les bras. Il se leva et s'approcha de moi, avec des projets sur le visage. Je remarquai qu'ils étaient venus préparer le lit : il y avait des chocolats sur l'oreiller.

Quand il fut parti, j'appelai le room service, et je pensai à JP. C'était comme s'il avait attendu mon attention toute la journée, patiemment, dans son coin. Un verre de plus et peut-être que je l'aurais appelé. J'avais son numéro professionnel, auquel il répondait toujours. J'aurais pu être abattue par le décès de Mère, seule à Manchester, sans personne vers qui me tourner. « Et je serai à Londres la semaine prochaine », dirais-je, comme après-coup. « Peut-être même que je vais y rester un peu. »

J'avais entendu dire qu'il vivait en banlieue maintenant, avec une nouvelle fiancée et un petit chien. « Ou une petite fiancée et un nouveau chien, avait corrigé Olivia. Je ne me souviens plus. » Je repensai au jour où il avait quitté notre appartement. Je m'étais attendue à ce qu'il loue une camionnette ou demande l'aide d'un copain, mais il avait fourré ses affaires dans deux valises et quelques cartons, et attendu son taxi dans la rue. Malgré la pluie, il avait refusé de rentrer, comme si cette proximité risquait de le faire changer d'avis. Impossible. Nous n'aurions rien pu faire, ni lui ni moi, pour changer les choses. Je ramenai mes jambes contre ma poitrine et sentis les cicatrices sur mon genou, la peau plus lisse à cet endroit. Puis je caressai les marques laissées par les autres opérations. Mes doigts suivirent leurs tracés familiers. Elles étaient parfaites : dans une lumière tamisée, on ne les voyait pas. Lorsque je les avais fait remarquer à JP, cela l'avait laissé indifférent. « Je n'y avais jamais fait attention », avait-il répondu, et je l'avais aimé encore plus ce jour-là. Non, nous n'aurions rien pu faire, ni l'un ni l'autre. Afin de penser à autre chose, je me demandai si la fête d'Evie était terminée. Il était tard, et plus tard encore là où elle était. J'éteignis la lumière et mis le réveil pour le petit déjeuner.

« Evie, dis-je. C'est le grand jour. »

La vaste étendue de la matinée s'étirait devant nous, plate et désolée. Je vivais avec cette étrange douleur en moi depuis de nombreuses semaines, mais aujourd'hui, c'était pire : le sang avait une odeur différente. Là encore, cependant, difficile de faire la distinction entre cette douleur et l'attente, qui se contorsionnaient dans mon ventre telles des bêtes qui brisent leurs œufs.

Je testai les menottes, comme je le faisais chaque

jour depuis l'erreur de Père. Ma main gauche passa à travers, mais la droite resta coincée sous les jointures. « Il fait plus chaud aujourd'hui ? » demandai-je. Je réessayai. Ça me parut encore plus dur. Mes doigts enflaient à chaque nouvelle tentative. Une autre idée me vint, ce qu'Ethan, qui adorait lire des romans westerns à une époque, aurait appelé « le saloon de la dernière chance ». Toutefois, c'était une idée irréversible, et si Père montait nous voir avant le déjeuner, je devais être enchaînée. J'étais obligée d'attendre.

J'écoutai Père se réveiller. Ses pas pesants descendirent l'escalier, et je me demandai si nous n'avions pas commis une erreur. Peut-être que nous devrions agir maintenant. Puis il entra dans la cuisine et j'entendis les murmures des conversations matinales, des paroles interrompues par le petit déjeuner et la contemplation, et sans doute quelques prières silencieuses. J'avais abandonné depuis longtemps le Dieu de Père ; je fermai les yeux malgré tout pour m'adresser à des divinités plus anciennes et sauvages. Je priai un petit moment.

Je me réveillai au milieu de la matinée. J'avais visité un endroit dense, sombre, juste sous la surface de la conscience. Des couverts s'entrechoquaient dans la cuisine. L'odeur des gâteaux de Mère gravissait l'escalier à pas feutrés et se couchait en boule sur le plancher de notre chambre. Quelques filets de salive tapissaient l'intérieur de ma bouche. « Ton premier repas dehors », dis-je à Evie. Un sujet de discussion qui dégénérait vite généralement.

« Un thé au Ritz ? demandai-je. Ou la taverne grecque ? »

Elle ramena ses genoux contre sa poitrine et toussa, sans rien dire, et j'assistai à l'apparition étrange de ses pieds, démesurés, à l'extrémité de ses tibias squelettiques, semblables à des chaussures de clown.

J'avais appris à ne pas imaginer mes parents en train de manger, mais c'était le dernier jour, alors je m'y autorisai. Assis à la table de la cuisine, ils se donnaient la main. Noah les surveillait d'un regard vide, sur sa chaise. Mère avait fait une *apple pie*. Elle se leva pour la couper. Le dessus était doré, saupoudré de sucre, et il y avait de petites rides dans la pâte, là où les fruits avaient tenté de crever la surface. Celle-ci résista au couteau, obligeant Mère à appuyer plus fort. Lorsque la pâte céda, la vapeur et l'odeur des fruits chauds s'élevèrent autour de la table. Elle coupa la part de Père et la déposa sur une assiette chaude. Avant de se servir, elle le regarda manger. La pâte craquante et la garniture visqueuse allaient et venaient dans sa bouche. Elle se régalait de son plaisir.

Ce jour-là, le déjeuner dura longtemps, et Noah ne tenait pas en place. On était en plein hiver, supposais-je, et lorsque la porte du salon se referma dans un déclic, la lumière déclinait déjà à travers le carton de la fenêtre. Le silence régnait dans la maison.

« OK, dis-je. OK. »

Avant de réfléchir plus longtemps, je tirai sur mes chaînes.

Ma main gauche se contorsionna à travers le bracelet métallique et se libéra. La main droite, en revanche, était toujours trop gonflée ; j'avais beau plaquer mon pouce contre ma paume, ça ne passait pas.

Le saloon de la dernière chance.

« Ne regarde pas », dis-je à Evie.

Même après tout ce temps, il y avait certaines humiliations que je ne voulais pas partager.

Quand Delilah avait neuf ou dix ans, elle avait enfilé l'alliance de Mère autour de son pouce, et la bague était restée coincée. Delilah se faisait rarement gronder, alors je jubilais. Assise dans le couloir, en haut de l'escalier, j'avais assisté à la scène dans la salle de bains. Delilah était assise sur le bord de la baignoire, en larmes, et Mère, agenouillée devant elle, frottait une savonnette mouillée entre ses doigts. Avec une efficacité décevante, l'alliance avait glissé sur la jointure du pouce et était tombée sur le sol de la salle de bains dans un tintement métallique.

Une fois de plus, je tentai de faire passer ma main à travers le métal, jusqu'à ce qu'elle coince, et je me mis à la tourner dans tous les sens. Les efforts de ce matin avaient laissé une marque : la peau était violacée, sur le point de céder. Je mordis le drap et accélérai le mouvement. Contrairement à Delilah, je refusais de pleurer. Lorsque la peau se déchira, ma main, d'un rouge presque noir, mouillée, retrouva enfin sa liberté.

Je ris et plaquai mon bras contre ma poitrine. La frayeur se lisait dans les yeux d'Evie, mais elle souriait, et elle me fit signe, pouce dressé. Accroupie sur mon lit, j'explorai le Territoire avec ma main valide, à la recherche d'un objet assez solide pour briser le verre. Mes doigts traversèrent des coins chauds et humides, et des choses vinrent s'y frotter. J'eus un mouvement de recul et avalai ma salive, mais je continuai à fouiller. Des restes de nourriture, des petites chaussures en décomposition, les pages moisies de nos bibles d'enfants. Que des choses molle et inutiles.

Evie tendit le doigt et je me figeai, m'attendant à découvrir Père sur le seuil. Elle secoua la tête et répéta le même geste. Je suivis la direction de son regard, jusque sous mon lit. J'y glissai un bras tremblant et mes doigts se refermèrent sur quelque chose de dur. Il s'agissait d'un piquet en bois, souillé par du sang séché et tout ce temps passé dans le Territoire. Je le contemplai un instant, essayant de comprendre ce qu'il faisait là.

« Oui, dis-je. Oui. Parfait. »

Je me relevai et marchai vers la fenêtre, sans bruit. Père ne s'était pas donné beaucoup de mal pour fixer le carton, et le ruban adhésif avait commencé à se décomposer. Je retirai délicatement les derniers morceaux, un par un, jusqu'à ce que je sois obligée de tenir le carton à deux mains. « Prête ? » Je le posai par terre. La lumière envahit la chambre dans un rugissement. Evie enfouit son visage entre ses bras. Je n'osais pas me retourner pour regarder la pièce éclairée par le jour. Il était temps de filer. Je traversai le Territoire. Après toutes nos traversées il me suffisait de trois petits pas pour atteindre le lit d'Evie. Je lui pris la main, comme lorsque nous dormions dans le même lit, autrefois, quand les choses n'étaient pas aussi terribles. Elle demeurait immobile. J'apercevais maintenant sa colonne vertébrale et les parties visibles de son cuir chevelu ; chaque respiration exigeait un petit effort. Je savais qu'à partir du moment où je briserais la fenêtre, les secondes – ces précieuses secondes que nous avions planifiées pendant des mois – commenceraient à défiler.

« Je reviendrai te chercher, dis-je. Evie ? »

Sa main palpita dans la mienne.

« À très vite », dis-je.

Je levai le piquet en bois au-dessus de mon épaule.

« Cache ton visage », murmurai-je.

Le temps de la discrétion était terminé. Je visai le coin inférieur de la fenêtre. La vitre se fendit, sans se briser. Je frappai de nouveau, plus fort, et cette fois, le carreau vola en éclats. En bas, Noah hurla. Derrière ses cris, j'entendis un bruit de pas, sous notre chambre. Puis la voix de Mère. Déjà, quelqu'un gravissait l'escalier. J'essayai d'ôter les morceaux de verre sur le rebord de la fenêtre, mais l'un d'eux se planta dans ma paume. Il y avait trop de débris, pas assez de temps. Je fis passer une jambe par-dessus le rebord, tirai sur l'autre et m'assis sur la fenêtre, face au dehors. Il y avait quelqu'un derrière la porte, le verrou bougeait. Je m'étais promis de ne pas regarder en bas. Je pivotai et pendant un instant, je me retrouvai suspendue entre l'intérieur de la chambre et la froideur de l'hiver. « On devra se laisser pendre dans le vide, avais-je expliqué à Evie, pour réduire au maximum la hauteur de la chute. » La porte s'ouvrit et j'entrevis Père dans un éclair. Sa silhouette sur le seuil. Je laissai pendre mon corps à l'extérieur, mais j'étais trop faible pour le retenir comme on l'avait prévu, et dès que mes bras se tendirent, je tombai.

Si l'herbe était humide, la terre dessous était gelée. Lorsque j'atterris, quelque chose céda dans ma jambe droite, tel un immeuble qui s'effondre sur lui-même quand on fait sauter les fondations. Le craquement résonna dans tout le jardin. Je basculai vers l'avant, et sous l'effet de l'impact, l'éclat de verre s'enfonça plus profondément dans ma paume. L'air glacé m'empêchait de respirer et je pleurais, je le sentais. « Bon sang, lève-toi », murmurai-je. Lentement, je me redressai et tirai mon T-shirt sur mes genoux. Là, à la porte de la cuisine, il y avait Mère.

Je m'attendais à ce qu'elle se rue sur moi. Elle ne bougea pas. Sa bouche remuait, mais je n'entendais que le sang qui battait à mes tempes. Nous nous regardâmes pendant une longue et dernière seconde, puis je lui tournai le dos et m'enfuis.

Le portillon du jardin n'était pas verrouillé. Je fis le tour de la maison en boitillant, en prenant appui contre les murs, puis m'élançai sur la route en suivant les lignes blanches au milieu. La soirée était d'un bleu foncé, froid. C'était le quartier dont je me souvenais : Moor Woods Road et ses maisons paisibles, éloignées les unes des autres. Des fenêtres brillaient tels des sanctuaires au crépuscule. Père devait être sur mes talons. Je ne pouvais pas gâcher mes forces en me dirigeant vers une porte, il me rattraperait avant que l'occupant de cette maison vienne ouvrir. Je sentais déjà le poids exact de ses mains sur mes épaules. Je hurlai pour tenter d'arracher les voisins à leurs salons, à leurs canapés, aux infos du soir. Des guirlandes lumineuses étaient accrochées dans les arbres et au-dessus des portes, en signe de bienvenue, et je songeai, bêtement : Noël.

La route descendait la colline en décrivant une

boucle. Ma jambe blessée se déroba. Je fus déportée vers le muret qui la bordait. J'agrippai les pierres humides, me redressai et repartis, dans l'obscurité maintenant. Mes pieds martelaient les feuilles givrées et les flaques gelées par l'hiver. La douleur allait surgir dans quelques secondes, comme si elle se réveillait tout doucement ; elle était tout près, et lorsqu'elle frapperait, je ne pourrais plus continuer à l'ignorer.

J'apercevais l'extrémité de Moor Woods Road. Au-delà, deux phares étaient sur le point de passer. Je fonçai droit sur eux, les mains levées dans un geste de non-agression, et la conductrice freina juste avant de me percuter. Le capot était chaud sous mes paumes ; j'y laissai des empreintes poussiéreuses. La conductrice s'arracha à son siège comme une ombre chinoise et avança timidement vers moi, dans la lumière. Elle portait un tailleur-pantalon et tenait à la main un téléphone portable ; elle me paraissait lumineuse, d'une certaine manière, et propre : une visiteuse venue d'un autre monde.

« Seigneur, dit-elle.

— Je m'appelle Alexandra Gracie… »

Impossible d'en dire plus. Je me retournai vers Moor Woods Road : silencieuse et impassible. Je m'assis sur la chaussée et tendis les bras vers la femme. Pendant qu'elle appelait la police, elle me laissa lui prendre la main.

Je me réveillai une seule fois durant la nuit, frigorifiée par la clim, et m'enroulai dans les draps. Il faisait déjà jour dehors, pourtant je n'entendais pas le bruit de la circulation. C'était agréable de se réveiller de cette façon, avec plusieurs heures devant soi, avant le matin. Je me sentirais mieux alors.

Juste au moment où je me rendormais, mon corps sursauta. J'avais repensé à la chute de la fenêtre, quinze ans plus tôt. À l'impact : mélange de rêve et de souvenir. Un spectre de douleur frôla mon genou. Mère à la porte de la cuisine. Je roulai sur le côté. J'étais dans le jardin, dans la faible lueur du crépuscule hivernal, vêtue de mon T-shirt sale et rien d'autre. Ma jambe tordue traînait derrière moi, tel un boulet au bout d'une chaîne. Elle n'aurait eu aucun mal à me retenir. Cette fois-ci, dans mon rêve, j'écoutai : j'entendais sa voix par-dessus les battements de mon cœur. « File », disait-elle. Plus au nord, ils creusaient sa tombe, à grands coups de pelle dans l'aube douce et rose, pour pouvoir l'enterrer avant le lever du jour. « File », disait-elle.

2

Ethan (Garçon A)

Ethan me rappela avant que mon réveil sonne. Une vraie publicité pour les bienfaits d'un réveil matinal : il était allé courir le long du fleuve, il donnait à manger au chien, il cassait des œufs pour le petit déjeuner.

« Raconte-moi tout », dit-il.

Ce que je fis. Il se réjouit d'apprendre que j'avais trouvé l'article sur son travail dans le carton contenant les affaires de Mère ; il me demanda de le lui réciter pour savoir précisément de quel projet il était question.

« Oh, ça, dit-il. C'est relativement ancien.

— Une chance qu'elle n'ait pas eu accès au *Times*, dis-je. Et aux "Inconvénients du Pardon". »

Il ignora ma remarque.

« Tu comptes rester un moment dans le coin ? demanda-t-il. Vu que tu es l'exécutrice et tout ça.

— Je peux travailler à Londres cette semaine. Je verrai comment ça se goupille. Il se peut qu'on soit obligés d'aller voir la maison, je pense. »

Il se la représentait, je l'entendais, il se remémorait

les fenêtres, le jardin, la porte d'entrée et les autres portes ensuite. Chaque pièce. J'avais gâché sa matinée.

« On trouvera un moment pour y aller. Tu sais quoi ? Prends un train pour Oxford vendredi soir, tu logeras à la maison avec moi et Ana. Ça fait une éternité que tu n'as pas mis les pieds à la campagne. Et ce serait chouette de te voir avant le mariage.

— Ça dépend du boulot. Je ne sais pas combien de temps je peux rester.

— Explique-leur que ta mère est morte. Ils te ficheront la paix. »

Le chien aboyait.

« Merde, dit-il.

— Je te laisse.

— Vendredi. Appelle-moi quand tu seras dans le train. »

Au début – et à la fin également –, il n'y avait que moi et Ethan.

Premier né, dernier adopté.

Après notre évasion, plusieurs mois s'écoulèrent avant que des dispositions soient prises. J'ai peu de souvenirs de cette époque, et chacun d'eux semble exagéré, comme si j'avais volé l'histoire de quelqu'un d'autre pour me créer un rôle dans ce récit. La première fois qu'ils me réveillèrent, plusieurs jours après l'évasion, et quelques opérations déjà, ils me mirent dans une baignoire pour me laver. Ma peau apparut peu à peu, plus blanche que dans mon souvenir. Cela dura des heures, et chaque fois qu'ils s'arrêtaient, je leur demandais de continuer : j'avais de la crasse dans les oreilles, dans les plis des coudes, entre les orteils. Quand ce fut fini, je m'agrippai à la baignoire, je refusais d'en sortir. « Il y en a peut-être encore », dis-je. Je ne voulais pas quitter l'eau et sa chaleur. Ça ressemblait à l'océan en Grèce, là où Evie et moi projetions d'aller vivre.

Un léger duvet avait poussé sur mon visage et mes épaules. « Ton corps te tenait chaud », m'expliqua une infirmière quand je l'interrogeai, et elle évita de me regarder jusqu'à ce qu'elle puisse quitter la pièce. Mes hématomes s'estompèrent et prirent un aspect jaunâtre et terne, certains de mes os commencèrent à se retirer, sous la graisse et la chair.

Je ne pouvais pas croire que les gens n'aimaient pas être à l'hôpital. Qu'ils puissent avoir envie de partir. J'avais une chambre pour moi seule. Trois repas par jour. Des médecins patients qui m'expliquaient mon corps et pourquoi ils étaient obligés de l'ouvrir. Toutes les infirmières étaient douces, et parfois, après leur départ, je pleurais dans ma chambre propre et calme, comme on pleure quand quelqu'un est gentil avec vous au cours d'une journée affreuse.

La nuit, dans mon sommeil, j'appelais Evie. En me réveillant, je voyais des gens au-dessus de moi, qui me consolaient. J'avais encore son nom sur les lèvres. Elle était dans un autre hôpital, disaient-ils. Je ne pouvais pas la voir pour le moment.

Une semaine après m'être réveillée pour la première fois, j'ouvris les yeux et découvris une inconnue dans ma chambre. Assise sur la chaise à côté de mon lit, elle lisait un dossier relié par des anneaux. Avant qu'elle s'aperçoive que j'étais réveillée, je pus l'examiner quelques secondes. Elle ne portait pas une blouse d'hôpital, mais une robe élégante de couleur pâle, une veste bleue et les chaussures à talons les plus hautes que j'avais jamais vues. Elle avait les cheveux courts. Ses yeux glissaient à la surface des mots qu'elle lisait et la ride qui les reliait se creusait ou s'estompait au gré des phrases.

« Bonjour, dit-elle sans lever la tête. Je suis la Dr K. »

Des mois plus tard, je compris qu'elle s'appelait en réalité Kay, mais nous avions appris à nous connaître entretemps, et elle aimait bien mon interprétation erronée.

« C'est beaucoup plus concis. »

Elle posa le dossier et me tendit la main. Je la pris.

« Je m'appelle Alexandra. Vous le savez déjà, j'imagine.

— Oui, en effet. Mais c'est mieux de l'apprendre de ta bouche. Alexandra, je suis une des psychologues qui travaille pour l'hôpital et pour la police. Tu sais de quoi je m'occupe ?

— De l'esprit.

— Exact. Pendant que les médecins et les infirmières s'occupent de ton corps, nous on pourra parler de ton esprit. De ce que tu ressens et de ce que tu penses. De ce qui s'est passé, et de ce que tu aimerais qu'il se passe maintenant. Parfois, des policiers se joindront à nous, et certains jours, il n'y aura que toi et moi. Et dans ces moments-là, quand on sera juste toutes les deux, tout ce que tu me diras restera confidentiel. Comme un secret. »

Elle se leva de sa chaise et s'accroupit à mon chevet.

« Alors voilà, dit-elle. Promets-moi une chose. Je comprends l'esprit des gens, et je peux m'en servir dans mon travail. J'aime croire que je peux aider les autres. En revanche, je ne lis pas dans les pensées. Alors, nous devrons être honnêtes. Même sur les sujets difficiles. Ça te va ? »

Sa voix commençait à se déformer.

« OK. »

Elle continua à parler, mais elle était en mouvement, elle s'éloignait de moi, et quand je me réveillai, il faisait nuit et elle était partie.

Après cela, elle vint me voir chaque jour. Accompagnée parfois de deux inspecteurs. Ils étaient présents quand elle m'expliqua que Père s'était suicidé peu de temps après que j'avais quitté la maison. Les secours l'avaient trouvé dans la cuisine. Malgré de nombreuses tentatives, il avait été impossible de le ranimer.

Avaient-ils essayé ? songeai-je. Et puis : S'étaient-ils donné du mal ?

Au lieu de cela, je voulus savoir comment il s'y était pris. Les deux inspecteurs regardèrent la Dr K, qui me regarda.

« Il a avalé une substance toxique, dit-elle. Un poison. De nombreux éléments indiquent que c'était un suicide planifié. Depuis longtemps.

— Il y avait une grande quantité de poison dans la maison, ajouta un des inspecteurs. Nous pensons que c'était peut-être en vue du dénouement. »

Ils se regardèrent de nouveau. Ils semblaient soulagés, comme s'ils avaient réglé un problème délicat, plus aisément que prévu.

« Que ressens-tu ? interrogea la Dr K.

— Je ne sais pas. »

Une heure plus tard, quand je me retrouvai seule, la réponse me vint : je ne suis pas surprise.

Mère était en garde à vue, m'apprit-on. Elle aussi était en possession d'une substance toxique, mais elle n'avait pas voulu l'avaler. Ils l'avaient trouvée assise par terre dans la cuisine, la tête de Père posée sur les genoux. Elle gardait son corps comme ces chiens dont on entendait parler, qui refusent d'abandonner le cadavre de leur maître.

« Et les autres ? demandai-je.

— Repose-toi maintenant, dit la Dr K. On reparlera de tout ça demain. »

Je sais maintenant qu'ils essayaient encore d'éclaircir certaines choses. Ils étaient toute une équipe, une nouvelle et grande famille : la police, nos psychologues, les médecins. Ils contemplaient les vieilles photos de nos visages sur un tableau blanc, sous les noms par lesquels le monde entier nous connaissait désormais : Garçons A à D, Filles A à C. Nous étions reliés par des traits, et des commentaires : « Grande proximité », « Violence potentielle » ou « Relation à déterminer ». De nouveaux détails seraient notés, suggérés ou déduits à partir des lits d'hôpitaux. La carte de nos vies apparaissait peu à peu, telles des constellations au crépuscule.

Très souvent, nous restions silencieuses, la Dr K et moi. « Tu as envie de parler aujourd'hui ? » me demandait-elle. J'étais trop fatiguée, ou j'avais trop mal à cause d'une opération ; ou bien je haïssais tout : je haïssais ses beaux vêtements et son calme et, par contraste, j'étais mortifiée devant l'apparence de mon corps aux angles osseux, déformés, dont aucun élément ne fonctionnait comme il aurait dû. À d'autres moments, quand les inspecteurs étaient présents, la Dr K m'interrogeait sur toutes les choses dont je me souvenais : pas uniquement l'Époque du Ligotage ou de l'Enchaînement, mais avant cela, quand nous étions enfants. Mon public enregistrait tout ce que je disais, même ce qui semblait sans intérêt, alors je continuais à parler : des livres que nous aimions, Evie et moi, par exemple, ou des vacances à Blackpool.

« Depuis quand vous n'alliez plus à l'école ? »

J'avais honte : je ne m'en souvenais plus.

« Tu es allée au collège ?

— Oui. C'était ma dernière année d'école. Je ne saurais pas dire quand j'ai arrêté au juste, mais je sais qu'on était au niveau dans toutes les matières… presque.

— Ça te plairait de retourner à l'école ? » me demanda la Dr K, avec un grand sourire.

À partir de ce jour-là, un professeur particulier qui travaillait pour l'hôpital vint me voir tous les après-midi. La Dr K n'y fit jamais allusion, mais je reconnaissais son pouvoir magique discret. Elle m'avait procuré une bible, car j'aimais lire des passages familiers avant de dormir. Quand elle sentait que les questions des inspecteurs me lassaient, elle fermait son carnet, mettant fin ainsi à la conversation. Afin de la remercier, j'essayais de lui parler davantage, même dans les moments où je la haïssais.

Parfois, nous parlions de l'avenir également.

« As-tu déjà pensé à ce que tu aimerais faire ?

— Comme métier, vous voulez dire ?

— Oui, mais pas forcément. L'endroit où tu aimerais vivre, les lieux que tu aimerais visiter ou les activités que tu voudrais essayer.

— J'aimais bien l'histoire, à l'école. Les maths aussi. J'aimais presque toutes les matières. »

Elle me regarda par-dessus ses lunettes.

« Un bon point de départ.

— J'avais un livre sur les mythes grecs. Alors, j'aimerais bien aller en Grèce, je crois. Evie et moi, on disait qu'on irait ensemble. On se racontait ces histoires…

— Quelle était ta préférée ?

— Le Minotaure, évidemment. Mais ça faisait peur à Evie. Elle préférait Orphée et Eurydice. »

La Dr K ferma son carnet et posa la main près de la mienne sur le lit, aussi près que possible sans la toucher.

« Tu iras en Grèce, Lex, dit-elle. Tu étudieras l'histoire et les maths, et un tas d'autres matières. J'en suis sûre. »

L'équipe parvint à la conclusion que l'adoption était pour nous la meilleure chance de mener une vie normale. Après mûre réflexion, il fut décidé que chacun de nous serait recueilli par une famille différente. Nous avions des besoins spécifiques et des relations problématiques entre frères et sœurs. Et puis, nous étions tellement nombreux. Je n'ai aucune preuve de ce que j'avance, mais j'imagine très bien la Dr K défendant bec et ongles cette approche, devant le tableau blanc. Surtout, elle était convaincue que, grâce au travail et au temps, il était possible de se débarrasser de pans entiers du passé, comme un manteau démodé que l'on n'aurait jamais dû acheter.

L'intense activité de cette époque nous fut restituée au cours des mois et des années qui suivirent, bien emballée dans des conclusions claires et nettes. Les plus jeunes partirent les premiers : ils étaient plus malléables, plus faciles à sauver. Noah fut confié à un couple qui souhaitait rester anonyme, même vis-à-vis de nous : une démarche approuvée par la Dr K et soutenue par d'autres psychologues. Noah ne garderait aucun souvenir du temps passé à Moor Woods Road. Les dix premiers mois de son existence pourraient être effacés, complètement, comme s'ils n'avaient jamais existé. Gabriel fut accueilli dans une famille du coin qui avait suivi l'affaire de près, et qui fit une série de déclarations chargées d'émotion pour exiger que l'on respecte leur intimité. Delilah, la plus photogénique d'entre nous, fut adoptée par un couple de Londoniens qui ne pouvait pas avoir d'enfants. Evie fut la plus chanceuse : elle partit vivre dans une famille de la côte sud. Personne ne m'en dit beaucoup plus à l'époque, si ce n'est qu'elle aurait un frère et une sœur, et que la famille habitait près de la plage.

Je me souviens que la Dr K fut désignée pour me l'annoncer, et je me souviens de lui avoir demandé, persuadée que ça ne poserait pas trop de problèmes, s'ils n'auraient pas une place pour un enfant de plus.

« Non, je ne crois pas, Lex.

— Vous leur avez posé la question ?

— Je le sais. » Et contre toute attente, elle ajouta : « Je suis désolée. »

Restait Ethan et moi. Après de nombreuses semaines d'hésitation, la sœur de Mère, Peggy Granger, accepta d'accueillir Ethan pendant qu'il allait au lycée. Elle avait deux fils, plus âgés, elle pouvait élever un troisième garçon. Il était convenu qu'il quitterait la maison après trois ans, lorsqu'il aurait passé les examens qu'il avait loupés, mais, fidèle à lui-même, Ethan n'eut besoin que de deux ans. Peggy était venue à la maison juste avant que la situation se dégrade, et c'était moi qui lui avais ouvert la porte, j'étais donc convaincue qu'elle pensait encore à moi. Interrogée à ce sujet, elle nia avoir jamais mis les pieds à Moor Woods Road. En outre, ajouta-t-elle, que Dieu lui pardonne, elle n'avait pas l'habitude des adolescentes.

Au siège londonien, les gens voulurent savoir deux choses : premièrement, comment allait Devlin ? Et, après que j'ai répondu à leur question : pourquoi étais-je revenue ?

Permettez que je vous parle de Devlin.

Devlin avait toujours en tête un projet excitant – un nouveau projet – pour gâcher votre vie. Elle avait enduré des semaines d'insomnie, des clients semblables à Lucifer (« aussi exigeants et charismatiques ») et diverses révoltes de la part d'hommes âgés, élégants, qu'elle avait toutes écrasées. Parfois, en pleine négociation, elle se tournait vers moi pour me demander, avec désinvolture, comment j'allais. Devlin ne voulait entendre qu'une seule réponse : « Je vais bien. Je dois m'adapter à mon troisième décalage horaire en quarante-huit heures, un typhon a coupé les liaisons Internet, j'ai envie de vomir tellement je suis fatiguée. Mais je vais bien. » Devlin connaissait des hommes susceptibles (ou non) de fournir des produits chimiques aux barons de la drogue vénézuéliens ; elle connaissait les sultans des petits pays du Moyen-Orient ; elle savait toujours très exactement ce qu'il fallait dire. Ses yeux et les cernes qui les bordaient étaient du même gris acier. À quarante-deux ans, son cœur – fatigué de visiter deux pays par semaine et de dormir cinq heures par nuit – se rebella, à 10 000 mètres au-dessus du Pacifique, deux heures après avoir quitté l'aéroport Changi de Singapour. « J'ai compris que quelque chose clochait, avait-elle dit, quand j'ai refusé une coupe de champagne avant le décollage. » Un médecin accourut de la classe économique, et le cœur de Devlin se calma. Elle se réveilla à Singapour et offrit à boire à tous les passagers, pour se faire pardonner la gêne occasionnée.

Par la suite, elle dut subir une sorte d'opération du cœur, une intervention très invasive, et pendant les réunions, je remarquai qu'elle avait développé un tic : elle portait la main à sa poitrine quand elle était en colère ou frustrée, comme si elle rassurait un enfant. J'imaginais souvent la cicatrice sous le chemisier, le contraste étrange entre la chair fripée et le coton propre, bien repassé.

Devlin avait suggéré que l'on invente un contrat qui exigeait ma présence à Londres, mais de fait, un authentique contrat se présenta. Un de ses amis siégeait au conseil d'administration d'une entreprise technologique qui souhaitait acquérir une prestigieuse start-up de génomique, basée à Cambridge. « D'après ce que j'ai compris, dit Devlin, tu leur envoies un peu d'ADN, et ils prédisent ton avenir. »

Une flopée d'informations était arrivée le mardi soir. Il était minuit à Londres. J'ouvris les fichiers pendant qu'elle parlait.

« Comme une sorte de voyante ? demandai-je.

— Particulièrement sophistiquée, j'espère. Ils se sont baptisés ChromoClick. »

Durant le restant de la semaine, je dormis sous une épaisse couverture de fatigue, à laquelle je devais m'arracher tous les matins au son du réveil de l'hôtel. J'arrivais au travail à temps pour le début de la journée londonienne, et le soir, j'avais rendez-vous avec Devlin pour ses appels new-yorkais. Lorsque je quittais le bureau, aux heures vides qui précèdent l'aube, la City était chaude et sombre, et j'ouvrais les vitres du taxi pour rester éveillée.

J'ignorais les appels de Maman et de Papa. J'ignorais les deux cents messages d'Olivia et de Christopher dans notre groupe de discussion. La Dr K m'appelait à tout moment de la journée, pour me surprendre, et je l'ignorais elle aussi. La seule personne que je contactais était Evie. Notre projet pour Moor Woods Road se mettait en place : un centre communautaire, rempli de toutes ces choses que Mère et Père auraient désapprouvées.

Nous avions prévu une bibliothèque pour enfants, des groupes de lecture pour les personnes âgées, des exposés sur la contraception. Nos suggestions devenaient de plus en plus audacieuses.

« Des soirées roller disco, proposa Evie.

— Un buffet à volonté.

— La première salle de mariage pour homos du pays. »

Bill m'appela un mercredi. Avais-je pris une décision concernant mon statut d'exécutrice ? J'avais un client sur l'autre ligne et un stagiaire attendait dans le couloir. Bill était une anomalie : impossible de croire que la prison existait dans le même monde que le bureau. « Laissez-moi jusqu'au week-end », dis-je.

Vendredi soir, il faisait encore trente degrés. À bord du train de 18 h 31 au départ de Paddington, j'envoyai par mail à Devlin mes réflexions concernant les diverses infractions de la société de génomique qui venaient d'être découvertes. Un directeur avait oublié dans le train du matériel informatique non crypté, bourré de détails relatifs aux orientations sexuelles, à l'état de santé et à l'appartenance ethnique des employés. « Bref, conclus-je, c'est problématique. » Olivia avait fait des captures d'écran des photos du mariage et nous les avait envoyées, à Christopher et à moi, accompagnées de légendes caustiques : « Canapés extrêmement résistants. Robe indigne. Menu genré. Bordel de merde ! » Je relus mon message adressé à Devlin. « Pour info, je suis dans le train, ajoutai-je. Je reste à l'affût. »

J'avais demandé son adresse à Ethan et exigé que ni lui ni Ana ne viennent me chercher à la gare. Leur maison était située à Summertown, et j'aimais faire ce trajet à pied. JP avait étudié là-bas et parfois, nous nous y rendions pour le week-end. Je faisais rouler ma valise dans les rues de Jericho et dans Woodstock Road. Nous sortions en courant de l'Asholean Museum, en mimant les masques mortuaires. Nous filions à Port Meadow avec nos maillots de bain et du champagne. Je m'interrogeais : est-ce que sa petite fiancée se déshabillait lorsqu'il le lui demandait, est-ce qu'elle le prenait dans sa bouche, délicatement, avant de le goûter, à peine cachée dans les buissons ? Mais elle n'était pas fautive, elle était arrivée longtemps après.

L'université s'étiolait derrière son portail, endormie jusqu'à la fin de l'été.

Ana me vit arriver au bout de la rue et me fit signe d'une fenêtre du premier étage. Je perçus son agitation à travers le verre dépoli de la porte d'entrée, juste avant qu'elle l'ouvre.

Si Ethan avait pu commander une épouse, il aurait sans doute choisi Ana Islip. Son père avait enseigné l'histoire de l'art à l'université pendant des années, et sa mère appartenait à une dynastie d'armateurs grecs, suffisamment éloignée pour demeurer à l'écart de l'aspect financier de la chose, mais suffisamment proche toutefois pour percevoir une allocation mensuelle. Ethan avait rencontré le père d'Ana grâce à Art Attack, une initiative du conseil municipal d'Oxford destinée à réinsérer les victimes de crimes violents par le biais de l'art. S'étant invité à un déjeuner chez les Islip, dans une demeure située au bord de la rivière, toute en bois et en verre, il avait fait la connaissance d'Ana dix jours plus tard.

« Art Attack ? » répétai-je lorsqu'ils me racontèrent cette histoire tous les deux. Chacun avait son rôle attitré et ils le connaissaient sur le bout des doigts. « Ça s'appelle vraiment comme ça ?

— Oui », répondit Ana.

Ethan sourit et regarda ailleurs.

Le jour du déjeuner, Ana s'était baignée dans l'Isis. Elle était encore en maillot de bain en train de sécher sur la rive lorsque Ethan arriva. Ce n'était vraiment pas le moment d'être en avance.

« Un jour providentiel », dit-il en levant son verre.

Ana était une artiste. Elle dégageait une légère odeur de peinture, et différentes couleurs éraflaient ses bras. Ses toiles étaient accrochées dans toutes les pièces de la maison de Summertown, ou appuyées contre les murs. Elle peignait l'eau, et la manière dont la lumière l'éclairait : elle peignait la surface vert-de-gris de l'Isis, à peine troublée, et l'océan sous les derniers rayons de soleil, avant l'orage. Elle peignait le frisson d'une personne qui repose une tasse de thé. Il y avait un tableau d'Ana Islip dans mon loft new-yorkais : l'océan scintillant dans le soleil de l'après-midi. « La Grèce, avait-elle écrit sur la carte qui l'accompagnait. Ma deuxième maison. Ethan m'a dit qu'il te plairait. »

Elle ouvrit la porte en grand et m'étreignit.

« Ta mère, dit-elle. Oh, bon sang, je suis désolée.

— Franchement, il n'y a pas de quoi.

— Ça doit être compliqué, dit-elle, et elle s'égaya

soudain, soulagée d'en avoir terminé avec ce sujet. Ethan est dans le jardin. Vas-y, vas-y. Il a débouché le vin, alors que je lui avais dit d'attendre. Oh, Lex. On dirait que tu n'as pas dormi depuis une semaine. »

Je traversai le vestibule lambrissé, passai devant l'atelier d'Ana et le salon, puis arrivai dans la cuisine. Qui s'ouvrait sur le jardin. Le soir d'été glissait sur la verrière et entrait par la large porte à double battant. Cet aménagement avait été un cadeau de fiançailles des parents d'Ana. Horace, le chien d'Ethan, se précipita à l'intérieur pour m'accueillir. Ethan était assis dehors, le dos tourné à la maison. « Salut, Lex », dit-il. Le soleil était presque parallèle à la terre et, l'espace d'un instant, je ne vis que sa tignasse blanche. Il aurait pu être n'importe lequel d'entre nous.

Je l'avais vu pour la dernière fois six mois plus tôt, à Londres, lorsqu'il m'avait invitée à une table ronde à la Royal Academy. Sur le thème « Éducation et émulation : instruire le jeune artiste ». Dirigée par Ethan. J'arrivai en retard, après avoir bu des coups avec Devlin. Trop en retard, sans doute, pour entrer dans l'auditorium, alors je l'attendis au bar. Sur chaque table étaient disposés des flyers cartonnés qui annonçaient le débat. Au recto : un tableau représentant deux enfants qui entraient dans l'océan. Et au verso : un texte de présentation pour chaque intervenant.

Ethan Charles Gracie est le directeur de la Wesley School d'Oxford. Cet établissement au passé glorieux a fait ses preuves dans le monde des arts et peut s'enorgueillir d'un certain nombre d'initiatives reconnues, pour diverses tranches d'âges. Au moment de sa nomination, Ethan était l'un des plus jeunes directeurs d'école du pays. Par ailleurs, il siège au conseil d'administration de plusieurs œuvres caritatives de l'Oxfordshire. Il a conseillé le gouvernement sur la réforme de l'éducation. Il donne des conférences et dirige des séminaires dans le monde entier, dans lesquels il explique comment l'éducation l'a aidé à surmonter ses traumatismes personnels.

Je commandai un autre verre. Les portes s'ouvrirent et la foule quitta l'auditorium en bavardant. Ethan fut un des derniers à émerger, en pleine conversation avec deux hommes en costume et une femme qui portait un badge autour du cou. Il croisa mon regard et un sourire balaya son visage, discret ; aucune des trois autres personnes ne tourna la tête dans ma direction. Il portait un épais manteau au creux de son bras et venait de lâcher la chute de son histoire. Il ouvrit les mains pour recueillir les rires. Il racontait les histoires comme le faisait Père, avec la même conviction : elles voyageaient à travers ses tendons et ses muscles, dans tout son corps, mais elles quittaient sa bouche et ses yeux de manière impassible, laissant deviner une connexion défectueuse sous son visage. Des gens attendaient pour lui parler, postés à la périphérie de sa présence. Je m'installai à mon aise. J'allais devoir attendre moi aussi.

Il me rejoignit une demi-heure et trois verres plus tard.

« Salut, dit-il et il m'embrassa sur les deux joues. Alors, qu'est-ce que tu en as pensé ?

— Très intéressant.

— Tu as aimé cette proposition ? Au sujet des cabanes dans les arbres ?

— Oh, oui. C'est un des passages que j'ai préférés.

— Tu n'es même pas entrée dans la salle, hein ? »

Je le regardai et éclatai de rire. Il en fit autant.

« J'étais au boulot, dis-je. Mais je suis sûre que tu as été formidable. Comment vas-tu ? Comment va Ana ?

— Elle n'a pas pu venir. Désolé. Tu aurais eu quelqu'un avec qui parler. Elle ne se sent pas bien. Je crois qu'elle souffre de cette maladie du dix-neuvième siècle, comme les artistes. Très aristocratique. Comment ça s'appelle ?

— L'hystérie ?

— Non, moins grave.

— Les vapeurs ?

— Oui, voilà. Ça va passer. » Ses yeux avaient du mal à rester fixés sur moi ; il captait des conversations plus importantes autour de nous. « Tu veux que je te présente à quelqu'un ? Il faut que je circule un peu.

— J'ai encore du boulot, mentis-je. Vas-y, circule. Ça m'a l'air d'être un truc important.

— Il y en aura des plus importants. Je te raccompagne dehors. »

Il y avait encore foule à Piccadilly. Des lumières bleues et blanches au-dessus de la chaussée et des personnes qui effectuaient leurs courses, les bras chargés de sacs en papier. Il faisait suffisamment froid pour qu'il neige. Des couples en smokings et robes longues s'engouffraient dans des halls d'hôtel. Chaque vitrine présentait un conte de fées, nouveau et réconfortant. Décembre à Londres. J'avais l'intention d'acheter quelque chose de cher et de regagner mon hôtel en passant par Mayfair. J'aimais voir les tenues des concierges, et l'éclat des appartements au-dessus de la rue. Ethan m'aida à enfiler ma veste. Je tenais toujours le flyer.

« Ah, ça, dit-il.

— Tu as choisi le tableau aussi ?

— Oui. Tu connais ? *Niñas en el mar* ?

— Non.

— Joaquin Sorolla y Bastida ?

— Non, ça ne me dit rien, Ethan.

— Ce tableau m'a fait penser à toi. À toi et Eve, peut-être.

— Impressionnante biographie, dis-je. Même si tu l'as rédigée toi-même. Je suis fière de toi. »

Il s'apprêtait déjà regagner la Royal Academy. Il préparait un sourire spécial pour son retour.

« C'est juste du baratin, dit-il. Pas vrai ? »

L'histoire de la naissance d'Ethan fit partie de notre folklore familial longtemps avant la mienne : une suite décevante – l'histoire d'une fille qui vient au monde sans incident, dans un lit d'hôpital – que Père racontait rarement.

Mère était enceinte de huit mois. Elle travaillait à l'accueil d'une société quelconque, à une heure de Manchester, où Père s'occupait de l'informatique. À ce stade, elle peinait à atteindre la machine à écrire ; les secrétaires se moquaient de sa démarche, et trois fois par jour Père était obligé de monter de son bureau au sous-sol pour lui apporter des Tupperware et lui faire des massages. Rien n'indiquait que le bébé arrivait, hormis un certain inconfort, les prémices de la douleur. Jusqu'à ce que les eaux se déversent dans sa culotte et sur la chaise de bureau bon marché.

Ce jour-là, Père gravit l'escalier pour la quatrième fois. Un des directeurs de la société, M. Bedford – le méchant de l'histoire, au cas où il y aurait un doute –, était déjà auprès de Mère, dont il avait saisi le téléphone. Mère s'accrochait à l'appareil et suppliait M. Bedford de bien vouloir lâcher le combiné. Son mari et elle avaient décidé que le bébé naîtrait à la maison. Or, M. Bedford avait tenté, à deux reprises, d'appeler un taxi pour la conduire à l'hôpital, mais Mère avait coupé la communication avant qu'il termine son appel.

M. Bedford n'en démordait pas. Le bébé était prématuré et Mère devrait déjà être à l'hôpital. Puisqu'il ne pouvait pas appeler un taxi en utilisant le téléphone de l'accueil – Père avait arraché le fil entretemps et il brandissait l'appareil à bout de bras, hors d'atteinte de M. Bedford –, il appellerait de son bureau. Mes parents prirent la fuite, en entraînant dans leur sillage le téléphone et le liquide amniotique. Ils quittèrent les bureaux en clopinant, franchirent les portes qui coulissaient lentement et traversèrent le parking. Mère bascula sur la banquette arrière de la Ford Escort avec laquelle ils venaient travailler chaque jour. Père mit le contact. Juste au moment où ils débouchaient sur la Route A, ils entendirent une sirène et une ambulance les dépassa à toute allure, gyrophare allumé.

« M. Bedford a sans doute été obligé de fournir un tas d'explications », disait Père.

Arrivés à la maison, vingt minutes plus tard, ils étalèrent les couvertures moelleuses et propres que Père avait achetées avec sa prime de Noël. Ils disposèrent sur le sol les coussins du canapé et tirèrent les rideaux. Mère s'accroupit sur ce lit de fortune. Dans la pénombre familière, son visage luisait de larmes et de salive.

Ethan naquit quarante heures plus tard. À la fin, racontait Père, Mère ne cessait de s'endormir ; il devait lui tapoter la tête pour la réveiller. (Pensait-elle, par moments, aux lumières bleues et blanches et à une chambre d'hôpital ?) Ils déposèrent le bébé sur la balance de la salle de bains. Il pesait un peu plus de trois kilos et était en bonne santé. Un fils. Il s'était frayé un chemin pour venir au monde, il s'était battu pour arriver plus tôt. Ils se blottirent l'un contre l'autre sur le sol, couverts de sang et nus, tels les survivants d'un drame atroce. Tels les derniers humains sur terre, ou les premiers.

L'élément de la naissance d'Ethan que père avait tendance à oublier était la vengeance de M. Bedford, quelques semaines plus tard. Les époux Gracie avaient volé du matériel appartenant à la société et désobéi aux ordres d'un supérieur. De plus, les autres membres de l'équipe informatique détestaient Père. Certains s'étaient plaints de son penchant pour le ridicule, et des heures qu'il passait au bureau de Mère, à lui faire des massages. M. Bedford félicita mes parents pour la naissance de leur fils et les pria de s'abstenir de revenir travailler. Ils recevraient par la poste leurs derniers chèques de salaire.

Mère ne travailla plus jamais. Durant les dix-sept années qui suivirent, elle fut pleine d'enfants et aborda ce rôle en martyre. Elle devait accomplir l'œuvre de Dieu, et elle le ferait comme il convenait. Nous n'étions jamais aussi précieux que lorsque nous étions en elle, quand elle nous gardait dans les limites étroites de son corps, calmes. Dans tous mes souvenirs de petite fille, Mère est enceinte. Dehors, elle porte des robes légères qui laissent voir son nombril saillant, semblable à une tumeur ; à la maison, affalée dans le canapé en culotte et T-shirt taché, elle nous allaite. Nous la réclamons à cor et à cris, à deux parfois, et nous nous battons pour ses seins gonflés. À mon âge, elle avait déjà Ethan, moi, Delilah et Evie était en route. Elle dégageait une odeur épouvantable, de viscères. Son corps fuyait. Son contenu semblait déterminé à faire surface.

Enfant, elle avait voulu devenir journaliste. Elle habitait avec ses parents et sa petite sœur dans un village entouré de collines. Leur maison, la dernière d'une rangée de constructions mitoyennes, penchait comme la tour de Pise. Elle avait entrepris d'interviewer tous les habitants du village, et son père lui avait acheté un calepin chez le marchand de journaux pour qu'elle y note ses commentaires. Sur la première page, de sa plus belle plume, elle écrivit : *Les dépêches de Deborah*. Tous les week-ends, et parfois après l'école, elle allait d'une maison à l'autre, d'un pas décidé, avec son calepin. Elle s'aperçut que les gens étaient heureux de lui confier leurs espoirs secrets – gagner à la loterie, se rapprocher de l'océan, visiter la France ou l'Amérique du Nord – et de spéculer sur les relations du couple qui venait d'emménager dans la rue voisine. Peut-être étaient-ils mari et femme, mais il pouvait tout aussi bien s'agir d'un père et sa fille. J'ai vu des photos de Mère à cette époque, et je ne mets pas en doute ses succès de jeunesse. Elle avait des cheveux blonds presque blancs et des yeux d'adulte, débordants d'empathie. Vous pouviez lui confier vos secrets.

Elle n'avait pas prévu ce qu'elle appelait Le Défilé. Le premier incident survint lorsqu'elle avait dix ans, alors qu'elle allait passer l'examen pour entrer au collège, dans la ville voisine. C'était la fête des moissons au village, et il y avait réellement un défilé : chaque vague association décorait un char ; les mères tricotaient des épouvantails qu'elles disséminaient dans les rues ; les enfants se déguisaient en différents légumes et paradaient ensemble, réunis dans un seul et unique potager. Cette année-là, à la suite d'un processus démocratique discutable, Mère avait été élue Princesse des Moissons. Elle marchait en tête de la procession, vêtue d'une robe dorée (nette amélioration, conclut-elle, par rapport au costume de pomme de terre de l'année précédente), et lorsque la parade passa devant sa maison, les soldats de deuxième classe qui conduisaient le char des anciens combattants tirèrent une salve.

De là où elle se trouvait, à l'avant de la foule, Mère ne vit pas l'accident se produire. La corde qui reliait le char de l'Église chrétienne pastorale à leur Morris Marina cassa net, au sommet de Hilly Fields Road. Elle entendit les hurlements lorsque le char heurta son père, mais elle crut que la foule était survoltée, simplement, et elle salua avec un enthousiasme redoublé. Quand un organisateur essaya de l'arrêter, elle lui sourit poliment et le contourna.

Pendant plusieurs jours, la presse nationale envahit le village. Le père de Mère perdit une jambe dans l'accident et un enfant – une citrouille, cousue main – trouva la mort. Mère était aux anges. Elle appréciait la présence de ces journalistes enjôleurs et intelligents qui possédaient des calepins comme le sien. Elle jouait un rôle de premier plan dans ce drame, à la fois comme victime et comme participante involontaire. Assise solennellement dans son salon, à côté de sa mère, serrant un mouchoir en papier dans son poing, elle livra une série de témoignages de première main. Elle concluait chaque interview en déclarant que, à la lumière de ces terribles événements, elle aimerait beaucoup devenir journaliste elle aussi. Elle voulait permettre aux gens de raconter leurs propres histoires. À la fin de son calepin, elle collectionnait une série de noms et de numéros de téléphone de journalistes avec, entre parenthèses, le titre de leur publication. Elle attribuait des étoiles aux publications nationales, en fonction de leur professionnalisme et du temps qu'elles lui avaient accordé pour s'exprimer. Ainsi, le moment venu, elle saurait qui contacter.

Elle reçut également la visite des représentants de l'Église chrétienne pastorale. Un soir, trois femmes frappèrent à sa porte, si doucement que Mère ne les entendit pas, et elles durent frapper de nouveau. Elles attendirent sous la pluie, à bonne distance de la porte, des foulards noués sur la tête, le visage dans l'ombre. La plus âgée tenait un panier contenant un pain chaud couvert d'un torchon, et lorsqu'elle le tendit à Mère, celle-ci sursauta. L'espace d'un instant, elle crut, sans savoir pourquoi, que le panier cachait un bébé.

« Nous prions pour toi tous les jours, dit une des femmes.

— Et pour ton père, ajouta une autre.

— Oui, pour ton père aussi. Peut-on le voir ?

— Il est encore à l'hôpital. Ma mère est allée lui rendre visite. Avec ma sœur.

— Si tu te sens seule, dit la plus âgée, n'hésite pas à te joindre à nous.

— Il est important, dit une autre, d'accueillir les enfants à bras ouverts. »

Son père rentra de l'hôpital un mois plus tard. Les journalistes étaient retournés en ville et l'enfant avait été inhumé, en suivant le même itinéraire que la parade. Son père demeurait assis devant la télé, muet et immobile. La jambe gauche de son pantalon pendait derrière lui, tel un membre fantôme. Il ne pouvait plus laver les vitres. Pour la première fois, Mère regretta que cet accident se soit produit.

« C'est ainsi que débuta Le Défilé », disait Mère. Le défilé de ses infortunes. « Et voilà », soupirait-elle, quand Père perdait son emploi ou lorsqu'un professeur inquiet appelait à la maison parce que l'un de nous n'était pas venu à l'école, ou la première fois que Père frappa Ethan, « qu'est-ce que vous voulez faire ? C'est Le Défilé. »

Lorsque les gens cessèrent de l'appeler la Princesse

des Moissons, Mère commença à s'occuper de son père, pendant que sa mère faisait des heures sup à l'épicerie du village. Elle devait veiller à ce qu'il prenne son petit déjeuner (sa mère le soupçonnait de vouloir se laisser mourir de faim) et examiner le moignon pour repérer d'éventuels signes d'infection. Son père était assis dans son fauteuil et Mère s'agenouillait sur le sol devant lui. Elle était fière de son dévouement. Elle touchait la peau lisse et scellée, la cicatrice violette là où la plaie avait été suturée. Et elle pensait : peut-être que je devrais devenir médecin. L'un et l'autre restaient silencieux durant ces examens. Son père ne l'interrogeait plus au sujet de ses dernières interviews, et elle n'avait rien à lui raconter.

Elle avait une autre responsabilité : sa sœur Peggy. Peggy avait huit ans, et c'était une plaie. « Elle n'est pas aussi intelligente que toi, disait leur mère. Elle a besoin de toi, Deb. » Quand Mère avait fini ses devoirs, elle s'asseyait avec Peggy pour faire les siens, et soupirait face à cette besogne enfantine. Afin de détourner les soupçons, elle répondait faux à quelques questions, mais parfois, c'étaient les questions les plus simples, et elle espérait que Peggy serait appelée au tableau, pour s'expliquer.

Mère échoua à l'examen d'entrée au collège. Sa famille ne fit aucun commentaire à ce sujet, comme si la réussite n'avait jamais été véritablement envisagée. Le Défilé se poursuivit. Elle entra au CES local, fréquenté par des nigauds de la ferme et leurs futures épouses, qui empestaient la bouse de vache. Elle n'avait qu'une seule amie, Karen, dont les parents avaient emménagé récemment dans la région. Karen était d'une maigreur douloureuse, elle s'ennuyait tout le temps, et quand elle allumait une cigarette, on voyait ses restes d'ongles rongés jusqu'au sang. Les professeurs affirmaient que Mère était distraite et ne faisait aucun effort ; mais comment l'aurait-elle pu, alors que, de toute évidence, sa place était ailleurs ? Elle développa un psoriasis sur les coudes et sous les yeux, et devint de ce fait très sensible, comme l'expliquait sa mère aux clients de l'épicerie qui demandaient de ses nouvelles : Deborah est une fille très sensible. Pour couronner le tout, Peggy fut admise de justesse au collège et se mit à s'adresser aux gens d'un ton sec et affecté, qui traversait chaque pièce de la maison penchée. Peggy, pour qui elle avait tout sacrifié.

On voyait parfois Mère traverser le village à pied pour se rendre à la messe du soir à l'Église chrétienne pastorale, dans son uniforme d'écolière. Elle marchait vite, les bras noués autour du corps ; ses chaussettes tombaient sur ses chevilles et elle était toujours seule. Elle aimait arriver juste avant le début de l'office, et partir avant que les fidèles se lèvent. Elle avait entendu dire qu'aux yeux des villageois, elle incarnait l'image même du pardon, alors qu'en vérité, elle aimait surtout passer une soirée loin de sa famille, et voir les sourires soulagés des fidèles, convaincus qu'elle leur avait pardonné.

Mère quitta l'école à seize ans, avec quelques qualifications sommaires en poche et une place dans une école de secrétariat en ville. Quand elle pouvait se le permettre, elle sortait de chez elle et traversait la lande jusqu'aux faubourgs, ce qui lui évitait d'assister à l'ascension de Peggy, ou de s'occuper de son père, qui commençait à perdre la boule. Avec le temps, il s'était ratatiné dans le revêtement de son fauteuil, et quand elle l'embrassait pour lui dire au revoir, il tressaillait, comme si elle l'avait frappé.

Lorsque nous étions très jeunes, Ethan et moi, et qu'il y avait moins de concurrence, nos parents nous autorisaient à réclamer des histoires le soir. (Père jugeait les livres inférieurs à ses propres récits. « Ils n'avaient pas besoin de papier à l'époque de Homère », disait-il, omettant d'évoquer l'histoire de l'industrie papetière.) Le récit préféré d'Ethan était celui de sa dramatique venue au monde, qui atteignait son apogée quand Mère repoussait le tapis du salon pour montrer la tache marron sur la moquette. Pour ma part, je préférais le récit de la rencontre de mes parents.

Karen avait persuadé Mère de l'accompagner en ville un samedi soir. « Tu deviens ennuyeuse, lui dit Karen. Encore plus qu'avant. » (À l'époque de son récit, Mère croyait que Karen vivait encore chez ses parents, en célibataire, et souffrait de problèmes mentaux. « Qui est ennuyeuse maintenant, hein ? » demanda-t-elle.) Elles s'habillèrent dans l'appartement de Mère, celle-ci toujours en noir, le voile blanc de ses cheveux tombant jusqu'à la taille, et une chanson triste d'Elvis sur la chaîne hi-fi, en toute occasion. Elles montèrent à bord du car avec une bouteille de Riesling pour la route.

La soirée fut un désastre. Elles échouèrent dans un pub excentré – tables branlantes, machines à sous, moquette collante – où l'un des anciens amants de Karen tenait le bar. Ils feignirent la surprise en se voyant, alors qu'il était évident, aux yeux de Mère, que tout avait été arrangé. Elle était là pour tenir la chandelle et distraire Karen pendant que le barman servait les clients. Elles burent des vodka-orange offertes, et le barman adressa un clin d'œil à Mère pendant que Karen était aux toilettes. Un peu après vingt-trois heures, quelqu'un mit un disque vinyle – un truc violent, que Mère n'avait jamais entendu – et le barman se mit à danser avec Karen. Une femme édentée en robe à paillettes les rejoignit, suivie d'un type du coin qui tenait à peine debout, mais qui ondulait du bassin en regardant Mère. Après s'être dandinée d'un pied sur l'autre pendant un court instant, elle prit sa veste sur le tabouret et s'en alla.

Elle ne savait pas où elle était. Elle marcha en direction de l'arrêt du car, les larmes aux yeux. Dans une autre vie, elle dormirait déjà, au chaud sous ses couvertures, sans se soucier de rien. Dans ce quartier, les constructions étaient espacées, et entre les lumières des fenêtres s'étendaient des terrains vagues d'obscurité, si profonde que Mère ne voyait pas ses chaussures. Elle traversa ces zones mortes en trébuchant dans les nids-de-poule et les flaques. Certaine d'être allée trop loin.

Au bout d'une demi-heure, elle atteignit l'église.

Celle-ci était située un peu en retrait, à l'extrémité d'une allée de graviers qui serpentait entre des tombes. Les briques étaient d'un ocre chaud, à peine visibles dans la nuit. Bien qu'il soit minuit passé, les vitraux scintillaient : quelqu'un avait allumé des cierges à l'intérieur.

Sans réfléchir, elle entrouvrit la porte. Elle pourrait passer la nuit là et repartir avant le premier office dominical. Sur le seuil, elle ôta ses chaussures et tira sur sa jupe. Elle laissa des empreintes de pas humides sur la pierre.

Cinq cierges se consumaient au bout de l'allée centrale. Elle s'en approcha, sur la pointe des pieds, en examinant chaque banc au passage. Arrivée devant la chaire, elle se retourna, comme pour s'adresser aux fidèles.

« Bonjour ? lança-t-elle.

— Bonjour », dit Père.

Le cœur de Mère fit un bond dans sa poitrine. Il se tenait sur un balcon au-dessus d'elle, les mains appuyées sur la balustrade.

« Bonsoir, dit-elle.

— Bonjour, répéta-t-il. Je ne m'attendais pas à voir quelqu'un.

— Je me sens bête. Mais je me suis perdue.

— Ce n'est pas de la bêtise.

— Qu'est-ce que vous faites ici ?

— Je teste un nouveau système d'éclairage. Vous pouvez m'aider, si vous voulez. »

Il lui fit signe de le rejoindre. Mère tremblait encore. Elle ne bougeait pas. Père éclata de rire.

« N'ayez pas peur.

— Je n'ai pas peur. Comment je fais pour monter ?

— Il faut retourner à l'entrée. Je vais vous éclairer. »

Il disparut et soudain, une lumière éclatante inonda

l'allée centrale. Le soulagement la submergea : quelle idiote, avoir peur du noir. Elle gravit l'escalier le plus vite possible, entravée par sa robe, se tenant aux murs, obligée de zigzaguer entre des fils électriques, des banderoles et des chaises empilées. Arrivée en haut, elle le chercha, craignant qu'il se soit caché pour lui faire une farce. Mais non, il l'attendait, en lui tournant le dos.

« Vous passez une sale soirée, j'ai l'impression », dit-il.

Il tenait une boîte à fusibles dans les mains. Ses muscles dessinaient des crevasses sur ses avant-bras et ses veines des deltas éclatants. Il était un pays inconnu et étrange.

« Oui. Je n'aurais pas dû accepter. J'ai une amie… une vieille amie, on peut dire. L'idée venait d'elle. »

Il ne daignait toujours pas la regarder.

« Où est-elle ?

— Avec un type, je crois.

— Ça ne m'a pas l'air d'être une très bonne amie.

— Non, sans doute. »

Comme par magie, il fit apparaître un faisceau lumineux, qui courut le long du balcon et s'arrêta sur le visage de Mère.

« Vos cheveux, dit-il. Toutes les lumières viennent s'y poser. »

(*Toutes les lumières viennent s'y poser* : excellente réplique. J'ai beau essayer de le nier, fut un temps – quand j'étais plus jeune – où j'aurais été impressionnée moi aussi.)

« C'est à ça que vous passez vos samedis soir ? demanda Mère.

— Non. De temps en temps seulement. J'aime la technologie. Et j'aime bien donner un coup de main. »

Mère prit appui sur la balustrade à côté de lui. Elle laissa ses cheveux cascader sur le bras de Père.

« C'est la première fois que j'ai de la compagnie, dit-il. Ça rend les choses beaucoup plus intéressantes.

— Je n'ai rien d'intéressant. En fait, je suis quelqu'un de très ennuyeux.

— Je ne vous crois pas. Quelle est la meilleure chose qui vous soit arrivée ?

— Hein ?

— Dites-moi quelle est la meilleure chose qui vous soit arrivée. Personne n'est ennuyeux quand il raconte son meilleur souvenir. Allez-y. »

Mère pensa à sa robe de princesse et aux visages des villageois qui regardaient passer le défilé de la Fête des Moissons. Dans son esprit, ils se multipliaient, si bien qu'elle conduisait la parade à travers une foule de centaines – de milliers – d'admirateurs.

« D'accord », dit-elle.

Elle savait exactement comment elle allait raconter la scène.

« Vous voyez, lui dit Père, quand elle eut terminé. Ce n'était pas ennuyeux. Mais ce n'est pas non plus la meilleure chose qui vous soit arrivée.

— Ah bon ?

— Bien sûr que non. » Il semblait concentré sur la boîte à fusibles qu'il faisait passer d'une main à l'autre. Son sourire était presque un rire. « C'est ce soir. »

« Je trouve ça rasoir comme histoire, disait Ethan

chaque fois qu'il l'entendait. Je ne comprends pas pourquoi elle te plaît tant. »

« Tu crois que c'est vrai ? demanda Evie quand elle l'entendit pour la première fois. Peut-être qu'ils se sont rencontrés à l'église un dimanche, tout simplement. »

Je m'étonnai de son cynisme, puis de n'avoir jamais mis en doute cette version moi-même. La vérité, c'était que je voulais y croire. Elle baignait mes parents d'un éclat sombre : les deux amants sur leur balcon, au tout début de l'histoire. C'était la version que je préférais.

Ethan avait ses propres projets pour la maison de Moor Woods Road. Il les garda pour lui au cours du dîner du vendredi soir et durant la visite artistique d'Oxford organisée par Ana, le samedi matin, mais à l'heure du déjeuner, ses occasions de s'exprimer commençaient à devenir rares. Ana avait confectionné une salade grecque et déniché un parasol, alors nous mangeâmes dehors en parlant du travail d'Ethan. « Ça te dirait d'aller faire une promenade après déjeuner ? » me demanda-t-il, avec insistance. Je l'imaginais débarquant en salle des profs à Wesley pour proposer la même chose à un collègue, et les spéculations qui circuleraient après leur départ : une promenade avec M. Gracie.

« D'accord », dis-je.

Nous marchâmes jusqu'à University Parks, passâmes devant les terrains de cricket et les parterres, et dénichâmes un chemin ombragé qui menait à la Cherwell. L'herbe était d'un jaune terne, couleur désert, mais sous les arbres et au bord de la rivière, elle était encore verte. Le soleil priva Ethan d'un peu de sa dignité. Sa peau était d'un ton plus pâle que blanc, et ses rides les plus caustiques – sur le front et entre les yeux – ne s'effaçaient plus quand il souriait ; elles demeuraient sur son visage, en équilibre.

« Tes cheveux sont encore plus bruns qu'avant, dit-il. Je ne sais pas pourquoi tu fais ça.

— Tu ne sais pas ? Vraiment ?

— Le blond te va mieux. »

Je connaissais suffisamment bien Ethan pour savoir qu'il s'agissait d'un cri de guerre : encore quelques brèches dans le mur de l'ennemi et il lancerait la grande offensive.

« Je n'ai aucune envie de voir Mère dans le miroir, répondis-je. De plus, je n'ai rien à y gagner financièrement.

— Contrairement à moi, tu veux dire ?

— Ça ne peut pas faire de mal. Pour tes conférences sur ton traumatisme personnel.

— Comment surmonter un traumatisme personnel. Et je ne cherche pas à te juger, Lex, je t'assure. Mais tu devrais y assister. Les retours sont incroyables. Je suis à New York tout l'automne. Ça pourrait te faire du bien, vraiment. »

J'avais le visage en feu. Je pris le temps de déglutir, sans qu'Ethan s'en aperçoive. Il marchait un pas devant moi maintenant.

« C'est une formidable tribune pour parler d'éducation, dit-il.

— Et pour parler de toi.

— D'éducation *en rapport avec nous*. Tu te souviens comme on était heureux de retourner à l'école ?

Je veux que tous les enfants connaissent le même enthousiasme. Qu'ils puissent s'élever au-dessus de leur condition. Tu aurais dû voir les gamins auxquels j'enseignais quand j'avais une vingtaine d'années, Lex. C'étaient déjà des coquilles vides. C'est notre enthousiasme que je veux promouvoir. Je ne vois pas pourquoi ça te pose un problème.

— Je t'en prie, Ethan. Tout le monde sait que tu commences par montrer les clichés d'identité judiciaire.

— Bien sûr. Il faut attirer l'attention des gens. »

Nous avions atteint la rivière. Des barques passaient entre les arbres. Je m'assis dans l'herbe.

« Dans cette optique, dit-il, j'aimerais te parler de la maison. Du 11, Moor Woods Road. »

Je fermai les yeux.

« Ah bon ?

— Je pense que c'est une très bonne occasion pour nous. Pour nous tous. Une occasion unique.

— Unique, assurément.

— Écoute-moi. Ce n'est pas très différent de ce que tu proposes. À quelques changements près. Un lieu au service de la communauté, oui. Mais nous devons y apposer notre nom. Centre communautaire Gracie, à Hollowfield. Si on fait ça, on aura droit à des articles dans les journaux, à une cérémonie d'inauguration. Et on aura accès aux subventions publiques. Réfléchis. Est-ce qu'une partie de cette maison ne devrait pas être dédiée à notre famille ? Pour accueillir des conférences, ou comme une sorte de mémorial. On pourrait… on pourrait conserver une pièce en l'état pour que les gens comprennent ce qu'on a vécu… Je ne sais pas… Je n'ai pas encore fini d'y réfléchir.

— Un musée.

— Ce n'est pas ce que j'ai dit.

— Personne dans cette communauté ne voudra d'un sanctuaire consacré au passé.

— Peut-être que si… si ça apporte autre chose. De l'attention. Des investissements.

— On ne peut pas dire qu'on ait rendu gloire à Hollowfield. Non, Ethan. Pas besoin d'apposer notre nom. Un simple centre communautaire, avec un objectif respectable. Où est le mal ?

— C'est du gâchis. Je pourrais faire énormément avec ça, Lex. Réfléchis-y, au moins.

— Pas question.

— Tu as besoin de mon accord pour ton projet, ne l'oublie pas. Ça marche dans les deux sens. À qui d'autre en as-tu parlé ? Delilah ? Gabriel ?

— Non. Uniquement à Evie. »

Ethan rit. Il agita le bras dans ma direction, comme s'il congédiait une élève particulièrement agaçante, vouée à l'échec, quoi qu'elle fasse.

« Oui, évidemment, dit-il. Évidemment. »

J'annonçai à Ethan que je regagnerais seule la maison et, après son départ, je trouvai un coin tranquille et ensoleillé d'où j'appelai Bill. Il ne répondit pas. Je supposais qu'il était au zoo, ou à un barbecue, avec des gamins accrochés à ses basques. Je transpirais toujours. Ethan m'avait mise en rogne. Je rappelai.

Il répondit à la troisième sonnerie.

« J'ai réfléchi, dis-je. J'accepte.

— Alexandra ? C'est vous ? »

Sa voix était entourée de musique et il marchait, comme s'il cherchait un endroit calme. Je sentis la gêne me nouer l'estomac. Je l'imaginais face à sa famille élargie, articulant, sans le son : *La fille Gracie. Désolé.*

« Je suis heureux de vous entendre, dit-il en savourant avec retard son petit triomphe. Et votre mère… elle aurait été heureuse elle aussi. »

Le bonheur de Mère : usé jusqu'à la corde.

« Je n'en suis pas certaine. Bref. Ma sœur et moi… on a une idée… »

Je lui fis la visite du centre communautaire, pièce par pièce. Quand j'arrivai dans le jardin (des jonquilles essentiellement et un potager entretenu par des élèves de l'école primaire), il rit et faillit lâcher son téléphone.

« C'est parfait. Parfait, Lex. Et les autres bénéficiaires… ils sont d'accord ?

— C'est tout un processus. » Et comme il ne disait rien, j'ajoutai : « C'est en cours. »

« En cours » était une formule provenant du Dictionnaire Temporel de Devlin à l'Usage des Clients. Tout comme « bientôt » et « dès que possible ».

« Nous serons obligés de demander une subvention, dis-je. Pour les travaux. Ça dépasse de beaucoup ce que vous pouviez imaginer, Bill. Vous n'êtes pas obligé de nous aider sur ce coup-là.

— Je sais. Je sais bien, Lex. Mais ça me ferait plaisir. »

À moi d'obtenir l'accord des bénéficiaires. Il se renseignerait sur les documents nécessaires. Il parla de demandes de permis de construire, d'octroi d'homologation, de clauses testamentaires. Tout un nouveau lexique de mort et d'immobilier. Il faudrait réfléchir à la meilleure façon de soumettre la demande au conseil municipal, ajouta-t-il, en tenant compte de la provenance de l'argent. Peut-être – si j'avais envie d'une aventure – que nous pourrions nous rendre à Hollowfield pour déposer la demande en main propre.

« Le retour de la fille prodigue », dit Bill qui, durant tout le temps qu'il avait passé auprès de Mère, n'avait jamais lu les Évangiles, à l'évidence.

Après le dîner, Ethan sortit. Il avait un rendez-vous tardif avec un des directeurs de Wesley dans un hôtel du centre, inutile de l'attendre. « Ils me détestaient au début, confia-t-il. Trop jeune. Trop médiatisé. Trop… c'était quoi déjà, Ana ?… Trop révolutionnaire. Et maintenant, ils veulent que je boive des coups avec eux pendant le week-end. » Durant tout le dîner, il avait été d'humeur maussade, critiquant la cuisine d'Ana et servant le vin avec une ardeur délibérée, si bien qu'il glissait le long des verres et tachait la table en bois.

« Dieu merci, il est parti, dit Ana. Désolée, Lex. »

Nous débarrassâmes la table en silence. Ana avait peint les assiettes, et des olives, des cyprès, apparaissaient à mesure que vous mangiez. « Laisse les verres, dit-elle. Je vais déboucher une autre bouteille. » Je pris un torchon de l'évier pour essuyer les cercles rouges sur la table.

Nous allâmes nous asseoir dehors, en tailleur, face à face, comme deux gamines qui s'apprêtent à frapper dans leurs mains.

« Parle-moi du mariage », dis-je.

Il avait lieu dans seulement trois mois. Ils se marieraient à Paros, en Grèce, où il y avait un aéroport (une simple cabane et une piste bétonnée). Ana y avait passé des vacances quand elle était enfant, et elle avait annoncé à son père, de manière claire et nette, que c'était là qu'elle se marierait. Elle adorait la petite église blanche au sommet d'une colline, dont elle croyait alors que c'était le sommet du monde. À la nuit tombée, on apercevait toutes les lumières de l'île, celles des voitures et des maisons. Elle se représentait un couple qui rentrait après un dîner, en pleine dispute ; ou bien une veuve, couchée dans son lit, tendant le bras pour éteindre sa lampe de chevet.

« J'imaginais toujours des choses tristes, confia-t-elle. J'étais une enfant très mélancolique. »

Elle détacha son regard du ciel, comme si elle se souvenait soudain que j'étais là.

« Mais évidemment, ajouta-t-elle, je n'avais aucune raison de l'être.

— J'ai pris mes billets d'avion, dis-je. Je suis impatiente.

— Tu peux toujours inviter quelqu'un… si tu le souhaites. »

Je ris.

« On verra bien si l'occasion se présente. Le temps presse.

— Tout ira bien, de toute façon. Delilah sera là.

— Oui. Ce sera une rencontre intéressante. »

Malgré l'obscurité du jardin, je sentis la gêne d'Ana. Elle aurait aimé qu'on soit tous là, assortis en mousseline de soie et dans la joie, assis du côté d'Ethan à l'église. Au lieu de cela, Evie et Gabriel n'avaient pas été invités ; Delilah et moi ne nous parlions plus. Avec Evie, nous nous étions amusées à spéculer sur la liste des invités, et l'étendue de l'égoïsme d'Ethan. Nous en avions conclu que la place d'Evie avait sans doute été attribuée à un député, ou au président d'une œuvre caritative internationale. « Quelqu'un d'utile, dit-elle, à côté de qui tu n'aurais aucune envie de t'asseoir. » Haussement d'épaules. « Bah, ce n'est pas comme si on était proches l'un de l'autre. »

« Lex… »

Ana passa sa main dans ses cheveux ; peut-être espérait-elle y trouver les mots.

« Parfois, commença-t-elle, je me demande… »

Elle regardait fixement la cuisine, vide sous son éclairage élégant, à l'autre bout du jardin. Au moins, il faisait frais dehors. Les branches des chênes au-dessus de nous penchaient et se heurtaient dans le vent, plus ivres que nous. Ana posa son verre et arrêta les larmes aux coins de ses yeux.

« Désolée, dit-elle.

— C'est rien.

— Ethan est très exigeant. Tout doit être une réussite. L'école, les conférences, les œuvres de bienfaisance. Le mariage. Tu sais, n'est-ce pas, qu'il dort mal ? Dans les premiers temps, je me levais en pleine nuit et je le trouvais en train de lire, ou de travailler. Mais maintenant… je l'entends marcher dans la maison. Dans la journée, il y a une barrière entre nous quand il est comme ça. Je n'arrive pas à la franchir.

Je ne le comprends pas. Tant que nous sommes heureux, je suis heureuse. Mais il ne voit pas les choses de cette façon.

— La réussite à tout prix, dis-je.

— Oui. Exactement. Et derrière cette barrière, j'ai peur de ne pas savoir qui il est. Parfois, quand il me regarde – parce que j'ai posé une question idiote ou suggéré que la préparation d'une assemblée pouvait attendre le lendemain – j'ai l'impression de m'adresser à quelqu'un d'autre, à un inconnu qui a pris son visage. Et… » Elle rit. « … et qui ne me plaît pas beaucoup.

— Est-ce qu'il te parle de notre enfance de temps en temps ?

— Il m'a raconté certaines choses. Mais pas tout. Et je respecte son choix. J'ai assisté à ses conférences. Je sais combien il a souffert. Simplement… est-ce qu'il y a quelque chose qui pourrait m'aider à comprendre ? Est-ce que je devrais essayer de lui tirer les vers du nez ? »

Quitte-le, pensai-je. Je sentais le goût de ces paroles, je savais précisément quel effet elles produiraient quand elles sortiraient de ma bouche. Essaie de comprendre, expliquerais-je, laquelle de ces deux personnes – celle que tu as rencontrée et celle qui t'apparaît comme une inconnue – est mon frère. Je pensais aux conséquences aussi : Ethan pénétrant dans les décombres de tout ce qu'il avait construit.

« Attends-le, dis-je. Quand il est comme ça… je pense qu'il va dans un endroit où tu ne devrais pas le suivre. Il te reviendra toujours.

— Tu crois ?

— Bien sûr. »

Elle bascula vers l'avant, à genoux dans l'herbe, et prit mes mains.

« Merci. » Une larme roula sur sa joue, mais elle souriait. « Une nouvelle sœur. »

Quand je fus en âge de comprendre où partait Ethan chaque jour, je me mis à les attendre à la porte, Mère et lui, en serrant un oreiller contre moi, excitée. Il n'était qu'à huit minutes de marche de la maison, à l'école primaire de Jasper Street, mais j'avais l'impression qu'il venait de traverser le monde, et qu'il rentrait chaque soir, triomphant et déterminé – même si c'était à contrecœur parfois – pour nous transmettre tout ce qu'il avait appris.

En CE2, Ethan avait alors sept ans, son instituteur était M. Greggs, qui enseignait le Fait du Jour, le Mot du Jour et la Nouvelle du Jour. Chaque élève, tour à tour, devait présenter ses trois exemples. C'était la première chose que m'apprenait Ethan en rentrant de l'école, pendant que Mère donnait le sein à Delilah. Ces exposés, disait Ethan, étaient inégaux. Michelle, par exemple, avait annoncé à toute la classe qu'elle avait terminé deuxième dans une compétition de gymnastique, comme si c'était une nouvelle. Quand venait le tour d'Ethan, il partait à l'école d'un pas joyeux, débordant d'excitation, et je lui criais ses exemples en le regardant s'éloigner. Convaincue qu'il était la personne la plus intelligente au monde.

Je me souviens encore de certains faits choisis par Ethan. Un jour, au cours d'un quizz au pub, assise à côté de JP, je pris la feuille et le crayon pour noter la capitale des Tuvalu.

« Funafuti, dit JP. Tu n'as pas pu l'inventer. » Cela nous valut une tequila gratuite car c'était la seule bonne réponse, et alors que je reposais le verre, JP secoua la tête. « Funafuti, dit-il. La vache. »

Avant d'enseigner à l'école primaire de Jasper Street, M. Greggs avait voyagé à travers le monde pendant un an et, un jour au dîner, Ethan me décrivit sa salle de classe, en ouvrant des yeux comme des soucoupes. Il avait une collection de poupées russes, qui vivaient les unes dans les autres, et une petite représentation en bronze du Golden Gate de San Francisco. Il avait également un kimono du Japon, que tout le monde pouvait enfiler, et un chapeau de cow-boy qui venait vraiment du Far West.

Père, de retour du travail, vint s'asseoir avec nous dans la cuisine. C'était un triste vendredi soir de février, et il portait encore un manteau, qui sentait le froid. Il prit quatre tranches de pain dans le congélateur et les introduisit dans le toaster.

« Ça n'existe pas, dit-il.

— Quoi donc ?

— Le Far West. Ce M. Greggs te fait marcher, Ethan. Il n'a pas pu y aller car ce n'est pas un vrai endroit. »

J'observai Ethan en face de moi, mais il regardait fixement ses mains, jointes, comme s'il priait. Père étala du beurre sur ses toasts et secoua la tête.

« Je ne pensais pas que tu étais bête au point de gober un truc pareil », dit-il.

Père ne nous apprenait pas souvent des choses, mais il nous avait enseigné des principes philosophiques.

Dont un qui affirmait qu'aucune personne n'était meilleure qu'une autre, même si elle paraissait plus cultivée ou plus riche. Aucun individu sur terre ne valait mieux qu'un Gracie.

« Qui est cette personne ? s'écria Père. Deborah ! »

Mère accourut du salon en portant Delilah dans ses bras et Evie dans son ventre.

« Quoi ?

— M. Greggs, dit Père. L'instituteur d'Ethan.

— Eh bien ?

— Il n'est pas un peu bizarre ? »

Père plia son dernier toast en deux et l'introduisit dans son sourire.

« Je l'ai trouvé un peu fragile, dit Mère. À la réunion avec les parents. »

Père renifla de manière méprisante. Ravi de cette réponse. Il portait un bleu de travail, qui ne pouvait contenir son éclat de rire : tout son corps tendait le tissu, tel le magma sous la croûte terrestre. Après avoir été renvoyé par M. Bedford, Père s'était fait engager en tant qu'électricien dans un hôtel victorien de Blackpool, en bord de mer, et il portait l'uniforme des agents d'entretien.

« C'est temporaire, disait-il. Bien évidemment. »

Quand il avait rencontré Mère, il s'était prétendu homme d'affaires, ce qui n'était pas très éloigné de la vérité. Le soir et le week-end, il occupait encore un bureau en ville, avec des stores blancs sales et une enseigne qu'il avait commandée à un imprimeur : *CG Consultants – des idées qui font des étincelles.* Il dispensait des conseils sur l'achat d'ordinateurs, réparait des walkmans et donnait des cours de programmation, très peu fréquentés, le samedi après-midi. Les enfants de tous âges étaient les bienvenus, mais au mieux deux ou trois garçons moroses se présentaient, accompagnés de leurs mères, qui aimaient taper sur les claviers et bavarder avec Père. Ce dernier voulait parler informatique, les mères voulaient qu'il leur parle de lui.

Il s'exprimait uniquement lorsqu'il était certain que son auditoire l'écoutait, et chaque phrase était pesée, préparée et soigneusement délivrée. Les mères qui assistaient aux cours de codage s'engouffraient avec enthousiasme dans les silences entre ses paroles : elles aimaient son tempérament calme, sa barbe et ses cheveux noirs, les mains épaisses qui survolaient le clavier de l'ordinateur, et qu'elles imaginaient aisément sur leur peau.

« Je retourne sur le pont », annonça Père et il se leva de table.

Une des mères du club de codage avait pris rendez-vous avec lui pour savoir si elle devait acheter un Macintosh ou un IBM. Soirée très animée chez CG Consultants. Ethan attendit que la porte d'entrée se referme. Aussitôt, il passa en coup de vent devant Mère et moi et monta dans sa chambre. Pour travailler lui aussi.

Le dîner dominical : le calvaire bimensuel du pudding à la viande de bœuf et aux rognons. L'éclatement de chaque organe rampant me donnait envie de vomir.

Ethan s'était rendu à la bibliothèque municipale le samedi matin et avait introduit en douce dans la maison un sac à dos rempli de livres qu'il refusait de partager. Il déversa son butin sur son lit et me chassa de sa chambre. Maintenant, nous l'attendions, assis autour de la table de la cuisine. Delilah, inquiète, s'agitait dans les bras de Mère. Celle-ci fit jaillir un sein de sa robe de grossesse et l'offrit à l'enfant.

« Ça suffit, déclara Père et il se leva. Je vais le chercher. »

C'était inutile. Nous entendîmes des pas légers dans l'escalier et Ethan apparut sur le seuil de la cuisine.

« Désolé. »

Il demeura silencieux durant tout le repas et même lorsque nous allâmes déposer nos assiettes dans l'évier. Il demeura silencieux lorsque Père lui réclama l'alcool, qu'Ethan sortit soigneusement du Placard Interdit et versa dans le verre de mariage de Père, ainsi qu'on le lui avait appris.

Comme Père, il comprenait l'importance de parler à bon escient.

De retour à table, alors que nous regardions Père boire, Ethan se racla la gorge. Trop nerveux pour les préambules, il alla droit au but :

« Il existe bien un endroit qui s'appelle le Far West. »

Je levai les yeux. Les lèvres de Père étaient mouillées, il passa sa langue dessus. Il fit tourner le fond de son verre sur la table et regarda la surface ambrée tanguer dans la lumière de la cuisine.

« C'est quoi ça ? demanda Mère.

— Un endroit où est allé M. Greggs, répondit Ethan. Je l'ai lu dans des livres. C'est une manière de parler de la Frontière américaine, à l'époque où des gens ont atteint pour la première fois cette partie du pays. La loi n'existait pas, il n'y avait que des cow-boys et des pionniers, et des saloons. Aujourd'hui, ça a changé, mais on peut toujours y aller. On peut aller au Texas, en Arizona, au Nevada ou au Nouveau-Mexique. Et c'est là que M. Greggs est allé. »

Père lâcha son verre et se renversa sur son siège.

« Tu es en train de dire que M. Greggs et toi, vous êtes beaucoup plus intelligents que moi. C'est ça ? »

Je déglutis. J'avais l'impression qu'un morceau de tripes était coincé entre ma gorge et mon estomac.

« Non, dit Ethan. Je dis juste que tu avais tort au sujet du Far West. Ça existe vraiment et M. Greggs ne s'est pas payé ma tête.

— De quoi parles-tu, Ethan ? demanda Mère.

— Tu n'écoutes donc pas ? dit Père. Il est en train de nous dire qu'il vaut beaucoup mieux que nous. » Il s'adressa à Ethan : « Tu as d'autres choses à nous expliquer ? Continue, s'il te plaît.

— Je peux vous parler des cow-boys, dit Ethan. J'ai lu un bouquin sur la vie d'un pionnier. Les gens recevaient des lettres de personnes qui vivaient sur la Frontière – des amis ou de la famille – qui les encourageaient à partir vers l'ouest… »

Père riait.

« Sais-tu quel est le problème quand on se croit intelligent, Ethan ? On devient très ennuyeux. »

Des larmes tremblaient dans les yeux d'Ethan.

« Tu es en colère parce que j'avais raison, dit-il, et parce que tu avais tort. »

La manière dont bougea Père me rappela les crocodiles qu'on voyait dans ces documentaires animaliers que j'aimais bien à l'époque : leurs corps restent placides jusqu'à ce qu'une proie se pose sur l'eau. Il se leva, bondit par-dessus la table et gifla Ethan du revers de la main, suffisamment fort pour l'éjecter de sa chaise et projeter un jet de sang sur la table. Delilah, réveillée par ce raffut, se mit à pleurer. « Je vais vomir », glissai-je à Mère et j'eus le temps de faire quelques pas seulement. Père passa devant moi – agenouillée par terre, faisant face, à nouveau, au pudding de rognons – et ouvrit la porte d'entrée. Sans la refermer derrière lui. L'air humide de la nuit s'engouffra dans la maison et s'y installa.

Mère nettoya le visage d'Ethan, mon vomi, puis Delilah. Déjà, de légères déceptions avaient distendu son menton et sa poitrine. Elle devenait morose ; le regard vif sur ses photos d'enfance était dur et résigné désormais. Elle but le fond d'alcool dans le verre de Père et attendit qu'il rentre. Elle sentait le bébé taper du pied dans son ventre. Le Défilé continuait.

Au cœur de la nuit, Ethan revint. Je l'entendis en bas, en train de parler à Horace, puis me rendormis. Lorsque je me réveillai, il se tenait sur le seuil de la chambre, éclairé par la lumière du couloir derrière lui. Je repensais à une autre porte, dans la maison de Moor Woods Road, à la manière dont il la remplissait elle aussi. En ombre chinoise, il n'avait pas changé.

« On peut parler ? » demanda-t-il.

La vulnérabilité d'une personne endormie que l'on observe. Je portais un pyjama bon marché, fin, acheté à la gare. Il s'était tirebouchonné sur mon ventre et entre mes jambes. Je m'enveloppai dans le drap jusqu'au cou et plissai les yeux à cause de la lumière.

« Maintenant ?

— Tu es mon invitée. N'es-tu pas censée me distraire ?

— Je crois que c'est plutôt le contraire. »

Il referma la porte derrière lui. Une odeur de vin trop vieux entra dans la chambre. L'espace d'un instant, avant qu'il trouve l'interrupteur, nous nous retrouvâmes dans l'obscurité, lui et moi.

« Comment ça s'est passé ? » interrogeai-je.

Adossé au mur, il souriait comme s'il savait une chose que j'ignorais.

« Le mieux, dit-il, c'était de les observer pendant qu'ils se demandaient s'ils voulaient que je réussisse ou que j'échoue. »

Il s'interrompit, il était de retour dans ce bar d'hôtel. Je voyais sur son visage qu'il était ravi. Il avait su exactement quoi dire. Il avait lancé ses affronts, et ils n'étaient pas encore retombés ; ils frapperaient les directeurs dans leurs lits, en pleine nuit.

« Bref. Et toi, ta soirée ? Avec Ana.

— C'était bien.

— Bien ? Bien comment ?

— Qu'est-ce que tu veux, Ethan ?

— J'aimerais savoir de quoi vous avez parlé. Pour commencer.

— De rien. Du mariage. De sa robe. De l'île. Rien de très excitant.

— Moor Woods Road ?

— Ce n'est pas vraiment un sujet de conversation du samedi soir, si ?

— Je voudrais que tu saches que tout se passe bien pour moi maintenant. Mais je ne peux pas gérer les intrusions, Lex. Je ne peux pas gérer tes histoires, pas dans un moment pareil.

— Mes histoires ? »

Je me mis à rire.

« J'ai dû me montrer sélectif, dans ce que j'ai raconté à Ana. Tu peux le comprendre. Je ne veux pas la bouleverser. Il y a des choses – certaines choses – qu'elle n'a pas besoin de savoir.

— Ah bon ? dis-je, en riant de plus belle. Certaines choses ?

— Arrête de rire, Lex. Lex… »

Il traversa la chambre et me saisit à la gorge. Sa paume écrasa l'amas de tubes et d'os. Pendant une seconde, pas plus, juste pour me montrer qu'il en était capable. Dès qu'il me lâcha, je descendis du lit, en toussant.

« Arrête, dit-il. Lex… Lex, s'il te plaît. »

Il tendit les bras vers moi, tout son corps cherchait l'apaisement. Mais comme toujours, les sentiments n'atteignirent pas son visage. Je pris appui contre le mur, aussi loin de lui que possible. La sueur se déplaçait dans mes cheveux, dans mon dos. Sur ses pattes d'insectes.

« Ne réveille pas Ana, dit-il. S'il te plaît.

— Certaines choses… » J'attendais que mon corps cesse de convulser, assez longtemps pour que je puisse mettre les choses au point. « Lesquelles, par exemple ? Le fait que tu étais pressenti pour monter sur le trône ? Sincèrement… le fils de Père ?

— C'est injuste.

— J'ai toujours pensé que tu serais notre sauveur.

J'ai attendu. Je me disais : il n'est même pas attaché. D'un jour à l'autre maintenant. Quand il aura dix-huit ans. Dès qu'il pourra partir de son plein gré.

— J'ai essayé, Lex. Quand on était petits. Tu t'en souviens ? Quand je pouvais encore. Mais à ce moment-là… le courage me manquait. »

Nous nous observâmes, de part et d'autre du lit. Il paraissait ratatiné maintenant. Ethan, avec son manque de courage et son visage qui attirait la compassion.

« Ce n'est pas le souvenir que j'en ai, dis-je. Ce n'est pas du tout le souvenir que j'en ai. »

Il s'assit sur le lit et lissa le drap. Nous tendîmes l'oreille pour guetter les bruits d'Ana dans la maison, mais il n'y avait que les pièces silencieuses : les tapis, les étagères et les bow-windows tranquilles.

« Si tu veux vraiment savoir, dis-je… On a parlé d'autres sujets ce soir. »

Il hocha la tête.

« Va te coucher, Ethan.

— Ce que je t'ai dit tout à l'heure, à propos des directeurs…

— Eh bien ?

— Je ne vais pas échouer, dit-il. Si ?

— Ça m'étonnerait. »

Ivre, il me sourit. Un sourire jusqu'aux yeux. Comme s'il oubliait déjà.

« Merci », dit-il.

Il se releva et se dirigea vers la porte. Je l'entendis s'éloigner dans le couloir, en direction de sa chambre, et se prendre les pieds dans un tableau posé par terre ; puis les murmures d'un matelas, les siens et ceux d'Ana. Assise par terre, contre le mur, les jambes étendues devant moi, je tenais ma gorge, là où ses mains s'étaient refermées ; je serrai et relâchai, confiante dans le contrôle de mes doigts, mes muscles obéissant au cortex moteur. Je continuai un moment, jusqu'à ce que je commence à y prendre plaisir, et retournai me coucher.

Quand nous en avions assez de la chambre d'hôpital, la Dr K m'aidait à m'asseoir dans un fauteuil roulant et nous nous promenions dans les couloirs. J'aimais la cour, qui n'était en réalité qu'un jardin dégarni entre les pavillons, peuplé de fumeurs et de personnes qui passaient des coups de téléphone sérieux. Les médecins exigeaient que je porte des lunettes de soleil chaque fois que je sortais, mais la Dr K s'était offusquée en voyant le modèle fourni par l'hôpital et elle avait promis de m'en apporter une paire à elle. Je me déplaçais dans un fauteuil roulant, en pyjama, avec des couvertures et des Wayfarer.

Ce jour-là, les inspecteurs n'étaient pas présents.

« Ils m'ont demandé de t'interroger sur un point particulier, dit la Dr K. Un sujet sensible, je pense. »

Nous étions assises côte à côte. Elle sur un banc, moi dans mon fauteuil. Il était peut-être plus facile de parler de choses délicates quand on n'était pas obligé de se regarder, disait-elle.

« Ça concerne ton frère. Ethan. »

Je m'y attendais. Dans les questions des inspecteurs, Ethan apparaissait par omission. Cela faisait plus d'un mois, songeai-je, que je n'avais pas entendu son nom.

« Il n'était pas dans le même état que vous autres, dit

la Dr K. Il était plus costaud. Il n'avait rien de cassé. Il n'était même pas enchaîné. »

J'entrelaçai mes doigts sous la couverture et examinai la surface. Pour m'assurer que ça ne se voyait pas.

« Des témoignages – des rapports – laissent entendre qu'il avait le droit de sortir de la maison. »

Je me représentai les inspecteurs regroupés autour d'un téléviseur, regardant une année défiler dans la même rue morne. Cherchant à repérer la démarche d'Ethan.

« La police se demande s'il a souffert lui aussi. Ou bien s'il jouait un rôle tout à fait différent. »

Un mois de travail d'enquête pour en arriver à cet instant. Après cette discussion, ils attendraient le coup de téléphone de la Dr K, avec la mâchoire serrée et les documents nécessaires.

« Est-ce qu'il t'a fait du mal ? » demanda-t-elle.

J'essayai de calquer mon expression sur la sienne : une maison vue de l'extérieur.

« Non.

— Je n'ai pas besoin de te dire que ce n'est plus le moment de protéger les gens.

— Il ne pouvait rien faire. Comme nous tous.

— Tu es sûre ? »

Je m'autorisai à la regarder, par-dessus mes lunettes noires, pour bien lui montrer que j'étais sincère :

« Oui. »

La maison d'Oxford était belle le matin. Un long rectangle de soleil entra dans ma chambre et vint se poser sur l'édredon. Le tableau d'Ana dans la chambre d'amis représentait une rivière en mouvement, et elle l'avait accroché derrière le lit, face à la fenêtre, si bien qu'il était difficile de différencier l'effet de la toile de la véritable lumière qui inondait la pièce. Je repoussai la couverture avec mes pieds et m'étirai dans la douceur du jour. Pendant un instant, j'imaginai que cette maison était la mienne, et vide. Je ne serais pas obligée de parler à qui que ce soit, de toute la journée.

Ethan et Ana étaient en bas, dans la cuisine, devant le comptoir, leurs corps se touchaient. Réconciliation.

« Alors, comment s'est passée cette réunion ? » demandai-je.

Ethan se tourna vers moi, impassible.

« Très bien. » Il portait un polo et ses cheveux étaient mouillés. « Ils voulaient un topo général, avant le jour des résultats. C'est impossible à prévoir, évidemment. Mais je suis optimiste. »

Il me servit un café. Le blanc de ses yeux était cireux et entrecoupé de petits fils rouges.

« Tu as dû rentrer tard, dis-je. Je ne t'ai pas entendu.

— Non, pas trop. Il y a sport à l'école aujourd'hui, faut que je sois en forme. On y va, Ana et moi. Tu es la bienvenue, si ça te tente.

— Ne t'inquiète pas pour moi. Je vais prendre le train pour rentrer à Londres. Il faut que j'envisage de parler aux autres, comme tu me l'as dit.

— On fait des œufs. Reste pour le petit déjeuner au moins. »

Nous mangeâmes en silence, en regardant le jardin. Quand Ethan eut fini, il repoussa son assiette et prit la main d'Ana.

« Avant que j'oublie, dit-il, bien que cela ne risque

pas d'arriver. Ana et moi, nous avons discuté de ta proposition. Sur la manière de gérer la maison. »

J'avais la bouche pleine. Je hochai la tête.

« C'est une super idée, dit-il. Une maison de quartier, dans une ville comme ça. Sans aucun lien avec nous. Oui, ça me semble bien, Lex. Tu me diras ce que je dois signer.

— Je suis sûre qu'on peut donner des fournitures, dit Ana. De la peinture, du papier… Anonymement, bien sûr.

— Très bien, dis-je. OK. » Je songeai à la méthode employée par Devlin au cours d'une négociation, sa manière d'afficher une faiblesse calculée au moment où l'adversaire s'y attendait le moins ; comme si elle vous confiait son secret le plus précieux, et vous ne pouviez pas vous empêcher de l'aimer, du coup. « On peut envisager un peu de publicité, dis-je, si tu penses que ça pourrait attirer des subventions.

— Tout ça est très excitant », dit Ana. Elle tapa dans ses mains, se leva de table et embrassa Ethan sur le crâne.

« C'est robe d'été ? demanda-t-elle. Ou plus décontracté ?

— Mets une robe. »

Elle hocha la tête et se précipita à l'étage.

Je me retournai vers Ethan.

« Eh bien quoi ? dit-il. J'y ai réfléchi. Je n'en ai pas besoin. Pas, vraiment. Alors, fais-toi plaisir. Et puis, Ana adore cette idée.

— Tu es sûr ?

— Presque. Il y a une condition.

— Tu plaisantes, Ethan.

— Je signerai tout ce que tu veux. Mais si on suit ton idée, c'est toi qui gères. La démolition, les subventions, tout. Je ne veux pas en entendre parler. Regarde autour de toi… C'est ici que je vis maintenant. »

Je balayai du regard les abeilles assoupies dans l'herbe, les assiettes peintes à la main qui sentaient l'œuf, et Horace qui somnolait sous les tournesols qu'Ana avait plantés au fond du jardin. (« Il y a une compétition au niveau local, m'avait-elle expliqué, avec le plus grand sérieux, entre toutes les vieilles dames de Summertown. Mais cette année, c'est moi qui vais gagner. »)

« Le simple fait de te voir, ajouta Ethan. Parfois, c'est trop. »

Il existait plusieurs façons de répondre à cela, mais je serais perdante à tous les coups.

« OK », dis-je.

Nous échangeâmes une poignée de main comme deux gamins qui parient sur la capitale de la Tanzanie. Ce souvenir m'arracha un sourire, mais le nom de cette ville m'échappait, alors je demandai à Ethan. C'était avant tout une offre de paix.

« Ce n'est pas Dar es Salaam, dit-il.

— Non, c'est sûr.

— Dodoma. » Il me regarda d'un air triomphant, puis nostalgique. « M. Greggs et ses capitales.

— Je les ai toutes en mémoire.

— Sauf Dodoma.

— Oui. Sauf Dodoma.

— Sais-tu, dit Ethan que j'ai pris la parole dans un colloque de directeurs d'école l'année dernière. Un gros truc. Il y avait des directeurs du monde entier. À la fin de mon exposé, au moment des applaudissements, quand j'ai pu me détendre, j'ai relevé la tête, et je suis sûr de l'avoir vu dans l'assistance. M. Greggs. Il était au fond de la salle, mais il tapait dans ses mains, et je crois avoir capté son regard. J'ai essayé de le retrouver ensuite, pendant le cocktail, mais il y avait du monde, et comme c'était le dernier soir, je ne l'ai jamais revu…

» … Bref, j'ai décidé de me renseigner. J'ai demandé la liste des participants au colloque, mais il n'y figurait pas. Alors, j'ai recherché tous les directeurs d'école du pays, en me disant qu'ils l'avaient peut-être oublié sur la liste. Là encore, ça n'a rien donné. J'ai élargi mes recherches, et il s'est avéré qu'il n'avait pas pu assister à la conférence car il était décédé. Cinq ans plus tôt. Mais il était toujours prof, dans un collège de Manchester. Mort en service. »

Je revis Ethan se rendant à l'école quand il devait faire un exposé, débordant de savoir.

« Désolée, dis-je.

— Quelle importance, hein ? Mais c'était un bon prof. »

Nous entendîmes Ana dans l'escalier. Nous nous levâmes, ensemble, et la regardâmes traverser la cuisine. Elle portait une robe jaune, et en émergeant dans le soleil, elle écarta les bras comme si elle voulait nous étreindre.

« Le plus étrange, ajouta Ethan, juste avant qu'elle nous rejoigne, c'est que je pense à lui chaque fois que je prends la parole. J'aime me dire qu'il est dans la salle. »

3

Delilah (Fille B)

L'inspecteur Greg Jameson, soixante-cinq ans, obèse et retraité, ressemble à un chien de concours décati. Chaque matin, son épouse, Alice, fait le thé, beurre les toasts et le cale dans le lit avec le journal et un vieux plateau qu'elle a rapporté de l'hôpital. « Pour rattraper les longues, longues nuits perdues », dit-elle. Il est dix heures et les rideaux de la chambre flottent dans le soleil de ce milieu de matinée. Dans ces moments-là, les patrouilles de nuit ne sont qu'un lointain souvenir.

Il a des journées bien remplies. Il aime jardiner et écouter le cricket à la radio. Il aime nager une fois par semaine à la Pells Pool, mais seulement en été. En se déshabillant dans l'herbe, il est surpris par la masse blanche de son ventre, par les poils gris qui tapissent son torse. Il s'étonne de ne pas couler. L'hiver, il hiberne, avec des biscuits et des biographies de sportifs. Il intervient dans des écoles des environs et dans des centres communautaires de Londres, pour parler de son expérience d'agent de police, puis d'inspecteur, et expliquer aux jeunes qu'ils pourraient en faire autant. Parfois, ils lui posent des questions intéressantes, il sait alors qu'ils l'ont écouté pour de bon, qu'il n'a pas perdu son temps. Parfois, ils lui demandent : « Vous portiez une arme ? »

Et il repense à cette époque. Certains jours, il rentrait chez lui au petit matin, habité par la haine du genre humain, et il envisageait de fourrer ses affaires dans un sac, de prendre sa voiture pour se rendre dans l'endroit le plus isolé qui lui venait à l'esprit – Ben Armine, peut-être, ou Snowdonia – pour y passer le restant de ses jours, en ermite. (Ou dans la peau de l'excentrique du coin, à la réflexion. Ainsi, il continuerait à avoir accès à des repas chauds et au pub.) Certains jours, il était incapable de parler à Alice, trop incompatible avec son travail : elle croyait que les gens étaient fondamentalement bons. Elle chantait dans sa cuisine, et elle était chamboulée quand elle recevait des brochures d'associations de lutte contre la cruauté envers les animaux. Alors, que pouvait-il bien lui dire ?

Oui. Il avait porté une arme à une époque.

La plupart des affaires étaient résolues, et il n'y pense pas souvent. D'autres, en revanche, restent en suspens, telle une porte ouverte en plein hiver, et il sent les courants d'air.

Un exemple : Freddie Kluziak, vingt et un ans, assistait à la fête donnée par un ami proche dans la salle de réception d'un pub. Au deuxième étage. La caméra de surveillance installée dans l'escalier qui menait à la salle avait filmé Freddie en train de monter avec deux de ses connaissances, un cadeau à la main. À la fin de la soirée, lorsque les lumières se rallumèrent, les amis de Freddie le cherchèrent partout, en vain. Pas de quoi s'inquiéter : il avait dû partir plus tôt, ivre ou fatigué. Deux jours plus tard, sa petite amie donna l'alerte. Personne ne l'avait revu depuis cette soirée. Les images de surveillance arrivèrent sur le bureau de Jameson comme une invitation qu'on attend depuis longtemps. Toute la brigade se regroupa autour de lui pour essayer de repérer un détail. Jameson passa soixante-douze heures à répertorier chacune des personnes qui avaient gravi cet escalier ce jour-là. Toutes étaient redescendues, à l'exception de Freddie Kluziak.

Ce qui troublait le plus Jameson, c'était le cadeau. Lui aussi avait disparu. Il s'était senti idiot quand il avait raconté au père de Freddie que son fils était sans doute sorti par la fenêtre, avec son cadeau dans les bras. Mais à ce stade, ils avaient défoncé tous les murs de la salle de réception, et le patron du pub ne pouvait plus les voir en peinture.

Autre exemple : un enfant de cinq ans avait grimpé sur le bord d'une fenêtre, au troisième étage, et il avait sauté dans le vide. George Casper était illettré et presque muet. Il était incapable de tourner les pages d'un livre, il les voyait comme des choses mortes et plates, leur avait expliqué son instituteur. Il aimait les oiseaux, en revanche. Dixit sa mère. En guise d'explication. George avait tiré une chaise jusqu'à la fenêtre, disait-elle, pour se rapprocher des oiseaux. Et il avait basculé dans le vide, tel un Icare crasseux, à moitié nu, incapable de crier. « Quelle chaise ? » demanda Jameson. La mère ne s'en souvenait pas ; elle l'avait déplacée pour découvrir le corps tout en bas. Jameson souleva les trois chaises qui se trouvaient dans l'appartement : un enfant souffrant de malnutrition n'aurait pu en déplacer aucune. Toutes les pièces étaient une cacophonie d'ADN : le garçon s'était assis partout ; ils avaient relevé des traces de tous les occupants dans tous les lits, ils avaient même testé de la merde de chien, par erreur. Jameson ignorait comment cet enfant avait atterri sur le béton, mais en regardant les parents, il devinait qu'ils n'étaient pas seulement demeurés, ils étaient cruels.

Il agit de manière non professionnelle pendant quelques mois. Seul épisode sordide de sa carrière. Après son travail, il passait devant la porte de l'appartement, en jean et chemise, pour espionner la famille. Un soir, il accompagna le père au pub et but six whiskies – six – dans l'espoir d'apprendre quelque chose avant la fermeture. « Où étais-tu ? » lui demanda Alice quand il rentra en empestant le tabac. Ses vêtements décontractés firent un bruit différent de son uniforme lorsqu'il se déshabilla dans le noir.

Un autre soir, il passa devant la mère dans la cour de la cité. Elle portait des sacs de courses et son ventre était gonflé. Trop tard pour rebrousser chemin, alors il lui sourit. Elle détourna le regard, puis se retourna.

« Z'êtes pas l'inspecteur de police ? »

Ses yeux cherchaient l'uniforme, ou un insigne.

« Oui, c'est bien moi. Je patrouille en civil. Comment allez-vous ? »

Il l'aida à porter ses sacs jusqu'à sa porte. Elle se réjouissait d'être à nouveau enceinte, confia-t-elle. À la naissance, ils ressemblaient à des chiots. « Vous avez des enfants ? » demanda-t-elle. Non, répondit-il. Mais il espérait bien en avoir un jour. Il lui souhaita bonne chance.

Ce soir-là, il s'allongea tout habillé sur le lit et Alice fut réveillée par ses pleurs. Les soubresauts de son corps. Cela faisait cinq ans qu'ils essayaient d'avoir un enfant. Il la prit dans ses bras – à moins que ça soit l'inverse – et sécha ses larmes dans les cheveux de sa femme. Ils avaient pris la décision de ne pas déplorer l'injustice de l'existence, car cela ne servait à rien, mais parfois…

Ils pouvaient agir autrement. La famille comptait plusieurs enfants. Le jeune frère d'Alice avait trois filles, et ils s'en occupaient souvent. Jameson et l'aînée partageaient la même date d'anniversaire, et quand elle eut dix ans, il passa toute une journée à monter un trampoline dans le jardin en vue de la grande réunion de famille. Pour finir, il attacha des ballons aux pieds. Épuisé par cette tâche, contre toute attente, il s'écroula sur la toile. Alice, postée sur le seuil de la cuisine avec sa tasse de thé, éclata de rire.

« Alors, c'est plus facile ou plus difficile que de monter des meubles en kit ? » demanda-t-elle.

Elle posa sa tasse sur le perron et grimpa sur le trampoline, à côté de son mari. Elle se balançait d'un pied sur l'autre, de manière menaçante.

« Ne sois pas ridicule, dit-il.

— Oh, allez ! »

Ils s'accrochèrent l'un à l'autre, en poussant des cris stridents, crevés en quelques secondes. Les enfants adoraient ce trampoline, et pendant une courte période, il fut le clou de toute visite chez les Jameson. Puis les filles devinrent adolescentes ; elles se désintéressèrent de la compagnie des adultes. Le trampoline rouilla dans son coin, enseveli sous les feuilles mortes chaque automne.

Jameson hérita de l'affaire Gracie à cinquante ans. En janvier. Il n'avait pas été sur le terrain depuis longtemps. Alice et lui venaient de rentrer du travail et de défaire les décorations de Noël. Quelque chose le mettait mal à l'aise dans ce rituel. Déshabiller le sapin, ranger soigneusement les boules et les guirlandes dans leurs boîtes. Pour qui avaient-ils fait tout ça ? Ils étaient en train de dîner dans la cuisine – Alice parlait de la politique de l'hôpital, du nouveau petit copain de leur nièce et de l'appel aux urgences le plus horrible de la journée – lorsque le téléphone sonna.

Jameson était attendu au poste pour un topo. L'équipe de la police scientifique avait envoyé des photos de la maison, l'inspecteur en chef les guida d'une pièce à l'autre : voici le corps du père, le Garçon D a été découvert ici, dans un berceau ; la Fille B et le Garçon B étaient dans la première chambre à l'étage, attachés. Les archéologues du labo avaient commencé des fouilles dans le jardin et dans les fondations de la maison, mais ça prendrait du temps. Les enfants avaient été répartis dans différents hôpitaux, en fonction de leurs besoins spécifiques. Tous souffraient de malnutrition et, à l'exception de deux des garçons, ils se trouvaient dans un état critique.

Sept enfants. Jameson regarda les photos sur l'écran,

différentes et pourtant semblables. Mêmes moquettes tachées, mêmes matelas humides, mêmes sacs de déchets. Il pensa à Alice, recroquevillée sur le canapé, avec ses lunettes sur le nez pour regarder la télé.

« Ça a l'air grave, avait-elle dit avant qu'il parte. Je t'attendrai.

— Ce n'est pas la peine.

— J'en ai envie. »

Il y avait deux priorités, annonça l'inspecteur en chef. La première : protéger les indices. La seconde : commencer les interrogatoires. Comment était-ce arrivé ? Quand avait-on vu les enfants pour la dernière fois, qui étaient leurs camarades, où étaient les autres membres de la famille ? Ils recevraient les rapports médicaux le lendemain. La mère avait été arrêtée. Ils avaient déniché une tante, qui semblait disposée à parler.

« On ne peut pas questionner les enfants pour le moment », ajouta-t-il, et Jameson devina que ce sujet avait donné lieu à un affrontement, que son supérieur avait perdu.

Jameson reçut pour mission d'interroger Peggy Granger.

« Ensuite, lui dit l'inspecteur en chef, vous pourrez vous occuper de la Fille A. Une pédopsychiatre est en train d'éplucher son dossier. La Dr Kay. Vous la connaissez ? Jeune. Très impressionnante. J'ai déjà eu l'occasion de travailler avec elle. Novatrice, diraient certains.

— La Fille A, répéta Jameson. C'est celle qui s'est échappée ? »

Il rentra chez lui au beau milieu de la nuit. Alice

était allongée dans le canapé, lumière allumée, deux tasses de thé étaient posées sur la moquette.

« On m'a toujours déconseillé d'épouser un policier, dit-elle. Les gens avaient raison. »

Il savait qu'elle avait réfléchi toute la soirée à ce qu'elle allait dire, pour le faire sourire. Il souleva les jambes de sa femme pour s'asseoir sur le canapé et les reposa sur ses genoux.

« J'ai l'impression d'avoir cent ans, dit-il.

— Tu as l'air d'en avoir au moins deux cent sept. Alors, c'était comment ?

— Horrible. »

Elle se pencha pour lui tendre une tasse de thé.

« Et le méchant est déjà mort, ajouta-t-il.

— Désolée.

— Tu te souviens des soirs, au tout début, où il m'arrivait de pleurer ? Je croyais que c'était à cause des choses affreuses que j'avais vues. Les pires aspects de la race humaine.

— Arrête. Ne…

— En fait, ce n'était pas ça. Je pense que c'était de la gratitude. J'étais soulagé. Tu comprends ? Je pensais à nous, à notre vie. »

Au cours des mois qui suivirent, Jameson apprit à connaître la Dr Kay. Ils passèrent de nombreuses heures à l'hôpital, à écouter les histoires de cette enfant maigre et meurtrie. Certains jours, il n'arrivait même pas à la regarder en face, alors il se concentrait sur ses notes, ou sur l'étrange langage numérique des machines de l'hôpital, qu'il ne comprenait pas. Pendant ce temps, la fille devenait plus forte et si, parfois, il critiquait les méthodes de la Dr Kay, ce qu'elle choisissait de dire et de taire, elle soulignait cette réalité :

« Chaque jour, disait-elle, la Fille A progresse. Elle s'éloigne de plus en plus de cette maison, plus vite que les autres enfants. Vous vous en rendez compte, hein ?

— Évidemment.

— Dans ce cas, laissez-moi faire mon travail. »

Une fois les interrogatoires terminés et toutes les preuves collectées, Jameson fut assigné à d'autres affaires, mais il demandait souvent des nouvelles des enfants, et il continuait à superviser le dossier Gracie. Un soir, la Dr Kay lui rendit visite à une heure tardive, juste avant qu'il quitte son travail. Les dernières lueurs de la lumière printanière s'éteignaient derrière les stores. Il rangeait ses affaires dans son sac en pensant déjà à son lit, à l'odeur des draps, usés juste comme il les aimait. Il pensait aussi aux lits de la maison de Moor Woods Road.

La Dr Kay attendait sur une chaise en plastique bon marché. Tout en elle dénotait avec le décor : la douceur de son pull, les lunettes œil-de-chat, ses mains croisées sur ses genoux, les ongles vernis par quelqu'un d'autre.

« Bonsoir, Greg, dit-elle et elle se leva pour le serrer dans ses bras.

— Café ? » proposa-t-il et elle hocha la tête, même s'ils savaient l'un et l'autre qu'elle ne le boirait pas.

Il l'emmena en coulisse, dans une des salles d'interrogatoire. Les chaises formaient des angles étranges avec la table, comme si les occupants étaient sortis précipitamment.

« Mettez-vous à l'aise », dit-il.

Face à la machine à café, il s'aperçut qu'il avait peur. Il ne pensait pas revoir Kay jusqu'au procès de Deborah Gracie. Il retira le gobelet avant que la machine ait terminé et elle lui cracha de l'eau brûlante sur la main.

« Ils vont tous bien ? » s'enquit-il de retour dans la salle d'interrogatoire.

Il déposa les gobelets sur la table et la Dr Kay en prit un pour se réchauffer.

« Oui, dit-elle. Vous avez vu passer les communiqués de presse, je suppose. “Les enfants résident actuellement dans des endroits inconnus.”

— Dans des familles d'accueil qui veilleront sur eux. Les gens n'ont pas besoin d'en savoir plus. » Il leva son gobelet en plastique pour porter un toast. « Qu'ils vivent longtemps et heureux.

— Il y a une exception », dit Kay.

Elle soupira, et plaqua ses mains sur ses yeux. Jameson lui prit le bras.

« Si je suis venue vous voir, dit-elle, c'est uniquement à cause de ce que vous m'avez dit un jour. Au sujet de ce que certaines personnes considèrent comme allant de soi. Et ce que vous pouviez désirer, votre femme et vous. »

Elle avait mis ses mains devant ses yeux pour ne pas être obligée de le regarder. Derrière ses paumes, son visage était fatigué, dur. Elle savait parfaitement ce qu'elle faisait.

Aujourd'hui, alors qu'il est âgé de soixante-cinq ans, le téléphone sonne de nouveau.

Jameson est en train de lire le journal du dimanche

dans le jardin. Allongée dans l'herbe, Alice lit le cahier voyages.

« C'est toi le plus près », dit-elle.

Il pousse un juron et arrache sa carcasse de la chaise longue. Il compte les sonneries, conscient de devenir de plus en plus lent ; chaque année leur nombre semble augmenter avant qu'il atteigne le téléphone.

« Allô ?

— Bonjour, Papa, dis-je.

— Lex. On se faisait du souci. »

Toute la semaine, Delilah avait ignoré mes messages, jusqu'à ce que l'annonce de sa boîte vocale commence à prendre un ton mystérieux, puis malveillant. Résultat, je me retrouvais seule face à un dimanche après-midi londonien, désœuvrée. Les rues étaient encore calmes, même si quelques buveurs étaient déjà attablés au soleil. Derrière des vitres teintées, des gens essuyaient des tables et des sols ; ils rechignaient à sortir. Dehors, les pintes encore à moitié pleines et les plats à emporter délaissés commençaient à moisir. Des odeurs chaudes et moites suintaient des bouches d'égout : la ville avait plus de mal à masquer ses viscères sous la chaleur. J'achetai un café et allai m'asseoir dans Soho Square pour téléphoner chez moi.

Papa voulait que je vienne dormir à la maison, quelques nuits au moins. « Tous ces contacts avec ta famille, je ne sais pas si c'est bon pour toi. » C'était un vieux débat, qui ressurgissait lors des occasions spéciales. Papa avait passé toute l'année précédente à protester contre ma présence au mariage d'Ethan.

Quand ils m'avaient adoptée, mes parents s'étaient s'éloignés le plus possible de Hollowfield, et même si Maman affirmait qu'elle avait toujours voulu vivre plus près de la mer, je les soupçonnais d'avoir cherché à m'éloigner de cette région. À leurs yeux, le passé était une maladie que mes frères et sœurs portaient encore en eux. Une simple conversation suffisait à être contaminé.

« Je viendrai », dis-je.

Là-bas dans le Sussex, ils avaient du temps à revendre et un accès à Internet limité ; ils voudraient que je leur parle de New York, de mon week-end avec Ethan et que je leur explique ce qu'était, au juste, une société de génomique.

« Mais pas tout de suite », ajoutai-je.

Je lui parlai de la prison et du monologue de l'aumônière.

« J'aurais dû te l'envoyer, dis-je. Toi, mon complice. Tu te souviens que tu as brûlé les lettres ?

— Évidemment que je m'en souviens. Je me souviens aussi que l'idée venait de toi. Tu sais, j'aurais pu t'accompagner… à la prison.

— Ça s'est bien passé.

— Ça ne me plaît pas de t'imaginer seule là-bas.

— Je te le répète : ça s'est bien passé. Et puis, j'ai les autres.

— Ils vont t'aider ?

— Ça ne semble pas très bien parti.

— Tu as parlé avec Eve ? »

Et voilà : toujours cette même volonté de me préserver de mes frères et sœurs.

« Et alors ? Supposons que je lui aie parlé ? »

Je savais qu'il ne répondrait pas. Nous arrivions au bout de la conversation : il était obligé de raccrocher pour que nous restions en bons termes.

« Si tu ne peux pas venir tout de suite, va voir la Dr K au moins.

— Ça ne me semble pas nécessaire.

— Peut-être. Mais ce serait quand même une bonne idée. »

Je songeai à ce que disait Devlin face à une suggestion qu'elle n'avait aucune envie de suivre : « Merci pour votre éclairage. » Ce rejet poli était plus cruel qu'un désaccord ou une discussion, qui réclamaient un petit effort au moins. J'imaginai l'empreinte de main moite de Papa sur le téléphone, les quelques minutes de terreur qu'il s'était autorisées au cours de la semaine écoulée, en se demandant pourquoi je n'avais pas appelé.

« Je vais y réfléchir, dis-je. Promis. »

Dans ma chambre au Romilly Townhouse, j'appelai Olivia.

« Je suis au boulot, dit-elle. Et de très mauvaise humeur.

— Oh.

— Ils ont arrêté la clim pendant le week-end. Qui a cru que c'était une bonne idée ?

— Tu peux venir à mon hôtel. J'ai des notes de frais.

— Et la clim ?

— Oui, aussi. »

Je fis la connaissance d'Olivia le jour de mon entrée à l'université. Nous partagions une salle de bains.

C'était le genre de personne que l'on remarque immédiatement, même si elle est à l'autre bout du bar, en train de bavarder avec quelqu'un. J'étais arrivée dans la résidence avant elle et Papa m'avait aidée à transporter toutes mes affaires dans ma chambre. Il paraissait plus âgé que tous les autres pères. « J'apporte les trucs qui sont dans la voiture, suggérai-je, et toi tu les emportes au bout du couloir. » J'avais passé une demi-journée à chercher la bonne housse de couette, rejetant les propositions de Maman que je jugeais trop enfantines, trop vieille dame, trop fleuries, trop féminines, ou simplement laides. J'avais opté finalement pour une housse bleu marine brodée de constellations et une taie d'oreiller ornée d'une lune qui, maintenant que je les regardais, me paraissaient terriblement, irrémédiablement, gênantes. Papa m'aida à faire mon lit. Je lissai la housse d'une main tremblante. Le lit était disposé dans un coin de la chambre et je me réveillerais avec la tête sous la fenêtre.

« Est-ce qu'on pourrait déplacer le lit contre le mur d'en face ? demandai-je. Si ça ne t'ennuie pas. »

Quand nous eûmes fini de réagencer la chambre, il s'assit sur ma chaise de bureau en se massant les reins et sortit une liste de sa poche.

« Ta mère, dit-il en secouant la tête. Voyons voir ça. Genouillère ?

— Oui.

— Tu as toutes tes provisions ?

— Oui.

— Tes jolies robes ? »

On nous avait informés que divers événements

seraient organisés durant les premières semaines. Chacun exigeait une tenue adéquate.

« Oui, je les ai prises.

— Et tu comptes y assister ?

— Je verrai bien comment ça se passe, Papa. Tu peux me laisser maintenant.

— OK. » Il me serra dans ses bras et m'embrassa sur le front. « Promets-moi que tu iras au pot de bienvenue, au moins.

— OK. »

Le pot de bienvenue se composait de thé et de sirop, ce qui n'avait rien de très accueillant. Un étudiant d'une année supérieure, choisi pour nous mettre à l'aise, me posa une série de questions polies : d'où je venais, quelle matière j'allais étudier, ce que j'avais fait cet été. Derrière lui, la remarque d'une fille portant une veste en jean avait fait rire tout le petit groupe qui l'entourait.

Je m'excusai. Je devais prendre une douche et me préparer pour la première semaine de cours. Qui commençait cinq jours plus tard. Dans le calme de cette chambre inconnue et étrange, où me parvenaient les bruits de la réception, à travers les jardins, cela ressemblait à une éternité.

Assise à mon bureau, je lisais un bouquin sur des lois anciennes, quand on frappa à ma porte. À pas feutrés, j'allai coller mon œil au trou de serrure et découvris la fille à la veste en jean adossée au mur, bras croisés. Elle attendit une seconde – deux –, puis, perplexe, elle s'éloigna.

J'ouvris la porte.

« Salut, dit-elle. Il y a mieux comme présentations, mais je crois qu'on partage la même salle de bains. »

Elle me tendit une main décharnée. Elle avait des canines de vampire et des fossettes de traviole, si bien que vous étiez surpris à chaque fois de vous apercevoir qu'elle était jolie.

« Toutes ces cérémonies de bienvenue, dit-elle, c'est un peu gênant. »

Olivia étudiait l'économie. Elle venait de passer un an en Australie, comme jeune fille au pair, pour s'occuper des enfants d'un cadre de l'industrie pétrolière, ce qui lui avait permis de comprendre que, véritablement, définitivement, l'argent ne faisait pas le bonheur. Une des filles lui avait tenu tête dès le premier jour, affirmant qu'Olivia serait repartie avant la fin de la semaine. « Un an plus tard, elle a pleuré quand je suis partie. Alors, on peut parler d'un véritable triomphe. » Elle avait déjà fait connaissance du gars qui logeait en dessous, un certain Christopher, étudiant en architecture. Sa mère lui avait envoyé des brownies pour toute la résidence et il les stockait sous son lit, honteux. Elle regarda, par-dessus mon épaule, ma petite pile d'affaires au milieu de la pièce, rassemblées comme si l'union faisait la force.

« Hé, super ta housse de couette », dit-elle.

Olivia me rejoignit au bar à champagne du Romilly Townhouse et m'étreignit avec précaution. Elle portait des lunettes aviateur, un tailleur et un foulard en soie brodé de fourmis.

Nous parlâmes de l'Italie et du mariage, de la *torta*

al testo que le couple avait servie à minuit. « Sincèrement, dit Olivia, le meilleur truc que j'aie jamais foutu dans ma bouche. » Nous parlâmes de généalogie et de génomique, de manière générale, car le deal de Devlin était confidentiel et Olivia travaillait pour un groupe d'investissement agressif.

« Mon père a essayé, dit-elle. Une sorte de crise du retraité. Je crois qu'il a découvert qu'on venait du pays de Galles… où vivent mes grands-parents. » Nous parlâmes de la météo. Avant de comparer le shopping à New York et à Londres. « Mais tu ne commences pas à trouver la flatterie des vendeuses new-yorkaises agaçante ? » demanda Olivia.

« Ta mère…, dit-elle alors qu'on nous apportait notre quatrième tournée. Oh, Lex. Je ne vais pas faire comme si je savais quoi dire. Mais elle t'a quand même mise au monde. » Elle leva son verre. « Alors, je bois à ça. »

Au début, j'essayais en permanence de tout raconter à Olivia et à Christopher. Quand nous marchions jusqu'au bar de la fac ou quand nous buvions dans les jardins, les après-midi d'automne couleur rouille, les mots affluaient dans ma gorge, avec un goût de bile.

Ils savaient que j'avais été adoptée et que j'étais plus âgée que je devrais l'être. Aujourd'hui, je songe à toutes les autres étrangetés qu'ils n'ont jamais relevées : la photo d'Evie et moi sur ma table de chevet, mon besoin de prendre des douches à des moments inopportuns, et mes séjours bimensuels à Londres où je traversais le quartier de Fitzrovia, passais devant les maisons de ville à l'aspect sévère et les anciennes écuries arc-en-ciel, pour aller voir la Dr K. Se posaient-ils la question de savoir s'ils devaient me demander des explications ? Débattaient-ils pour déterminer quelle devait être la première question, afin de s'assurer le meilleur retour sur investissement ?

S'ils évoquaient mes bizarreries entre eux, ils avaient décidé de ne pas aborder le sujet avec moi. Le semestre avançait et mon passé était devenu comme le nom d'une connaissance : à partir d'un moment, impossible de le demander. Je ne parlai de Mère et de Père que durant notre dernière année, et uniquement parce que je n'avais pas le choix.

Nous étions à la fin octobre, la semaine des fêtes et des dîners d'Halloween. Chaque soir, le brouillard arrivait en douce des Fens, tel le grand tour de passe-passe de l'automne. Olivia et moi avions recyclé nos tenues de l'année précédente, qui avaient connu un vif succès : nous étions les jumelles mortes de *Shining* : robes bleu ciel et chaussettes montantes parfaites, dénichées dans une foire à la rentrée scolaire. Nous entrâmes dans le bar de la fac main dans la main, l'air sérieux, et Christopher se retourna. Un couteau en plastique était planté dans son crâne.

Toutes les personnes que nous aimions étaient là et le juke-box passait *Thriller*. Le nouveau petit ami d'Olivia était venu à vélo avec un copain de fac que j'avais connu au club de course à pied et que j'appréciais. L'obscurité précoce nous surprenait encore, comme si la soirée avançait trop vite. Bientôt, ce serait le deuxième trimestre, les examens approcheraient et il n'y aurait plus de nuits comme celle-ci. Nous quittâmes le bar plus tardivement et plus ivres que prévu, en tenant encore nos gobelets en plastique, et nous longeâmes la cour en direction de la grille du campus. Le brouillard flottait au-dessus de l'herbe ; j'apercevais, au travers, les lumières déformées des bâtiments de l'autre côté de la cour, mais impossible de voir si quelqu'un nous observait par une des fenêtres.

À mi-chemin de la grille, j'entendis un bruit de pas juste devant nous – venant dans notre direction – et soudain, du brouillard surgit une collection de personnages grotesques. Il y avait Ian Brady, avec un costume et des cheveux parfaits, accompagné d'une Myra travestie. Il y avait O. J. Simpson, dont le masque était porté par un garçon blanc et frêle, avec son gant noir – trop grand – qui pendait au bout de son bras. Il y avait Harold Shipman, avec une fausse barbe et une vraie blouse de médecin. Et puis, derrière, il y avait Mère et Père.

Ils avaient réussi à rendre les cheveux blancs, très blancs, de Mère (la perruque était de travers sur la tête du garçon), et la drôle de robe grise qu'elle portait au moment de son arrestation. Sur le cliché d'identité judiciaire, elle dévoilait une épaule et on apercevait l'ombre, semblable à une balafre, que projetait sa clavicule. Ils n'avaient pas rendu ce détail. Père était encore moins ressemblant. Le plus grand du groupe avait assumé ce rôle, mais il n'était pas encore assez grand. La coupe de cheveux était trop soignée, le regard trop doux. Ce n'était pas vraiment la faute de l'imposteur, pensai-je.

« C'est de bon goût, les gars », lâcha Olivia en passant.

Le gobelet en plastique m'échappa. Le brouillard s'épaississait ; je ne voyais plus Olivia, ni Christopher, ni même mes mains.

« Liv », appelai-je, persuadée que je pouvais le faire discrètement, avant que quelqu'un s'en aperçoive, mais j'étais déjà à genoux, et l'herbe était douce, mouillée, entre mes doigts.

Ted Bundy – un étudiant en droit que j'avais déjà vu – aida Olivia à me porter jusqu'à ma chambre. Elle avait renvoyé son petit copain. Elle remplit deux verres d'eau au robinet et s'allongea à côté de moi sur le ciel étoilé.

« C'était une sorte de dîner déguisé, dit-elle. "Tarés et criminels". N'empêche, ça foutait la trouille. »

Elle roula sur le côté, face à moi, mais je restai sur le dos, suivant du regard les fissures au plafond, essayant de voyager avec elles d'un mur à l'autre.

« Alors, qu'est-ce qui t'est arrivé ? demanda-t-elle.

— Je ne sais pas. L'alcool peut-être. »

Elle ricana.

« Arrête un peu, Lex. Toi ? La soirée venait juste de commencer.

— Alors… je ne sais pas.

— Lex… je ne t'ai jamais posé de questions… il y a un tas de choses que je ne voulais pas te demander. Je me disais que tu m'en parlerais quand tu te sentirais prête. Mais peut-être que ça n'arrivera jamais… je ne sais pas. Et je m'en fiche, en vérité. Mais je veux juste savoir si tu vas bien. »

Je sentais les mots crépiter dans ma gorge, comme lors de notre première rencontre.

« Si je te raconte, peux-tu me promettre que, quelles que soient les questions que tu te poses, quoi que tu puisses penser, nous ne serons plus obligées d'en parler ?

— Oh, Lex. Oui, bien sûr que je peux.

— Tu te souviens de la Maison des Horreurs ? Tu devais avoir dans les treize ans... »

Lorsque nous quittâmes le Romilly Townhouse, la soirée dégénéra rapidement. Olivia appartenait à un club d'amateurs de whisky, qui se réunissait dans un bar proche, où Christopher pourrait nous rejoindre. Son nouveau petit copain s'essayait au stand-up, et il ne supportait pas de le voir sur scène : bon prétexte, donc, pour échapper au spectacle.

« Non pas qu'il soit nul, précisa Christopher. Mais je suis sur les nerfs, j'ai toujours peur que quelqu'un l'interrompe. Et dans ce cas, je serai obligé de plaquer cet enfoiré au sol.

— Tu ne peux pas préparer une répartie, plutôt ? suggérai-je. Ça serait peut-être moins risqué.

— On y travaille. » Il soupira. « J'aimais mieux quand il était le comptable le plus drôle que je connaisse.

— Il n'était pas si drôle que ça, dit Olivia.

— Olivia est d'humeur exécrable, dis-je. Parle-lui de la clim.

— Mon humeur s'améliore. Je l'imagine mal sur scène, voilà tout.

— Vous avez quarante verres d'avance sur moi

toutes les deux, dit Christopher, et il commanda une autre tournée. J'ignorais que tu aimais le whisky, Liv.

— Je n'en raffole pas. Mais j'aime bien avoir un endroit où emmener les gens. Il faudrait toujours avoir un endroit où emmener les gens.

— Surtout un endroit où il y a une telle ambiance », dis-je.

Il n'y avait qu'une seule autre personne dans le bar : un vieil homme en costume pied-de-poule.

« Il est mort ? » avait demandé Olivia à notre arrivée.

« On devrait toujours avoir un endroit où on est sûr de trouver une place.

— Parle-nous de New York, Lex.

— J'ai quitté ma maison pour un loft, dis-je. Immense. Au bord de l'eau, à Brooklyn. Mais c'est une coloc.

— Je ne pourrais pas, dit Olivia.

— Il y a juste moi et une vieille femme. La propriétaire du loft. Une cloison sépare nos deux espaces, mais parfois, il arrive qu'elle tombe, et je vois alors la vieille dame, dans son lit, ou en train de regarder un documentaire. Elle s'appelle Edna.

— Edna t'arnaque, dit Christopher.

— Oui. Sois moins radine, Lex.

— Ça ne me gêne pas. Je suis habituée. Elle est très discrète. De toute façon, je n'y suis presque jamais.

— Quitte Edna et reviens vivre à Londres.

— J'y suis.

— Il faut que tu restes pour mon anniversaire, dit Olivia. Il compte celui-là. Vingt-huit ans. J'organise la fête avec deux ans d'avance, avant d'être trop fatiguée.

— Je suis épuisée, dis-je.

— New York était une bonne excuse, mais pas ça. »

Le barman récupéra les verres.

« Lequel vous préférez ? » demanda-t-il.

Il nous avait apporté des notes de dégustation, mais nous ne les avions pas lues.

« Je les aime tous, dit Olivia, mais celui-ci est le meilleur.

— Et JP ? me demanda Christopher.

— Eh bien, quoi ? »

Christopher regarda Olivia. Il avait bu un verre de trop pour être subtil.

« Tu as l'intention de le voir ?

— Je crois que je n'aurai pas le temps, dis-je. Je travaille pour une psychopathe.

— Il me demande de tes nouvelles chaque fois que je suis obligée de le voir, dit Olivia.

— C'est gentil.

— Je lui dis que tu t'en sors très bien. Que tu es belle et riche.

— Merci, Liv. Pour être franche, je ne pense pas souvent à lui. Juste de temps en temps. Ça va.

— S'il y a quelque chose que tu veux savoir, je peux me renseigner.

— J'aimerais surtout ne pas en parler. »

Nous essayâmes d'entrer au Ronnie Scott pour le dernier set, mais il n'y en avait pas le dimanche et le club allait bientôt fermer. « Rentrez chez vous », nous suggéra le portier. Christopher devait aller retrouver son petit copain : le spectacle ne s'était pas bien passé. J'implorai Olivia de boire un dernier verre avec moi.

« Minuit et quart, dit-elle avec un mouvement de recul face à sa montre. J'arrête, Lex. J'arrête. »

Quand son taxi arriva, elle monta à bord et s'allongea sur la banquette. Elle me regarda à l'envers, par la vitre ouverte.

« Il fait trop chaud pour tout ça, dit-elle et elle éclata de rire. On est vraiment dimanche ?

— C'est le nouveau jeudi.

— Salut. Salut, mon amie. »

Le chauffeur, qui en avait marre de nous, commença à démarrer. Olivia se redressa et agita la main.

« Londres ! cria-t-elle. N'est-ce pas merveilleux ? »

J'acquiesçai : oui, oui, c'était bon de se retrouver dans cette ville. Le taxi s'insinua dans le trafic nocturne. Je restai plusieurs minutes sur le trottoir, en songeant à un homme que j'avais fréquenté à Marylebone, après JP. Tout près d'ici à pied. Je l'avais rencontré en ligne et je pensais souvent à lui, quand je n'avais goût à rien à New York. C'était une très mauvaise idée. Si ça se trouve, il était marié maintenant.

Je passai devant les restaurants et les embrasures de portes sombres, et regagnai l'hôtel. Il y avait au milieu de ma chambre une baignoire sur pieds, que je n'avais pas encore utilisée de la semaine. Assise sur le sol à damier, je la regardai se remplir. Une fois emmaillotée dans l'eau, je pris mon téléphone. Ethan avait laissé un message. *Wesley a remporté le match de cricket. C'était chouette de te voir, comme toujours.* Une transmission en provenance d'une tout autre époque. Je regardai l'écran en plissant les yeux. *Excellentes nou-*

velles, répondis-je. Puis, parce que j'étais trop gentille et ivre : *Honduras ?*

La dernière corvée du jour. Je trouvai le numéro que je cherchais et, de nouveau, j'entendis sa voix essoufflée sur son message, comme si on l'avait dérangée en pleine crise de larmes, ou au lit.

« Delilah, pourquoi tu ne me rappelles pas, bordel de merde ? »

Mère fut finalement examinée plus d'une semaine après la naissance d'Ethan. Les premiers jours, débordante de joie, la douleur lui était apparue comme un accomplissement. Le septième jour, terrorisée par la fièvre, elle pria en implorant Père du regard. Il se laissa fléchir lorsque Ethan eut dix jours, alors que Mère tremblait trop pour tenir son enfant dans ses bras. Elle n'avait pas prié avec suffisamment d'ardeur.

Une fois les infections soignées et les plaies recousues, le médecin informa mes parents que si Mère décidait d'avoir d'autres enfants, il y avait de forts risques de complications, et qu'elle devrait accoucher uniquement à l'hôpital. Le médecin était sans doute le genre d'hommes que Père tolérait : puissant, sûr de lui, difficile à contredire. J'étais trop jeune pour me souvenir de la naissance de Delilah, mais je n'ai pas oublié notre visite à l'hôpital pour voir Evie, née le jour de l'An, en soirée.

Père nous avait confiés à la sœur de Mère, Peggy, qui avait épousé un des garçons de l'école primaire. Elle était enceinte à son mariage, mais elle avait attaché un gros nœud de mousseline de soie autour de sa taille, et personne n'avait eu le droit d'évoquer ce sujet jusqu'à ce que le couple rentrât de lune de miel. Au moment de la naissance d'Evie, Peggy avait deux garçons, bruyants et idiots, un de l'âge d'Ethan, l'autre un peu plus vieux, et elle passait ses journées à nettoyer la maison neuve que son mari avait achetée. Tony Granger était agent immobilier à Manchester, et on le voyait peu. Ethan le surnommait l'Homme sans visage : on avait l'impression de ne voir que son costume bleu marine ou ses chaussures cirées qui disparaissaient dans une des pièces de la vaste maison blanche.

Ethan aimait torturer nos cousins, comme certains enfants aiment torturer leur animal domestique. Il leur racontait des histoires fantaisistes : s'ils pouvaient garder la tête sous l'eau pendant une minute, ils seraient peut-être recrutés par une société secrète à laquelle il appartenait ; il y avait en ville un serial killer qui s'en prenait aux jeunes garçons dans leur sommeil, et la seule façon, avérée, de lui échapper, c'était de ne pas dormir pendant trois nuits d'affilée. Ou bien, il plaçait un objet auquel tenait beaucoup Benjamin sous l'oreiller de Michael et il attendait que ça pète. Ou alors, à table, il faisait tomber le verre d'un des garçons, mine de rien, pendant que les adultes se trouvaient dans une autre pièce généralement. « Ce que tu es maladroit, Benjamin ! » s'exclamait-il, en continuant à manger, et comme il était plus petit, plus jeune, et qu'il bénéficiait de mon soutien inconditionnel, on le croyait la plupart du temps.

Quand Père rentra de l'hôpital pour venir nous chercher, c'était l'heure du coucher. Ethan et moi nous étions disputés pour savoir qui lirait l'histoire, et Peggy avait décidé que ce serait à tour de rôle, par âge : d'abord Michael, puis Benjamin, puis Ethan et enfin moi. Delilah, trois ans, s'ennuyait ; elle courait d'une pièce à l'autre, ravie d'être encore debout à cette heure. C'était une histoire de pirates, autrement plus dramatique que tous les contes de Père, même si Michael lisait d'un ton monotone et guindé, pendant qu'Ethan levait les yeux au ciel (« Même Alexandra lit mieux que ça ») en attendant son tour.

J'étais nerveuse, et excitée, à la perspective de lire devant un public, et à mesure qu'Ethan approchait de la fin de sa partie, mon cœur s'accélérait. Je lisais mieux que Benjamin – et peut-être même que Michael –, et j'avais une chance de le prouver. Je me raclai la gorge, après avoir arraché le livre des mains d'Ethan, lorsque Père frappa à la porte.

« Encore une fille », annonça-t-il à Peggy, avant de nous appeler.

« Il est tard, Charles, dit Peggy. Il est déjà huit heures. Les enfants sont en pyjama. Ils peuvent dormir ici. »

Ethan et Delilah avaient déjà rejoint Père à la porte, mais je restai assise dans le canapé, le livre à la main.

« C'est à mon tour de lire, dis-je.

— Viens ici, Alexandra.

— Les visites sont terminées à cette heure-ci, dit Peggy. Ils verront leur petite sœur demain.

— C'est moi qui décide quand ils verront leur sœur. Allons-y, Alexandra.

— Il reste juste quelques pages. »

Ethan se rangea du côté de Père.

« Allez, viens, Alexandra, dit-il.

— Mais c'est mon tour ! »

Père tendit le bras pour écarter Peggy. Il entra dans le salon sans se déchausser et me souleva. Je tenais toujours le livre. Il me l'arracha des mains, sans peine, et le lança contre le mur. Par-dessus son épaule, je vis les légères empreintes de terre sur la moquette couleur crème. Peggy et ses enfants, debout dans leur entrée éclairée et brillante, rétrécissaient dans la nuit.

Ils avaient ouvert notre mère, annonça Père quand nous fûmes dans la voiture. Le bébé n'arrivait pas à trouver la bonne position. Alors, ils l'avaient découpée. Je me tournai vers Ethan pour quêter une explication, mais lui aussi était perdu. Delilah se mit à pleurer.

En arrivant à l'hôpital, je refusai de descendre de voiture. J'imaginais Mère allongée sur une table argentée et froide, le torse ouvert d'un bout à l'autre. On voyait fonctionner chacun de ses organes, comme sur ces montres de luxe. Le nouveau bébé émergeait des viscères en rampant, ensanglanté et visqueux. Sur le parking, je pris la main d'Ethan, en m'attendant à ce qu'il se moque de moi : il avait huit ans maintenant, trop vieux pour ce genre de geste. Mais il garda ma main et la serra dans la sienne.

Évidemment, ce n'était pas du tout ça. Nous empruntâmes les longs couloirs lumineux, en essayant de prononcer les noms des différents services. À la maternité, une infirmière nous parla avec précaution, comme on s'adresserait à un animal blessé et méchant, et nous conduisit auprès de Mère. Allongée dans un lit, elle dormait, sa peau et sa chair étaient intactes. À côté d'elle, dans un petit berceau en plastique, il y avait le bébé.

Père ne le regarda pas. Il caressa les cheveux et le visage de Mère, et la réveilla. En le voyant, elle sourit. Ethan, Delilah et moi nous massâmes autour du berceau.

« Je veux pas d'elle, déclara Delilah.

— Tu ne la vois même pas, tu es trop petite », dis-je.

Le bébé dormait. Je soulevai une de ses mains immaculées, d'un doigt.

« Elle ressemble à Alexandra quand elle est née », dit Mère et un étrange sentiment de fierté, injustifié, se répandit dans ma poitrine. Ça valait la peine de perdre mon tour de lecture. J'avais une nouvelle sœur, qui me ressemblait, et un jour, je lui lirais des histoires.

« On l'appellera Eve », déclara Père.

Delilah ne changea pas d'avis au sujet d'Evie. Pendant presque quatre ans, elle avait été la plus jeune, et elle considérait ce bébé comme un usurpateur, un courtisan malveillant au sein de son royaume, introduit en douce sous le déguisement d'un enfant. Il avait été prévu qu'Evie dorme dans la chambre de Delilah, mais ça n'allait pas. Delilah s'appropriait la couverture du nouveau-né et lui tendait de petites embuscades. Elle cachait dans son berceau une fourchette, mes crayons, la pince à épiler de Mère, volée sur sa coiffeuse. « C'est un cadeau pour le bébé », affirmait-elle.

La maison fut réorganisée. Désormais, je dormais

dans la chambre du bébé avec Evie, et Delilah se retrouva avec Ethan.

Delilah n'agissait pas en toute impunité parce qu'elle était rusée, comme Ethan, mais parce qu'elle était belle, comme l'avait été Mère. C'était une vérité indiscutable, comme celles qu'exigeait M. Greggs, à laquelle je commençais à me résigner. Chaque année, à l'école, nous devions poser pour des photos, y compris des photos de famille. La première fois que Delilah posa avec nous, le photographe fit mine de lâcher son appareil. « Quelle belle petite fille ! s'exclama-t-il. Tiens… » Il lui tendit le gros ours en peluche qui lui servait à apaiser les élèves récalcitrants. « … quelques photos de toi toute seule, d'abord. »

Après avoir photographié Delilah sous différents angles, de près et de plus loin, il nous fit signe, à Ethan et à moi, de la rejoindre dans le cadre. Delilah s'était débarrassée de l'ours en peluche, je le ramassai sur le sol poussiéreux de la grande salle, mais le photographe secoua la tête.

« Non, dit-il. C'est pour les plus mignonnes. Et puis, tu as passé l'âge, de toute façon. »

Mes parents commandèrent la photo de groupe. Ethan prenait une pose nonchalante, Delilah fanfaronnait et moi, je regardais le plafond, le rouge au front, essayant de ne pas pleurer. Mère plaça la photo dans un cadre de supermarché et l'accrocha dans le salon, où il était impossible de ne pas la regarder. Delilah, inspirée, demanda à voir des photos de Mère enfant.

« On se ressemble ! » s'exclama-t-elle et, me

regardant par-dessus l'album : « Pas du tout comme Alexandra.

— On a les mêmes cheveux, dis-je.

— Oui, mais pas le même visage, ni les mêmes yeux, ni les bras, ni les jambes. »

Quand nous étions enfants, je prenais Delilah pour une idiote. Ses bulletins scolaires étaient accablants : « Delilah doit s'appliquer », pouvait-on lire, ou bien : « Delilah n'a pas beaucoup de dispositions pour cette matière, elle a besoin de travailler plus. » J'avais entendu deux professeurs parler d'elle au déjeuner : « Rien à voir avec Ethan », disait l'un. « Ni avec Alexandra », disait l'autre. Quand Delilah avait un devoir à faire, elle posait sa tête sur ses bras et tendait la main vers Père de l'autre côté de la table. « Je comprends pas, disait-elle. Pourquoi tu me racontes pas une de tes histoires à la place ? » Aujourd'hui, en repensant à son expression attentive quand Père parlait, à son adoration envers Mère enfant, bien avant Le Défilé, je me demande si, en vérité, Delilah n'était pas plus intelligente qu'Ethan et moi, si elle n'était pas la plus intelligente de nous tous.

Au début, je me plaignis de devoir coucher dans la même chambre qu'Evie. J'étais en colère après Delilah, et déçue de ne plus pouvoir discuter avec Ethan avant de dormir car, depuis qu'il m'avait raconté tout ce qu'il savait sur le Far West, c'était le moment où nous parlions de nos journées à l'école. La chambre du bébé était encombrée de tous les vieux projets de Père : un ordinateur vautré sur la table de chevet exposait ses viscères brillants, des câbles s'enroulaient sous le lit à barreaux. Mais Evie était un bébé austère, calme, et je finis par l'apprécier. Comme l'avait dit Mère, elle me ressemblait. Il était facile de s'attribuer l'affiliation d'un bébé, et j'avais grand besoin d'avoir quelqu'un dans mon équipe.

Au lieu de parler de ma journée à Ethan, je m'adressais à Evie, tout bas. Dans un des cartons de Père, je dénichai une lampe-torche. Quand le prof nous autorisait à emporter des livres à la maison, j'attendais que tout le monde dorme, et je lisais à voix haute. « Elle ne comprend pas ce que tu racontes », me dit Delilah. Je l'ignorai. Je ne lisais pas seulement pour Evie, je lisais aussi pour moi. Parfois, si je la prenais dans mes bras quand elle geignait, avant qu'elle commence à pleurer pour de bon, je m'apercevais que j'arrivais à la consoler. Et généralement, j'étais la première à intervenir car Père et Mère étaient de plus en plus souvent accaparés par d'autres choses.

À un moment quelconque, entre dimanche et lundi, mon téléphone sonna. Quand je me réveillais de cette manière, désorientée, arrachée à un sommeil profond, je me croyais à Moor Woods Road un instant. Il y avait quelques années, la Dr K avait élaboré un plan en trois points pour affronter ces réveils : s'étirer vers le plafond, attendre que la chambre apparaisse et se remémorer chaque détail de la veille, aussi précisément que possible. Soho projetait une lueur orangée électrique à travers les rideaux, la baignoire et le bureau se matérialisèrent dans l'obscurité. Ma robe de la veille gisait sur mes chaussures, par terre, comme si leur occupante s'était volatilisée. Je repensai à Olivia dans le taxi, me faisant signe avec son écharpe par la fenêtre, et quand je répondis au téléphone, je souriais. Il était un peu plus de quatre heures. J'attendis que mon correspondant parle.

« Lex ? Ça fait un bail.

— Delilah. »

Évidemment.

« Je suis à Londres, dit-elle. Je peux passer te voir. Tu loges où ?

— Romilly Street. Au Romilly Townhouse. Quand veux-tu qu'on se voie ?

— Je n'ai pas beaucoup de temps. Je serai là dans une heure. Peut-être moins.

— Hein ?

— Pour te voir. J'arrive.

— En pleine nuit ?

— À tout de suite. »

Je voulus allumer une lumière douce, mais j'allumai le plafonnier par erreur. Je repoussai le drap et la couverture avec mes pieds et restai allongée dans un état de stupeur. Je maudis Delilah, l'éclairage des chambres d'hôtel, l'orchestre de percussionnistes débutants qui répétait à l'intérieur de mon crâne, le club des amateurs de whisky, l'inclinaison de la Terre, Londres sous la chaleur et la distance entre le lit et la douche. Sous l'eau froide et propre, je me fis vomir, et appuyai mon front contre les carreaux. Delilah.

Quand je cessai de trembler, j'ouvris la fenêtre et m'assis au bureau pour rédiger une courte lettre de consentement, approximative, concernant la maison de

Moor Woods Road et l'argent qui allait avec, autorisant la création du centre communautaire tel qu'Evie et moi l'avions imaginé. Je laissai en blanc la partie consacrée à la signature. Je ne savais même pas comment s'appelait Delilah, maintenant. Les premières particules de lumière du jour s'éparpillèrent dans la chambre. Je commandai deux cafés à la réception et les bus tous les deux. Delilah allait me faire poireauter.

Elle arriva deux heures après son coup de téléphone. Elle rappela pour connaître mon numéro de chambre, et quelques instants plus tard, ses pas s'arrêtèrent devant ma porte. Elle attendit une poignée de secondes avant de frapper. De l'autre côté du panneau de bois, je l'imaginai dans le couloir désert, en train d'assembler son visage.

Père gardait une bible sur sa table de chevet, et chaque fois qu'il manquait d'inspiration pour l'histoire du soir, il demandait à l'un de nous d'aller la chercher. Comme avec les récits des vies de nos parents, nous nous disputions pour entendre notre livre préféré. J'aimais le Livre de Jonas à cause de la baleine. Ethan aimait le Livre de Samuel, mais il détestait le Livre des Rois. On y trouvait son homonyme, mais uniquement pour préciser que Salomon était beaucoup plus intelligent. Delilah était contente d'écouter ce que Père avait choisi, un texte didactique généralement. Sa manière à elle, songeais-je, de masquer le fait qu'elle ne se souvenait plus de quel livre il s'agissait.

Le dimanche, nous mettions ce que j'appelais nos « habits inconfortables » – cols blancs montants et tailles serrées – et nous traversions le bourg dans le sillage de Père. Nous passions devant d'autres églises, plus anciennes, où les fidèles entraient déjà en file indienne – près du centre, se dressait l'austère église de pierre où nous avions été baptisés – et nous atteignions un bâtiment carré, de couleur beige, une sorte de boîte, juste avant la zone industrielle. Un auvent blanc s'avançait au-dessus de la porte, sur laquelle quelqu'un avait peint à la main : Bienvenue.

La Loge n'attirait pas la foule. Il y avait là un groupe d'hommes indifférenciables, vêtus de longs manteaux, qui jouaient tous de la guitare. Un défilé de mères qui picoraient les biscuits et saluaient Père d'un geste quand nous entrions. Des bébés faisaient des cabrioles dans l'allée. Quelques veuves silencieuses, assises au fond, savouraient la musique. L'une d'elles, Mme Hirst, était aveugle. Ses yeux restaient fixés sur un passé lointain, situé à 1,65 mètre de haut, juste au-dessus de mon épaule droite. Nous nous disputions pour savoir lequel d'entre nous serait obligé de la conduire jusqu'aux rafraîchissements à la fin de l'office. Elle nous faisait peur, disions-nous, comme disent les enfants qui se servent de la peur pour justifier leur cruauté.

À la Loge, mes parents avaient acquis le statut de demi-célébrités. Notre famille occupait tout un banc et les vieilles femmes caressaient nos cheveux quand nous passions. Une des jeunes mères demanda un jour à Ethan si nous étions albinos, question à laquelle il ne daigna pas répondre. Certains dimanches, Père délivrait des sermons aussi populaires que ceux du pasteur David. Lorsque celui-ci attrapa la grippe, Père prit la direction de son groupe de prières du mardi soir, et la conserva.

CG Consultants avait mis la clé sous la porte juste après la naissance d'Evie. La vérité, c'était que personne en ville – et très peu de gens dans le pays – ne possédait un ordinateur. « Ce sont les pionniers qui se font massacrer, nous dit Père, alors que tous les colons réussissent. » Père avait toujours été un homme de foi, mais aussi un homme d'affaires, et un enseignant, un homme que les femmes aimaient regarder. À l'école, nous apprenions les graphiques circulaires, les « camemberts », et je voyais la vie de Père sous la forme d'un cercle : à mesure que ses autres identités diminuaient, la part de la religion éclipsait le reste.

Il y avait de la théâtralité. La première fois où quelqu'un tomba à genoux par terre, dans l'allée – frappé, supposai-je, par le Saint-Esprit –, Ethan croisa mon regard et s'empressa de détourner la tête, aussi vite qu'il le put. Je sentais ses épaules tressauter contre le dossier du banc. Ce fut moins amusant la fois suivante, et celle d'après ; et encore moins encore lorsque Père s'agenouilla devant tout le monde, ses bras épais tendus vers la croix, comme dans l'attente d'une étreinte. Delilah sut quoi faire. Elle se mit à danser en cercle, le visage renversé vers le plafond en bois brut, en serrant ses petits poings. Des larmes saintes coulaient sur son visage, jusque dans ses cheveux.

C'est à la Loge que nous fîmes la connaissance de Thomas Jolly. Un dimanche, Mère prit Père par le bras, alors que nous entrions l'un derrière l'autre, et montra d'un mouvement de tête un homme étrange, chauve, qui se tenait au fond de l'église. Durant tout l'office, je l'observai. Il ne chantait pas avec le même zèle que Père ou les guitaristes, mais il connaissait toutes les paroles, et quand le pasteur David parlait, il se penchait en avant, les yeux fermés, et son sourire dévoilait ses petites dents irrégulières. À la fin du sermon, il battit des paupières et capta mon regard, et bien que je détournasse la tête, je sentis son sourire s'élargir.

L'office terminé, Père s'empressa de nous faire quitter le banc. « Jolly ! » s'exclama-t-il en accueillant l'inconnu comme si c'était un vieil ami cher. Il murmura quelque chose à l'oreille de Jolly, qui s'esclaffa. Mère nous plaça derrière elle, sur une seule ligne, solennelle.

« Regardez-moi cette famille ! dit Jolly en s'adressant à Père. Regardez-moi ces enfants ! J'ai tellement entendu parler d'eux. »

Il me serra la main et posa sa paume sur ma tête. C'était un homme mince, mais les muscles noueux s'enroulaient autour de ses bras, et tout son corps vibrait d'une énergie ardente, contenue.

« Bientôt un autre ? » demanda-t-il en refermant ses mains en coupe autour du ventre de Mère. Celle-ci regarda Père, pour s'assurer de sa fierté, et sourit à son tour.

Sur le trajet du retour, Père était revigoré. « Jolly accomplit des choses extraordinaires, dit-il, dans tout le Nord-Ouest. Et c'est nous qu'il vient voir. » Il sourit et souleva Delilah au-dessus de sa tête. Il tombait une pluie fine et nous n'avions pas de parapluie. Le froid s'insinua sous mes vêtements. Nous traversions la lande d'un pas traînant, en automne. J'accélérai et Ethan me rejoignit. Père tenait toujours Delilah, il prit la main de Mère, posée sur le landau, et la coinça sous son bras. « Mes beaux enfants, dit-il. Ma famille. »

Jolly était pasteur à Blackpool, juste à côté de Central Drive, non loin de l'hôtel où travaillait Père, donc. Père l'avait aidé à installer du nouveau matériel technologique dans l'église : un écran perfectionné, pour projeter des vidéos et des photos, et des haut-parleurs dernier cri, dont Père avait hérité à l'hôtel. « L'atmosphère là-bas, déclara-t-il, est unique. Électrique. Si vous voulez voir l'église du futur, c'est là qu'il faut aller. »

Les vacances débutaient à la fin février, juste avant l'arrivée du nouveau bébé. Jolly animait un long week-end de sermons et de manifestations, et Père fournirait le soutien technique et spirituel. Ethan, Delilah et moi n'irions pas à l'école le lundi. « L'éducation, c'est ça », dit Père.

À l'hôtel, nous aurions deux chambres, précisa-t-il. Les meilleures, celles qui donnaient sur l'océan.

Nous n'étions jamais partis en vacances, mais dès que tout fut arrangé, Père sembla rajeunir, comme s'il ne demandait rien d'autre que cette promesse. Il réclamait son alcool tous les soirs et décrivait la ville dans ses moindres détails. Il y avait un parc d'attractions, dit-il, avec une grande roue gigantesque. D'où on pourrait voir jusqu'à la maison. Mère souriait en l'écoutant parler ; elle fermait les yeux pour le rejoindre sur la terre promise.

Sa grossesse avait été difficile. Il y eut des complications à cause de l'incision de la césarienne qui n'avait pas eu le temps de cicatriser suffisamment avant que la peau soit de nouveau tendue. (Combien de temps avaient-ils attendu, me demandais-je, après Evie, avant qu'il la désire, et avait-elle protesté juste avant qu'il entre en elle, en silence, luttant avec ses bras et ses jambes pour ne pas nous réveiller ?) Elle nous avait montré le trait, fin et soigné, par lequel Evie était sortie, sous son ventre, comme la marque laissée par une ceinture. Maintenant, le tissu cicatriciel pendait sous ce nouveau poids, et Mère passait de longs moments dans sa chambre, porte fermée. « Elle a besoin de faire une pause, disait Père. L'air marin lui fera du bien. »

Quelques jours avant notre départ, Père rentra à la maison avec un paquet enveloppé de papier kraft. « Un cadeau pour toute la famille », annonça-t-il. Delilah arracha l'emballage et brandit un T-shirt rouge, fin, sur lequel était imprimé un verset tiré de l'évangile de Pierre : *Que la grâce et la paix vous soient multipliées*. D'autres T-shirts, identiques, tombèrent sur le sol. Six en tout, un pour chacun de nous, un pour Mère et un pour Père. Nos noms étaient imprimés au dos.

« Ouah ! » fit Delilah.

Elle distribua les autres T-shirts avec le plus grand soin, en les tenant dans ses paumes, comme une offrande.

Nous partîmes pour Blackpool le vendredi soir, alors qu'il faisait déjà nuit. Mère tenait Evie, qui ronchonnait. Habituellement, à cette heure-ci, elle dormait ou elle était dans mes bras. « Pourquoi on n'est pas partis plus tôt ? » demandai-je, mais le silence régnait dans la voiture, et Père m'ignora. Il avait plu tout l'après-midi et une lumière orange scintillait sur la route. Delilah caressait le tissu de son nouveau T-shirt, ses doigts jouaient distraitement avec le polyester. Ethan orientait un manuel scolaire vers les lampadaires et plissait les yeux dans l'obscurité. Je regrettais de ne pas avoir pensé à en emporter un moi aussi.

« Quand on arrivera, dit Père, il ne faudra pas faire de bruit. »

Je me grandis sur mon siège.

« On y est ? »

Nous bifurquâmes sur la promenade. Le vide glacial de la mer prolongeait le ciel. À l'extérieur de la voiture, c'était un cataclysme de lumières : des salles de jeux clignotaient, des hommes et des femmes faisaient la queue à l'entrée des dancings, des chevaux de néons échappés d'un manège semblaient suspendus dans la nuit. Ethan baissa sa vitre. Les machines à sous gazouillaient. Un gros bonhomme en costume de Monsieur Loyal nous indiqua une entrée drapée de velours rouge. Là, il n'y avait pas la queue. « On peut aller voir les montagnes russes ? » demanda Ethan en me tirant par le bras, par-dessus le siège, pour que je regarde. « Je veux monter dessus. » Avant qu'on arrive à l'hôtel, Père quitta le front de mer et se gara dans une rue perpendiculaire, derrière la camionnette d'un marchand de glaces aux vitres brisées.

« Pas de bruit, dit-il. Vous vous souvenez ? »

Nous sortîmes les sacs et le landau et, en chancelant sous leur poids, nous suivîmes Père dans le noir. Le vent venu de la mer s'engouffrait dans la ruelle. Ici, les lampadaires étaient cassés et je ne voyais pas mes pieds. Je marchai sur quelque chose de mou, qui s'enfonça sous ma chaussure, et pressai le pas. Père nous conduisit jusqu'à un portillon de bois et trouva la bonne clé. Nous le franchîmes pour pénétrer dans le jardin de l'hôtel.

Mon père travaillait au Dorchester, à Blackpool, qui se trouve toujours sur le front de mer, aujourd'hui encore. Le jour où les parents d'Olivia nous emmenèrent prendre le thé au Dorchester de Park Lane, treize ans plus tard, je regardai mon reflet dans l'immense miroir ancien – champagne, velours violet, scones frais – et je pensai à l'autre Dorchester, que j'avais considéré jadis comme l'endroit le plus excitant au monde. Pendant un temps, j'avais cru que j'y retournerais avec Evie. C'est ici que tu as passé tes premières vacances, lui dirais-je. Je m'imaginais courir sur la Pleasure Beach, d'un manège à l'autre, remporter une énorme peluche ; et le soir, laminées par le sel et ivres, nous mangerions un fish and chips sur la plage. J'ai retrouvé le Dorchester sur ces sites que je consultais pour mes voyages d'affaires ou pour les week-ends avec JP. Les commentaires étaient épouvantables. (« Évitez cet endroit dégoûtant », « Infâme » et, au mieux, « Correct, mais a besoin d'une sérieuse remise à neuf »), et je compris, en faisant défiler les photos, que l'endroit dont je me souvenais n'existait plus. Si nous y retournions, je découvrirais sans doute qu'il n'avait jamais existé.

Du jardin, nous apercevions la salle de bal de l'hôtel, déserte. Des tables couvertes de nappes formaient un cercle autour de la piste de danse en bois. Dans le parquet se reflétait un dôme de verre qui donnait sur le ciel nocturne. Par une nuit sans nuages, on pouvait danser sur la lune. Au-dessus de la salle de bal, je distinguais les petites lumières carrées des chambres des clients qui ne dormaient pas. Père les regardait lui aussi.

« Il est important de ne pas faire de bruit, répéta-t-il. C'est compris ? »

Il ouvrit la porte d'une issue de secours et nous précéda dans un escalier étroit.

Nos chambres, situées au tout dernier étage, empestaient la peinture. Les radiateurs étaient poussés au maximum.

« Vous voyez, dit Père. Tout est neuf et rénové. »

Ethan, Delilah et moi collâmes notre nez à la fenêtre. Père n'avait pas menti : on voyait la jetée, et la grande roue qui tournait lentement dans la nuit.

« J'ai sommeil », dit Mère.

Elle sortit Evie du landau et passa dans la chambre communicante. Elle avait pris l'habitude de se pencher vers l'avant quand elle marchait, et on avait envie de la retenir à chaque pas, même si aucun de nous ne le faisait. Père la suivit. Nous nous glissâmes sous les couvertures, avec nos T-shirts neufs, en continuant à murmurer d'un lit à l'autre. Delilah, plus douce le soir, me demanda de lui caresser les cheveux. « Laisse les rideaux ouverts », dis-je à Ethan. J'avais envie de m'endormir en regardant les lumières de la promenade s'élever jusqu'à notre fenêtre.

Si vous avez vu les photos de Moor Woods Road, vous avez vu également celles prises sur la jetée à

Blackpool. Samedi matin, tôt. Nous étions trop excités pour dormir. Mère et Père nous emmenèrent à la plage avant le premier office, à contrecœur, mais de bonne humeur, et nous partîmes devant eux en courant ; le sable froid et mouillé claquait sous nos pieds, les mouettes se dispersaient au-dessus de la mer. Le ciel était d'un bleu délavé, découpé par des traces d'avion et des nuages. Nous provoquions les vagues en courant assez près pour qu'elles nous atteignent, hurlant quand cela se produisait. Evie se risqua à faire quelques pas, de moi à Ethan, et retour.

Quand nous atteignîmes la jetée, Delilah aborda un inconnu pour qu'il nous prenne en photo. « Les T-shirts, ordonna Père. Il faut qu'on voie les T-shirts ! » Il gelait presque et lorsque nous ôtâmes nos manteaux et nos sweatshirts, le vent sur notre peau nous arracha des cris stridents. Nous rions, aussi ; même à travers les pixels, ça se voit. À la manière dont nous nous tenons les uns aux autres, sur les visages de nos parents. Un artefact de la dernière bonne journée, d'autant plus pénible à regarder pour cette raison.

Père n'avait pas menti : l'église de Jolly possédait une énergie qui faisait défaut à la Loge. Elle n'émanait pas de la technologie, ni des bancs pleins à craquer, ni de l'épaisse moquette rouge sur laquelle se trémoussaient les fidèles. Mais de Jolly, habité par un charisme fervent, qui semblait être à la fois en chaire et avec vous dans l'allée pour vous tenir la main, qui berçait tendrement des bébés livides et bedonnants comme si c'étaient les siens. Il s'époumonait, transpirait, éructait.

Tout le monde était le bienvenu, et tout le monde était là : des bienfaiteurs aisés, qui avaient pillé les portefeuilles de parents récalcitrants, des femmes aux joues creuses, qui grelottaient dans leurs chaussures à talon ; des familles débraillées, composées d'innombrables enfants. Les humbles étaient là, prêts à recevoir la Terre en héritage.

Entre les offices, Jolly avait organisé des ateliers par petits groupes. Mère et Père assistèrent à des séances de prières, des réunions stratégiques et à des études de la Bible, pendant qu'Ethan, Delilah et moi participions aux ateliers pour enfants, qui avaient lieu dans une serre humide attenante à l'église, envahie par des bambins au nez plein de morve qui tapaient dans leurs mains sans raison. Après le premier jour, Ethan protesta :

« Les autres enfants sont tout petits. Ils ne savent même pas parler. »

Nous regagnions le Dorchester à pied. Père fit deux grandes enjambées pour faire un croche-pied à Ethan. Je reconnus la technique des garçons de Jasper Street, les grands que j'essayais d'éviter.

« C'est ça votre problème à tous les deux, Alexandra et toi, hein ? dit Père. Vous vous croyez toujours supérieurs aux autres. »

Ethan se releva sans rien dire. De la promenade, nous voyions le squelette des montagnes russes de Pleasure Beach s'enfoncer dans le ventre du ciel. J'avais vu le programme de dimanche et je commençais à me demander si nous aurions le temps de monter sur les montagnes russes, ou sur la grande roue, dont Père nous avait tant parlé. De retour dans notre chambre, je demandai à Ethan ce qu'il en pensait. Lundi matin, peut-être, si on était sages le lendemain ? Il me regarda avec cet air méprisant qu'il réservait habituellement à ses camarades de classe, ou à Delilah, et je compris que tout espoir était perdu.

« Ne dis pas de bêtises. Ils n'ont jamais eu l'intention de nous y emmener. Si on est venus ici, c'est à cause de Jolly et de son église pourrie. »

Sentant que j'allais me mettre à pleurer, je lui tournai le dos.

« Je vais te dire autre chose, ajouta-t-il. J'y crois même pas à tout ça. Jolly, Père, Dieu. À rien. Tout ce qu'ils racontent ne tient pas debout, si tu écoutes bien.

— Ne dis pas ça.

— C'est la vérité.

— Pas devant Père, s'il te plaît, Ethan. »

Le dimanche soir, après le second office, après que Jolly eut étreint ses fidèles, Père l'invita à dîner avec nous.

« On peut essayer de trouver une table chez Dustin, suggéra Père.

Quelle belle façon de passer la soirée », répondit Jolly.

Il tapa dans le dos de Père et sa main laissa une empreinte humide sur sa chemise. Il entrelaça ses doigts avec ceux de Delilah et, tel un gentleman, il tendit le bras pour qu'elle passe devant. Elle rougit et plaqua sa main sur son visage.

« C'est parti », dit Père.

Chez Dustin, cela signifiait le Dustin's Bar & Grill, situé après le Dorchester, attenant à un autre hôtel, plus somptueux. La vaste salle à manger était éclairée par deux lustres qui dispensaient une lumière tamisée. Des serviettes roses étaient disposées dans les verres à vin et il y avait déjà des petits pains à chaque place, même si peu de chaises étaient occupées. Une seule autre famille était en train de dîner, et lorsqu'ils nous virent entrer, avec nos T-shirts identiques, les deux adolescents attablés échangèrent des remarques à voix basse et des sourires narquois. Evie s'assit sur le tapis, sur lequel elle traça des motifs incompréhensibles, pendant que nous prenions place autour de la table. Mère consulta le menu, inquiète, mais Père l'ignora. Il commandait déjà deux bouteilles de vin et conseillait le steak. En habitué.

« On peut prendre ce qu'on veut ? demandai-je et Père ricana.

— Pourquoi pas ? C'est un soir pas comme les autres. »

Nous n'avions mangé qu'une seule fois au restaurant, pour l'anniversaire de Mère, et j'étais affolée devant tant de choix. Je scrutais le menu en espérant qu'il révèle ses secrets. Saucisse frites ou Dustin's Burger ? La carte plastifiée reflétait mon visage, et mon désarroi.

« Parfois, dit Jolly, j'observe les fidèles. Vous avez des gens qui hochent la tête du début à la fin, d'autres ont les larmes aux yeux, d'autres sont possédés. Mais vous savez, au fond de vous-même, que la plupart sont des lâches. Ils viennent pour la musique, peut-être. Pour la communauté. Mais ils choisiront d'être exactement ce que le monde veut qu'ils soient. »

Jolly baissa la tête. Et leva son verre.

« Pas toi, Charlie, dit-il. Je le sais. Je le vois. Tu choisis de vivre à l'écart de ce monde. Avec une famille pareille, tu peux bâtir ton propre royaume. »

La serveuse, qui débarrassait l'autre table, regarda dans notre direction, puis tourna la tête.

Père et Jolly discutaient en se regardant droit dans les yeux et en bougeant les mains. Le vin salissait leurs dents. Mère, avide de conversation, penchait la tête pour saisir des bribes. J'allai chercher Evie sous une autre table et la hissai sur mes genoux, et nous jouâmes à faire coucou avec une serviette, jusqu'à ce que les plats arrivent. Je regardai le burger de Delilah voyager des cuisines à son set de table et contemplai, tristement, les deux saucisses blafardes dans mon assiette.

Père et Jolly continuèrent à boire, alors qu'il n'y avait plus rien à manger et que nous ne les écoutions plus. Lorsque la serveuse apporta l'addition, Père l'arracha à Jolly et compta les billets. Il lui en manquait un. Mère sortit son porte-monnaie. « Vous nous en auriez fait cadeau, dit-il à la serveuse. N'est-ce pas ? N'est-ce pas. »

Elle sourit poliment et prit l'argent que lui tendait Mère.

« Je vous apporte votre monnaie », dit-elle.

Elle apporta également un petit pot de bonbons, qu'elle posa sur la table entre Delilah et moi.

« Servez-vous, dit-elle. Ils sont très bons.

— Et si on voulait un autre verre ? dit Père. Vous ne nous avez pas demandé si on voulait un autre verre.

— On ferme. Il y a un bar juste à côté… ouvert tard.

— OK. OK. On a compris le message. »

Nous nous retrouvâmes sur le front de mer. Père, qui tenait toujours son verre de vin, regrettait que cette soirée prenne fin aussi brutalement. Ce soir, la promenade était calme, la grande roue était sombre et immobile. Il commençait à pleuvoir. Un couple passa d'un pas pressé, main dans la main, essayant d'ouvrir un parapluie. Je m'attendais à dire au revoir à Jolly, mais il nous raccompagna au Dorchester et gravit le petit escalier qui menait à nos deux chambres tout en haut. Ni Père ni Mère ne tentèrent de s'en débarrasser. Comme si cette soirée avait été répétée de longue date et se déroulait comme prévu.

« Bonne nuit, les petits, dit Jolly.

— Allez, entrez là, dit Père en ouvrant la porte de notre chambre. Et plus un bruit maintenant.

— Alexandra, dit Mère. Prends Eve avec toi.

— Pourquoi ? demandai-je.

— Ce soir, elle dort avec vous. Laisse-la dans son landau. Elle va dormir jusqu'à demain matin. Pas de tapage ce soir, s'il vous plaît.

— Pourquoi il va dans votre chambre ? » demanda Ethan.

Mère sourit et prit sa joue dans sa main.

« Ne sois pas impoli, Ethan. Allez, il est l'heure de se coucher. »

Dès que la porte se referma, Delilah grimpa sur un lit et sauta sur l'autre.

« Je suis pas fatiguée, dit-elle. On peut jouer avec le bébé ?

— Non, Delilah, dis-je.

— Hé, dit Ethan, vous voulez toujours monter sur les montagnes russes ? »

Nous construisîmes le grand huit de la manière suivante : le bureau formait un pont entre les deux lits. Pour la descente, nous inclinâmes le miroir sur pied, à l'envers, entre le lit d'Ethan et la plinthe, et nous utilisâmes un plateau de l'hôtel pour glisser dessus. Il fallait sauter du plateau avant de heurter le mur, ce qui ajoutait à l'excitation. Après quelques tentatives en solo, nous nous assîmes tous les trois sur le plateau. Nous passâmes à travers le miroir et nous retrouvâmes sur la moquette, en train de gémir, de glousser, en faisant « Chut », au milieu des éclats de verre. À côté, tout était calme, et personne ne vint nous voir.

Alors, nous nous enhardîmes. Ethan se mit debout sur son lit. Et déclama :

« J'ai un sermon qui commence ainsi : *Je suis le Seigneur.*

— Tais-toi, Ethan, dis-je.

— C'est moi, le Seigneur ! » s'écria Delilah et elle tenta d'attraper Ethan, qui courut sur le bureau, pour sauter sur le lit que je partageais avec Delilah, et il se mit à rebondir d'un pied sur l'autre.

« Désolé, dit-il. Tu devras te contenter d'être ma fidèle servante. »

Evie s'agita dans son landau et se mit à pleurer.

« Arrête, Ethan, dis-je.

— Si tu préfères, tu peux être une lépreuse, dit Ethan. À toi de choisir. »

Delilah se jeta sur lui en poussant un cri strident, partagée entre le rire et les larmes. Ethan la saisit à bras le corps et tous les deux s'écroulèrent sur le matelas. Les pieds du lit cédèrent et le sommier heurta le plancher avec un énorme fracas.

S'ensuivit un long silence, pendant lequel nous crûmes que nous allions nous en tirer. Puis des bruits de pas retentirent, venant à la fois d'en bas et de la chambre voisine. Père apparut sur le seuil, torse nu, et au même moment, un inconnu ouvrit la porte du couloir. Il portait un costume noir et le nom de l'hôtel était brodé sur sa poitrine. Son badge indiquait : *Nigel Connell. Bienvenue à Blackpool*.

« Charlie ? s'étonna Nigel. Qu'est-ce que tu fous ici, bordel ? »

Son regard glissa vers nous. Puis s'arrêta sur le lit cassé et sur le miroir brisé.

« Putain de merde, lâcha-t-il. Tu es avec toute ta famille ?

— Les chambres étaient libres, dit Père. Je pensais que…

— Tu ne peux pas loger ici. Tu ne peux pas débarquer en douce et loger ici sans rien dire à personne. Sans payer un penny.

— Si, je peux, répondit Père. Et je l'ai fait. »

Je m'approchai d'Evie qui continuait à pleurer à l'autre bout de la chambre et m'accroupis près du landau.

« Tout va bien, murmurai-je.

— Je suis obligé d'en référer, dit Nigel. Surtout après le coup des enceintes.

— Fais ce que tu veux. Tu n'es qu'un petit employé tatillon, Nigel. Un sac à merde. »

Il se tourna vers nous.

« Prenez vos affaires. Immédiatement. »

Dehors, il pleuvait pour de bon. Nous n'avions pas eu le temps d'enfiler nos manteaux, Delilah avait perdu une chaussure, la démarche titubante de Mère offrait matière à une caricature cruelle. Et Jolly… Où était Jolly ? Nos T-shirts rouges nous collaient à la peau, telles des mains glacées glissées entre nos os. J'atteignis la voiture au moment où Père ouvrait la portière, mais il me repoussa dans la nuit. Ethan et Delilah attendaient déjà sur le trottoir. Dans la ligne de tir.

« Je vais frapper l'un de vous, déclara Père. Mais je vais être équitable. Je vais être généreux. Je vous laisse choisir. Ethan, qui a cassé le lit ? »

Ethan regardait droit devant lui.

« Delilah.

— Delilah. Très bien. Delilah ?

— C'est Ethan, dit-elle, en pleurs. Ma parole.

— Bien. Alexandra, à toi de trancher. »

Quand je repense à cet instant, durant mes insomnies causées par le décalage horaire ou les dimanches d'hiver, quand le soir tombe, le vieux calamar se réveille en gigotant et se répand dans mes membres, il remonte dans ma gorge et traverse mon ventre. La honte.

« C'est Delilah, dis-je. C'est Delilah qui a cassé le lit. »

À peine ces paroles prononcées, Père la saisit par le bras.

« Vous autres, en voiture », ordonna-t-il.

Il s'agenouilla au milieu des paquets de chips et des graviers et coucha Delilah sur ses genoux. Il abaissa son petit pantalon violet, puis sa culotte, et lui donna cinq fessées, de toutes ses forces. Lorsqu'elle put se relever, son visage était impassible. Elle repoussa les cheveux mouillés qui tombaient dans ses yeux, arrangea sa tenue et me regarda fixement entre les gouttes qui ruisselaient sur la vitre de la voiture, où nous attendions, au chaud. Je me souviens de son expression et quand je songe à Delilah, où qu'elle soit – dans un autre lit ou face à son propre dimanche après-midi –, je suis certaine qu'elle repense à ce moment elle aussi.

« Entre », dis-je.

Après notre évasion, Delilah parvint jusqu'à moi par le biais de différentes histoires. Voici ma préférée. Son psychologue était un jeune homme hautain nommé Eccles, qui aimait attirer l'attention et se vantait devant la Dr K des progrès de sa patiente. Dans le tableau de victimation, disait-il, Delilah avait dépassé la Survivance pour atteindre la Transcendance. « Personnellement, disait la Dr K, j'ai une tolérance très limitée vis-à-vis de ces catégorisations. » Delilah avait livré un témoignage choc lors du procès de Mère, et Eccles s'en était inspiré pour rédiger l'article qui surpasserait tous les autres, qu'il espérait voir publié dans *La Revue annuelle de psychologie* et, selon toute vraisemblance, repris dans le monde entier. Mais une semaine avant sa publication, Delilah exigea que toutes les références la concernant soient retirées de l'article. Elle avait ravivé sa foi et décidé d'aller de l'avant. Désormais, elle travaillerait avec Dieu, plutôt qu'avec Eccles.

« Chouette endroit, commenta-t-elle. Être intelligent, ça rapporte encore, on dirait. »

Elle serait toujours la personne la plus belle de la pièce, n'importe où. Elle portait une robe blanche, un trait de rouge à lèvres et une croix qu'on ne pouvait pas ignorer. Elle se débarrassa de sa veste, la jeta par terre et s'allongea sur la banquette au pied du lit. Ses longues jambes fragiles pendaient jusque sur la moquette.

« Alors, demanda-t-elle, comment ça va ?

— Bien. Mais j'aurais préféré qu'on se voie plus tard.

— Je faisais du bénévolat quand j'ai reçu ton appel. »

Elle avait prononcé le mot bénévolat d'un ton qui m'implorait de réclamer des informations supplémentaires. Je me contentai d'un :

« Oh.

— Tu semblais incohérente.

— J'avais retrouvé des amis. Je ne m'attendais pas à avoir de tes nouvelles.

— J'étais à côté, c'était pratique. Ce n'est pas toujours facile pour moi de me libérer. Et tu donnais l'impression que c'était urgent. »

Elle balaya la chambre du regard – à la recherche du désastre – et revint sur moi, perplexe.

« C'est au sujet de Mère, dis-je. Je devrais t'adresser mes condoléances, j'imagine. Tu étais plus proche d'elle que moi. »

Elle rit. Je vis alors le trou entre ses dents. Vers le fond, à gauche. Après notre évasion, nous avions reçu des soins dentaires complets. Je ne me souvenais pas si ce trou était déjà là.

« C'est très gentil, dit-elle. Merci.

— Ils vont l'enterrer dans l'enceinte de la prison. J'ai pensé que c'était préférable.

— Après tant de concertations… »

Elle ferma les yeux. Soupira.

« Tu n'es même pas allée la voir, dit-elle. Hein ?

— J'avais mieux à faire de mes week-ends.

— Oh, j'en suis sûre. Je suis certaine qu'il y avait toujours une conférence à laquelle assister. Ou… quoi donc ? Un dîner ? »

Elle s'adressait au plafond désormais et je ne voyais plus son visage.

« Elle demandait après toi, ajouta-t-elle. Elle arrivait en boitillant et elle regardait de tous les côtés. Elle se tenait le ventre, comme si elle était toujours enceinte. Et chaque fois qu'elle me voyait, on aurait dit qu'elle n'arrivait pas à croire que j'étais venue. Elle aimait participer aux activités. Plus que parler, je crois. Ils organisaient des petits événements pour la fête des Mères, pour Noël, etc., et elle aimait qu'on s'assoie toutes les deux et… On était entourées d'enfants. Qui fabriquaient des couronnes ou des cartes de vœux. Tu vois, quoi. Des travaux manuels.

— Des travaux manuels ?

— Oui. On fabriquait chacune un objet et parfois, après, elle proposait qu'on fasse quelque chose pour Evie, ou Daniel, ou un des autres. Mais pour toi généralement.

— Delilah…

— Je sais. Ça ne t'aurait pas plu. D'autres fois, elle voulait juste savoir ce que tu devenais. Elle voulait connaître le lien de ta page sur le site de la société. Ce genre de choses. Comme on n'avait pas le droit d'introduire des téléphones, j'étais obligée de noter à la main cette putain d'URL.

— Pourquoi tu me racontes tout ça ? »

Elle se redressa en poussant un long soupir.

« Tu n'en as jamais marre de les haïr ?

— Pas vraiment, dis-je. Non. »

Le témoignage de Delilah : le grand tournant du procès de Mère. La déposition d'Ethan avait été succincte et accusatrice. Il ne l'avait pas regardée dans les yeux. Mon témoignage avait été lu par Papa, pendant que j'étais à l'école. Celui de Gabriel par sa mère adoptive, et un mouchoir qui avait beaucoup servi. Mais Delilah… Delilah avait donné aux gens ce qu'ils attendaient. Elle était flanquée de deux policiers qui la faisaient paraître encore plus petite. Quelqu'un avait plastifié son texte, et le bruit se propageait dans la salle de tribunal. Elle adorait ses parents, déclara-t-elle. Ils avaient voulu protéger leurs enfants, accomplir l'œuvre de Dieu. Bien qu'ils aient commis de terribles erreurs, elle comprenait leurs intentions, et elle leur avait pardonné. Dans le box des accusés, Mère était avachie parmi ses cheveux et ses larmes. Les journaux avaient qualifié Delilah de triste et de conciliante, ce qui me faisait sourire, déjà à l'époque.

Elle m'observa, je voyais un léger mépris dans les rides qui reliaient ses sourcils.

« Ce n'est pas bon pour toi, dit-elle. C'est malsain. »

Un léger mouvement de tête.

« Tu as du café ? » demanda-t-elle.

Au téléphone, le veilleur de nuit semblait déconcerté.

« Ils ne sont pas arrivés ?

— Si. Deux autres.

— Vous devez avoir une nuit difficile, madame Gracie.

— Oui. Exact. Merci. »

Delilah jaugeait la chambre. Elle ouvrit la penderie et promena son index sur les robes et les tailleurs. Elle prit sur le bord de la baignoire le lait pour le corps, gracieusement offert, et en versa un peu dans sa paume. Elle lut la lettre de consentement sur le bureau et attendit que je raccroche.

« Un centre communautaire, dit-elle.

— Il y a deux actifs. La maison de Moor Woods Road et vingt mille livres…

— Alexandra Gracie. Philanthrope.

— Tu es d'accord ou pas ?

— C'était notre maison. Je serais contente de voir qu'elle est utilisée pour une bonne cause. »

Elle avait conservé son petit sourire satisfait.

« L'argent, c'est plus intéressant, dit-elle. Notamment… sa provenance ? »

Je me fis une joie d'expliquer. Bill m'avait envoyé les documents par mail dans le train qui me ramenait à Londres, et il m'avait téléphoné aussitôt après. Cet argent provenait de la vente d'une poignée d'actions d'une société technologique, que Père avait achetées des dizaines d'années plus tôt. « S'il en avait acheté deux cents, avait dit Bill, vous seriez millionnaires aujourd'hui. »

Un succès, après tout ce temps. Sans doute se serait-il autoproclamé dernier grand prophète.

« Ce sont les pionniers qui se font massacrer, avais-je dit à Bill.

— Pardon ?

— Non, rien. »

« L'argent, dit Delilah, devrait être réparti entre nous tous.

— De mon point de vue, dis-je, la maison ne vaut presque rien sans argent pour la rénover. Le conseil municipal voudra la preuve que nous sommes engagés… que nous sommes prêts à faire un investissement personnel.

— Ce n'est pas pour moi, dit-elle. Même si je sais que c'est ce que tu imagines. Je suis mariée maintenant, Lex. Avec un homme bien… un homme important. Mais il choisit ses causes. Et ça… c'est une cause qui nous tient à cœur à toutes les deux. Mais pas à lui. »

Ethan avait découvert la publication des bans sur le site du Telegraph. Le mari de Delilah était l'héritier de Pizza Serata, une chaîne de pizzérias, partie de Maidenhead et qui marchait vers le nord. Le mariage avait été célébré dans la discrétion, un vendredi après-midi. La seule chose que je savais au sujet de Pizza Serata, c'était qu'ils avaient été accusés de faire des dons à des associations antiavortement, de l'autre côté de l'Atlantique, et que leurs pizzas étaient médiocres.

Delilah s'allongea sur le lit et posa son bras sur ses yeux.

« Comment t'expliquer ? dit-elle. On était une famille. Non ? Dans la maison de Moor Woods Road. Mère et Père, ils ont essayé de nous protéger. Et il y a toujours des conséquences – n'est-ce pas ? – quand on détruit une famille ? Quand on retire cette protection. Certaines personnes apprennent à vivre sans. D'autres, non. »

Les cafés arrivèrent. Apportés par un nouveau serveur, vêtu d'un uniforme propre et impeccable. Un visiteur venu du pays des vivants. Delilah lui sourit.

« Vous me sauvez la vie ! » dit-elle.

Les cafés étaient trop chauds. Nous dorlotâmes les tasses et les soucoupes pendant un moment. Les cheveux de Delilah tombaient devant son visage.

« Moi aussi, dit-elle, j'ai dû lutter au début. Seule pour la première fois, dans un endroit inconnu, sans notre famille. Avec Mère inaccessible, et ce qui est arrivé à Père. Et puis, je me posais des questions. Mais Dieu m'a attendue. »

Elle était convaincante. Et si vous l'écoutiez assez longtemps, vous compreniez comment elle s'était convaincue elle-même.

« OK, dis-je. Qu'est-ce que tu veux en faire… de cet argent ?

— C'est Gabriel. Il ne va pas bien.

— Où est-il ?

— Pas si vite. Tu ne vas pas commencer à te soucier des autres maintenant. »

Elle tenait sa tasse contre sa poitrine, comme une chose qu'elle refusait de partager.

« Il est à l'hôpital. Un hôpital privé. Il est venu me

trouver en désespoir de cause, je pense. Il savait que je l'aiderais. Et il va mieux. J'avais de quoi payer le premier mois, grosso modo. Tu sais bien que je ne te supplierai pas, Lex. Mais tu dois comprendre que je tiens à lui. Et tu dois assumer la responsabilité de... du changement que tu as provoqué. »

Mon cerveau était ralenti, alourdi par la rouille de la veille au soir, mais il commençait à se remettre en marche.

« Tu ne connaissais même pas l'existence de cet héritage avant aujourd'hui, dis-je. Qu'est-ce qui se serait passé, alors ? »

Delilah coiffa ses cheveux en arrière. Derrière se cachait son petit sourire.

« Dieu aime les donateurs joyeux, dit-elle.

— Tu avais déjà décidé de me demander de l'argent. Pas vrai ?

— Pourquoi serais-je ici, sinon ? Le fait que tu me doives quelque chose maintenant, c'est un avantage supplémentaire, je suppose. »

Ethan n'aurait pas aidé Gabriel. Quelques semaines après qu'il fut devenu directeur d'école à Wesley, après les articles et les interviews, quelqu'un s'était introduit par effraction dans la maison d'Oxford, en pleine journée, pendant qu'Ana et lui participaient à un déjeuner de bienfaisance. Un témoin avait vu un homme ressortir par la porte avec un tourne-disque et un téléviseur. « Je n'ai pas appelé la police, expliqua-t-il, car c'était l'homme qui habite là. »

« Ça pourrait être n'importe qui, avais-je dit.

— Allons, Lex, avait répondu Ethan. Tu sais très bien qui c'est. »

Je regardai Delilah en hochant la tête.

« J'ai de l'argent, dis-je. On n'est pas obligés d'utiliser ce que Mère a laissé. Je peux payer, pendant la période recommandée, si tu signes ce formulaire. Mais je veux connaître le nom de l'hôpital. J'ai besoin de lui parler, en personne. »

Delilah retroussa les lèvres et plissa le front dans une monstrueuse parodie de mon inquiétude. Elle avait déjà fait cette grimace, songeai-je, quand nous étions enfants. Nous étions suffisamment similaires pour que l'imitation soit ressemblante, voilà pourquoi ça faisait si mal.

« Tu es tellement sérieuse, Lex. Tu as toujours été trop sérieuse. Peu importe. Montre-moi où je dois signer. »

Elle nota son nom en bas du document, soigneusement, comme un enfant qui remplit son premier cahier d'exercices du trimestre, et je lui repris la feuille pour vérifier.

« Je n'ai jamais changé de nom, dit-elle, mais je me suis toujours étonnée que tu gardes le tien.

— L'hôpital, Delilah. »

Je lui tendis le bloc de l'hôtel, sur lequel elle nota le nom d'un établissement psychiatrique très connu, situé à environ une heure de Londres. Eh bien, songeai-je. Ça va me coûter cher.

« Si j'étais toi, dit-elle, j'irais le voir rapidement.

— Pourquoi donc ?

— Vu les personnes qu'il fréquente… à mon avis, tu ne seras pas la seule à convoiter sa part. »

Elle regarda autour d'elle, récupéra sa veste et se dirigea vers la porte.

« Mais évidemment, tu ne peux pas le savoir, hein ? » dit-elle.

Elle avait toujours marché en canard. Quand elle était petite, cela lui conférait une sorte de charme timide, mais avec le temps, Père s'était fâché, et chaque fois qu'il voyait ses orteils tournés vers l'intérieur, il la réprimandait. Aujourd'hui, je le remarquais à peine ; elle avait dû travailler pour corriger ce défaut.

« Je te verrai au mariage d'Ethan, je suppose, dit-elle. Ça nous fait une chose à attendre avec impatience.

— Avant que tu partes… »

Elle s'était arrêtée dans l'obscurité du couloir, mais elle revint vers moi, dans la lumière de l'aube.

« Tu n'y crois pas vraiment, hein ? dis-je. Qu'ils nous aimaient ? Qu'ils essayaient de nous protéger ? Après tout ce qui s'est passé ? Tu as essayé de t'enfuir, Delilah. Je l'ai entendu. Avec Gabriel. Je sais ce qui lui est arrivé, ce soir-là, dans le couloir. Les choses qu'ils nous ont faites… »

Son visage se transformait.

« Chacun croit ce qu'il veut croire, dit-elle. N'est-ce pas ? Toi plus que n'importe qui. »

Une sorte de détermination s'imprima sur ses traits alors. L'expression d'un enfant sur le grand plongeoir de la piscine, au moment où il décide de sauter.

« Tu aimes faire croire que tu es la mieux placée pour juger, Lex. Mais je vais te dire ce que je pense.

Je pense que tu es la plus triste de nous tous. Quand on était enfants et qu'il y avait toutes ces… visites supervisées. De qui nous protégeaient-ils ? De la Fille A. La plus folle du lot.

— Je vais m'occuper de l'argent. Je te dirai combien de temps on peut payer.

— Tu te souviens de ce que tu m'as dit, la dernière fois qu'on s'est parlé ? demanda-t-elle. Comment les choses ont pu en arriver là ? Je parie que tu ne t'en souviens même pas.

— Au revoir, Delilah.

— Je prierai pour toi, Lex. Je prie toujours pour toi.

— Merci. »

Quand je fus certaine que Delilah avait quitté l'hôtel, je traversai le hall et marchai jusqu'à Harley Street. Le cabinet de la Dr K était situé en retrait de la rue, derrière les branches d'un poirier grêle. Je reconnus l'immeuble grâce à la plaque bleue et au vieux coquillage en pierre au-dessus de la porte. Karl Ghattas avait vécu là. Philosophe, chirurgien, peintre et poète, indiquait la plaque. « Je pense que vous devriez l'enlever », avais-je dit à la Dr K lors de ma première visite. « Il y a de quoi donner des complexes à n'importe qui. » La rue était encore ensevelie dans l'ombre, et je m'arrêtai sur les marches du perron pour reprendre mon souffle. J'avisai les fenêtres du cabinet, les rideaux tirés. Elle n'arriverait pas avant plusieurs heures, ou peut-être qu'elle était en déplacement, en vacances. Et puis, on était lundi. Le moment était venu de retourner travailler.

Voici une autre histoire. Mère fut condamnée à vingt-cinq ans de prison, dans une salle de tribunal pleine à craquer. Lorsque le juge annonça le verdict, il précisa qu'une des victimes de Mère avait émis le souhait de pouvoir l'approcher avant qu'on l'emmène. Et Delilah apparut, bras grands ouverts. Ethan me téléphona, sur les marches du tribunal, afin de fustiger toute cette procédure hystérique, et le lendemain, en dépit des protestations de Maman et de Papa, j'achetai tous les journaux pour lire les comptes-rendus. Un dessinateur avait croqué cette étreinte. Le juge affiche un air grave. Les traits de Mère sont flous, à cause de la détresse et d'un coup de crayon rapide. De Delilah, on ne voit que l'arrière du crâne. Peut-être pleure-t-elle sur le sort des parents à qui elle a pardonné. Peut-être sourit-elle en songeant à son avenir noble, sans Mère.

Nous avons passé d'innombrables séances derrière cette fenêtre, au-dessus de la plaque, face à ce dessin d'audience posé sur la table entre nous. Cet exercice semblait ennuyer la Dr K. « Il n'y a pas de réponse, disait-elle, autre que celle qui peut t'aider. » Mais j'étais obsédée par ce dessin à l'époque. Je ne cessais de retourner la feuille, comme si j'allais découvrir le visage de Delilah de l'autre côté.

4

Gabriel (Garçon B)

Nous étions arrivés à la saison des abeilles. Dans le taxi, un de ces insectes virevolta entre les fenêtres, jusqu'à ce que Devlin se penche sur moi pour l'écraser entre son téléphone et la vitre.

« La question, dit-elle, c'est de savoir si tu serais prête à le faire. »

Sur le siège, entre nous, étaient posés deux kits de test génomique, qui nous avaient été remis à la fin des réunions de la journée.

« Imagine, reprit Devlin, que quelqu'un m'ait parlé de mon insuffisance cardiaque. Est-ce que j'aurais fait un autre boulot ? Peut-être que je serais prof de yoga. Ou jardinière.

— Je pense que vous n'auriez rien changé. Mais c'est une bonne accroche.

— Ils n'en manquaient pas. »

Jake, le PDG et fondateur de ChromoClick, avait dirigé la présentation. Il avait déjà fait l'historique : six ans plus tôt, étudiant en doctorat au MIT, il avait été convoqué, en plein cours, par un des pontes de la Faculté de biologie. À ce moment-là, cela faisait deux heures qu'il observait une souche de levure, dans l'attente d'une mutation potentielle, et il répugnait à quitter le labo. Toutefois, il comprit qu'il se passait une chose grave lorsque le médecin posa la main sur son épaule et dit : « *Spoiler alert*, mon garçon : la mutation n'aura pas lieu. Laisse la levure vivre sa vie. »

La nouvelle, à laquelle Jake s'attendait plus ou moins, c'était que son frère s'était tiré une balle dans la tête, et si Jake s'y attendait plus ou moins, c'était parce que son père avait commis le même geste, comme le père de son père, avant lui. Jake constituait donc une exception : la mutation qui, contre toute attente, avait fini par se produire. Il retourna au labo.

ChromoClick était aujourd'hui la société d'études génétiques la plus dynamique d'Europe. Elle offrait aux particuliers une analyse approfondie de leur état de santé et de leur ascendance, et finançait une section de recherches qui s'intéressait à ce que Jake appelait les « grandes questions » : comment éliminer les tares fondamentales dans des lignées, et à partir de quel degré d'importance ces tares devaient être éliminées.

« Les gens s'intéressent tout naturellement à eux-mêmes, disait Jake. Et tout naturellement, ça nous intéresse de les aider. »

« Ils nous ont raconté une jolie histoire, dis-je.

— Ils exigent un bon prix. »

L'autoroute défilait derrière les vitres teintées. C'était une de ces journées chaudes, fades, où chaque chose paraît plus laide qu'elle ne l'est en réalité. Devlin leva un des kits dans la lumière et examina le packaging comme s'il pouvait lui renvoyer son reflet.

« Démence, dit-elle. Quelques pontages coronariens. »

Je songeai à ma propre liste.

« Je crois que j'ai passé l'âge de cracher dans un pot, dit-elle. Si un truc important se cache dans mon ADN, il se fera connaître bien assez tôt. »

Devant nous, le ciel était encombré d'immeubles et de grues.

« On devrait parler de la version préliminaire avant d'arriver à Londres », dis-je.

Devlin ne m'écoutait pas. Elle continuait à examiner le kit.

« Mais pour toi, il n'est pas trop tard, dit-elle. Tu as encore le temps de te mettre au jardinage. »

Ce fut JP qui m'appela. Le réceptionniste du soir, qui traitait chaque communication avec la même indignation bourrue m'informa qu'il y avait un monsieur en ligne pour moi.

« Qui ? » demandai-je. Je faisais défiler sur mon ordinateur la deuxième page de sushis indifférenciables pour commander à dîner.

« Je n'attends aucun appel.

— Il n'a pas donné son nom. Uniquement des initiales.

— Ah. OK. Vous pouvez me le passer. »

Il y eut un clic sur la ligne et JP se racla la gorge.

« Lex ?

— Salut.

— Salut. Enfin. Tu aurais besoin d'un réceptionniste plus sympathique.

— On ne fait pas dans le sympa. On fait dans l'obstination et le succès.

— Oui, logique. Olivia m'a dit que tu étais en ville. Je voulais juste te faire un petit bonjour. J'ai appris pour ta mère.

— Je tiens le coup, dis-je, bien qu'il ne m'ait pas posé la question.

— Tant mieux. Quand est-ce que tu repars ?

— Ça dépend. J'ai un contrat à négocier ici, et des affaires de famille à régler. Dans quelques semaines peut-être.

— Ça te dit d'aller boire un verre, Lex ? Ce serait chouette de bavarder un peu.

— Je ne sais pas. Ce week-end… je vais voir mon frère. En début de semaine prochaine ?

— Lundi ?

— Lundi soir, très bien. Je suis à Soho.

— OK. Je trouverai un endroit bien. »

Je sentais ce vieil adoucissement dans ma voix. J'avais toujours envie de l'amuser.

« Je suis devenue plus exigeante.

— C'est l'influence de New York. Je ferai de mon mieux.

— OK.

— OK. »

La saga allait donc se poursuivre. J'envoyai un message à Olivia pour lui exprimer mon mécontentement, et je commandai le menu Santé et Bonheur.

On ne pouvait pas dire que nous avions jamais été riches, ni même aisés, mais nous n'étions pas pauvres. La pauvreté s'insinua dans nos vies comme le lierre envahit une fenêtre, assez lentement pour qu'on ne le remarque pas et puis, du jour au lendemain, il était si dense qu'on ne voyait plus dehors.

Père nourrissait d'étranges fixations. Elles survenaient comme des fièvres, dont certaines ne le quittaient plus. Ainsi, il décréta que nous gaspillions l'eau. C'est une chose indispensable, déclara-t-il, pas un amusement. Par conséquent, il établit un planning précis pour nos douches hebdomadaires. Quand le dîner était prêt, il aimait le servir, ce qu'il faisait avec le plus grand soin. Nos assiettes étaient remplies de manière équitable, à condition qu'aucun de nous ne se soit mal conduit ou ne l'ait provoqué dans la journée, auquel cas le ou la coupable avait droit à une moindre portion. Après avoir relu les Corinthiens, il décida que nous devions glorifier Dieu avec nos corps, c'est pourquoi nous passions nos soirées à monter et descendre l'escalier, en essayant de ne pas rire. Il s'ennuyait. Il présidait la salle à manger et planifiait son brillant avenir : il créerait un site Internet destiné à présenter la vérité de la Bible aux enfants du monde entier ; il deviendrait pasteur et supplanterait David à la Loge ; Jolly et lui se rendraient en Amérique pour s'adresser aux vastes assemblées de fidèles.

Il passait beaucoup de temps avec Jolly dans notre cuisine, la bouteille d'alcool posée entre eux sur la table, des morceaux de charcuterie transpirant dans leurs assiettes. Il se rendait à Blackpool pour les sermons dominicaux de Jolly, et le soir, il nous obligeait à nous asseoir dans le salon, attentifs, pendant qu'il répétait les leçons. Mère accompagnait ses modulations de hochements de tête et tendait vers lui ses paumes gercées dans un geste de supplication. À côté d'elle, Delilah souriait. Quand les soirées s'éternisaient, j'essayais de capter le regard d'Ethan, mais il observait Père, en serrant les dents, plus fort que l'année précédente, et il ne faisait pas attention à moi.

Ethan avait quitté l'école primaire. Finis les souvenirs de voyages et les Faits du Jour. Il fréquentait le collège situé entre notre ville et la ville voisine, où il y avait huit classes par niveau, entassées dans cinq bâtiments en béton. Il y avait eu un problème au moment d'acheter l'uniforme, et ce jour-là, Mère et Ethan rentrèrent à la maison séparément, sans dire un mot. Je le regardai partir au collège le premier jour, pendant que Delilah, Evie et moi étions encore en train de prendre notre petit déjeuner. « Pourquoi il y a pas d'écusson sur le blazer d'Ethan ? » demanda Delilah au moment où il sortait de la cuisine. La porte d'entrée claqua derrière lui.

Il perdait ses affaires : son manuel de littérature anglaise, son short de sport et, à la fin novembre, son blazer. « Tu devras t'en passer », déclara Père, qui trônait sur le canapé à côté d'un entrelacs de fils électriques et d'un verre ambré.

« C'est pas facultatif, dit Ethan. Faut un blazer pour aller au collège. C'est obligatoire.

— C'est toi qui l'as perdu. Ne viens pas pleurer.

— Est-ce qu'il y a un panier pour les vêtements de

seconde main ? demanda Mère. Quelque chose dans le genre ? »

Ce soir-là, avant de me coucher, je repensai aux adolescents qui nous avaient observés chez Dustin pendant qu'on s'asseyait, et au regard qu'ils avaient échangé. Cette image me revenait souvent à l'esprit, et à chaque fois, mon ventre se nouait. Je me demandais si d'autres regards m'avaient échappé.

« C'était bien, l'école ? demandai-je à Evie, pour penser à autre chose.

— Ouais », dit-elle.

Gabriel occupait son ancien lit à barreaux maintenant – trop grand, il se cognait aux montants –, et elle couchait dans mon lit. C'était un bon arrangement en hiver, quand je ne sentais pas grand-chose au-delà des genoux.

« On apprend les animaux de différents pays.

— C'est quoi, ton animal préféré ? »

Elle s'endormait, mais je ne voulais pas retourner chez Dustin. Je voulais rester ici, avec elle.

« Les morses, dit-elle. Au Pôle Nord.

— Pourquoi les morses ? »

Elle ne répondit pas. Je lui donnai un coup de coude dans les côtes. Elle souffla.

« Lex. »

Elle fut la première à m'appeler comme ça. Elle avait eu besoin de crier mon nom avant que ses quatre syllabes tiennent dans sa bouche. Le diminutif était resté. C'était plus simple pour le registre de l'école et plus léger à lancer dans les escaliers pour mes parents. Et puis, même ma famille n'était pas totalement dénuée de sensiblerie.

« On pourra parler des morses demain ?

— Demain ? Bon, OK. »

Mon estomac se noua de nouveau. Je m'écartai d'Evie et m'éloignai dans le couloir sur la pointe des pieds. Le verrou de la salle de bains était tiré, et à travers la porte, je percevais les halètements irréguliers de quelqu'un qui essayait de ne pas pleurer.

« Ethan ? » murmurai-je.

Une main plaquée sur mon ventre, je frappai à la porte.

« Ethan ? Ethan, j'ai besoin d'y aller. »

Il ouvrit la porte et me bouscula pour sortir, une main sur le visage.

« Va te faire foutre, Lex. »

Assise sur les toilettes dans la petite pièce froide, j'examinai les bandes de moisissure le long de la baignoire, les savonnettes coagulées, le tapis de bain de travers sur lequel était toujours imprimées les traces noires des pieds nus de l'été. Les adolescents de chez Dustin avaient raison. Nous étions bizarres et sales. Nous étions un spectacle. Rien que de nous regarder, cela mettait les gens mal à l'aise.

J'essayais d'atténuer la saleté. Je partais pour l'école quelques minutes avant Delilah et Evie, et me rendais directement dans les toilettes pour handicapés, situées à l'écart des autres, juste derrière la salle des professeurs. Je tirais le verrou et ôtais mon pull et mon polo de l'école. Je me penchais au-dessus du lavabo. Je m'aspergeais les aisselles et le cou d'eau froide.

Je déroulais une poignée de papier toilette pour me sécher, en veillant à ce qu'aucun petit bout ne colle à ma peau. Il y avait au-dessus du lavabo un miroir grêlé dans lequel j'évitais de me regarder. Plusieurs fois, Mme Glade, la prof des CM2, me vit sortir des toilettes. Elle était toujours la dernière à quitter la salle des profs, chargée de cahiers d'exercices, d'une tasse de café et d'un sac à motif léopard. « Vous vous sentez particulièrement handicapée, ce matin, mademoiselle Gracie ? » me demandait-elle, ou bien : « Vous avez votre carte de stationnement pour personnes handicapées ? » Mais jamais elle ne me dénonça, et lorsque je formulais une excuse – les autres toilettes étaient occupées ou je ne me sentais pas bien –, elle souriait et me congédiait d'un geste.

Mes règles posèrent un problème plus grave. Elles arrivèrent quand j'avais dix ans. Je pensais avoir encore quelques années devant moi pour me préparer. Une vidéo diffusée à l'école nous avait informées de l'aspect pratique : le sang, les douleurs, les protections. Cela semblait simple et stérile. Mais voilà que je me retrouvais dans la salle de bains, à moitié nue et désorientée. Personne ne m'avait parlé de l'odeur, ni des caillots, ni de ce que vous étiez censé faire avec une douche par semaine. J'essayais de me rassurer, en adoptant le ton sévère de l'actrice dans la vidéo. J'étais face à un problème, et comme pour chaque problème, il existait une solution. Dans l'immédiat, je tapissais ma culotte de papier toilette et je priais. Mais je doutais des capacités de Dieu dans ce domaine. J'avais besoin d'un meilleur plan.

Mon taux de popularité n'avait jamais été très élevé, mais je possédais certains atouts que je pouvais troquer contre de l'amitié. Je courais suffisamment vite pour être choisie parmi les premières en éducation physique. J'étais intelligente, mais de manière discrète. En classe, je ne levais pas la main et je ne divulguais pas mes notes. J'avais déjà compris que je devais être plus futée qu'Ethan à ce sujet. Je traînais autour d'un groupe de filles qui préparaient les examens d'entrée dans les meilleures écoles, et je supportais à l'occasion leurs moqueries, tel un chien qui se satisfait d'un coup de pied. Vous pouvez endurer un tas de choses lorsque vous savez qu'à la fin, vous serez nourri.

« Pourquoi tu n'invites jamais personne à venir dormir chez toi, Lex ? » me demandaient Amy, Jessica ou Caroline (ce à quoi je répondais que mes parents étaient trop stricts, ça ne serait pas amusant). Ou bien elles me disaient : « Ma sœur est dans la classe de ton grand frère. Il est super bizarre. » (Oui, c'est vrai, répondais-je, et comme j'avais des remords, j'ajoutais : Mais il est très intelligent.) Ou, pire que tout, parce que je n'avais pas été assez vigilante : « Depuis quand tu ne t'es pas lavé les cheveux ? »

Ces affronts m'aidèrent à accomplir mon plan. Amy avait organisé une fête d'anniversaire un samedi après-midi, pour ses dix ans, et je traversai le bourg à pied pour y assister. C'était une journée d'été écrasante, envahie par les mouches. J'avais pris mon cartable et je portais une jupe de catéchisme avec un des vieux chemisiers de Mère. Mon jean et mes T-shirts étaient devenus trop petits, c'était Delilah qui flottait dedans maintenant. Installées dans le jardin de la maison, nous sirotions du sirop et je regardais les autres filles se peindre les ongles mutuellement. Comme il y avait un nombre impair d'invitées, je serais obligée d'attendre, m'avait expliqué la mère d'Amy. J'imaginai la tête de Père si je rentrais à la maison avec des ongles rouges – et des paillettes –, et je souris. « Merci, dis-je, mais je crains d'être allergique. »

Lorsque la mère d'Amy apporta le gâteau et que les autres filles se mirent à chanter, je me faufilai dans la maison, montai à l'étage et m'enfermai dans la salle de bains. Je contemplai la porcelaine impeccable et les flacons autour de la baignoire. J'eus envie d'y grimper et de la remplir à fond, jusqu'à ce que l'eau coule sous la porte, dévale l'escalier et engloutisse cette maison stupide. Non. Je n'étais pas là pour ça. J'ouvris l'armoire de toilette et les placards sous le lavabo. Pansements, cachets, produits d'entretien. Pendant ce temps, dehors, elles coupaient le gâteau et j'entendis mon nom. Dans un coin de la pièce, il y avait un adorable panier en chanvre, fermé par des rubans. Je défis les nœuds, soulevai le couvercle et découvris un trésor de tampons et de serviettes périodiques, rangés dans leurs emballages en carton, par couleurs : lilas, bleu ciel, rose vif. J'imaginai Amy et sa mère chez Boots, choisissant les boîtes adaptées, et le ressentiment me donna du courage. Je pris une notice d'utilisation et la moitié du contenu de chaque boîte, fourrai le tout dans mon cartable, après quoi je tirai la chasse et rejoignis les autres invitées.

Le dimanche matin, je pris le métro et montai vers le nord, aussi loin que possible, au-delà des tunnels, loin de la ville. Arrivée au terminus, j'étais seule dans le wagon, encore éblouie par le choc de la lumière. Le café de la gare était fermé. *À lundi !* annonçait une pancarte imprimée en Comic Sans MS, appuyée contre la vitre.

J'avais parlé à Bill la veille au soir. Il appelait toujours au moment où Devlin voulait quelque chose, aurait-on dit, si bien que je devais paraître moins reconnaissante que je l'étais. Il s'était adressé au conseil municipal, m'annonça-t-il, au sujet de notre idée initiale. Je cessai de faire défiler le rapport de ChromoClick et me détournai de mes écrans.

« Alors, comment ça s'est passé ?

— Ils n'ont pas été convaincus.

— Pas convaincus ?

— Si vous voulez mon avis, dit Bill, je pense qu'ils aimeraient mieux la voir démolie. Quand on parle de Hollowfield, que voient les gens ? Ils vous voient tous les sept dans le jardin. Dès que votre mère est morte, certains sont venus fureter en espérant trouver des restes. Ils ont photographié la maison, pour une raison ou pour une autre. Les membres du conseil m'ont parlé d'un article écrit par votre frère, il y a quelques jours seulement. Je crois qu'ils en ont marre de toute cette histoire. »

Je pouvais les comprendre. Ethan m'avait envoyé son essai. Intitulé « Memento Mori : ces souvenirs que réveille la mort », il venait de paraître dans le magazine *T*. Sur la photo qui l'accompagnait, il posait, en noir et blanc, dans la maison de Summertown : il contemplait le jardin, avec Horace sur les genoux. Je n'avais pas lu son texte, mais j'avais répondu à son message : *Ta cuisine a l'air magnifique.*

« Nous devons les convaincre en personne, ajouta Bill. Voilà ce que je pense. Vous vous en sortirez très bien, Lex. Vous savez ce que vous faites. Ils verront que ce n'est pas juste… un exercice de vanité. Ils comprendront ce que vous essayez de faire. »

J'appuyai mon front contre la fenêtre. De là, avec les immeubles qui se fondaient dans les lumières, je pouvais m'imaginer à New York, face à une semaine vide.

« En attendant, dit Bill, comment va la famille ? »

Je louai une voiture pour me rendre aux Chilterns. Tout l'été, le soleil avait usé les champs, maintenant ternes et tachetés comme du métal de mauvaise qualité. L'hôpital avait été construit entre deux bourgs, que je finis par visiter, l'un comme l'autre, à cause d'un embranchement discret que je loupai dans les deux sens. De retour dans le premier bourg, je m'arrêtai devant un café au bord de la route, déjà fatiguée par cette journée. « Vous êtes allée trop loin », me dit la serveuse, d'un ton méfiant. C'était le genre de personne qui grossirait cette rencontre pour son prochain client ou quand elle retrouverait ses copines, ce soir, pour boire des coups. À vingt heures, je serais devenue une psychopathe qui voulait se faire réhospitaliser.

« Y a un panneau vert. Vous pouvez pas le louper. »

L'allée de l'hôpital traversait les ombres d'une forêt avant de s'ouvrir sur une pelouse dégagée. Le palais blanc, tout blanc, attendait à l'extrémité, semblable à la destination finale d'un conte de fées. Ce bâtiment avait été la maison de campagne d'un écrivain romantique, Robert Wyndham, et j'avais passé mon vendredi soir sur Internet, au lit, à lire les récits qu'il avait tirés des soirées dans le jardin. Il recevait la visite de membres de la royauté, d'ambassadeurs, de Byron. Des statues de nymphes, installées à l'orée du bois, étaient conçues pour s'animer au crépuscule. Il était question de cérémonies païennes, d'une abondance de vin et de nourriture. Ce contraste n'était pas mentionné sur le site de l'hôpital, et les statues avaient été retirées.

Quelques fumeurs s'étaient rassemblés près de l'entrée, cherchant l'ombre telles des fleurs qui fuient le soleil. Une note encadrée expliquait que l'intérieur de l'établissement avait été rénové l'année précédente et repeint dans des couleurs qui favorisaient le bien-être. Le bien-être, en l'occurrence, était blanc, avec une touche pastel, et des chemisiers roses à la réception.

« Bonjour, dis-je. Je viens voir mon frère, Gabriel.

— Nom de famille ?

— Gabriel Gracie.

— Je crains que Gabriel soit occupé, dit la réceptionniste.

— Occupé ?

— Il a déjà une visite.

— Qui ?

— Je ne suis pas autorisée à transmettre cette information. »

Elle me sourit aimablement.

« Puis-je me joindre à eux ? Je viens de loin.

— Notre politique n'autorise qu'un seul groupe de visiteurs à la fois.

— Ah oui ? »

La réceptionniste continuait à sourire.

« Je vous invite à patienter. »

Ce que je fis. Les fumeurs passèrent en flânant, traînant l'odeur de tabac dans leur sillage. Je tournai les pages d'un magazine défraîchi qui semblait consacré aux maisons et à la chirurgie esthétique. Un vieux ventilateur installé derrière le comptoir faisait danser les cheveux de la réceptionniste.

Au bout d'une demi-heure, un homme apparut, d'un pas décidé comme s'il se rendait dans un endroit plus important. Dans la lumière du hall, son teint pâle avait des reflets de viande crue. Ses vêtements étaient tachés au col et aux poignets. Lorsqu'il passa devant moi, il me sourit, comme s'il me connaissait bien. Comme s'il s'attendait à me voir. Il avait des dents immaculées : une ultime poche de santé, protégée de la décrépitude générale.

« Merci, dit-il à la femme derrière le comptoir. Une fois de plus. »

Sur ce, il sortit en protégeant ses yeux de la lumière de l'après-midi.

« C'est à vous, me dit la réceptionniste. Attendez-le ici. »

Gabriel arriva du fond du couloir, nonchalamment. Son visage était propre, pâle et bien conservé : mon frère revu par un croque-mort. Il portait un pantalon de coton, des chaussettes dépareillées et une longue, longue, chemise, boutonnée jusqu'au col. Il agrippait les manches comme s'il craignait qu'elles lui échappent. Arrivé devant moi, il ôta ses lunettes et sourit à un endroit tout près de mes yeux. Ses pupilles vagabondaient à la recherche du point exact.

« Tu m'as retrouvé, dit-il.

— Avec un petit coup de main de Delilah. Comment tu te sens ?

— Question dangereuse par ici. On peut aller dehors ?

— Je ne sais pas. On peut ?

— Je ne te demande pas de m'aider à m'enfuir, si c'est ce qui t'inquiète. »

Je lui offris mon bras. Je fus surprise lorsqu'il l'accepta et s'appuya contre moi. Nous marchâmes en direction du soleil telle une créature unique et pataude.

« Pas plus loin que l'extrémité de la pelouse, je vous prie », nous lança la réceptionniste et Gabriel ricana.

« Il y a des gens qui s'enfuient ? demandai-je.

— Apparemment. On raconte que le bois est rempli de cadavres – ceux des pauvres âmes perdues –, mais je pense qu'ils appellent un taxi généralement.

— Tu veux t'asseoir ?

— Non. Marchons.

— Un tour ?

— Essayons. »

Il avait perdu la plupart de ses cheveux. Les dernières touffes avaient été rasées. Il sortit des lunettes de soleil d'une poche, et de l'autre, un chewing-gum en tablette.

« Arrête de me regarder, Lex. C'est les médicaments. Je suis une putain d'épave. »

Je me demandais si, comme moi, il avait cette impression enfantine d'être invisible dès qu'il chaussait des lunettes noires. J'avais laissé les miennes dans la voiture, alors j'étais obligée de l'autoriser à me voir, pour le moment.

« Tu es là pour le mariage d'Ethan ?

— Non. À cause de Mère. Le mariage, c'est dans quelques mois seulement.

— C'est chouette, hein ? Qu'il soit si heureux. »

Il rit, sans trop de sauvagerie. Dans tous les rires de Gabriel, il y avait de l'autodérision, ce qui ne vous encourageait pas à rire avec lui.

« Tu as reçu une autre visite.

— Oui. Un ami. Il vient souvent. Delilah aussi.

— Je suis contente que vous soyez restés en contact.

— Par intermittence, au fil des ans. Elle a essayé de me maintenir sur le droit chemin. Et ces dernières semaines… elle est bonne avec moi, Lex. Si on fait abstraction de ses conneries de petit Jésus… elle est bonne avec moi. À l'hôpital – le vrai –, elle était la seule que je pouvais appeler. J'étais en miettes, et elle n'a pas tiqué en me voyant.

— Pas facile de surprendre Delilah.

— Son mari l'accompagne des fois. Mais il attend dans la voiture. Bref. Tu sais comment il la surnomme ? Le Cafard : la dernière chose vivante sur terre. (Il rit.) C'est elle qui me l'a dit. Comme si c'était le plus beau compliment qu'on pouvait lui faire.

— Le Cafard.

— Oui. Et il a raison. Elle nous enterrera tous. »

Nous nous arrêtâmes devant un banc, le premier sur

la pelouse, et il s'y assit comme le font les vieillards, en vérifiant que le siège est toujours là. La dernière fois que je l'avais vu, c'était un adolescent, posté devant la *skyline* de Londres, à la télé.

Gabriel avait été le premier succès, accueilli dans un modeste foyer, avec de vrais parents et une nouvelle sœur. Cet heureux dénouement est encore disponible sur YouTube, à l'attention du grand public. On le voit sur BBC News pour son premier jour de collège, il s'adresse à la caméra dans un épisode de *I Survived* et reçoit un cadeau d'anniversaire de la part d'un footballeur dans *Children in Need*. Gabriel et son sourire en coin, entrant d'un pas nonchalant sur le plateau des émissions de télé du petit déjeuner, à la fois pour une longue interview au cours de laquelle il renonce à son anonymat et comme un objet dépoussiéré pour l'émission intitulée *The Big Debate*, dont le thème ce matin-là était : « Abus sexuels sur enfants : peut-on parler de race ? »

« Alors, tu veux bien me dire comment tu te sens ? » demandai-je.

J'eus droit à un soupir, façon pantomime.

« Le problème de cet endroit, c'est que j'en ai marre de parler de moi. »

Les nouveaux parents de Gabriel, M. et Mme Coulson-Browne, lui avaient bien fait comprendre qu'il était un enfant particulier, voilà pourquoi l'école – après presque deux années de cours particuliers à domicile et au moins trois apparitions à la télé – fut une déception. Sa psychologue, Mandy, avait averti ses parents adoptifs qu'il aurait peut-être des besoins supplémentaires ou des difficultés à s'habituer à la routine de la vie scolaire. Mandy disposait de tout un arsenal de techniques de distraction, soigneusement utilisées, que les professeurs ne pourraient pas déployer, faute de temps. « Tout ira bien, je pense, répondit la nouvelle mère de Gabriel. Si vous avez bien fait votre travail. »

« L'important, dit Mandy à Gabriel lors de leur dernière séance avant la rentrée scolaire, c'est que tu te souviennes de ce qu'on a appris au sujet de la communication. Si tu sens venir une Colère, tu te lèves et tu sors de la salle. Tu en parles à un professeur ou tu m'appelles. »

Les Colères avaient débuté à Moor Woods Road, mais elles n'étaient devenues les Colères que plus tard, quand Gabriel avait commencé à travailler avec Mandy. Il pouvait être enchaîné à son lit, ou en train de faire de l'exercice dans le jardin, lorsqu'un événement mineur – une mouche dans la pièce ou Evie qui traînait dans ses pattes – faisait naître une pression grandissante à l'intérieur de sa tête. Ce n'était pas une chose qu'il pouvait réprimer ou ignorer ; la pression continuait à monter jusqu'à ce qu'il la libère. Il tirait sur ses chaînes, si violemment qu'elles laissaient sur ses poignets des marques à vif, suintantes. Il se jetait au sol et le frappait avec sa tête. Un jour, il mordit la main de Père, de toutes ses forces, en espérant que ses dents se rejoignent. Malgré la punition, terrible, il savait qu'il recommencerait.

Il avait cru que les Colères cesseraient quand il quitterait Moor Woods Road, mais il n'en fut rien.

Parfois, elles se produisaient sous le toit des Coulson-Browne, qui abritait une quantité malheureuse d'objets fragiles. Mme Coulson-Browne possédait une collection d'animaux en cristal et un service de mariage en porcelaine, exposé sur le dessus d'une vitrine ancienne (une fausse antiquité, affirma plus tard Gabriel, après s'être renseigné pour savoir si elle avait de la valeur). Un jour, faute impardonnable, la Colère survint dans les loges de l'émission *Britain This Morning*, quand un des assistants voulut lui arracher des mains ses reliques de la Maison des Horreurs, afin de les nettoyer avant qu'elles apparaissent sur l'écran.

Mandy et Gabriel avaient travaillé là-dessus. Dans un coin de sa nouvelle chambre se trouvait un tipi à l'intérieur duquel il pouvait se réfugier chaque fois qu'une Colère se profilait. À l'intérieur, il y avait un projecteur d'ambiance et l'ours en peluche que lui avaient offert les Coulson-Browne quand il avait franchi pour la première fois le seuil de leur maison et qui portait un T-shirt *Survivant.* Si Gabriel n'était pas chez lui, il devait trouver un endroit calme dès que la pression commençait à monter. Et imaginer l'intérieur du tipi et les mouvements lents des mammifères marins sur la toile.

« Ça ne sera pas facile, Gabe, lui avait dit Mandy. Quelques pas en avant, quelques pas en arrière. Tant que tu avances dans la bonne direction, il n'y a aucune honte à trébucher. »

Mais à l'école, on ne faisait pas que trébucher. Le premier jour, vous deviez vous présenter devant toute la classe en racontant une anecdote amusante ou intéressante, et Gabriel partit d'un bon pied : il était passé à la télé. Il commença par citer les émissions dans lesquelles il était apparu, puis il fournit quelques informations clés sur sa famille – il avait réussi à accaparer l'attention générale maintenant –, hélas la professeure le coupa. « Merci pour cette contribution, Gabriel », lui dit-elle, mais il vit sur son visage qu'il avait commis une erreur, quelque part, et il regagna sa place avec un vague sentiment de honte.

Les Colères devinrent plus fréquentes. Parfois, à l'école, il décidait de ne pas penser au tipi, ni à la petite lampe d'enfant à l'intérieur, pour repenser à ce que Père lui avait fait, ou à Mandy qui allait épouser un type venu d'Écosse et devrait interrompre leurs séances, ou à Mme Coulson-Browne qui n'avait pas réussi à lire la première page de son journal. Et lorsqu'il reprenait ses esprits, il découvrait autour de lui un cercle de visages enfantins et se délectait de leur effroi.

La délectation : il y avait quelque chose à en tirer. Grâce aux Colères, il acquit une forme de notoriété, qui faisait qu'un groupe restreint d'élèves – les orphelins, les rebelles et les filles fragiles qui s'accrochaient à eux – acceptait sa compagnie. Ils se surnommaient Le Clan. Le chef du Clan était Jimmy Delaney, qui arborait trois tatouages, et dont on racontait qu'il avait baisé une prof stagiaire pendant une sortie scolaire l'année précédente, en cours de géo (mais personne, et encore moins Gabriel, ne savait si c'était vrai). Le week-end, ils se réunissaient dans des parcs ou dans la chambre de celui ou celle dont les parents étaient absents ce soir-là, et ils fumaient quelques joints, rares, ou bien, à tour de rôle, ils tripotaient les filles présentes. Gabriel n'était pas assez cool ou utile pour être un centre d'intérêt, mais il aimait avoir de la compagnie pour déjeuner, et savoir que d'autres s'intéressaient à son histoire. Lorsqu'il était ivre, il leur racontait tout ce dont il se souvenait, mais Jimmy voulait toujours en savoir plus. « Pourquoi tu l'as pas buté ? » demanda-t-il en parlant de Père. Ou : « C'est vrai que ton vieux était un pervers ? » C'était le genre de jeunes que les Coulson-Browne détestaient et ça aussi, ça plaisait à Gabriel.

À la maison, sa carrière piétinait. Mme Coulson-Browne faisait du forcing auprès des éditeurs et des chaînes de télé ; elle contactait des vedettes locales pour leur demander si ça les intéresserait de rencontrer son fils. Il y avait eu un léger regain d'intérêt lors de la date anniversaire de l'évasion, puis durant le procès de Mère, mais l'histoire était parvenue à sa conclusion manifestement. Le fait que Gabriel ne ressemblait plus à cet enfant émacié, photographié au moment où il quittait Moor Woods Road dans les bras d'un policier (une photo sélectionnée pour le World Press Photo de l'Année) n'arrangeait pas les choses. Désormais, c'était un adolescent maigrichon qui portait des lunettes et avait hérité de la peau sèche et des cheveux de Mère, plus bruns de jour en jour.

Il sentait que les Coulson-Browne se désintéressaient de lui. Il n'y avait là aucune cruauté, mais un détachement graduel, comme quelqu'un qui délaisse un jouet de son enfance. Dans les premiers temps de l'adoption, les Coulson-Browne aimaient qu'il assiste à leurs soirées, qui n'étaient pas vraiment des soirées, plutôt des réunions entre voisins, qui visitaient tour à tour leurs intérieurs respectifs. On l'envoyait dans le salon avec des morceaux de fromage sur des piques et un bol de chips, sa mission consistant à « faire le tour des invités ». Mais depuis que les Lawson étaient venus dîner, on lui suggérait de rester dans sa chambre.

Les Lawson habitaient dans l'unique maison de cinq pièces de la rue, et ils possédaient une voiture avec un moteur de 2,5 litres. Gabriel, assis en équilibre précaire sur une chaise rajoutée, et mangeant deux fois plus que tout le monde, avait enduré une heure et demie de travaux d'extension, de cocktails de crevettes, d'augmentation de la circulation à cause du nouveau lotissement, de bœuf Wellington et d'enfants des autres. Enfin, au moment du flan au caramel, la conversation devint intéressante. Les Lawson parlaient de leur fils, un casse-cou, immobilisé dans un hôpital de Genève avec une plaque de vingt-cinq centimètres vissée dans le tibia gauche.

« Qu'est-ce qu'on lui a toujours dit et répété ? dit M. Lawson. Pas de hors-piste ! Résultat : on a passé Noël dans le service orthopédie, dans ce putain de pays.

— Le prix des hôtels, ajouta Mme Lawson. À la dernière minute !

— J'ai une plaque de métal moi aussi », déclara Gabriel et la conversation cessa brutalement. Il toucha sa mâchoire et tourna la tête pour leur montrer. « Là », dit-il.

Il était arrivé à l'hôpital victime d'une grave malocclusion, expliqua-t-il. Fier de connaître un mot qu'ils ne connaissaient pas. Sa mâchoire gauche était endommagée, si bien que les deux côtés de son visage ne s'étaient pas développés de la même manière. Gabriel et Mandy avaient été conviés à contempler les dégâts sur les radios. Ils s'étaient assis côte à côte devant un bureau, pendant qu'un chirurgien maxillofacial – ça voulait dire la bouche – s'adressait à eux à travers le cliché du crâne de Gabriel. C'était amusant de voir son squelette. Les dents étaient beaucoup plus longues qu'on le croyait. Finalement, Gabriel avait demandé s'il pouvait revenir après l'opération pour voir à quoi ressemblait le métal dans sa mâchoire. « On a un futur médecin parmi nous », avait dit le chirurgien, et moins d'une semaine plus tard, tout le monde dans le service l'appelait Dr Gracie.

« Passer les fêtes à l'hôpital, c'est chouette, en fait, ajouta Gabriel. Ils avaient organisé une grande chasse aux œufs en chocolat, à Pâques. À Noël, ça doit être cool. »

Plus personne ne mangeait. Les Lawson regardaient leurs assiettes. M. Coulson-Browne émit un petit rire crispé et reprit sa cuillère.

« Ces hôtels, dit-il, c'était si cher que ça ? »

Au désespoir, Mme Coulson-Browne suggéra de trouver un agent pour Gabriel, bien qu'elle ne connaisse personne en particulier. « Par ailleurs, lui dit-elle, tu dois réfléchir à la voie que tu veux suivre. La télé, l'autobiographie ou bien quelque chose comme Matilda. »

Matilda était la vraie fille des Coulson-Browne, destinée à devenir ballerine au départ puis, son corps s'étant développé de manière excessive, chanteuse sur les scènes du West End, mais sa voix ne possédant pas l'amplitude requise, danseuse de revue pendant une tournée dans des stades. Finalement, elle s'était fait engager comme chorégraphe sur des bateaux de croisière, aussi loin de chez elle que possible. Quand elle revenait à la maison, elle regardait Gabriel avec un mélange d'appréhension et de pitié, et elle évitait de se retrouver seule avec lui dans une pièce. Au début, il avait cru qu'elle avait peur, mais maintenant, compte tenu de l'âge qu'elle avait à l'époque, il comprenait. Elle avait honte.

« Qu'est-ce que tu lui conseilles de faire ? » demanda M. Coulson-Browne à Matilda, rentrée des Antilles pour Noël, pendant le dîner. Matilda regarda Gabriel, puis son assiette, et elle haussa les épaules.

« Je ne suis pas une spécialiste.

— Tu as bien un conseil à lui donner… d'après ton expérience.

— Dans ce cas, je pense qu'il devrait essayer d'être heureux.

— Mais son histoire ! s'exclama Mme Coulson-Browne. C'est une histoire qui mérite d'être racontée.

— Je connais quelqu'un à Londres, dit Matilda. Il est agent de quelques vedettes. Mais pas de grosses vedettes. Et ce n'est pas quelqu'un de très recommandable, d'après ce que j'ai entendu dire.

— Je pense que ça pourrait être très utile, dit Mme Coulson-Browne.

— Je te donnerai son numéro, dit Matilda à Gabriel. Si tu y tiens vraiment. »

Elle nota le nom et le numéro de téléphone sur un

bloc CocoCroisières, et il les répéta, dans sa tête : Oliver Alvin.

« Prends soin de toi, Gabe », dit-elle et elle lui pinça l'épaule.

Quand elle partit pour Sainte-Lucie au jour de l'An, il envisagea, l'espace d'un instant, étrange et stupide, de lui suggérer de l'emmener avec elle.

La première fois que Le Clan lui demanda de simuler une Colère, ce fut pendant un examen blanc, en janvier. « Ce qu'on veut, expliqua Jimmy, devant les portes de la grande salle du lycée, c'est des circonstances atténuantes. » Il dévisagea ses potes, en souriant. « Un truc traumatisant.

— Quelqu'un a une arme ? » s'enquit Gabriel.

Personne ne rit, mais les autres le regardèrent, et se regardèrent. Il comprit qu'une conversation – une blague entre eux – lui avait échappé.

« Comment tu te sens, Gabe ? voulut savoir Jimmy. Tu es en colère ? » Il rit et tapa sur l'épaule de Gabriel. « Franchement, je me passerais bien de cette connerie d'exam. »

Les portes de la salle s'ouvrirent, les élèves entrèrent en traînant les pieds, serrant dans leurs mains des trousses transparentes. L'horloge trônait à l'avant de la pièce.

La place de Gabriel se trouvait tout au fond. Il posa son menton sur ses bras croisés et considéra les premières rangées. Les cerveaux bien alignés, en état de marche, qui attendaient les instructions. Un peu plus loin devant, Jimmy se retourna pour le chercher du regard et lui adressa un clin d'œil. Les sujets étaient déjà sur les tables. Le surveillant les autorisa à commencer. Quel serait le bon moment, se demandait Gabriel, et serait-il capable de reproduire ici, volontairement, cette chose étrange, intime, que Mandy et lui avaient essayé de contrôler pendant de nombreux mois ?

C'était un examen de deux heures. Il laissa passer une demi-heure. Il répondit au hasard à quelques questions, pour la forme, refusant de s'investir davantage. Chaque fois que la grande aiguille de la pendule avançait, ses occasions se réduisaient : si trop de temps s'écoulait, les devoirs seraient peut-être notés quand même. Au bout de quarante minutes, il se leva, si brutalement que sa chaise bascula sur le sol. Et alors que toutes les têtes se tournaient vers lui, dans le silence, il commença.

Il sauta sur le bureau situé derrière lui. L'élève assis à cette place poussa un cri strident et s'enfuit. La langue pendante, Gabriel se jeta au sol et se mit à le marteler comme s'il allait s'ouvrir sous lui et l'engloutir enfin. Il brailla tous les mots affreux qu'il connaissait et, voyant les professeurs avancer vers lui, il fit des bonds pour leur échapper, tel un poisson sur le pont d'un bateau ; il haletait, montrait les dents et saisissait tout ce qui se trouvait à sa portée : les pieds des bureaux et des chaises, les élèves qui détalaient et, à un moment donné, une trousse Hello Kitty, qu'il lança sur la meute qui avançait, éparpillant à travers la salle un arc-en-ciel de feutres Bic.

Ils durent s'y mettre à quatre pour le capturer et

le conduire dans le bureau du directeur, titubant de confusion, à moitié fou. Les élèves s'alignèrent dans le couloir pour le regarder passer, quelques brefs applaudissements fusèrent. « Incroyable », articula Jimmy et Gabriel sourit.

Après cet examen, il le fit à la demande. Il se produisit au centre de loisirs et au cinéma, au supermarché, pendant que Le Clan sortait avec un pack de bières, et à l'entrée d'un restaurant chic où les Coulson-Browne réservaient une table pour les grandes occasions. Par moments, en pleine crise, il n'aurait su dire s'il était victime d'une Colère ou s'il simulait, où s'achevait sa maladie et où commençait sa soumission à Jimmy. Les Coulson-Browne refusèrent d'admettre, comme le laissait entendre le directeur de l'école, que Gabriel succombait à la Colère à des moments opportuns et brandirent la menace des doubles représailles, pour reprendre l'expression de leur avocat : la justice et la presse. Le lycée, sachant que Gabriel s'en irait à la fin de l'année, accepta de le supporter quelques mois de plus.

Il passa ses véritables examens seul dans une salle. Il ne connaissait pas beaucoup de réponses. Après les cours, Le Clan se réunissait autour d'une table située devant un des pubs les plus tolérants de la ville, et il buvait jusqu'à ce qu'il ne voie plus que le visage de Jimmy, multiplié, qui flottait en bout de table.

Il avait promis à ses parents adoptifs de chercher un travail, mais pendant plusieurs mois, il quitta la maison chaque matin pour errer dans les rues, sans rien chercher du tout. Il tombait parfois sur des membres du Clan, dont la plupart étaient entrés à l'université ou en apprentissage, et qui l'invitaient rarement à se joindre à eux. Jimmy, qui avait bachoté pour réussir ses examens, se dit qu'il avait peut-être envie d'aller à la fac, finalement. Il étudiait des sujets sérieux, qui lui prenaient tout son temps, et chaque fois que Gabriel passait le voir, il n'était pas chez lui. Gabriel se fit engager de nuit dans le plus grand supermarché de la ville, ce qui lui permettait de dormir presque toute la journée, et lui évitait d'avoir à se demander comment occuper toutes ces heures.

Il fêta ses dix-neuf ans à la table des Coulson-Browne, deux ans plus tard, devant un saumon en croûte et un *sponge cake* acheté tout fait. « Je m'en veux d'aborder cette question ce soir, dit Mme Coulson-Browne. Mais nous avons besoin de savoir quels sont tes projets, Gabriel. » Elle se tourna vers son mari, pour l'encourager du regard, et il hocha la tête.

« Comme tu le sais, dit M. Coulson-Browne, nous avons été très généreux. »

C'était raisonnable, pensa Gabriel. Il était entré dans cette maison pour la première fois à la moitié de sa vie, pour un week-end de présentations. Il s'était assis dans les profonds canapés en cuir et s'était entendu dire qu'il serait le bienvenu ici. Il avait confondu ces pièces beiges impeccables avec des choses qu'il pourrait remplir. Il regarda les sets de table représentant des scènes de la campagne anglaise, les animaux en cristal et le piano dont personne ne savait jouer. Rien de tout cela ne lui manquerait. Ce soir-là, il retrouva le bloc-notes de Matilda, s'assit dans son tipi, et appela Oliver Alvin.

Le bureau d'Oliver Alvin ne correspondait pas à l'idée que s'en était faite Gabriel. Il était situé à East London, au-dessus d'un grossiste en tissus, et la salle d'attente accueillait ce jour-là une femme qui portait des lunettes noires carrées et faisait glisser un mouchoir en papier entre la monture en plastique et sa peau pour sécher ses larmes. La secrétaire d'Oliver – une fille de dix-sept qui utilisait encore du Tipp-Ex pour se vernir les ongles – le pria de patienter. Des photos encadrées montrant Oliver avec des clients l'observaient. Gabriel ne reconnut aucun d'entre eux.

Quarante minutes après l'heure du rendez-vous, la secrétaire le pria d'entrer : Oliver était prêt à le recevoir. Personne n'était sorti du bureau apparemment. Gabriel se leva, ajusta sa cravate (c'était celle de M. Coulson-Browne et il avait passé une demi-heure ce matin-là à essayer de la nouer) et prit le portfolio qu'il avait assemblé au cours de la semaine écoulée, et qui s'ouvrait sur une photo de lui, au-dessus de ces mots : « Bonjour, je suis Gabriel Gracie, un survivant. »

Oliver était d'une beauté qui n'avait rien de mémorable, comme un acteur de soap opera ou un individu dans une banque d'images. Son bureau sentait l'eau de toilette de luxe. « Il y a certaines choses qu'on peut acheter à bas prix », dirait Oliver à Gabriel quelques années plus tard, au lit. « Mais pas les costumes ni l'après-rasage. » Gabriel n'avait jamais su quelles étaient les choses bon marché autorisées car tout ce qui entourait Oliver coûtait cher. Il portait une Rolex vintage, ses chaussures et son portefeuille venaient de

Milan ; au restaurant, il commandait le vin le plus cher de la carte. Lorsque Gabriel entra dans le bureau, Oliver était assis devant un MacBook, en costume prune. Il ne leva pas la tête.

« Je crois qu'on a rendez-vous », dit Gabriel, et Oliver plissa le front. « Gabriel… Gabriel Gracie.

— Oui, bien sûr ! OK, Gabriel. Parle-moi un peu de toi. »

Gabriel tendit son portfolio à deux mains. Oliver le prit, tourna quelques pages et le reposa brutalement sur le bureau.

« Parle-moi de toi. »

Qu'avait-il à perdre ? Il commença par Moor Woods Road. Il s'aperçut qu'Oliver l'écoutait – hochant la tête parfois, surpris à d'autres moments –, alors il s'enhardit et s'assit devant le bureau avant de continuer. Il se souvint de tous les détails qu'avait voulu connaître Jimmy, la chair de l'histoire, et ça aussi il l'offrit à Oliver. Arrivé à la fin de son récit, il se sentait vidé, et nu. Il regarda ses genoux en attendant le verdict d'Oliver.

« Tu es plus intéressant que la fille Coulson-Browne, je dois l'avouer, dit celui-ci. Et ça rentre dans mes attributions. J'ai déjà représenté pas mal de victimes – terrorisme, accidents, des trucs vraiment traumatisants – et ça a bien marché pour elles. »

Oliver fronça les sourcils, il comptait sur ses doigts, quelque chose d'essentiel.

« Je vais être franc. Ce serait mieux si c'était toi qui avais libéré les autres. Celui qui s'est enfui. Mais on ne peut pas faire grand-chose. Et je pense déjà à deux ou trois possibilités. Voyons voir… »

Ils parlèrent affaires. Et voilà : Gabriel Gracie, dix-neuf ans, discutait avec son agent dans la capitale. Ils évoquèrent les événements auxquels Gabriel était prêt, ou non, à participer. « Qu'est-ce que tu penses des trucs un peu glauques ? » demanda Oliver. Y avait-il un moyen de contacter la Fille A ? (Non.) Ils parlèrent de la part du gâteau qui reviendrait à Oliver (ce qui apparaissait à Gabriel – déjà à l'époque – comme une putain d'escroquerie).

Il fêta ça avec les Coulson-Browne. Quiche lorraine et champagne français.

Il se produisait principalement dans des conventions d'amateurs de *true crime*. La première année, il montait sur scène pour prendre la parole, mais par la suite, il se retrouva assis à une table, derrière une pancarte portant son nom, pour signer diverses choses. Il était à la fois impressionné et troublé par la connaissance approfondie que ces gens avaient de sa famille. Un soir, une femme lui présenta un petit T-shirt sale qui, affirmait-elle, avait appartenu à Eve. Après un mouvement de recul, il se ressaisit rapidement. Oliver n'apprécierait pas cet excès de sensibilité, et il n'avait aucun moyen de vérifier l'authenticité de cet article. Il songea au carton qui contenait ses affaires d'enfant, scellé et stocké dans le grenier des Coulson-Browne et se demanda, en passant, ce qu'elles pouvaient valoir.

Il était davantage sollicité à l'automne, lorsque les gens commençaient à penser à Halloween. Ces manifestations étaient plus éprouvantes. Dans les rassemblements de *true crime*, il sentait que les gens l'attendaient, et quand il parlait, le silence se faisait dans la salle. Les fêtes d'Halloween étaient plus tapageuses et presque personne ne savait qui il était. Il se produisait dans des universités et les night-clubs de petites villes maussades. Il observait les membres de l'assistance, dépenaillés dans leurs déguisements, et devinait que la plupart avaient le même âge que lui. Ils devaient avoir neuf ou dix ans lorsque la police avait fait irruption dans la maison de Moor Woods Road, et il était peu probable qu'ils se souviennent de cette histoire. Généralement, il était payé pour parler pendant cinq minutes et pour présenter le groupe suivant, mais il utilisait rarement le temps qui lui était alloué. « Il faut que tu racontes des trucs qui font peur, lui conseilla un délégué étudiant. Un peu moins déprimants. »

Gabriel avait cru qu'il y aurait plus de glamour dans cette existence. Dans l'ensemble, les chambres d'hôtel étaient fatiguées et la bière tiède. Et il pleuvait souvent. Il avait imaginé qu'il passerait tout son temps à Londres, ou à l'étranger, qu'il s'adresserait à des journalistes ou à des salles bondées. Il avait cru que son histoire pourrait être une source d'inspiration. Finalement, il se retrouva à Londres, mais pas pour inspirer les masses. Il s'installa à Londres parce qu'il était amoureux d'Oliver.

Cela débuta en décembre, époque à laquelle l'activité de Gabriel se raréfiait. Il reçut un mail vide d'Oliver. Objet : IL FAUT QU'ON PARLE. Ils se retrouvèrent à Londres pour dîner, dans le restaurant d'un célèbre chef dont Gabriel n'avait jamais entendu parler. Oliver semblait mal en point. Ses cheveux humides collaient à ses tempes et l'eau de toilette masquait mal une autre odeur, comme de la nourriture avariée, que Gabriel ne reconnut pas. Dès le début du repas, dès que les apéritifs furent servis, Oliver alla droit au but :

« Il faut que tu te diversifies.

— Pardon ?

— Tu dois ajouter une nouvelle corde à ton arc. » Voyant que Gabriel continuait à le regarder d'un air confus et inquiet, Oliver posa son verre et soupira. « Je vais formuler la chose autrement. On est en décembre. Personne ne veut inviter une victime d'abus sexuels à son réveillon. »

Oliver encouragea Gabriel à accepter ce qu'il appelait un travail plus « ordinaire ». Un grand nombre de ses clients, dit-il, devaient faire preuve de flexibilité pour s'en sortir. Oliver était prêt à accepter un acompte supplémentaire pour faciliter les choses.

« J'avais cru que je pourrais… servir de motivation, dit Gabriel, et Oliver ricana.

— Tu es un gamin super, Gabe. Mais tu ne motives personne. »

Il y eut une succession interminable de plats, servis avec un soin austère. Lorsqu'ils sortirent enfin du restaurant, Gabriel expliqua que le dernier train partait dans une demi-heure et qu'il ne savait pas très bien comment retourner à Euston. Il s'était retenu de pleurer pendant tout le repas et attendait avec impatience le moment – humiliant, intime, forcément proche – où il pourrait se laisser aller.

« Tu n'as pas besoin de rentrer », dit Oliver.

Prudemment, comme s'il demandait la permission, Oliver prit l'index de Gabriel, puis son majeur, puis son pouce et, pour finir, toute la main. Leurs doigts s'entrelacèrent. Oliver pivota face à lui en trébuchant (il avait bu deux bouteilles de vin) et approcha son visage jusqu'à ce que Gabriel ne le voie plus, tellement il était près.

Gabriel n'avait embrassé jusqu'alors que des lycéennes indifférentes, dans les chambres de ses amis, et la force d'Oliver le stupéfiait. Il sentait une détermination tenace dans ces mains, posées sur ses joues, dans cette langue qui écartait ses lèvres, et plus tard dans la chambre d'Oliver – qui donnait sur le Tower Bridge et ressemblait exactement à ce que Gabriel avait imaginé, jusqu'aux draps noirs et à l'éclairage tactile – dans le rythme de cette bouche autour de son pénis. Pendant qu'Oliver dormait, Gabriel posté à la fenêtre (n'ayant pas réussi à lever les stores automatiques, il devait écarter les lamelles pour regarder dehors) contempla la ville et songea avec compassion à Jimmy Delaney, endormi dans sa résidence universitaire, avec des dissertations à rédiger.

Après ce soir-là, Gabriel ne retourna qu'une seule fois chez les Coulson-Browne. Il récupéra les affaires qu'il avait sauvées de la maison de Moor Woods Road et prit ce qu'il aimait dans sa chambre. Il laissa le tipi. Les Coulson-Browne lui payèrent plusieurs mois de loyer pour un appartement de Camden, afin d'être enfin débarrassés de lui, devinait-il. « C'est fini, dit M. Coulson-Browne, c'est vraiment fini, Gabriel », et Gabriel songea, triomphalement : Oui, c'est fini.

Maintenant, il était fatigué, avachi sur le banc, il n'avait plus la force de retourner à l'intérieur de l'hôpital. Je courus à la réception pour demander un fauteuil roulant et l'aidai à s'y asseoir. Les ombres de la forêt s'étaient rapprochées sur la pelouse.

Il ne dit pas un mot jusqu'à ce qu'on se retrouve dans sa chambre. Il s'extirpa du fauteuil, que je poussai dans le couloir pour qu'il ne soit pas obligé de le regarder cette nuit.

« Tu reviendras ? demanda-t-il.

— Je peux loger dans le coin, dis-je. Et revenir demain. »

Je ne savais pas comment aborder le sujet de la maison de Moor Woods Road. Il me semblait impossible de le solliciter alors qu'il essayait d'ôter ses chaussures, assis sur son lit.

« Delilah t'a parlé de l'héritage ? demandai-je.

— Oui, vaguement. Elle a dit qu'il y avait la maison, et un peu d'argent. »

Il s'allongea et chercha ses couvertures à tâtons.

« Elle m'a parlé de ton idée de centre communautaire.

— Qu'est-ce que tu en penses ?

— J'ai besoin de temps. Pour réfléchir à mes options. »

Je m'arrêtai, coincée entre le lit et la porte. Lui qui avait toujours été si conciliant.

« Le visiteur, dis-je. Tout à l'heure. Ça a un rapport avec lui ? »

Je m'approchai du lit, lui pris la main. Je voulais le réconforter, décrétai-je, mais je voulais également qu'il reste éveillé.

« C'était Oliver ? » demandai-je. Puis : « Gabe… qu'est-ce qu'il t'a fait ? »

Ses mains trituraient les couvertures. Il dormait. Ou il m'ignorait.

Assise sur la pelouse, je réorganisai mon week-end. Il y avait des bed and breakfast dans toute la région. Ils portaient tous un nom champêtre, et ils étaient pleins. Je trouvai une chambre dans un hameau où il n'y avait qu'une église et un pub, et m'y rendis dans la chaleur de l'après-midi. Maman et Papa avaient prévu de venir me voir à Londres dimanche, ils devraient attendre. *Plus difficile que je croyais*, expliquai-je, par texto. *Une journée de plus à l'asile.*

La propriétaire me conduisit dans une chambre qui jouxtait sa maison de famille ; elle me tendit une assiette de biscuits et un code Wi-Fi. Je devais l'utiliser de manière raisonnable. « Merci, dis-je. C'est parfait. » Je pensai au Romilly Townhouse. Au confort que procuraient ses vastes espaces propres, et aux concierges choisis pour leur discrétion. « Je suis dehors avec les petits, dit-elle. Vous pouvez vous joindre à nous si vous le souhaitez. » Nous échangeâmes un sourire, poli, certaines que je ne le ferais pas.

J'ouvris mon ordinateur. Le bureau faisait face à un jardin lumineux, éclatant. Le soleil filtrait à travers les feuilles des chênes et courait dans l'herbe. Je mangeai les biscuits et me mis au travail, en regardant la propriétaire jouer avec ses enfants. C'était une actrice : dinosaure, puis princesse, et maintenant un pont sous lequel ils rampaient. Le jardin était parsemé d'accessoires oubliés. Delilah avait raison, sur un point. J'avais été une enfant sérieuse. Mes jeux eux-mêmes exigeaient une implication totale. J'essayai d'imaginer que je me joignais aux enfants autour des parterres et que j'acceptais les rôles qu'on m'attribuait. Cela me paraissait inconcevable. Ils me perceraient à jour et me chasseraient de la distribution.

Certaines choses étaient mieux ainsi.

Je les observai encore un instant, puis refermai mon ordinateur et marchai jusqu'au pub.

Cette nuit-là, l'esprit embrumé par le vin, dans la chaleur de cette étrange chambre, je rêvais de l'une des soirées de Robert Wyndham. De longues tables blanches ornaient la pelouse. Tout le monde était là : Delilah, Gabriel, Evie, Ethan et Ana. Tout le monde allait bien. Assise à côté de JP, qui racontait une formidable anecdote, je me laissai aller contre lui. La fête était bruyante ; je devais tendre l'oreille pour suivre son récit. Des verres s'entrechoquaient et des rires stridents s'échappaient de la table de derrière. Je les fis taire, je voulais entendre l'histoire, mais impossible de me concentrer, et au bout d'un moment, je renonçai. Face à moi, Evie souriait et s'ennuyait. Elle s'éclipsa et traversa le jardin, jusqu'à l'endroit où la pelouse rencontrait la forêt. Je me levai à mon tour. Le temps que je quitte la table, elle se dirigeait déjà vers le bois. Je l'appelai, mais elle ne m'entendit pas, et soudain, elle s'effaça entre les arbres.

J'avais dix ans quand nous emménageâmes à Hollowfield, dans Moor Woods Road. J'étais dans la classe de Mme Glade. Gabriel avait besoin d'un lit, Ethan avait commencé à faire pression pour avoir sa propre chambre ; Père ne s'intéressait plus à la Loge et il avait trouvé un lieu pour créer sa propre congrégation. Qu'il baptiserait Maison de la Vie. Chaque fois qu'il en parlait, il construisait la chaire avec ses poings et traçait l'allée avec ses doigts.

Delilah et moi fûmes les seules à protester. « J'ai des amis, dit-elle. Ne m'oblige pas à quitter mes amis, papa. »

« Est-ce qu'on peut attendre l'été au moins ? demandai-je. Quand l'école sera finie ? »

De tous les professeurs de Jasper Street, Mme Glade était ma préférée. Elle ne me forçait pas à lire devant les autres et elle ne me félicitait pas en public. Au début de l'année, en octobre, elle m'avait demandé de passer la voir dans la salle des professeurs, à l'heure du déjeuner, pour me dire combien elle était impressionnée par mes fiches de lecture hebdomadaires. Et si elle me donnait d'autres livres à lire – en douce, sans pression, etc. – au cas où je m'ennuierais ? Tous les vendredis, à l'heure du déjeuner, nous nous installions dans la salle de réunions sans fenêtre, à côté de l'administration, et nous parlions des livres qu'elle m'avait recommandés. Mme Glade sortait généralement un en-cas quelconque et me demandait de l'aider à le manger pendant que nous bavardions : une assiette de fruits, par exemple, ou des crêpes qu'elle avait faites. Il y avait toujours trop pour une personne, et je ne comprenais pas comment elle pouvait espérer manger ça toute seule.

Les ennuis commencèrent le jour où Mme Glade s'adressa à Mère. Celle-ci était venue chercher Delilah et Evie, elle était dans la cour de l'école avec Gabriel, les bras chargés de cartables, vêtue de sa robe blanche jaunie, et Mme Glade lui demanda si elle avait une minute à lui accorder. Les autres entrèrent dans la salle eux aussi et Gabriel se promena entre les tables et les chaises. Il prenait des crayons dans les pots, des livres sur les étagères, en gloussant. Il avait un visage malicieux et un sourire édenté. Au supermarché, il chapardait des articles dans les Caddie des clients, et ça les faisait rire. Ils lui pardonnaient.

« Il est adorable », dit Mme Glade.

Mère acquiesça, en dansant d'un pied sur l'autre.

« Je n'ai pas beaucoup de temps, vous savez. Il faut qu'on rentre.

— J'ai une bonne nouvelle, dit Mme Glade, et ce ne sera pas long. Je voulais vous parler des excellents résultats d'Alexandra cette année. Elle travaille très bien, dans toutes les matières. Anglais, mathématiques, sciences… mais aussi dans les matières secondaires qu'elle vient de découvrir. Elle fait une année excellente. »

Delilah leva les yeux au ciel. Evie m'adressa un sourire. Mère accueillit ces louanges d'un simple hochement de tête ; elle attendait la grande révélation.

« Voilà pourquoi, poursuivit Mme Glade, j'estime que M. Gracie et vous devriez envisager de réclamer une bourse pour envoyer Alexandra dans un des meilleurs établissements secondaires de la région. C'est dans un an et demi, je sais bien, mais ça ne coûte rien d'y réfléchir. La plupart de ces bourses sont attribuées en fonction des revenus de la famille – ce qui ne me regarde pas, évidemment –, mais je peux dresser une liste potentielle ou bien vous aider, votre mari et vous, à choisir parmi les différentes options. Comme vous préférez.

— Bien », dit Mère. Elle me regarda comme si je savais une chose que je refusais de divulguer. « Vous parlez d'Alexandra ?

— En effet.

— Bien. Merci.

— Voulez-vous que l'on fixe un rendez-vous, à un moment qui vous conviendra mieux ? proposa Mme Glade.

— Je crains que ça ne soit pas possible, répondit Mère. Nous déménageons dans les prochains mois. Nous partons à Hollowfield.

— Oh, fit Mme Glade. Je l'ignorais. »

Elle aussi me regarda.

« Sachez, dit-elle, que certaines options restent… »

Gabriel s'était amusé à faire tourner la mappemonde sur le bureau de Mme Glade, si vite que la Terre se fracassa sur le sol de la salle de classe. Il se figea, incarnation du coupable dans un dessin animé, et quand les adultes approchèrent, il se recroquevilla.

« Ce n'est pas grave », dit Mme Glade, mais Mère avait déjà traversé la salle. Elle donna une tape sur la main de Gabriel et le prit dans ses bras.

« Vous voyez, dit-elle. Le moment est vraiment mal choisi. »

Nous rentrâmes à la maison tous ensemble. Nous étions début décembre seulement, mais certaines maisons étaient déjà décorées. Delilah et Evie couraient devant et montraient du doigt leurs sapins de Noël préférés. Mon souffle se mêlait à celui de Mère dans l'air froid.

« Comme tu le sais, dit-elle, je ne suis pas allée au collège. Et pourtant, je m'en suis bien sortie. »

Je regardai le ruban adhésif marron sur le landau, les cheveux de Mère sous les lampadaires, d'un blanc cassant, tirés en arrière. Ils accrochaient moins de lumière maintenant.

« Si j'étais toi, je n'en parlerais pas à ton père. Il a d'autres projets. Des projets beaucoup plus grandioses, Alexandra.

— Mais ça ne coûterait rien, dis-je. D'essayer. »

Delilah et Evie s'étaient arrêtées devant la plus grande maison de la rue. Derrière la fenêtre, il y avait une maison de poupée décorée, et à l'intérieur de cette maison, c'était Noël. Des enfants miniatures couraient vers les cadeaux disposés sous le sapin. Le père était renversé dans son fauteuil. Je cherchai la mère dans les chambres et la cuisine, mais ce personnage manquait.

« C'est beau, dit Evie. Hein ?

— Venez », dit Mère.

Elle se tenait un peu plus loin, son poing tambourinait sur la poignée du landau. Je la rattrapai avant qu'elle reparte, si bien qu'elle fut obligée de me regarder.

« Laisse-moi essayer, au moins », dis-je.

Elle détourna la tête, comme si elle avait honte pour moi. Elle souriait, à peine, et je devinais que cela n'avait aucun lien avec Père.

« J'ai dit non, il me semble. »

Mme Glade ne s'avoua pas vaincue pour autant,

même si elle renonça à obtenir le soutien de Mère. Nos rendez-vous du vendredi gagnèrent en ferveur. « Tu dois réfléchir à la manière dont les autres peuvent interpréter ce que tu dis, expliqua-t-elle. Ne te contente pas de dire que ça te plaît – ça ne suffit pas –, dis-moi pourquoi. » Ses recommandations se diversifièrent : elle m'acheta des livres sur l'histoire, les religions, les Romains et les Grecs anciens. En une heure, nous pouvions dérouler la pelote de fil à travers le Labyrinthe, disséquer le cerveau, passer le corail au peigne fin à la recherche d'un hippocampe mâle qui portait des œufs dans sa poche. « Il nous reste combien de temps ? » demandait-elle lorsque nous regagnions la salle grande comme un placard. Je lui donnais l'heure en regardant la pendule accrochée au-dessus de sa tête, mais cela ne semblait pas l'intéresser particulièrement. Je crois que ce n'était pas du tout ce qu'elle me demandait.

« Alexandra, dit Père. Tu as de la visite. »

Il se tenait au pied de l'escalier. J'avais traversé le palier pour me brosser les dents, avec *Fantastic Mr Fox* à la main. Mon rituel consistait à introduire la brosse dans ma bouche et à lire trois pages, quel que soit le livre.

« Hein ? C'est qui ?

— Tu n'as qu'à descendre voir. »

Il tendit le bras en direction du salon, tel un artiste qui présente un nouveau numéro exotique. Je posai mon livre sur le bord du lavabo et descendis à petits pas jusqu'à lui, dans la lumière du rez-de-chaussée et les odeurs de ragoût du dîner.

Mme Glade était debout au centre de la pièce, coiffée d'un bonnet à pompon et vêtue d'un duffle-coat, incroyablement propre. Je m'apercevais pour la première fois qu'elle existait en dehors de l'école. Elle avait donc des soirées, un lit, et des choses auxquelles elle pensait quand elle s'y couchait. Elle était plus petite que dans la salle de classe, mais c'était l'effet que produisait Père : il rapetissait les gens. Je croisai les bras sur ma veste de pyjama, usée, si fine qu'on voyait mes tétons à travers le tissu.

« Lex n'a pas besoin d'être présente, dit Mme Glade. C'est à vous que je suis venue parler.

— Oh, nous sommes une famille ouverte. »

Elle essayait de nous regarder l'un et l'autre, mais son regard était attiré par les sacs-poubelle entassés dans les coins, les vieux vêtements, les vieilles chaussures, auxquels s'ajoutaient quelques peluches fatiguées. Les couvertures de Mère s'empilaient sur le sofa, raides de crasse.

« Bonsoir, Lex.

— Bonsoir. » Et comme je me méfiais de cette Mme Glade, de cette version nocturne qui ne voulait pas me parler, je demandai : « Qu'est-ce que vous faites ici ? »

Elle se retourna vers Père, qui souriait déjà.

« Tu te souviens de la bourse ?

— Oui.

— Eh bien, je voulais en discuter avec ton père… et d'autres petites choses. Rien de très important. Pas de quoi t'inquiéter. »

Père prit ses aises sur le sofa et montra l'autre coussin. Mme Glade s'assit au bord, comme si elle ne voulait pas que notre maison soit en contact avec sa peau. Elle se tordait les mains, encore violettes et blanches à cause du froid.

« Si vous ne voulez pas qu'elle écoute, dit Père, ça ne me pose pas de problème. »

Mme Glade me regarda, avec quelque chose de triste et de résigné sur le visage. Une sorte de message, qu'elle savait que je ne pourrais pas déchiffrer.

« Je suis navrée, Lex. Je dois parler à ton papa en privé.

— OK.

— Bien. À demain, Lex. »

Evie dormait déjà. Allongée sur la couverture, la lumière allumée, je montai la garde en essayant de ne pas m'endormir. Mme Glade était l'une des personnes les plus intelligentes que je connaissais, pensai-je, mais aussi l'une des plus idiotes. Elle me regardait comme si elle avait peur pour moi, alors qu'elle était assise à côté de Père sans avoir peur pour elle.

Je n'ai jamais su de quoi Mme Glade et Père discutèrent ce soir-là, mais nous partîmes pour Hollowfield une semaine plus tard. En rentrant de l'école, je trouvai toute la famille réunie dans la cuisine. Père, debout, avait posé les mains à plat sur la table, Mère se tenait à côté de lui.

« On a une maison, annonça-t-il. Une maison à nous. »

Un petit séisme passa sur le visage de Delilah. Il commença par des tremblements de ses lèvres et aux coins de ses yeux.

« Je vous déteste », dit-elle et ses traits se déformèrent.

« Déjà ? m'étonnai-je.

— C'est devenu nécessaire, répondit Père. Tout le monde sur le pont. »

Faire les cartons s'apparentait à une autopsie de la maison et de l'enfance que nous avions vécue entre ces murs. Sous le lit de mes parents se trouvaient encore les couvertures sur lesquelles Mère avait accouché d'Ethan. Là, il y avait un livre sur la frontière américaine qui n'avait jamais été restitué à la bibliothèque. Ici, des bouteilles d'alcool jamais nettoyées abritaient des familles de petites mouches noires. En arrachant les meubles à leurs cavités, nous fîmes apparaître les pires maladies de la maison. Le tapis sous mon lit était mou et emmêlé, des tumeurs de moisissures avaient poussé jusqu'au matelas. Sous le lit à barreaux traînaient des grenouillères putrides, portées par chacun de nous et jamais lavées. Les murs de la chambre de Mère et de Père étaient percés et en appuyant sur les plaies avec nos doigts, nous sentions l'air du dehors, qui s'infiltrait dans la maison.

Au fond de la penderie de Mère, je découvris un carnet, ridé par le soleil et proche de la décomposition. Je l'ouvris au milieu. L'écriture était maladroite – une écriture d'enfant –, mais je ne la reconnus pas. *Dépêche 17,* pouvait-on lire. *Je rends visite à Mme Brompton dans son cottage un samedi après-midi. Elle est dans son jardin, et d'humeur causante.* Je souris. Les dépêches de Deborah. Les contacts de Mère dans le monde du journalisme figuraient sur la dernière page. Ils devaient être à la retraite maintenant, pensai-je. Certains étaient sans doute morts. Les avait-elle appelés ? C'était peu probable. Ce carnet avait été oublié, plutôt que caché. Je l'ajoutai à la pile des déchets.

Pour mon dernier jour à Jasper Street, j'étreignis Amy, Jessica et Caroline. « Tu vas trop nous manquer », dirent-elles en frottant leurs yeux secs. (Je leur avais fourni une excellente anecdote pour une thérapie future : une histoire de culpabilité, de naïveté et d'horreur – et des années plus tard, chaque fois qu'apparaîtrait une nouvelle « source proche de la famille », je me demanderais si c'était l'une d'elles.) Mme Glade avait fait un gâteau pour toute la classe – le glaçage représentait un livre ouvert, accompagné de ces mots : *Bonne chance, Lex !* – et quand je le coupai, chaque couche était d'une couleur différente. J'imaginai Mme Glade dans la cuisine d'une petite maison douillette, en pyjama, avec des maniques, et pendant un instant, je m'autorisai à habiter dans cette maison, avec l'odeur du gâteau en train de cuire et une vie entière de déjeuners du vendredi. Je ne lui avais pas totalement pardonné sa visite surprise à la maison, mais après ce gâteau, je me promis d'essayer.

À la fin de la journée, elle m'aida à vider le contenu de mon bureau dans un sac en plastique. J'emportai tous les cahiers que je pouvais porter et balançai mon cartable sur mon épaule. « Une dernière chose », me dit-elle, à la porte de la salle de classe, et elle me tendit un cadeau enveloppé dans du papier journal.

« Je dois l'ouvrir maintenant ? »

Ma question la fit rire.

« Tu l'ouvres quand tu veux, Lex. »

J'arrachai l'épais ruban adhésif et écartai les feuilles de journal. Le paquet contenait un livre cartonné, neuf, sur les mythes grecs illustrés.

« Ce sont tes préférés, hein ? »

Je ne savais pas quoi dire. J'acquiesçai et ouvris le livre au hasard. Une illustration représentait les Enfers et Charon qui conduisait Perséphone sur le Styx. Parmi les aquarelles sombres, elle contemplait le lecteur.

« Merci. »

Je fis le maximum de place dans le sac en plastique pour glisser le livre à l'intérieur.

Mme Glade me serra contre elle, brièvement et fort. Quand elle me relâcha, elle parut surprise, comme si elle n'avait pas eu l'intention de faire ça.

« Prends bien soin de toi, d'accord ?

— D'accord.

— Allez, file. Ta mère va t'attendre. »

Je décampai dans le couloir, passai devant les dessins aux couleurs vives et les photos de classe affichées sur les murs, à côté des récits d'excursions ou de « Ce que j'ai fait pendant les grandes vacances ». Juste avant d'atteindre la porte qui donnait sur la cour, je me retournai. Mme Glade se tenait sur le seuil de sa salle de classe, les bras noués autour d'elle, et elle me regardait. Je lui fis un signe de la main et elle me le rendit.

Hollowfield, coincé au pied de trois collines rocailleuses, méritait à peine le nom de bourg. Le trou de vidange de la lande. Le panneau placé à l'entrée précisait qu'il était jumelé avec Lienz, en Autriche, et je m'interrogeais chaque fois que nous passions devant. Comment cet accord avait-il été conclu ? Un habitant de Lienz nous avait-il réellement rendu visite pour voir ce qu'ils accueillaient dans la famille ?

Nous déménageâmes un samedi, avec une camionnette appartenant à une relation de Jolly. Mère ne se sentant pas bien, Père, Ethan et moi transportâmes toutes nos affaires. « Allez jeter un dernier coup d'œil », ordonna Père avant de nous autoriser à monter à bord. Ethan et moi passâmes d'une pièce à l'autre, en parlant à peine. Nous n'avions laissé que nos détritus, et la saleté. Le propriétaire récupéra les frais de nettoyage cinq ans plus tard lorsqu'il vendit à la presse les photos de la maison après notre départ. Les espaces tristes et souillés. Comme avec toutes les photos, sous-exposées, qui montraient des pièces vides, il était facile d'imaginer qu'une chose terrible s'y était produite.

Nous traversâmes Hollowfield au crépuscule. Des nuages pendaient au-dessus de la ville. Nous passâmes devant des usines abandonnées, aux cheminées filiformes et aux fenêtres brisées. Il y avait une rue principale fonctionnelle avec un marchand de livres d'occasion et un café en train de fermer. Des hommes gris rassemblés devant la porte remontaient leurs cols.

« Notre maison est près d'ici ? demanda Evie.

— Cinq minutes, répondit Père. Peut-être dix. »

Il nous montra l'endroit où il bâtirait sa nouvelle église. C'était une ancienne boutique de vêtements délabrée, des mannequins gisaient encore en vitrine, mais les gens se presseraient, affirma-t-il, et il pourrait toujours ressusciter les mannequins pour en faire des statues, dans le cadre de sa prestation. Nous quittions le bourg à présent et nous franchîmes la rivière, en passant devant un moulin à eau et un garage en ruine, pour arriver finalement dans Moor Woods Road. Les premières propriétés étaient des cottages, soigneusement entretenus et regroupés, mais à mesure que la route grimpait, les maisons s'espaçaient et subissaient une mutation. Il y avait une grange obscure, un pavillon protégé par des engins rouillés. Evie baissa la vitre de la camionnette pour compter les numéros.

« C'est la prochaine ! » s'exclama-t-elle.

Le numéro 11 était situé en retrait de la route. La façade beige était sordide. Il y avait un garage et un jardin à l'arrière. Une maison très ordinaire, dirait-on par la suite.

Père avait acheté la maison de Moor Woods Road à une vieille femme, membre de la congrégation de Jolly. Elle ne pouvait plus s'occuper du jardin ni monter au premier étage sans faire une pause dans l'escalier. Jolly avait conduit les négociations. C'était une maison faite pour une famille, disait-il, et la vieille femme avait été heureuse de nous la céder.

Ses meubles étaient toujours là. Sous les draps, les chaises, les tables et les lits prenaient des formes étranges, monstrueuses. Nous suivîmes Père d'une pièce à l'autre, essayant de les identifier avant qu'il les dévoile. Un bateau, un corps. Un morse. Avant notre premier dîner à Moor Woods Road, Père plaça un des draps sur sa tête et entra dans la cuisine d'une démarche titubante en poussant des gémissements. Il récita le bénédicité avec un grand sourire, une main posée sur la cuisse de Mère, le drap sur les épaules.

Après le dîner, Evie et moi déballâmes nos affaires. Elles s'étaient mélangées avec celles de tout le monde dans les cartons. Il y avait un lot de vêtements tristes, mal taillés, que nous avions dû endurer toutes les deux, et nous les enfilâmes tour à tour pour jouer les mannequins. Nous échangeâmes des T-shirts avec Gabriel et Delilah, en les lançant à travers le couloir. J'avais enveloppé le livre sur la mythologie grecque à l'intérieur d'un pull, pour le cacher à Père – il contenait des histoires de dieux païens qui constituaient un blasphème – mais aussi à Delilah, qui trouverait un moyen de le détruire, ou de se l'approprier. Dès que le calme régna dans la maison, je transportai en douce le paquet dans la chambre d'Ethan.

Ethan avait son propre espace, mais assez d'affaires pour le remplir. Des objets fatigués occupaient une place prépondérante injustifiée. Une foule de disciples en plastique encombrait le rebord de la fenêtre. Il avait accroché au mur une affiche représentant le squelette humain, distribuée en cours de science en CM2. Père avait déjà réquisitionné un coin du plancher pour ses préparations de sermons.

« Je pense qu'il espère que je vais les lire, dit Ethan en repoussant les feuilles du bout du pied.

— Attends, je vais te montrer un truc super cool, dis-je et je déballai le livre. C'est Mme Glade qui me l'a donné, mais on pourra le lire ensemble. »

Ethan caressa la couverture, sans l'ouvrir.

« C'est un bouquin pour enfants, dit-il. Pourquoi j'aurais envie de lire ça ? »

Je l'observai, attendant que son visage se lézarde. Il soutint mon regard d'un air vide.

« Tu aimes bien ces histoires, dis-je. C'est toi qui me les as fait connaître.

— Et qu'est-ce que ça m'a rapporté, hein ? Si j'étais toi, je le balancerais, Lex. »

Evie fut davantage impressionnée. Nous devrions attendre encore un mois avant l'arrivée d'un lit supplémentaire, et ce soir-là, pour la première nuit dans notre chambre, nous nous couchâmes côte à côte sur le matelas d'une inconnue, avec le livre entre nous. Les bruits de la maison me faisaient sursauter : le martèlement de l'eau à travers les murs, le craquement des arbres au fond du jardin. Les lattes du parquet oscillaient sous un poids nouveau, plein d'entrain. « Au commencement, lus-je, il n'y avait rien. »

Je m'attendais à ce que les choses soient différentes à Hollowfield. J'avais confondu le fait que personne ne nous connaissait avec l'espoir que nous pourrions être qui nous voulions.

Jolly venait souvent à la maison, sans s'annoncer, pour bricoler ou déjeuner avec Père dans la cuisine. Leurs conversations débutaient sur un mode clandestin : ils échangeaient des regards quand nous entrions dans la pièce. Mais le soir venu, les voix montaient jusqu'à nos chambres. Ils employaient des mots tels que « opportunité » ou « commencement ». Mère jouait les hôtesses ; elle apportait des petits plats et remplissait les verres des hommes, après avoir ôté les morceaux de pâte coincés sous ses ongles. Certains soirs, j'entendais une troisième voix autour de la table : plus douce, moins affirmative. Ethan avait pris l'habitude d'accueillir Jolly d'une poignée de main ferme, en l'appelant « monsieur ».

Il se joignit à Père et à Jolly pour jouer des tours à Gabriel qu'ils recrutaient, prétendument, pour les seconder dans des tâches imaginaires ou des missions secrètes, qui le plongeaient dans la confusion. « Tiens ce clou, lui disait Jolly au milieu de l'escalier. Ne le laisse pas tomber surtout… c'est lui qui fait tenir toute ta maison. » Une heure plus tard, Gabriel était toujours là, tenant le clou dans son petit poing. Un hiver, Ethan l'envoya dans le jardin pour chercher le trésor enterré par la précédente propriétaire. Père, Jolly et lui se regroupèrent à la fenêtre de la cuisine telle une assemblée de sorcières. « Viens voir, Lex ! » lança Ethan en me faisant signe d'approcher. Je l'ignorai. Au crépuscule, Gabriel rentra à la maison, livide et abattu, les crevasses de ses paumes étaient remplies de terre. En les voyant rire, il rit lui aussi. Comme s'il n'était pas dupe, depuis le début.

Quand je pouvais éviter Jolly et Père, je ne m'en privais pas. Je partais tôt à l'école, comme avant, pour avoir le temps de me laver, et à la fin de la journée, je ne me pressais pas pour ranger mes affaires. J'allais chercher Delilah, Evie et Gabriel et nous rentrions ensemble, en flânant. Nous nous arrêtions chez le bouquiniste et au moulin à eau, et devant les deux chevaux galeux au bout de Moor Woods Road, qui nous observaient avec la plus grande méfiance. Mère n'allait jamais jusqu'à notre nouvelle école ; Père et elle parlaient d'avoir un autre enfant alors elle économisait ses forces.

À l'école, ce n'était pas si affreux. Conséquence la plus inattendue de notre emménagement à Hollowfield, je me fis une amie – une vraie –, arrivée quelques mois plus tôt. Elle portait un appareil dentaire, parlait avec un accent du sud et était presque aussi maladroite que moi. Cara aimait les livres et en parler ; elle jouait du violon devant tous les élèves réunis : elle se tenait au premier rang, timide et nerveuse, jusqu'au moment où elle prenait son instrument. Elle se balançait quand elle jouait, ce dont se moquaient les autres enfants, et quand elle avait fini, on aurait dit quelqu'un qui vient de se réveiller. Cara ne gloussait pas bêtement quand je parlais et de toute façon, il n'y avait personne avec qui elle aurait pu échanger un regard en coin. Ça ne semblait pas la gêner que je reste muette en classe, me contentant de répondre aux questions directes du professeur. Malgré cela, je faisais attention à ce que je lui racontais. Mes parents travaillaient loin, disais-je, et quand je lui parlais de notre maison de Moor Woods Road, je restais floue.

« Je la connais ! s'exclama-t-elle. C'est celle tout au bout, avec les chevaux ? »

Je répondis par un hochement de tête évasif.

« J'ai une peur bleue des chevaux », avoua Cara, avec un sourire.

À Hollowfield, je m'en sortais beaucoup mieux que Delilah, qui ne comprenait pas pourquoi elle ne figurait plus parmi les filles les plus populaires de sa classe, et encore mieux que Gabriel. J'avais appris, par des élèves des petites classes, que Gabriel était idiot et facile à berner. Les petits apprenaient à lire grâce à des boîtes de mots, et la majorité des élèves de la classe de Gabriel étaient arrivés à la Boîte 6, qui comprenait des mots comme DAUPHIN et PINGOUIN ; alors que Gabriel, lui, en était toujours à la morne Boîte 2 avec le CHAT et le CHIEN. Lorsque c'était à son tour de lire, il approchait la feuille à quelques centimètres de ses yeux, ce qui offrait diverses opportunités : vous pouviez lui donner des petits coups, comme on asticote un taureau dans l'arène, sans qu'il sache d'où ça venait ; vous pouviez écrire un truc à son sujet sur une feuille d'exercices, il ne pouvait pas la lire, même si vous la lui agitiez sous le nez.

« Je pige pas », dit Cara en observant Gabriel à l'autre bout de la cour de récré. Il restait collé à une des cantinières comme s'il redoutait une agression. « Tu es quasiment la fille la plus intelligente de l'école. »

Voilà pourquoi, conclus-je, je ne pouvais pas intervenir. À l'école primaire de Hollowfield, je m'étais confectionné un barreau précaire sur l'échelle sociale, renforcé par une amie et le respect envieux de mes camarades de classe. Le soir, je faisais la lecture à Evie ou bien j'écoutais Ethan, et le week-end nous nous rassemblions à la Maison de la Vie pour poncer les bancs, peindre les murs ou prier pour la réussite. J'avais à peine le temps de paraître normale. Et ça me rassurait de voir Gabriel seul à l'heure du déjeuner, ou assis dans la cuisine avec la même boîte de mots, traçant les lettres avec son doigt. Mais la nuit, seule dans le lit d'une inconnue, je n'étais plus du tout rassurée.

À la fin du deuxième trimestre, Evie et moi attendions Delilah et Gabriel sur la pelouse de l'école. L'heure de rentrer à la maison était passée depuis longtemps ; les derniers parents se dispersaient, en tenant des sacs à dos et des petites mains.

« Peut-être qu'ils sont déjà partis, dis-je.

— Pourquoi ? demanda Evie. Ils nous attendent toujours.

— Alors… on essaye de les trouver ? »

Étendue dans l'herbe, les bras en croix, elle regardait le soleil en plissant les yeux.

« C'est toi la plus près.

— C'est toi la plus jeune. »

Elle lança une poignée d'herbe dans ma direction.

« C'est toi la plus ronchon. »

Elle détourna la tête, regarda par-dessus mon épaule et se composa un visage posé.

« Lexy… »

La directrice traversait la cour. Elle s'arrêta à l'orée de la pelouse, bloquée par ses chaussures à talons hauts, et nous fit signe.

« Il s'est produit un incident grave », dit-elle.

Voici de quoi il s'agissait : la veille au soir, Delilah avait glissé dans son sac à dos la Sainte Bible de Père, la version autorisée avec notes et renvois. Pendant la récré de l'après-midi, elle était allée chercher le livre dans le vestiaire et s'était approchée du plus cruel des persécuteurs de Gabriel. « Tiens, lis ça », lui avait-elle dit, avant de lui écraser le gros livre sur le visage. Un coin de la reliure lui avait entaillé l'œil. Des dents étaient tombées. Père était en chemin.

Nous l'attendîmes sur les chaises installées à l'extérieur du bureau de la directrice, occupées habituellement par les pires élèves de l'école. Gabriel avait joint ses mains en prière : un suppliant au nez plein de morve. Delilah se tenait droite comme un I, le menton dressé, dans cette posture qu'aimait Père.

« Qu'est-ce qui t'a pris ? » demandai-je dès que la directrice eut refermé sa porte.

Elle se retourna brusquement vers moi.

« Chasse le moqueur et la querelle prendra fin », cita-t-elle.

Je me demandai si elle avait partagé ce proverbe avec la directrice.

On entendit Père avant de le voir. Ses pas étaient lourds, mesurés, et chacun d'eux le rapprochait un peu plus. Lorsqu'elle le vit, Delilah se leva pour l'accueillir, s'offrant au châtiment qu'il avait élaboré en chemin. Là aussi, il prendrait son temps. Il la contourna, me confia les clés et frappa à la porte du bureau.

« Filez », ordonna-t-il.

Nous marchâmes jusqu'à la camionnette, en procession, et attendîmes à bord sans dire un mot. Quelques minutes plus tard, la porte de l'école s'ouvrit. Père traversa la cour, toujours à pas lents, passant devant la cage à poules et les bancs des petits. Il s'installa au volant et ferma la portière, sans mettre le contact.

« La prochaine fois, dit-il, laissez faire la vengeance de Dieu. »

Sur ce, il éclata de rire. Un rire tonitruant. Il frappa le volant et toute la camionnette trembla. Delilah sourit, un sourire timide d'abord, qui s'élargit. Elle était renvoyée pendant une semaine et devait écrire une lettre d'excuses, mais de retour à la maison, elle parada tel un petit ange justicier triomphant. Un Raguel miniature. Durant sa semaine de renvoi, elle fut autorisée à vernir la croix de la Maison de la Vie, sous le regard de Père qui racontait toute l'histoire à Jolly.

Les enfants me réveillèrent en jaillissant dans le jardin et j'arrivai tôt à l'hôpital. Gabriel prenait son petit déjeuner, visites interdites, alors j'attendis dans le fauteuil, devant sa fenêtre. Sa chambre, qui donnait sur le parking, était dénuée de toute décoration. Des petites protections émoussaient la pièce. Tous les coins étaient arrondis et les meubles fixés au sol. Un petit groupe d'enfants passa sous la fenêtre, escorté par des infirmières. Une des fillettes tenait un ours en peluche et poussait un pied à perfusion.

« Il y a un pavillon pour les enfants », dit Gabriel. Il laissa la porte ouverte et s'assit sur son lit. « C'était un endroit fait pour nous, dès le début. On aurait peut-être eu une chance.

— On n'était pas fous, dis-je.

— Oh, allons, Lex. Comment on aurait pu ne pas l'être ?

— Oliver va venir aujourd'hui ?

— Je ne sais pas. Pourquoi ?

— Il vient tous les jours ?

— Il a besoin de moi. Tu ne comprends pas, Lex.
— Non, je ne comprends pas. Explique-moi, alors. »

Ainsi débutèrent les années les plus heureuses de la vie de Gabriel. Aujourd'hui encore – en sachant comment elles allaient se terminer – il les regardait avec tendresse. Oliver présenta Gabriel à ses amis, une troupe hétéroclite de marginaux disséminés à travers la ville, dans des appartements sombres et des squats. Blake possédait un studio de photo à Soho. Kris était la fille qui pleurait dans la salle d'attente d'Oliver lors du premier séjour de Gabriel à Londres. « Oh, bon sang, dit-elle quand on les présenta de nouveau, quelle journée affreuse. » Pippa avait participé à *Big Brother*. « Saison six », précisa-t-elle, ce qui ne voulait pas dire grand-chose pour Gabriel. Beaucoup parmi eux avaient travaillé avec Oliver par le passé, remarqua Gabriel, mais plus aucun maintenant.

Ils se croisaient au cours de nuits qui constituèrent très vite leur propre folklore. Il y eut la fois où ils échouèrent dans le studio de Blake au petit matin et paradèrent devant son objectif en portant des tenues destinées à une séance photo pour un magazine de cuir le lendemain. Il y eut la fois où Gabriel se heurta à Delilah, alors que les clubs les flanquaient à la porte : totalement sobre et distribuant des bouteilles d'eau, par-dessus le marché. Il se souvenait vaguement d'avoir essayé d'évoquer avec elle ce qui leur était arrivé – tous ses souvenirs de cette époque étaient flous –, mais à chaque tentative, elle posait son doigt sur sa bouche pour le faire taire. « Ne parlons pas de ça maintenant », dit-elle et elle enregistra son numéro dans le téléphone de Gabriel. Il y eut la fois où, pas encore couchés un dimanche à l'heure du déjeuner, ils prirent la M40 à bord de l'Audi d'Oliver pour piller la maison d'Ethan. En apercevant Gabriel dehors – le téléviseur d'Ethan dans les bras et les cheveux blancs des Gracie sous le soleil estival –, un voisin lui adressa un signe de la main et Gabriel répondit par un mouvement de tête. Chacun des deux offrit son point de vue unique sur cet instant pendant le trajet du retour, en se tordant de rire.

(« Est-ce encore du vol, demanda Gabriel, si on vole un psychopathe ? » « Oui », dis-je.)

La diversification ne correspondait pas à ce qu'il attendait. Oliver lui avait fait un topo la première fois qu'il s'était rendu dans l'appartement de Gabriel. À l'époque, il n'avait qu'un matelas, un grille-pain, un téléviseur et un fauteuil, et ils firent l'amour par terre, près de la porte ; il n'avait pas pu attendre. « Je me suis renseigné, dit Oliver, et ça ne sera pas toujours facile. » Une de ses mains était enfouie dans les cheveux de Gabriel, l'autre allait de ses hanches à son bas-ventre. « Peut-être même indigne parfois. »

Gabriel, désireux de lui plaire, sourit.

« La dignité, c'est surfait. »

Ce serait temporaire, promit Oliver.

« Et puis, ajouta-t-il, ta carrière peut vraiment décoller. »

Alors, non. Ce travail ne correspondait pas à ce qu'il attendait.

Cela consistait essentiellement à attendre. Il déposait des filles, petites et silencieuses, devant des hôtels et attendait qu'elles ressortent. On l'abandonnait dans des maisons vides où il devait attendre qu'un coursier lui apporte quelque chose. Dans un appartement hagard de Croydon, il livra un sac à dos à un type ressemblant à un chat rasé, qui l'invita à entrer et verrouilla la porte. « J'aimerais que tu danses pour moi, lui dit le type.

— Pardon ?

— Juste une petite danse. Après, tu pourras repartir. »

Sur ce, un deuxième homme apparut. Il sourit au premier. Gabriel comprit, à ce sourire, qu'ils se connaissaient. Le nouvel arrivant avait quelque chose de plus effrayant que le premier, une sorte d'autorité dans sa manière de traverser la pièce. Il inspecta le contenu du sac à dos, prit une bière dans le frigo et s'allongea dans le canapé.

« C'est le garçon de courses ? demanda-t-il. Le gars d'Oliver ?

— Oui. Il va danser pour nous. »

L'autre s'esclaffa.

« Notre ami Oliver. Tu lui diras qu'on a hâte de le revoir. »

Gabriel se précipita vers la porte, ôta le verrou et s'enfuit. Il dévala un couloir obscur et déboucha dans la rue à la nuit tombée. Lorsqu'il appela Oliver, de retour chez lui, ses mains tremblaient encore. Oliver s'excusa, en expliquant que ces types faisaient parfois des histoires. Non, dit-il, il ne serait pas obligé de les revoir. Au téléphone, Oliver avait une voix éraillée, il était confus, comme s'il venait de se réveiller, et Gabriel sentit alors une chose s'éveiller en lui aussi, une chose qu'il croyait disparue, mais qui était seulement endormie.

Ça ne pouvait pas durer.

Gabriel avait eu vent de rumeurs concernant les problèmes financiers d'Oliver. Celui-ci demandait souvent à Gabriel si les Coulson-Browne étaient prêts à cracher quelques milliers de livres de plus. « Fais-les culpabiliser à mort », disait-il, mais Gabriel s'en était bien gardé. Un jour où il se lamentait sur l'état de son appartement de Camden devant Pippa et Kris – la moisissure se propageait derrière son lit, le vacarme de la circulation dehors et le mince filet d'eau en guise de douche, ce qui l'obligeait à laver un membre après l'autre –, il avait avoué combien il enviait l'appart d'Oliver au bord de la Tamise. Les deux filles avaient échangé un regard, sourcils dressés.

« D'après ce que je sais, avait dit Pippa, Oliver est complètement fauché. Tout a été acheté à crédit.

— Vérifie bien ton salaire, avait ajouté Kris. Sans rire, Gabe. »

N'empêche, Gabriel fut surpris de voir Oliver débarquer chez lui un jour, à sept heures du matin, avec deux valises à roulettes TUMI et un grand sourire.

« Serait-ce trop demander de pouvoir crécher ici, un petit moment ?

— Non, bien sûr, répondit Gabriel, et il se jeta dans les bras d'Oliver.

— Enfoirés de proprios », dit Oliver en serrant Gabriel contre lui, plus fort qu'il ne s'y attendait.

Ils reculèrent jusqu'au lit et un mois plus tard, alors

que les costumes d'Oliver étaient suspendus dans la penderie et que ses accessoires de toilette s'étalaient sur le bord de la fenêtre, Gabe conclut gaiement qu'il avait l'intention de prolonger le « petit moment ».

Les affaires d'Oliver traversaient une passe difficile. « C'est à cause des réseaux sociaux, expliqua-t-il. Les gens croient qu'ils peuvent tout faire tout seuls. » Il avait quitté son bureau à Aldgate et travaillait sur un ordinateur portable dans un coin de l'appartement de Gabriel. Chaque fois que celui-ci passait devant lui, Oliver semblait être sur YouPorn ou Mr Porter, ce qui pouvait s'apparenter à des recherches, estimait-il. En outre, ses difficultés conféraient une importance nouvelle au rôle de Gabriel dans leurs relations. Il n'était plus celui qui colle aux basques d'Oliver, qui lui est redevable de ses contacts et de son charisme. Il pouvait entretenir Oliver comme Oliver l'avait entretenu.

Et Gabriel n'hésitait pas à l'admettre : Oliver avait grand besoin d'être entretenu. Il apparut qu'il était accro à l'alcool et à la cocaïne, alors que Gabriel était avant tout accro à Oliver, avant de devenir, inévitablement, accro aux addictions d'Oliver, pour se faire bien voir de celui-ci tout d'abord et plus tard parce qu'il ne pouvait plus s'en passer.

Les journées étaient si longues. Il se réveillait à sept heures, nauséeux, et avant d'ouvrir les yeux, il sentait poindre la peur de l'inactivité jusqu'à vingt heures. Les mauvais jours, quand il se levait, un filet de sang s'échappait de ses narines et gouttait sur ses genoux. Oliver et lui accueillaient cette nouvelle journée en buvant des *screwdrivers* – « Comme ils les préparent à

New York », disait Oliver –, après quoi ils marchaient tranquillement jusqu'aux pubs au bord du canal pour déjeuner, ou bien ils se rendaient à Regent's Park et achetaient quelques bouteilles de vin en chemin. Oliver achetait de la cocaïne à une vieille connaissance à Barnsbury, et quand ils estimaient que cela était nécessaire – que c'était la seule chose qui pouvait faire de l'effet –, ils flânaient au bord de l'eau, jusqu'à la cité, en protégeant leurs yeux du reflet des tours de verre et des vastes espaces lumineux de King's Cross. Ils se réveillaient dans l'appartement, ou bien dans leur endroit préféré, à côté du jardin ouvrier, à la tombée de la nuit. En été, quand il faisait encore jour dehors, Gabriel s'en fichait, mais en hiver, il était surpris par l'obscurité et son indifférence au temps. Il loupa un certain nombre d'engagements, et il savait que ces clients ne travailleraient plus jamais avec lui ou avec Oliver.

Dans l'appartement le bruit était permanent, il se jetait contre les murs. À toute heure du jour et de la nuit, on entendait des cris dans la rue, des sirènes, des talons hauts sur le pavé. Des bus qui se traînaient en direction de la City. Gabriel voyait passer les visages des passagers sur la plateforme supérieure, défigurés par les graffitis ou la buée. Quand il avait la gueule de bois, il s'asseyait sur l'accoudoir du canapé et il les regardait, en calculant le nombre d'heures restantes dans cette journée qui expirait. Il attendait qu'elle se termine.

Le plus terrible, ce fut le retour des Colères. La première fois, cela se passa dans l'appartement : on sonna à la porte pendant qu'ils dormaient et un coursier accueillit Gabriel à l'entrée de l'immeuble, en bas. « M. Alvin ? » Il transportait une vaste collection de paquets (Gabriel dut monter deux fois l'escalier) que Gabriel et Oliver ouvrirent ensemble. Ils étaient remplis de beaux vêtements : des écharpes imprimées, des chemises blanches soyeuses, une sélection de cravates en soie. Oliver éclata de rire en déballant un blouson en cuir.

« Je me souviens vaguement d'avoir commandé tout ça quand j'étais défoncé. »

Gabriel avait du mal à respirer.

« Je me suis dit : de quoi pourrais-je avoir besoin quand je suis sobre, sinon de cadeaux ? »

La Colère s'empara de Gabriel, si rapidement qu'il n'eut pas le temps de se souvenir comment la dominer. Il se revoyait couché sur le sol, sa tête heurtant la moquette, les yeux levés vers le visage d'Oliver au-dessus lui. Le rire s'était transformé en grimace de panique, et Gabriel sentit une étrange satisfaction se répandre sous sa fureur, et persister alors que la Colère était passée depuis longtemps. Les paquets furent renvoyés.

Gabriel n'avait pas les moyens de payer le loyer et ses addictions, plus celles d'Oliver, et il se retrouva à découvert. Vint un moment où Oliver dut vendre sa montre, ses costumes, des demi-flacons de parfum. Tout l'électroménager de l'appartement disparut, alors qu'il ne leur appartenait pas. Les seuls objets de valeur restants étaient les souvenirs de Moor Woods Road.

Gabriel aimait croire qu'il avait résisté pendant de nombreuses semaines à Oliver qui lui suggérait de les vendre, mais c'était peu probable : l'alcool le rendait malléable, facile à tordre dans un sens ou dans l'autre, et il était ivre en permanence. Oliver avait déjà créé un compte sur un site Internet spécialisé dans les objets liés aux faits divers. Ils se servirent d'un ordinateur de la bibliothèque du quartier pour proposer les articles (le portable d'Oliver avait été vendu lui aussi) et rédigèrent ensemble l'argumentaire.

Objets UNIQUES provenant de la VÉRITABLE Maison des Horreurs :

Choisissez vos pièces de collection dans ce lot provenant du domicile des Gracie :

- *Une couverture ayant appartenu à Gabriel Gracie (on peut la voir sur cette photo d'Isaac Brachman, nominée pour plusieurs récompenses prestigieuses).*
- *Le journal intime de Gabriel Gracie (tenu entre 7 et 8 ans). 20 pages environ.*
- *Des lettres de Delilah Gracie à Gabriel Gracie PENDANT LEUR CAPTIVITÉ. 2 pages.*
- *Des photos de famille (5) inédites.*
- *Une bible familiale ayant appartenu à Charles et Deborah Gracie.*

Authentification de tous ces objets disponible à la demande. Possibilité de rabais pour l'achat du lot complet.

Ils dormirent ensemble, chevilles entrelacées, et au matin, lorsque Oliver fut en état de se déplacer, ils retournèrent à la bibliothèque pour consulter les enchères.

« Nom de Dieu », dit Oliver et il se jeta au cou de Gabriel.

Il y avait quelques offres conséquentes – plusieurs centaines de livres pour le journal, par exemple –, mais un enchérisseur anonyme offrait deux mille cinq cents livres pour le lot complet. Oliver lut le message joint : « “J'ai suivi votre histoire avec un vif intérêt et je pense souvent à vous.” » Il ricana, joyeux. « Tu as toujours des fans, on dirait. »

À la clôture des enchères, six jours plus tard, tous les objets avaient été adjugés au même acheteur pour un peu plus de trois mille livres. Oliver quitta la bibliothèque pour retrouver son dealer et Gabriel rentra à l'appartement avec un éventail d'enveloppes. Il déverrouilla le tiroir de sa table de chevet. C'était là qu'il conservait sa petite collection de souvenirs, près de l'endroit où il dormait, loin des regards d'Oliver. Désormais, ils seraient conservés dans une autre maison, qu'il ne pouvait pas se représenter. Il lut le récit laborieux de ses journées à Moor Woods Road. Les lettres dégringolaient de leurs lignes et tombaient les unes sur les autres en bas de la page. *Une journée triste*, avait-il écrit. *Delilah est très jolie* et *Beaucoup de tâches ménagères aujourd'hui.* Il n'avait jamais été particulièrement éloquent, autrefois comme maintenant, personne ne le lui avait jamais appris, comme l'avaient fait mutuellement son frère et ses sœurs. Il s'aperçut qu'il pleurait, alors il glissa le journal dans une enveloppe. Ces gouttes d'eau pouvaient lui faire perdre quelques centaines de livres. C'était le moment de fêter ça.

Ce soir-là, il se saoula comme jamais. Il acheta un demi-litre de vodka en allant rejoindre Oliver, et lorsqu'il arriva au pub, il était souriant et détendu. Ne voyant pas Oliver au bar, ni à aucune table, il traversa la salle pour sortir dans le jardin. Là, l'espace d'un instant – il venait de descendre les marches, plus bas que le soleil de l'après-midi – toute la soirée lui apparut dans sa totalité. Il vit Oliver, qui tenait par la taille une femme que Gabriel ne connaissait pas. Il vit ses yeux, déjà vagues. Il vit son sourire. Gabriel savait qu'il consommerait tout ce qui passait devant lui et qu'il cesserait alors de penser aux enveloppes sur le lit. Et à tout le reste.

Il se réveilla bien plus tard, dans une chambre qu'il ne reconnut pas.

Il chercha ses lunettes à tâtons. Le monde devant son œil droit était fendu en trois.

Il y avait une couverture en fourrure sur le lit, aux poils collés par sa transpiration, et un chat assis sur le seuil de la pièce. « Salut », dit-il. L'animal lui tourna le dos et s'éloigna à pas feutrés.

Ses vêtements étaient par terre : un indice. Il faisait jour : autre indice. Il suivit le chat dans un couloir désert. Trois portes étaient fermées. Un quatrième, entrouverte, donnait sur une petite cuisine sale. Une moitié de gâteau d'anniversaire traînait dans un coin, quelques mouches agonisaient contre la fenêtre. Il but de l'eau au robinet, dans ses mains, et essaya de se remémorer le déroulement de la soirée. Généralement, son esprit le taquinait avec des souvenirs désincarnés, qui se précisaient quelques jours, voire quelques semaines, plus tard. Des révélations impromptues faites à un inconnu, concernant les agissements de son père peut-être, ou la générosité excessive d'Oliver dans un bar (provoquant le blocage de sa carte), et Gabriel, qui avait de la peine pour lui, intervenait pour payer. Mais ce jour-là, rien. Il entendit un raclement de pieds derrière une des portes fermées et fut saisi d'une terreur immédiate, écœurante. Il se précipita vers l'unique porte munie d'un verrou, descendit un escalier sombre en titubant et sortit dans la rue.

Son ombre était grande. C'était sans doute l'après-midi. Il y avait des maisons victoriennes – voilages aux fenêtres et façades blanches écaillées – et personne dans les environs. Les plaques des rues indiquaient SW2. Il n'avait plus son portefeuille ni son téléphone, mais ses clés s'entrechoquaient dans sa poche. Les serrant dans sa main comme un talisman, il entama le long trajet qui devait le ramener chez lui.

Il marcha pendant presque trois heures en ravalant ses larmes ; sa langue sèche enflait dans sa gorge. Lorsque enfin il atteignit l'appartement dans la chaleur du crépuscule d'été, il éclata en sanglots et commença à suffoquer. Recroquevillé contre la porte, tournant le dos aux fêtards qui descendaient vers Camden, il chercha ce qu'il allait dire à Oliver, qui pouvait être de différentes humeurs. Furieux parce que Gabriel lui avait fait honte hier soir. Nonchalant parce qu'il était encore en peignoir et venait de se réveiller. Ou bien, comme l'avait imaginé Gabriel en franchissant Lambeth Bridge et en traversant tout le quartier de Westminster, tremblant de peur, et vite soulagé : il serrait Gabriel dans ses bras et ils faisaient la sieste ensemble, jusqu'à ce qu'il soit l'heure de ressortir.

Mais l'appartement était silencieux.

Il n'y avait que trois pièces – la chambre, la salle de bains et le coin salon, avec ses deux plaques de cuisson rouillées – il était donc facile de constater qu'Oliver n'était pas là. Ses vêtements suspendus au portant dans la chambre avaient disparu, idem pour les accessoires de toilette qu'ils avaient commencé à partager et les dernières provisions dans les placards de cuisine. Disparues également les enveloppes dans lesquelles Gabriel avait glissé les souvenirs de Moor Woods Road, la veille. Sentant monter une bouffée de panique, il essaya de la refouler. Elles étaient forcément là, quelque part. Il les chercha sous le lit, ouvrit le four, il tira même le rideau de douche pour contempler d'un air malheureux la baignoire noircie. Il se parlait à lui-même, il produisait les sons qu'adresserait une mère à son enfant malade. Sur le canapé, il trouva un mot, rédigé au dos d'une enveloppe Tesco Express : *Je suis désolé. Je t'aime.*

Quand la Colère survint, il ne pensa pas à Mandy, ni aux mammifères marins, ni à son putain de tipi. Il l'accueillit comme une vieille amie, la seule qu'il avait encore, et il entreprit de détruire tout ce qui se trouvait à portée de main. Il arracha la moquette et martela les murs de plâtre à coups de poing. Il retourna le lit, dans lequel ils avaient dormi ensemble. Il brisa l'unique fenêtre qui donnait sur la rue. Après avoir saccagé l'appartement, il prit ce qu'Oliver avait laissé dans la cuisine – une paire de ciseaux et un couteau d'office, ultime insulte, peut-être – et il s'en prit à lui-même.

« Et le voilà de retour, dis-je.

— Il est venu s'excuser, Lex. Il était dans un sale état.

— Curieuse coïncidence, non ? Il réapparaît juste maintenant – alors que tu es hospitalisé depuis des semaines –, après avoir entendu parler de Mère ? »

Gabriel tourna la tête sur l'oreiller pour ne plus me voir.

« Tu ne le connais pas, dit-il. Tu ne sais rien.

— Les journaux en ont parlé. C'était sur Internet. Il a pu apprendre la nouvelle n'importe où.

— On pourrait se remettre ensemble. C'est ce qu'il a dit. Il est prêt à essayer. Et à ce moment-là… cet argent… Ça pourrait nous aider, Lex. On pourrait s'installer quelque part. Dans un endroit tranquille. À la campagne, il a dit. Rien que nous deux.

— Ce coup-ci, Gabe… Je pense que tu vas devoir te débrouiller seul. »

Je sortis les documents de mon sac et les posai sur la table de chevet, pour qu'il les voie en se réveillant.

« Je les laisse là. »

J'attendis.

« Réfléchis. »

Oliver : adossé à une voiture, habillé comme la veille, affichant un sourire de vainqueur. Il passa devant moi pour se diriger vers l'entrée et je pensai au voyage du retour en train, au fardeau différé du désœuvrement. Et je vis Delilah, traversant la cour en brandissant la Bible.

« Hé, dis-je. Hé… »

Il s'arrêta et revint vers moi. De près, son corps était rachitique, ratatiné à l'intérieur de ses vêtements. Je remarquai la sueur sur son front et à la pointe de ses cheveux. Il évoquait une créature nocturne, incapable de supporter très longtemps la lumière du soleil.

« Je m'appelle Lex. Je suis la sœur de Gabriel.

— Je sais qui vous êtes. »

Il poussa un long soupir théâtral.

« Vous avez tous ce même regard, ajouta-t-il. Comme si une partie de vous-même était encore affamée.

— Comment osez-vous faire une chose pareille ?

— Quoi donc ? Rendre visite à un ami en difficulté ? »

Il recula de quelques pas, vers l'hôpital.

« Vous vous êtes servi de lui, dis-je. Mais je peux être plus précise. Vous l'avez escroqué. Et vous continuez.

— Écoutez, dit Oliver. Si ça n'avait pas été moi... ça aurait été quelqu'un d'autre. Gabriel a toujours besoin de quelqu'un. » Un souvenir lui revint, une scène bien précise d'humiliation, et il ricana. « Il est spécial à ce niveau-là.

— Oui, il est spécial. Il a survécu. Et il a bien failli s'échapper lui-même. »

Je sentais un tremblement dans ma voix. C'était la fureur, qui jaillissait sous forme de larmes. Non, pas ici. Dans le train peut-être, dans des toilettes brinquebalantes, sans témoin.

« La prison, ça ne sera pas très différent, dis-je. Vous croyez que vous serez spécial... quand le jour viendra ? »

J'agrippai son poignet. Voilà ce qu'on ressent,

pensai-je. Au plus près de la peau, trop près. Et vous, avec vos mains propres, vos belles dents et une propension à la suffisance – vous n'y survivrez pas.

« Ce qu'il y a de bien avec les poursuites judiciaires, dis-je, c'est que même les plaintes mineures sont des documents publics. Même celles qui sont rejetées. C'est pratique pour retrouver les gens. »

Il m'adressa un long et large sourire, empreint d'une sorte de fierté.

« Je comprends comment vous vous en êtes tirée », dit-il. Il hocha la tête : il était d'accord avec lui-même. « Vous et moi… on aurait pu gagner un max de fric tous les deux. »

Il fouilla dans sa poche intérieure, d'où il sortit une carte de visite. Elle était chaude, cornée, mais je distinguai son nom, et le mot Agent, en relief. Il me dépassa et entra dans l'hôpital. J'attendis sur le bitume, je le regardai s'éloigner, et lorsque je levai les yeux vers la fenêtre de Gabriel, je vis la lune fatiguée de son visage, suspendue là-haut. Lui aussi observait.

Sur le chemin de la gare, je songeai à ce qu'allait devenir Gabriel et puis, comme souvent, je me demandai ce qu'aurait été sa vie si la Dr K avait été choisie pour s'occuper de lui – ou de l'un des autres – plutôt que de moi. Elle avait une approche différente. Elle l'avait reconnu dès le début. Au cours des années qui avaient suivi notre évasion, elle était devenue célèbre dans son domaine : elle témoignait dans des affaires de la Cour suprême et ses conférences TED comptabilisaient près de deux millions de vues. Elle parlait de moi, évidemment, mais uniquement sous le nom de Fille A. Le sujet était : « La vérité, et comment la dire ? »

Elle m'avait « renvoyée à la vie civile » six ans plus tôt. En juillet. La semaine précédente, j'étais sortie diplômée de l'université avec mention. J'avais une place assurée dans la société de Devlin. Ce mois avait été constellé de soleil et d'adieux, et le reste de l'été s'étendait devant moi. Je rentrerais à la maison, pour être avec Maman et Papa, pour lire dans leur jardin, allongée sur le trampoline. Je me rendis à Londres en fin d'après-midi, me plaignant de la chaleur et du désagrément qui allait avec ; j'y voyais un ultime obstacle avant des semaines de liberté. J'étais son dernier rendez-vous de la journée.

La salle d'attente de la Dr K était située au pied d'un escalier majestueux, doté d'un tapis, et elle venait chercher elle-même chacun de ses patients. Elle portait encore des chaussures impeccables et faisait toujours une arrivée remarquée. Ce jour-là, elle descendit l'escalier en tenant une bouteille de champagne dans une main et deux verres dans l'autre, les bras ouverts. Je me levai.

« Félicitations, dit-elle en m'étreignant. Oh, Lex ! Bravo ! »

Au lieu de me conduire dans son cabinet, comme d'habitude, elle me fit franchir une issue de secours et descendre l'escalier extérieur qui conduisait à un petit jardin pavé à l'ombre du bâtiment. Nous nous assîmes sur des caisses de bouteilles de lait et elle déboucha le champagne.

« J'aime croire, dit-elle, que c'est ici que Karl peignait.

— Terrain neutre, dis-je. C'est nouveau. »

Elle m'interrogea au sujet de la cérémonie de remise des diplômes, de Christopher et Olivia, de mes projets pour l'été. Puis, en tournant la tête vers le méli-mélo de maisons individuelles et les bandes de ciel qui les séparaient, elle sourit.

« Je crois que je n'ai plus besoin de te voir, Lex.

— Pardon ?

— Ça fait neuf ans. Plus que ça même, depuis ce premier jour à l'hôpital. Tu t'en souviens ? Désolée. Évidemment que tu t'en souviens. Mais ce que tu ignores peut-être, c'est que j'étais très nerveuse. Jeune et nerveuse. Je faisais attention à chacune de mes paroles. Tu comprendras ce que je veux dire quand tu commenceras à travailler. Au début, on s'inquiète pour tout. Et aujourd'hui… on est là. C'est une sorte de justification, il me semble. Pour nous deux.

— Vous ne m'avez jamais paru nerveuse.

— Tant mieux.

— Vous êtes sûre ?… Que c'est fini ?

— Oui. J'en suis sûre. Tu as réussi, Lex. Toi, moi et les Jameson. Je sais qu'il y a eu des jours affreux et des choses très dures à entendre. Mais on est là aujourd'hui. Et le reste de ta vie t'attend. »

Elle avait déjà commencé à boire cet après-midi-là. Il y avait dans sa joie une sorte d'excitation que je n'avais jamais vue. À l'automne, quand j'entrai en fac de droit, je lus quelque part qu'elle avait été invitée à Harvard et je me demandai si c'était le jour où elle venait de l'apprendre. Auquel cas, elle n'avait pas seulement rempli sa mission envers moi. J'en avais fait autant.

« C'est à toi de décider, évidemment, dit-elle. Nous pouvons continuer à nous voir aussi longtemps que tu le souhaites. Je dis juste que ce n'est plus nécessaire.

— Le moment semble bien choisi. Je crois. »

Nous bavardâmes jusqu'à la nuit tombée, même quand la bouteille de champagne fut vide. Je lui confiai que Papa envisageait de prendre sa retraite. « Qui appellerai-je, alors, quand je perdrai foi dans l'humanité ? » dit-elle. J'ajoutai qu'il avait pleuré lors de la remise des diplômes, et qu'après la cérémonie, il était resté à la traîne derrière Maman, alors qu'ils traversaient la pelouse, profitant de ces quelques secondes pour sécher ses larmes.

« Ça ne me surprend pas du tout », dit-elle.

J'éprouvais le besoin étrange de lui offrir un happy end à tous les égards, alors je lui parlai également de l'homme que j'avais rencontré une quinzaine de jours plus tôt, au cours d'un des bals de l'université. Il était quatre heures du matin, le petit déjeuner et les journaux du jour étaient servis dans les jardins. Il faisait la queue derrière Olivia et moi pour des sandwichs au bacon, et à mesure que nous approchions du buffet, il devint évident qu'il allait en manquer. J'essayais de calculer s'il m'en resterait un, mais j'étais trop ivre, trop fatiguée.

« Ça va être juste », dit-il.

Le serveur me donna le dernier sandwich au bacon et lui tendit à la place un burger végétarien.

« Tu n'as pas envie de partager, je suppose ? » dit-il.

Il avait un grand nez, cassé, et mangeait comme s'il mourait de faim. Il avait déboutonné son col et perdu sa veste de smoking. Je voyais ses épaules tendre sa chemise.

« Non, dis-je et je mordis dans mon sandwich.

— Quel accueil. Dire que je suis venu exprès de Londres.

— Tu as daigné nous honorer de ta présence ? »

Je regrettai aussitôt mes paroles. Je compris qu'il y avait une différence entre l'humour et la cruauté, mais trop tard. Il mastiqua une bouchée de son pâté végétarien, sans se départir de son sourire, et haussa les épaules.

« On ne dirait pas que tu viens de Londres, ajoutai-je, pour me racheter.

— C'est récent. Mais te voilà prévenue. »

« Il s'appelle Jean-Paul, dis-je à la Dr K. Mais il n'est pas français. Vous ne trouvez pas ça bizarre ?

— Je pense que ses parents sont peut-être bizarres, dit-elle. Certainement. »

Je ne lui racontai pas tout, cependant. Le lendemain après-midi, après que nous eûmes dormi chacun de son côté, je l'emmenai au café qui sert des petits déjeuners toute la journée, en ville. Ce fut notre première blague entre nous : le sandwich au bacon. Ce soir-là, dans ma chambre, il me demanda si j'étais toujours aussi égoïste. « Je partage mon lit, répondis-je, alors peut-être que tu devrais faire plus attention.

— Laisse-moi deviner. Tu es fille unique. »

Je ne m'attendais pas à ça.

« Oui », dis-je en me rappelant qu'il était plus âgé

que moi, et déjà avocat. Sans doute que je ne le reverrais jamais, et ce mensonge n'aurait jamais besoin d'être entretenu ou rectifié. Il rit.

« Moi aussi, dit-il. Et pour rien au monde je n'aurais partagé mon sandwich. »

La Dr K prit ces révélations comme une offrande : elle estima qu'elle me devait quelque chose en échange. Elle se pencha vers moi, si près que je distinguai les pores de sa peau, les rides sous le fond de teint et sentis les effluves chauds d'un petit rot de champagne. Jamais je n'aurais pensé la voir aussi débraillée, et ce fut la seule et unique fois. « Je vais te confier un secret, dit-elle. À propos du soir de ton évasion. Quand ce genre de choses se produit, la police dresse une liste, une sorte de *who's who* des praticiens. Les meilleurs psychologues avec lesquels ils ont travaillé. Dans un cas comme Moor Woods Road, tout le monde est sur les rangs. La police avait besoin d'une poignée d'entre nous seulement, bien entendu, et je savais que je figurais en queue de peloton. J'avais travaillé avec l'inspecteur en chef à plusieurs reprises, et il me l'a confirmé : « Vous étiez le joker. » Mais quand ils ont commencé à nous appeler, aux alentours de minuit, une heure du matin, moi seule ai répondu au téléphone. Sans doute que je travaillais, je ne m'en souviens pas. Bref, quand ils m'ont contactée, j'ai demandé… j'ai exigé de m'occuper de toi.

— Moi ? Pourquoi ?

— La Fille A. Celle qui s'est enfuie. Si quelqu'un avait une chance de s'en sortir, c'était toi. »

Il n'y avait pas de train pour Londres avant vingt minutes. Une petite gare de campagne un dimanche soir : il n'existe pas de lieu plus déprimant au monde. J'attendis dans la voiture, ne voulant pas me retrouver seule sur le quai. Il me semblait important de parler à quelqu'un avant l'arrivée du train. Evie répondit immédiatement, comme toujours.

« Lex, ça n'a pas l'air d'aller.

— Non, avouai-je. Pas vraiment.

— Un instant, dit-elle et les bruits faiblirent autour d'elle.

— Désolée, je voulais juste…

— Ne dis pas de bêtise. Tu n'as aucune raison d'être désolée. Qu'est-ce qui se passe ?

— J'ai retrouvé Gabriel. Il est très malade, Evie. Je ne suis pas sûre qu'il signe les documents.

— Ah bon ?

— Je ne sais pas. Il est déboussolé.

— Ne l'abandonne pas, Lex. Ethan… Delilah… ils savent toujours ce qu'ils veulent. Gabriel veut forcément quelque chose lui aussi.

— Il n'y a pas que ça. J'avais du mal à le regarder. Et puis, après l'avoir laissé, j'ai repensé à lui quand il était jeune. C'était un gentil garçon. Pendant longtemps, il est resté insouciant.

— Arrête, Lex. Tout va bien.

— Je ne sais pas. En le voyant… je me suis souvenue de certaines choses. Pas toi ? Des choses auxquelles on ne peut pas penser tous les jours.

— Je vais venir, déclara Evie. Je vais passer te voir et on pourra parler de tout ça. On ira voir la maison ensemble. Je peux venir n'importe quand ce mois-ci. Quand ton contrat sera signé.

— Non, tu ne peux pas.

— Laisse-moi venir, Lex. Ça fait trop longtemps.

— Non, Evie. Je vais bien.

— Arrête. J'irai avec toi. Je vais retourner à la maison. »

Quand elle eut coupé la communication, je me vis sourire dans le rétroviseur. En l'imaginant là-bas, de retour à la campagne. Sur le siège du passager. Un séjour à Hollowfield, avait-elle dit. Ce n'était pas tout à fait la virée que nous avions prévue. Je regardai le train arriver, s'arrêter, repartir. Personne ne monta à bord. Sans la signature de Gabriel, l'entreprise serait vaine. La maison serait vendue, en ruine, ou submergée par la lande qui l'entourait. Je mis le contact et fis demi-tour.

La Maison de la Vie fut achevée au cours de l'été qui précéda mon entrée au collège. Pendant deux semaines, Père sillonna la rue principale pour distribuer des brochures annonçant l'inauguration et discuter, avec qui voulait bien l'écouter, de l'amour de Dieu. Le soir, il parcourait les quartiers résidentiels pour glisser des prospectus dans les boîtes aux lettres. Il en avait déposé des piles sur les bancs d'autres églises de la ville nous confia-t-il, en espérant faire comprendre aux fidèles que Dieu guidait leurs pas dans une autre direction. La veille de l'inauguration, il nous ordonna de mettre les T-shirts rouges que nous portions lors de nos vacances à Blackpool. Le mien me moulait la poitrine de manière gênante et celui d'Ethan était déchiré aux épaules.

Lorsque nous nous rassemblâmes dans la cuisine, Père nous regarda d'un air dégoûté. « Qu'est-ce qui cloche chez vous ? » demanda-t-il. Nous fûmes autorisés à porter quelque chose de blanc et de simple à la place.

Jolly vint exprès de Blackpool. Evie découpa des guirlandes d'anges en papier pour décorer les fenêtres. Mère descendit de sa chambre pour confectionner des gâteaux jusque tard dans la nuit. Cela faisait longtemps qu'elle était enceinte, et Père lui avait prescrit du repos, avec toute l'assurance d'un médecin. Elle apparut blanche comme un linge et lourdaude.

Avant d'aller me coucher, je la rejoignis dans la cuisine pour lui offrir mon aide. Entourée de biscuits de Savoie et de crème fouettée, elle garda les yeux fixés sur la cuillère dans le saladier. « Tu n'es pas un peu trop intelligente pour ce genre de tâches ? » demanda-t-elle, mais elle ne dit pas non. Les ampoules de la cuisine, encore nues, étaient violentes. Je voyais les plaques de psoriasis sur ses coudes et dans son cou. Dès que je pris le saladier, elle s'éloigna de moi et tritura ses manches.

« Il y a autre chose à faire ? demandai-je. Après ça ?

— Il faut mettre le glaçage sur l'autre.

— Laisse faire Evie. Moi, je vais tout saccager. »

Nos reflets flottaient dans la fenêtre, inexpressifs, fermés.

« Cette nouvelle école, c'est comment ?

— Ça va, dis-je. On a déjà appris la plupart des trucs à Jasper Street. Ou alors, c'est Ethan qui m'en a parlé.

— Tu es toujours parmi les meilleurs ? »

Je levai les yeux. Elle me tournait le dos, occupée avec du papier sulfurisé.

« Je ne sais pas. Possible.

— Sois-en sûre. »

J'étalai la crème sur le gâteau et Mère en déposa un autre par-dessus. Elle retira ses mains d'un geste hésitant, tremblant, et se couvrit les yeux.

« Seigneur, faites que ce soit une réussite », dit-elle, et je m'aperçus que je ne l'avais jamais entendue prier de cette manière : comme si Dieu se trouvait dans la cuisine.

Le lendemain matin, dès huit heures nous étions à la Maison de la Vie, les bras chargés de décorations et de gâteaux. J'avais visité les lieux le week-end précédent, pour vérifier si la peinture était sèche, et j'avais aimé l'odeur du bois neuf. En attachant les ballons à la chaire, je découvrais que Père avait créé quelque chose de simple et d'étrangement beau à partir de la coquille vide de la boutique. La lumière qui entrait à travers les vieilles fenêtres se répandait dans l'allée centrale. Il y avait au fond de la salle un comptoir en bois, impeccable, sur lequel Mère avait disposé les gâteaux.

L'office devait débuter à onze heures (« Pour les acclimater », avait dit Père), mais cinq minutes avant, il n'y avait toujours personne. Nous nous étions répartis, tactiquement, dans les deux premières rangées. Ethan se retournait toutes les deux secondes vers la porte. Au bout d'un moment, il se leva, tira sur sa chemise et rejoignit Père au-dehors. Je percevais des bribes de leurs échanges avec des passants, certains aimables, d'autres sarcastiques. Deux adolescentes se faufilèrent à l'intérieur, en ricanant, et raflèrent l'une et l'autre une poignée de crêpes faites par Mère. Elles s'assirent dans la dernière rangée, près de la sortie. Une personne âgée les rejoignit, puis un des ivrognes du pub d'en face. Curieusement, cette maigre assistance – des témoins de la gêne de Père – était plus terrible que s'il n'y avait eu personne.

À onze heures et quart, Père s'approcha de la chaire artisanale et se racla la gorge. Il n'avait jamais eu besoin d'un micro. J'entendis Ethan se glisser sur le banc à côté de moi, mais je ne tournai pas la tête. Quand Père capta nos regards, je compris qu'il était important pour lui de constater qu'il avait toute notre attention.

« Bienvenue dans la Maison de la Vie. »

Plus tard ce soir-là, incapable de trouver le sommeil, j'entendis quelqu'un dans la cuisine. Je me dépêtrai des draps, marchai jusqu'au bout du couloir et descendis l'escalier, que je connaissais bien maintenant, en posant les pieds sur les marches les moins bruyantes. J'espérais que c'était Ethan, pour que nous puissions parler de cette journée. Dans l'obscurité du rez-de-chaussée, je découvris Père assis à la table de la cuisine. Il tenait sa bouteille d'alcool dans une main ; l'autre gesticulait, ses lèvres remuaient, mais aucun son ne sortait de sa bouche. Le dernier et triste sermon de la journée. Pendant un long moment, j'envisageai de me joindre à lui. J'y pense encore aujourd'hui. J'ai même choisi les versets qui auraient pu le réconforter. Au lieu de cela, je remontai dans ma chambre. Ce soir-là, âgée de onze ans, désorientée, je ne savais pas encore quoi dire.

Le palais était orange et rose sous le ciel du soir. Cette fois-ci, je ne me garai pas entre les traits, je ne m'adressai pas à la réceptionniste et je n'attendis pas qu'on m'appelle. J'arrivai devant la chambre de Gabriel essoufflée, une infirmière sur les talons.

« Il y aura quelque chose pour les addictions, dis-je. Dans le centre. Ce sera une des conditions de l'accord. »

Gabriel, vêtu d'un pyjama de l'hôpital, était assis dans le fauteuil près de la fenêtre.

« Je savais que tu allais revenir », dit-il. Il s'adressa à l'infirmière : « C'est bon. Je la connais.

— On pourrait organiser des réunions, dis-je. Des séances sans rendez-vous. Ou autre chose… tout ce qui aurait pu t'aider.

— Oui, ça me plairait. » Il représenta une plaque dans le vide avec ses pouces et ses index. « Financé par Gabriel Garcie.

— Exact.

— Tu crois que je pourrais participer ? Je pourrais prendre la parole… si ça peut être utile.

— Pourquoi pas ? Quand tu iras mieux et que tu seras sorti d'ici, tu feras tout ce que tu veux.

— Tu crois ?

— J'en suis sûre.

— Je ne sais pas ce que tu as fait, mais ça a marché.

— Pardon ?

— Il n'est pas revenu, dit Gabriel. Après ton départ. Il m'a juste transmis un message, par une des infirmières… pour me dire adieu. Il m'aimait, Lex. À sa manière. »

Peut-être, songeai-je. À sa manière.

Gabriel se leva pour errer à travers la chambre, en touchant tous les meubles au passage, comme s'il évoluait dans le noir. Il prit les documents sur la table de chevet et me les tendit. Je remarquai alors qu'ils étaient déjà signés.

« Cet après-midi, dehors, dit-il. Tu m'as rappelé Delilah.

— Je ne suis pas aussi féroce.

— Qu'est-ce que tu lui as dit ?

— Rien d'extraordinaire. Je lui ai parlé de la loi.

— Delilah utilise les livres à sa façon. Je suppose que toi aussi. »

5

Noah (Garçon D)

Au beau milieu de la nuit, en attendant l'appel de Devlin, j'ouvris mon signet favori pour connaître les résultats du week-end. Dimanche, l'équipe de cricket des moins de 17 ans de Cragforth avait subi une défaite en règle. Mauvaise semaine.

Le curseur hésita un instant sur l'onglet « Nous contacter ».

« Arrête », me dis-je en me rendant dans la cuisine. Grâce à une sorte de magie bassement matérielle, les lumières du couloir s'allumèrent devant moi. Il était trois heures du matin. Je versai des céréales dans un bol, avec du café noir, et retournai à mon bureau. Devlin n'avait pas appelé. Le curseur était toujours arrêté sur « Nous contacter ».

Je n'avais entendu parler de Cragforth qu'une seule fois, bien des années plus tôt. J'avais vingt ans alors et je venais d'obtenir ma place à l'université. Mes parents et moi avions dîné dehors, et Maman se préparait à aller au lit, à l'étage. Papa et moi étions assis chacun à un bout du canapé, nos jambes se touchaient au milieu. Nous nous étions partagé le journal. Un verre de whisky était posé en équilibre sur sa poitrine.

Je faisais semblant de lire. Dans ma tête, je formulais et reformulais une question qui me taraudait depuis quelque temps. J'avais conçu plusieurs itinéraires pour y parvenir, j'en avais rejeté certains et attendais maintenant une météo favorable. Le moment était venu de me lancer, décrétai-je.

« Je me demande si les autres iront à l'université, dis-je, sans lever les yeux du journal. À part Ethan, évidemment.

— Je ne sais pas, répondit Papa. Il faut l'espérer. Mais prends ton exemple… ça n'a pas été facile. Tu avais énormément de retard à rattraper. »

Je tournai la page.

« C'est vrai également pour Delilah, j'imagine. Mais les autres étaient plus jeunes. Tu crois que Noah y arrivera, Papa ?

— Noah, c'est différent. Il est censé n'avoir conservé aucun souvenir. Et il a moins souffert que vous tous. Vu ce qui s'est passé – dans cette maison –, il a eu de la chance.

— Où est-il ? demandai-je et Papa arrêta de lire pour me regarder.

— Lex. Tu sais bien que…

— J'aimerais pouvoir penser à lui, c'est tout. »

Une chasse d'eau se fit entendre à l'étage et je devinai que Maman allait bientôt descendre pour nous souhaiter bonne nuit et me féliciter encore une fois. Elle était d'un professionnalisme farouche – elle protégeait le droit à la confidentialité de ses patients comme des secrets d'État – et elle n'accepterait pas ce genre de questions.

« Je ne sais pas grand-chose, dit Papa, si ce n'est qu'il va bien. La famille qui l'a adopté vivait dans une petite ville… Cragforth, je crois. »

Je replongeai dans le journal. Papa demeura étrangement immobile, il ne lisait plus.

« Quoi ? » demandai-je.

Il secoua la tête.

« Rien. »

Au cours des semaines qui suivirent, il devint évident que Papa regrettait amèrement cette révélation. Le lendemain matin, il entra dans ma chambre en peignoir, avec un petit gâteau sur une assiette.

« Ça ressemble à de la corruption, dis-je en me redressant dans mon lit.

— J'ai mal dormi cette nuit. Je n'aurais pas dû te dire ça, Lex. Tu dois me promettre que tu n'utiliseras pas cette information, d'une manière ou d'une autre. »

Il était incapable de prononcer le nom de Noah. Il me tendit l'assiette et s'assit au bout du lit.

« Si c'était quelqu'un d'autre que toi, ajouta-t-il, j'espérerais que tu oublies.

— Je ne ferai rien. Promis. Je voulais juste savoir où on l'avait envoyé.

— Pas de mails, pas de messages ? »

Aux yeux de Papa, Internet et mon intellect étaient tout-puissants. Il m'imaginait en train de bavarder avec Noah dès cet après-midi, à distance.

« Non. »

Il esquissa un sourire.

« Pas de pigeon voyageur non plus.

— Rien, Papa. »

Et pendant quelque temps, je tins parole. À l'université, j'effectuais souvent des recherches sur Noah et Cragforth, en ligne. Mais c'était une sorte de curiosité compulsive, comme quand je consultais la météo ou les mises à jour juridiques. J'avais fini par m'habituer aux trois résultats que j'obtenais à chaque tentative : un essai théologique signé Bradley Cragforth, de l'Université du Wisconsin, contenant une analyse approfondie de la Genèse (plutôt réussie, estimais-je) ; des renseignements sur le programme du cours préparatoire de l'école primaire de Cragforth, qui incluait « l'écoute commentée d'histoires tirées de la Bible et d'autres religions » (par exemple, Noé et l'arche) ; et une publicité pour une représentation théâtrale amateur des *Raisins de la colère*, donnée dans Cragforth Park à l'été 2004, avec Gary Harrison et Noah Joad.

J'envisageai les différentes possibilités. Sa famille d'adoption avait peut-être déménagé dans une autre ville. Ils avaient peut-être changé son nom.

J'avais vingt-huit ans et je vivais à New York quand un quatrième résultat apparut. Il était minuit passé, j'attendais des documents en provenance du bureau de Los Angeles. Il restait peu de monde dans les locaux. Je tapai la vieille combinaison de mots dans la barre de recherches et appuyai sur Enter. Un nouveau lien était affiché en haut de la page. Relatif à l'équipe de cricket des moins de 15 ans de Cragforth. Le vice-capitaine se nommait Noah Kirby.

Je me renversai contre le dossier de mon fauteuil et croisai les bras. Noah Kirby, de Cragforth. Je fis défiler les résultats de la saison. Ils n'avaient pas été actualisés depuis plusieurs semaines, mais à la mi-juillet, l'équipe totalisait deux victoires, cinq défaites et une rencontre annulée pour cause de pluie. Une saison éprouvante. Soudain, je vis quelqu'un apparaître sur le seuil de mon bureau et me demander pourquoi je pleurais. J'aurais été incapable de répondre. Je l'ignorais.

L'été précédant mon entrée au collège, nous vécûmes sous le régime de Père. Le premier jour des vacances, quand nous descendîmes précipitamment pour le petit déjeuner, nous découvrîmes un paquet doré, brillant, sur la table de la cuisine.

« Y a quoi dedans ? » demanda Delilah.

Le paquet était fermé par un ruban et un nœud. Il avait les dimensions d'un petit téléviseur ou d'une pile de livres.

« Six semaines de bonne conduite, répondit Père.

— Et après, on pourra l'ouvrir ?

— Ce n'est pas trop demander, n'est-ce pas ? »

Ce fut un été interminable, froid et humide. Devant l'autel de la Maison de la Vie, Père s'époumonait devant des bancs vides. Une congrégation de mouches incapables de trouver la sortie agonisait sur les fenêtres. Le jardin de Moor Woods Road fut inondé et la plupart de nos jeux consistaient à naviguer à travers les marécages. Quand Père était absent, nous escaladions la clôture pour nous éparpiller à travers la lande à la recherche d'os de mouton et d'orvets. Quand nous étions plus téméraires, nous partions en mission jusqu'à la rivière, tout en bas de Moor Woods Road. Nous progressions en file indienne le long du mur, tandis que le guetteur désigné – Gabriel, généralement – nous indiquait si la voie était libre à chaque virage. Nous faisions notre toilette à l'ombre du moulin, dans une eau semblable à du thé noir, près des berges, et quand nous regagnions la maison, le cadeau nous interrogeait sur la table de la cuisine.

Le ventre de Mère restait vide. C'était l'expression qu'utilisait Père. Quand je la regardais, j'imaginais une caverne sous ses vêtements, froide et sombre. Elle était devenue une chose rare et étrange : une chemise de nuit entraperçue dans l'entrebâillement d'une porte, ou des pieds gercés qui montent l'escalier pour regagner leur lit. Chaque soir nous défilions dans la chambre parentale pour l'embrasser, sous le regard de Père. Elle touchait les os qui venaient d'apparaître, telles des pierres à marée basse. « Vous êtes redevenus tout petits, disait-elle. Comme quand vous étiez bébés. »

Un autre enfant viendrait, affirmait Père. Mais nous devions être prêts. Nous devions le mériter. Semaine après semaine, il ajustait les règles de la maison, en fonction d'un diapason que lui seul entendait. Nous devions nous laver uniquement les mains, et seulement jusqu'au poignet. Le dimanche, il y aurait désormais trois offices à la Maison de la Vie, au lieu de deux. Nous afficherions notre discipline.

Et l'enfant viendrait.

J'avais des traînées sur les bras, là où apparaissait la crasse, comme un bronzage inversé. Le bord du banc avait imprimé un bleu en haut de ma colonne vertébrale. Dans nos assiettes, nos portions avaient diminué, et certains jours, quand il dînait avec Jolly, Père ne faisait rien du tout. Lorsque je m'imaginais débarquant à Five Fields Academy à la rentrée, luisante de transpiration et de crasse, la plus petite élève de ma classe, j'en avais des crampes dans le ventre. À la bibliothèque, ils n'avaient que la moitié des livres figurant sur la liste de lectures. Je n'avais même pas d'uniforme. Et j'avais déjà vu les élèves de Hollowfield, en rentrant de l'école primaire. Les filles avaient des visages soignés et elles portaient leurs uniformes de façon à vous faire penser à ce qu'il y avait dessous. Elles se déplaçaient sous forme de meutes compactes et brillantes, telle une espèce totalement différente.

Quand vint septembre, tels des charognards nous reniflions le paquet, espérant flairer une odeur de nourriture, nous fouillions dans les placards et ratissions les restes au fond du réfrigérateur. Père refusant de jeter quoi que ce soit, on y trouvait toujours quelque chose, moisi ou non identifiable. La question était : avions-nous suffisamment faim pour y goûter ?

Cela devint un jeu entre nous, baptisé la Soupe Mystère. Ce nom venait de notre première découverte : une substance trouble, scellée par du film alimentaire, dans un bac en bas du réfrigérateur. Evie y trempa un doigt, le lécha et hocha la tête.

« C'est super bon, en fait.

— Mais qu'est-ce que c'est ? » demandai-je.

Elle haussa les épaules et alla chercher une cuillère.

« De la soupe mystère », dit-elle.

Tout pouvait être de la Soupe Mystère : du fromage recouvert de fourrure émeraude qui dépérissait sur le plan de travail ; des restes de poulet frit dans le papier d'emballage du restaurant de la rue principale, abandonnés par Père sur la table de la cuisine ; une boîte de céréales vieille d'un an, jamais sortie du carton depuis le déménagement. Je possède des souvenirs encyclopédiques des repas de Moor Woods Road : ils étaient si précieux que je les ai stockés dans ma mémoire, pour les savourer de nouveau.

Une semaine avant le début des cours, Père étant parti à Blackpool, nous nous déployâmes dans la cuisine pour fouiller les placards. Gabriel, qui ratissait le tiroir dans lequel Mère avait conservé des légumes autrefois, poussa un cri strident et en sortit une poignée de matière informe qu'il laissa tomber sur la table de la cuisine pour examen.

« C'est pas de la Soupe Mystère, déclara Delilah. C'est dégoûtant. »

Gabriel agita sa main sous le nez de Delilah, qui recula en hurlant.

C'était peut-être une pomme de terre dans le temps. Ça ressemblait à un poing avec des taches noires molles, et des touffes vertes qui jaillissaient de la peau.

« Fous ça à la poubelle, dis-je.

— Fais-le, toi », rétorqua Delilah.

C'est à ce moment-là, alors que nous étions rassemblés tous les cinq autour de la table, que Père ouvrit la porte de la cuisine.

« Qu'est-ce que c'est ? »

Il rentrait incroyablement tôt. Nous avions reçu pour instructions de compiler des passages consacrés à la détermination, dans nos chambres. Il s'assit à table et délaça ses bottes.

« Qui a trouvé ça ? »

Gabriel, dont l'expression oscillait entre la peur et la fierté, dit :

« C'est moi.

— Et où l'as-tu trouvé ?

— Nulle part. Dans le placard à légumes.

— Et que cherchais-tu dans le placard à légumes ?

— On voulait… c'était juste pour… regarder. »

Père se leva pour ôter sa chemise et se rassit, dans son maillot de corps blanc, tendu aux épaules et sur le ventre. Ses bras pendaient derrière la chaise et il étudiait la scène, toujours insatisfait.

« Si tu es affamé, dit-il, vas-y, mange. »

Des colonnes vertébrales et des mâchoires se raidirent autour de la table. Gabriel gloussa, et s'aperçut que lui seul riait. Il nous dévisagea l'un après l'autre, avec de grands yeux implorants. Je regardai mes pieds, puis Delilah, qui regardait les siens.

« Je veux pas, dit Gabriel.

— Donc… tu n'as pas faim.

— Je… je sais pas.

— Si tu ne veux pas mourir de faim, tu vas devoir manger ça. »

Il resta assis, il attendait.

Gabriel tendit la main et referma son poing autour de la forme molle. La chair s'insinua entre ses doigts. Il la souleva de table et l'examina longuement. Puis, le front plissé par la détermination, devant nous quatre, hébétés, il porta la chose à sa bouche.

Père s'arracha à sa chaise, contourna la table à grands pas et donna une tape dans le dos de Gabriel. La Soupe Mystérieuse lui échappa et tomba sur le sol de la cuisine.

« Tu ne pensais tout de même pas que j'allais t'obliger à manger ça, dit Père. Si ? »

Il prit le paquet doré sur la table et l'emporta hors de la cuisine.

La veille de la rentrée, je me réveillai au beau milieu de la nuit en sentant une présence à la porte de ma chambre. Pendant quelques secondes de confusion, je crus que c'était Père, accroupi pour déposer quelque chose sur le seuil. Mais lorsqu'il recula dans la lumière du couloir, je reconnus Ethan.

Depuis notre arrivée à Hollowfield, je ne l'avais pas entendu pleurer la nuit. Il s'était rasé le crâne, entièrement, et était devenu aussi grand que Père. Il ne perdait plus ses affaires, apparemment. Quand il rejoignait Père et Jolly dans la cuisine, le soir, j'entendais des éclats de rire, nouveaux et affectés, monter à travers les lattes du plancher. Il avait même pris la parole à la Maison de la Vie, quand seule la famille était présente. Il avait délivré un sermon passionné et sincère sur le devoir filial, et j'avais repensé au garçon de Blackpool, cinq ans auparavant, qui ne croyait en rien.

J'entrebâillai la porte de la chambre pour voir ce qu'il avait déposé. C'était un uniforme d'écolière. Le pull et la jupe standards. Délavés, mais propres. À ma taille.

Le lendemain matin, je m'arrêtai devant la porte ouverte de sa chambre.

« Merci. »

Penché au-dessus d'un miroir de poche, il examinait la peau de son cou. Il ne leva pas la tête.

« Où tu l'as trouvé ? » demandai-je.

Cette fois, il me regarda. Avec une expression d'étrange mépris. Que j'avais vue sur les visages de nombreux inconnus, mais jamais sur Ethan, empreinte d'une sauvagerie particulière.

« Je ne sais pas de quoi tu parles », dit-il.

Five Fields acceptait les élèves de Hollowfield et des quatre bourgs environnants. Trois d'entre eux avaient un nom qui se terminait par « field », le champ. L'autre, Dodd Bridge, n'avait pas recueilli un nombre de votes suffisant le jour de la cérémonie de dénomination. L'école se composait d'une vaste cour de récréation en béton, bordée de salles de classe sur trois côtés et d'un préau en bois. Le préau avait été inauguré par un membre mineur de la famille royale, et sans doute qu'il avait été un motif de fierté autrefois. Aujourd'hui, il était noirci par la pluie de la lande et sentait la sueur des cours d'éducation physique. Pour mon premier jour de collège, je m'y retrouvai assise à côté de Cara – une des deux cents élèves de onze ans auxquels on promettait les sept plus belles années de leur vie – et en conclus que je n'aurais pas dû m'inquiéter à cause de mes cheveux, ou des trous dans mes chaussures. Je n'aurais aucun mal à me fondre dans cet environnement.

« Ouah », fit Cara aussitôt après le discours de bienvenue. Elle prit mes mains et les plaqua le long de mon corps. « Tu as maigri. »

Elle semblait un peu effrayée, mais surtout impressionnée.

« Et toi, tu es toute bronzée ! C'était comment, la France ? »

Nous comparâmes nos emplois du temps. Nous avions trois cours en commun. J'espérais que ce serait suffisant pour qu'on reste amies. Et dans les premiers jours de l'automne, ce fut le cas : à chaque récré et au déjeuner, nous nous retrouvions au même endroit, devant le préau, pour manger nos sandwichs, blotties contre les murs en bois. Nous n'avions pas suffisamment de choses à nous dire pour occuper toute l'heure du déjeuner, mais Cara apportait des livres de chez elle : celui qu'elle était en train de lire, et un autre pour moi.

Certains jours, je la voyais regarder ma lunchbox par-dessus les pages de son livre et hausser un sourcil. Qui pouvait survivre toute une journée avec deux tranches de pain couvertes d'une fine pellicule de confiture, ou une soupe froide cuisinée la veille ? À mon tour, j'examinais tous les éléments différents qui composaient son déjeuner : une salade ou un sandwich garni, des fruits ou des légumes, conservés dans leurs Tupperware aux couleurs vives. Une boîte cylindrique remplie de biscuits au chocolat. Ma bouche s'ouvrit avant que je décide si je devais demander ou pas :

« Je pourrais en avoir un ? »

Cara se montra généreuse la première fois, un peu moins les fois suivantes. Après quelques semaines d'école, elle ouvrit une boîte contenant trois Jaffa Cake (ah, cette odeur de chocolat noir et d'orange), se tourna vers moi et plaqua la boîte contre sa poitrine.

« Arrête de regarder ce que je mange, dit-elle. Ça me fait flipper. »

La semaine suivante, en approchant du préau, je découvris Cara assise en compagnie d'une autre fille, Annie Miller. Cara tapota le sol de l'autre côté et je m'assis avec elles, même si je sentais déjà mon ventre se nouer. Annie était en plein monologue lorsque j'arrivai et, si elle me salua d'un geste, elle ne s'interrompit pas pour m'accueillir. Son déjeuner se composait de sandwichs au beurre de cacahouète, de Doritos (Cool Blue) et d'une banane, protégée par une boîte en forme de banane.

« En gros, ils comprennent rien, conclut-elle. Absolument rien.

— Les parents d'Annie crisent parce qu'elle veut se faire percer les oreilles », expliqua Cara.

« Elles sont pas percées les tiennes non plus », fit remarquer Annie. Elle se pencha devant Cara en mastiquant furieusement. « Ça veut dire que tes parents sont aussi dingues que les miens ? »

Je déballai mes deux tranches de pain – de la margarine uniquement aujourd'hui – et commençai par manger la croûte.

« Oui, j'imagine », dis-je.

Annie nous quitta juste avant la sonnerie pour se précipiter vers les casiers. Aussitôt, je me tournai vers Cara pour réclamer une explication. Elle fouillait dans son sac, à la recherche de ses cahiers pour les cours de l'après-midi, et plusieurs secondes s'écoulèrent lentement avant qu'elle ose croiser mon regard.

« Quoi ? dit-elle. C'est pas parce que tu détestes tout le monde que je dois faire comme toi. »

Je sentis une bouffée de chaleur s'échapper de mon col et se répandre sur mes joues, et cela me rendit cruelle.

« Je suis avec Annie en cours d'histoire, dis-je. Elle est idiote.

— Oui, un peu, concéda Cara, mais au moins elle m'invite chez elle. »

La discipline de l'été porta ses fruits. À la fin de l'automne, Mère tomba enceinte. Père recommença à la toucher. Au dîner, ils s'asseyaient côte à côte, récitaient le Psaume 127 et écoutaient notre conversation en souriant. Ils étaient sans cesse obligés de poser leurs couverts pour se tenir la main. Lorsque je regardais mes frères et sœurs, de plus en plus chétifs autour de la table, on aurait dit que nos parents avaient pris un peu de chair à chacun de nous, pour fabriquer quelque chose de nouveau.

JP choisit un bar à vin baptisé Graves, à deux rues de mon hôtel.

« Plutôt morbide comme nom[1], dis-je quand il me suggéra cet endroit.
— C'est une région du Bordelais, Lex.
— Comme si tu savais ça.
— Bien sûr… depuis que je suis allé sur leur site. »

J'arrivai la première. J'avais passé l'heure précédente dans mon bain, au Romilly, avec une carafe de vin rouge, à lire les notes de Bill sur les règles d'urbanisme. Un plateau en bois, qui s'insérait sur les bords de la baignoire, était prévu à cet effet.

Une soirée off.

Graves était situé au pied d'un escalier en métal noir, sous terre. Des lampes de banquier étaient disposées au centre de chaque table. J'approchai la carte de la faible lumière verte et commandai un cocktail cognac champagne. J'avais bu la moitié de mon verre lorsque JP arriva. Je reconnus d'abord sa démarche, voûtée, penchée vers l'avant, puis son trench-coat, qu'il avait acheté car il le faisait ressembler à un agent secret.

J'avais aimé JP de toutes les manières déraisonnables dont on peut aimer un autre être humain. Didon sur le bûcher, Antoine à Alexandrie. La chienne en chaleur. Avant que je parte pour l'université, Maman s'était assise sur mon lit pour essayer de m'expliquer les choses du cœur, en caressant mes jambes par-dessus la couverture. Elle semblait convaincue que je connaissais déjà l'aspect sexuel de la question. En revanche, c'était peut-être différent concernant l'amour, avait-elle décrété. J'avais chaud sous les draps, mais je savais que

1. *Grave* : tombe en anglais.

je ne pouvais pas les repousser à coups de pied sans lui laisser croire que j'étais gênée.

« Le plus important, me dit-elle, c'est de ne jamais perdre son amour propre. »

Rétrospectivement, c'était un conseil adorable, et utile pendant quelque temps. Si au lycée, j'étais trop bizarre pour attirer l'attention – pas mal physiquement, mais complètement givrée –, à l'université, j'étais devenue intéressante. Je pouvais tenir salon en parlant de littérature ou, grâce à M. Greggs, de pays où je n'avais jamais mis les pieds. Je copiais l'humour d'Olivia et l'optimisme de Christopher. J'étudiais *The Sartorialist*[1]. J'arborais des vêtements noirs moulants et un sourire que j'avais travaillé. Malgré les douches et le CK One, je puais la fille qui avait peut-être besoin d'être sauvée, ce que les hommes aimaient par-dessus tout.

Parfois, je me souviens d'eux : l'étrange cortège des hommes qui essayaient de me sauver. En me faisant l'amour ou à manger, ou bien, pour un ultime rancard guindé, en m'offrant une peluche personnalisée. Des hommes intelligents, sortis d'écoles sérieuses, destinés à faire de grandes choses (ou des choses bien, tout du moins). Ils défilent dans ma tête, avec leurs mains hésitantes et leurs fronts plissés par l'inquiétude. Ils me demandent d'où me viennent mes réticences vis-à-vis de ma famille. Ils touchent mes cicatrices chirurgicales, délibérément, pour montrer qu'ils n'ont pas peur. Ils arrivent avec des lettres manuscrites ou des menottes recouvertes de fourrure – de fourrure ! – pour

1. Blog consacré à la mode.

les grandes occasions. Ils lèchent ma peau aux mauvais endroits et enfoncent leurs doigts en moi comme s'ils prenaient ma température. Ils essaient de me convertir. Ne bouge pas, disent-ils, avec moi ce sera différent. C'est toujours faux. En définitive, ils sont en colère et déçus. Peut-être ne suis-je pas si mystérieuse, finalement. Pourquoi faut-il que tu me demandes des trucs aussi tordus, pourquoi me demandes-tu de te faire mal ? Pourquoi tu ne me racontes pas ce qui t'est arrivé ? Peut-être que je suis juste une salope, voilà pourquoi.

Et puis vint JP. Je préparai mon amour propre et le lui servis, fragile, sur un plateau.

Après la fac, je passai presque tout l'été à Londres. Papa me déposait à la gare le vendredi après-midi et je m'asseyais toujours à la même place dans le train – pendant une heure et dix-sept minutes –, avec des papillons dans le ventre. Ils avaient des griffes, ils avaient des dents. Le wagon étouffant et bruyant, puis l'ombre du quai. JP m'attendait derrière les barrières à London Bridge, à l'écart de la foule, et j'aimais le voir avant qu'il me voie ; ses yeux qui balayaient tous les visages à la recherche du mien. Chaque fois que nous nous retrouvions, c'était comme si nous recommencions au début : pendant vingt minutes nous étions timides, nous parlions en même temps, car nous avions trop de choses à dire, et pas assez. Nous prenions le métro jusqu'à son appartement dans De Beauvoir Road ; sortions à la station Angel en nous donnant la main, et alors qu'il me parlait de sa semaine et de ses amis, de ses projets pour le week-end, les papillons s'assoupissaient, puis s'endormaient. Son appartement possédait de grandes fenêtres orientées à l'ouest, si bien que la lumière du soir s'étendait sur le parquet, les étagères et le lit, en dessinant des bandes bien nettes. Il rejetait toute forme de décoration. Il n'y avait jamais rien par terre.

J'essayais de penser à uriner dans le train, juste avant d'arriver à Londres, pour qu'il puisse m'installer où il voulait dès que nous étions chez lui : sur le canapé, sur le bureau ou dans la chambre. Le sexe était toujours brutal, à moitié habillé, précipité ; ça ne durait jamais longtemps. « J'ai besoin d'être en toi », disait-il et j'aimais ce besoin, comme si c'était une chose qu'il devait absolument faire, que ça lui plaise ou non. Dès qu'il avait joui, nous ôtions le reste de nos vêtements – une chaussette oubliée ou mon soutien-gorge remonté au-dessus de mes seins – et restions allongés, nus, sur le lit ou le tapis. Il se dressait sur un coude et posait la main sur moi, les yeux mi-clos, plissés par un sourire.

« Dis-moi, demanda-t-il au cours d'un des premiers week-ends, en commençant à me caresser. Dis-moi ce que tu veux. »

Je roulai sur le ventre et posai la tête sur mes bras.

« Je veux que tu me fasses mal, dis-je.

— Répète-le. »

Je répétai, obéissante. Un sourire balaya son visage, avec la lenteur d'un rayon de soleil.

« Ça tombe bien », dit-il.

Quand j'avais fait la connaissance de JP, quelques semaines avant de quitter l'université, je pensais que sa famille serait aussi aisée, et ordonnée, que lui. Il y aurait une mère et un père, une maison dans les environs de Londres. Il saurait faire du ski et jouer d'un instrument de musique. Il parlait avec un léger accent, non identifiable, et se montrait d'une générosité infinie ; il insistait pour payer les tournées, les dîners et mon billet de retour. Quand je refusais, je découvrais la somme exacte dans mes chaussures, ou entre les pages d'un livre lorsque je déballais mes affaires.

Au bout de plusieurs mois, je découvris que je m'étais trompée, tout en sachant que JP appréciait mes suppositions. C'était, après tout, l'œuvre de toute une vie. Sa mère habitait à Leeds ; il lui rendait visite trois fois par an et en revenait déprimé, replié sur lui-même. Elle vivait dans une maison encombrée d'ornements kitsch et d'ustensiles de cuisine, ce qu'il ne supportait pas. Elle l'avait obligé à regarder n'importe quoi à la télé. Il avait perdu de la matière grise. Il était facile de l'apaiser, cependant. Je l'attendais assise sur le canapé ou à son bureau, dans la position qu'il réclamait ou désireuse de le surprendre parfois ; et quand il entrait chez lui, il souriait, il laissait tomber son sac sur le sol, de manière catégorique, et défaisait sa ceinture.

« On n'est vraiment bien que chez soi », disait-il.

Quand je surprenais JP en train de me regarder – alors qu'il regagnait notre table au pub, ou assis à son bureau, souriant par-dessus son épaule –, je m'interrogeais sur ses propres appréhensions. Je lui avais tout raconté au sujet de Maman et Papa. Il connaissait l'agencement de leur cottage, les meilleures histoires de Papa, mes rancunes d'adolescente à leur égard. Quelqu'un d'autre aurait pu s'étonner que mes souvenirs débutent à quinze ans, mais les réticences de JP à évoquer sa propre enfance facilitaient grandement mes omissions. Nous parlions de ses dossiers, de la relation intermittente qu'entretenait Olivia avec son supérieur, de mon futur travail, des livres que nous emporterions en Croatie, pour pouvoir se les échanger avec plaisir, du nouveau petit ami de Christopher, un garçon très sérieux, ce qui, estimions-nous d'un commun accord, était la pire des choses. Le passé était l'un des rares pays étrangers qu'aucun de nous deux ne voulait visiter. Il y avait toujours un tas d'autres sujets de conversation.

Je me retrouvai à court de mensonges quand je m'aperçus que j'allais devoir le présenter à mes parents. Cela faisait plus d'un an que nous étions ensemble et nous envisagions de quitter nos appartements respectifs pour emménager dans un nouvel endroit. J'étais certaine que Maman et Papa mentiraient pour moi, si je le leur demandais, mais quand je les imaginais dans leur jardin du Sussex, échangeant des coups de coude pour ne pas gaffer, je ne voulais pas leur imposer ça.

« Si tu dois le faire, me dit Olivia, fais-le, avant de devenir folle.

— Est-ce qu'il ne faut pas attendre le bon moment ?

— Allons, Lex. Il n'y a pas de bon moment pour ce genre de choses. »

Maintenant que la décision avait été prise, cette pensée se penchait au-dessus de mon épaule au travail et s'asseyait à côté de moi dans le taxi quand je rentrais à la maison. Elle restait debout près de notre lit la nuit, et regardait sa montre.

J'attendis jusqu'à un week-end prolongé en été. Un train le vendredi soir pour le Lake District, avec des canettes de gin-tonic. Nous arrivâmes au bed and breakfast après minuit, et au matin, le paysage avait émergé, éclatant et estampillé de silhouettes noires, comme si on l'avait terminé durant la nuit.

J'attendis plus d'un kilomètre lors de notre première promenade, le moment où nous quittâmes la route pour attaquer l'ascension de la colline. Je repensais au vieil adage du Dr K, selon lequel les choses difficiles devenaient plus simples quand vous n'étiez pas obligé de regarder quelqu'un, et j'attendis qu'un chemin étroit entre des fougères nous oblige à marcher en file indienne.

« Je crois qu'il y a un truc que je devrais t'avouer peut-être, dis-je.

— C'est une bonne façon de commencer le week-end.

— J'ai été adoptée.

— OK. Par tes parents du Sussex ?

— Oui.

— Tu avais quel âge ?

— J'étais plus âgée que tu l'imagines. Quinze ans.

— Bon sang, Lex. Donc… tu sais qui sont tes vrais parents ?

— Oui », répondis-je et je sentis basculer le confort de notre relation. Nous étions au bord du vide, côte à côte.

Je lui racontai uniquement ce qu'il avait pu lire dans le journal à l'époque. Quand j'eus terminé, il resta muet tout d'abord, et je l'implorai mentalement de se retourner vers moi, pour que je voie son visage.

« Bon sang, Lex. Je suis désolé. » Et puis, parce qu'il ne restait jamais sérieux très longtemps : « Tu aurais dû me dire ça plus tard dans la journée, à l'heure où on aurait pu boire un verre. »

Cette fois, il se tourna vers moi et m'attira contre lui.

« On peut en parler quand tu veux, dit-il. Mais si tu ne veux pas, ça me va aussi. »

Nous titubâmes côte à côte sur le chemin, jusqu'à ce que celui-ci devienne trop étroit, alors JP repassa devant moi. C'était tout lui : il s'éloignait de moi, penché en avant, avec son sac léger, vers l'horizon. Après mes mois d'indécision, il était capable de se débarrasser de ma révélation, là sur ce chemin, comme la peau d'un fruit, ou un noyau. Arrivé au sommet, il parlait du déjeuner.

Ce soir-là à l'auberge, après l'amour, nous restâmes allongés sur les draps, aussi éloignés l'un de l'autre que possible. Seules nos mains se touchaient. Le silence s'étendait dans toutes les directions, si bien que les petits bruits humains de notre chambre – la chasse d'eau des toilettes, la musique de son téléphone – paraissaient assourdissants et gênants. Je fermai les yeux et me réveillai en sursaut, en ayant l'impression qu'il manquait quelque chose.

Je ramassai le drap et la couverture sur le plancher. Il se tourna vers moi.

« Je m'en veux, dit-il, de toutes les choses que je te fais. Qu'on fait ensemble. Après ce que tu m'as raconté.

— Pourquoi ? Puisque c'est ce que je veux ?

— Oui. N'empêche.

— À mon avis… il vaut ce qu'il vaut mais… ce n'est pas lié. Et même si ça l'était…

— Eh bien ?

— Ce serait important ?

— Je ne sais pas », dit-il.

Il faisait trop sombre pour déchiffrer son expression. Je tendis la main vers son visage, trouvai ses cheveux, le creux d'une oreille. Il se rapprocha.

« Quand je suis absent, dit-il, et que j'ai besoin de penser à quelque chose… Je pense à toi, au tout début. On était dans mon appart. Tu m'as regardé et… tu m'as dit ce que tu voulais. La façon dont tu l'as dit. C'était plus que je ne pouvais en espérer. Et j'étais terrorisé, évidemment.

— Tant mieux. »

Nous étions à quelques secondes de l'endormissement.

« J'ai honte d'un tas de choses, dis-je. Mais pas de ça. »

Je m'étais imaginé que JP jouait les hypocrites, et qu'avec le temps, la curiosité prenant le dessus, il commencerait à poser des questions. J'avais tort. JP – qui avait une fascination sans borne pour les questions de morale et de loi – s'intéressait peu aux souffrances anciennes. La manière dont il avait accepté ma confession, sans être troublé, sans porter de jugement, me donnait un faux sentiment de sécurité absolue ; je n'étais pas seulement persuadée qu'il m'aimait – chose qu'il m'avait déjà dite –, mais qu'il était possible de surmonter le passé de manière exhaustive, conformément à la promesse de la Dr K. Moi aussi, je pouvais être heureuse.

Nous vivions comme je l'avais secrètement espéré. En semaine, nous rentrions du travail à vingt-deux heures, vingt-trois heures ou minuit, et nous parlions au lit, durant les dernières et précieuses minutes de la journée, et parfois même jusqu'au lendemain. Une heure de sommeil perdue – le brouillard plus dense le matin –, cela nous paraissait peu cher payé. Le week-end, nous voyions des amis et voyagions en Europe. Nous partions tard le vendredi et nous atterrissions, fatigués et excités, à Porto, Grenade ou Oslo. J'achetais des cartes postales pour Evie, et je les écrivais au bureau quand je rentrais. Généralement, je choisissais quelque chose d'insipide ou d'affreux, pour la faire rire : les autoroutes de Norvège ou un lama buvant du porto. À d'autres moments, mon sentimentalisme l'emportait. Je choisissais une image de l'Alhambra au crépuscule, à l'heure où ils éclairaient les murs. Tu te souviens, écrivais-je, quand on l'avait vu dans l'atlas ?

C'était de la folie de croire que nous aurions pu continuer à vivre de cette façon. Après deux ans, la mère de JP nous rendit visite à Londres. Je vis apparaître son passé sur le perron, portant du rouge à lèvres corail et des mules. Il avait réservé pour trois personnes dans un bar raffiné de Mayfair, en sous-sol, qui proposait une carte de sakés et de petites assiettes. Dès le premier regard sur la mère de JP, je compris que c'était un très mauvais choix. À table, elle se plaignit de l'inconfort des chaises, de la complexité du menu et de l'éclairage tamisé. « Je n'arrive pas à voir ce que je voudrais manger », dit-elle au serveur. Celui-ci revint avec une petite lampe que l'on pouvait accrocher au menu. JP grimaça.

Quand leur commande arriva, elle prit de petites cuillerées de chaque plat, qu'elle disposa sur le bord de son assiette. JP mangea en silence, sans rien apprécier.

« C'est délicieux, dis-je, et réclamai du rab.

— Vous avez un sacré appétit », commenta la mère de JP.

Je haussai les épaules.

Sa mère séjournait dans un bed and breakfast près d'Euston. Un taxi nous déposa devant. JP et moi descendîmes pour lui dire au revoir. Il avait plu pendant que nous dînions. Des flaques de lumière s'étendaient sous les lampadaires. La façade était couleur crème sale, des paniers de fleurs pendaient de part et d'autre de la porte. « C'est parfait, dit la mère de JP, même s'il fait un peu trop chaud dans les chambres.

— Joyeux anniversaire », dis-je.

Nous la regardâmes trottiner jusqu'au trottoir d'en face. Au moment où la porte de son hôtel s'ouvrait, elle posa le pied sur un pavé descellé et une flaque vint lécher sa chaussure.

Nous nous hâtâmes de remonter dans le taxi et JP s'allongea sur la banquette arrière, sa tête sur mes genoux.

« Putain de merde, lâcha-t-il.

— Allons, dis-je. Elle n'est pas si terrible.

— Elle est affreuse. Tu ne serais pas la première à le dire.

— Elle est très bien. Tu sais, à une époque, choisir un plat dans un menu était la chose la plus stressante que je pouvais imaginer.

— Mais plus maintenant.

— Non, plus maintenant. »

JP se redressa.

« Et je t'aime encore plus pour cette raison. » Il tendit la main et m'attira vers lui. « Un jour, dit-il, toi et moi… on aura la famille qu'on mérite. »

Et voilà : le coup de poing à l'estomac. Plus violent que tout ce que j'avais jamais demandé. Ses paroles se répandirent sous ma peau, dans ma chair, et plus tard, lorsqu'il me regarda me déshabiller, je fus surprise qu'il ne voie pas la marque. Surprise de demeurer inchangée à ses yeux.

Il existe un vieux principe juridique nommé *caveat emptor*. Que l'on pourrait traduire par : l'acheteur doit être prudent. Vous vendez une propriété. Les murs sont solides, le toit est neuf, les fondations sont résistantes. Vous savez tout cela : vous avez construit cette maison vous-même.

Mais chaque printemps, des tubéreuses envahissent votre jardin. Elles poussent à toute vitesse. Des tiges émergent, boursouflées et violettes. Leurs feuilles ressemblent à des cœurs. L'été, elles croissent de dix centimètres chaque jour. Vous tentez de les couper. Le lendemain, elles reviennent. Vous demandez conseil.

C'est une renouée du Japon. Les racines ont eu le temps de pénétrer dans les fondations de votre maison. Elles se sont nichées dans le sol à trois mètres de profondeur. Elles finiront par détruire votre propriété. S'il reste une seule tige dans le sol, l'infestation recommencera. Le coût de leur éradication est prohibitif.

Devez-vous signaler cette invasion à votre acheteur ? S'il vous pose la question, oui, bien entendu. Mais la question doit-elle être posée de manière spécifique ? Si, par exemple, l'acheteur vous interroge sur les problèmes d'environnement ou les matériaux toxiques ? Que dire ? Aurait-il dû se montrer plus précis ? Comment devez-vous réagir ? Pourrez-vous supporter l'idée que ces gens vont installer leurs nouvelles vies dans votre maison vide, alors que les plantes s'agitent dessous ?

L'espace d'une seconde, JP me regarda comme une inconnue. Puis j'esquissai un geste et son visage s'adoucit.

J'avais choisi ma tenue avec le plus grand soin, après deux consultations auprès de Christopher (« Promets-moi, avait-il dit, que nous ne serons jamais au-dessus de ce genre de choses. ») Je portais un gilet en soie doré (l'unique vêtement dans ma valise que JP avait aimé, je m'en souvenais : je pensais à lui.), une jupe en cuir avec un gros ceinturon (se souvenait-il de la sensation de la matière sous ses doigts, de la résistance quand il relevait la jupe sur mes hanches, parce qu'il ne voulait pas se battre avec la ceinture ?) et des ballerines matelassées Chanel (j'étais plus riche que la dernière fois que je l'avais vu et, dans l'ensemble, je me débrouillais pas mal).

« Salut, dit-il. Désolé pour le retard. Un client… Commandons à boire, je t'en parlerai ensuite. »

Notre conversation fut plus civilisée que je l'avais imaginé, mais je n'aurais pas dû m'en étonner. Nous n'avions aucun goût, ni l'un ni l'autre, pour les révélations intenses, lourdes de sens ; et nous avions l'avantage d'avoir un tas de choses en commun. C'était le genre de discussion que l'on pouvait avoir avec un ancien collègue, faite de questions sincères et suffisamment de ragots pour la rendre distrayante. Il me parla de ce client, qui avait un penchant pour la destruction de documents et les rencontres dans les eaux internationales. Il m'interrogea, poliment, au sujet de Devlin, qu'il avait toujours trouvée fruste, et moins intelligente qu'elle le croyait. Un de ses anciens profs de droit était mort. JP était retourné à l'université pour l'enterrement, et au cours du dîner qui avait suivi, quand on l'avait interrogé sur sa carrière, quelqu'un avait dit : J'ai toujours trouvé que tu ressemblais plus à un videur qu'à un avocat.

« Pardon, dit-il, je t'ennuie.

— À propos de choses ennuyeuses, dis-je. J'ai une question pour toi. D'ordre juridique.

— Juridique ?

— Je ne plaisante pas.

— J'en suis sûr. Tu as les moyens de t'offrir mes services ?

— Je ne sais pas. Tu es hors de prix. »

Je pris mon verre, mais il était déjà vide.

« Supposons que tu sois l'exécuteur d'un testament.

— Le testament de ta mère, par exemple ?

— Par exemple. Les enfants de cette personne ont reçu une maison en héritage. Mais un de ces enfants… a été adopté quand il était tout petit. Il y a très longtemps. Il est trop jeune pour se souvenir de quoi que ce soit. Techniquement, c'est un survivant. Mais il ne le sait même pas.

— Lex… »

Il secoua la tête.

« Es-tu tenu de le lui dire ?

— Je ne connais pas la réponse à cette question.

— Oh, allons. Qu'est-ce que tu ferais ?

— Tu veux que ce soit inattaquable ? Alors, oui. Dis-lui.

— Mais ?

— Mais quoi ?

— Mais tu penses que ce n'est pas ce que je devrais faire. »

Il prit nos verres et me toisa, le corps tourné vers le bar, le visage tourné vers moi.

« Ça dépasse le cadre de mes honoraires. »

J'avais vu JP plaider un jour, sans qu'il le sache. Il avait toujours résisté chaque fois que je proposais d'assister à une de ses audiences. Il s'agissait en l'occurrence d'une affaire mineure, d'après ses critères, et *pro bono* : il défendait une jeune mère à qui son avocat n'avait pas su expliquer ses droits élémentaires lors du divorce. Il ne lui restait plus rien, hormis les factures à payer. N'ayant pas beaucoup de travail au bureau, je pris un bus à la City pour me rendre dans un misérable tribunal d'East London. J'achetai un calepin pour faire croire que j'effectuais des recherches, mais une fois sur place, j'eus l'impression que cela me rendait plus visible encore. Toutefois, JP ne lança pas un seul regard en direction du public. Il était incisif et concis, poli envers le juge et l'avocat de la partie adverse. J'attendais chacune de ses phrases avec une angoisse teintée d'euphorie. Il fallait tenir énormément à une personne, pensais-je, pour avoir l'énergie d'espérer qu'elle ne va pas buter sur un mot. Le genre de sentiment que la plupart des gens réservent à leurs enfants.

Il déposa deux verres pleins sur la table. Nous trinquâmes.

« Parle-moi de New York », dit-il.

Je m'étais montrée sélective dans les récits que j'avais faits à mes collègues, et même à Olivia et Christopher. Mais JP ne voulait pas réellement entendre parler de New York. Je lui parlai de mes joggings dans Battery Park, forcément matinaux car tout le monde se levait super tôt dans cette putain de ville. J'avais un bureau pour moi seule, qui donnait sur la statue de la Liberté – « Ça signifie que tu es quelqu'un d'important », dit JP – et des endroits préférés pour le café, les ramens, les livres, les tacos et le pastrami. L'examen d'admission au barreau de New York avait été plus simple que je le croyais. Je passais très souvent le week-end à Long Island, où Devlin possédait une maison. L'été, certains soirs, une lumière dorée, intense, venant de l'horizon, s'étendait à travers l'océan et le ciel, et se posait sur la longue table métallique dans la cuisine de Devlin, là où nous travaillions. « C'est la lumière champagne », disait-elle et nous descendions à petits pas dans sa cave pour prendre une bouteille. Parfois, si la semaine avait été longue, et si la « lumière champagne » restait faiblarde, Devlin décrétait qu'elle allait bientôt arriver, et elle descendait à la cave avant l'heure.

« Tu as beaucoup d'amis là-bas ?

— Non. Juste quelques collègues. »

Je repensai aux week-ends des premiers temps, lorsque ma voix restait coincée dans ma gorge le lundi matin, après deux jours sans servir. Je repensai aux week-ends récents. À un hôtel de charme de Midtown. Je connais l'odeur des tapis. Je sais où je dois m'agenouiller s'ils veulent nous voir dans le miroir. C'est là que je rencontre des amis.

« Je vais boire des coups avec Devlin. Et j'ai une vieille colocataire prénommée Edna.

— Edna ?

— Elle est d'une compagnie agréable.

— Oh, Lex. » Son sourire ne fit pas long feu. « On devait y aller ensemble. Non ? Juste avant…

— L'hôtel était réservé. Mais on a récupéré nos arrhes, je crois. »

Je nous revis assis autour de la table dans notre appartement, devant nos ordinateurs ouverts, partageant le *Lonely Planet*. Il avait établi un itinéraire précis pour notre séjour. Williamsburg ; Harlem ; Beacon, sur l'Hudson. Des endroits que nous avions projeté de visiter ensemble, et que j'avais appris à aimer seule.

« Peut-être qu'on viendra te voir, un jour », dit-il.

La morsure du pluriel.

Il se racla la gorge.

« Il faut que je te dise… quelque chose… »

Il desserra un peu plus son nœud de cravate. Je

baissai la tête et me penchai en avant pour capter son regard, mais il s'était tourné vers le bar. Autour de nous, les lampes avaient été éteintes à mesure que chaque table se vidait, et il faisait très sombre.

« J'ai une nouvelle à t'annoncer, mais je ne voulais pas le faire par téléphone. Je sais que tu vas repartir à New York d'une minute à l'autre et je me dis que… on ne se reverra peut-être pas de sitôt. »

Même ivre, je maîtrisais l'art de l'impassibilité. Je stabilisai mon regard et attendis.

« Eleanor et moi, on va avoir un bébé. Je vais être franc avec toi : ce n'était pas vraiment prévu – je pense qu'on aurait préféré se marier d'abord –, mais elle est très enthousiaste et on a de la chance d'être dans une situation qui nous permet de gérer ça, pense-t-on. Même si, j'imagine, on ne sait jamais jusqu'au moment où ça arrive… »

J'avais visionné des vidéos de sénateurs qui faisaient de l'obstruction parlementaire en monopolisant la parole – j'aimais l'aspect de pure obstination liée à ce concept – et je me demandais si c'était ce qu'essayait de faire JP : peut-être qu'avec l'alcool et sa terreur, il pourrait tenir jusqu'au lendemain matin.

« Voilà, conclut-il. J'espère que tu comprends.

— Oui, bien sûr. » Je rehaussai mon sourire. « C'est une formidable nouvelle, dis-je. Simplement, j'aurais préféré que tu me l'annonces dès le début. Il est peut-être trop tard pour porter un toast maintenant. »

Il paraissait déconcerté. Il paraissait déçu, décrétai-je.

« C'est pour quand ? demandai-je.

— Dans deux ou trois mois.

— Bon sang, tu devrais être chez toi, pour tout préparer. Au lieu d'être ici, à boire du vin et à bavarder. »

Il prit mes mains au centre de la table et entrelaça mes doigts avec les siens. Je regardai ses paumes ridées, les petits monticules des veines et les poils entre les jointures, et je pensai à ces nombreuses fois, diverses, où j'avais serré une de ces mains dans la mienne. Dans des avions et après des dîners, dans ma chambre à la fac le lendemain de notre rencontre, en entrant dans un restaurant ou en arrivant dans une soirée, et dans les taxis que nous partagions parfois pour rentrer. Je prenais sa main, la nuit, quand il faisait trop chaud pour qu'on s'enlace, ou pour le guider au bon endroit – juste là – entre mes cuisses. L'hiver, quand nous étions dehors, il enveloppait mon poing dans sa paume pour le tenir au chaud. Son enfant aurait probablement des mains minuscules, tout juste assez grandes pour serrer un doigt.

« Pourquoi es-tu si triste, JP ? demandai-je. Pourquoi es-tu si triste, alors que tu as tout ce que tu as toujours voulu ? »

Nous vidâmes nos verres et il me raccompagna jusqu'au Romilly Townhouse, à deux rues de là. N'ayant plus rien à nous dire, nous sortîmes l'un et l'autre nos téléphones professionnels pour consulter les messages que nous avions manqués. Devlin m'avait contactée : notre client acceptait les conditions commerciales relatives à l'achat de ChromoClick, l'opération aurait lieu sous quinze jours. *En avant toute !* disait Devlin. Nous avions pas mal bu et je n'étais pas certaine de pouvoir répondre avec toute la célérité qu'exigeait son message.

À l'entrée de l'hôtel, JP m'ouvrit ses bras.

« C'était super de te revoir », dit-il.

Alors même que je disais :

« Félicitations. »

Et là, dans ses bras, mes lèvres frôlant sa joue, poussée par le vin vers mes plus mauvaises idées, je dis :

« Sache que je pense encore à toi quand je me masturbe. »

Il me prit par les épaules et me tint à bout de bras. Je souris bêtement. Il avait trois têtes, qui toutes faisaient non. Cerbère marquait sa désapprobation.

« J'aurai toujours le cœur brisé à cause de ce qui t'est arrivé, dit JP. Mais ne fais pas ça, Lex. Ne fais pas ça. »

Je revis la mère de JP à Noël, une semaine avant qu'il ne me quitte.

Noël avait envahi la maison où il avait passé son enfance. Sa mère avait installé un authentique sapin, qui semblait destiné à une maison plus grande : il vous collait ses aiguilles en pleine figure quand vous alliez dans la cuisine. En outre, il était surchargé de guirlandes et de boules scintillantes. Dans la cuisine, un père Noël chantait dès que l'on passait devant, et me faisait sursauter à chaque fois. Elle avait acheté une poupée de lutin, comme ceux que les parents déplacent pendant que leurs enfants dorment.

Je l'imaginai à l'heure du coucher, transportant ce lutin d'une pièce à l'autre.

« Qui sait où il sera ce soir, dit-elle.

— Oui, qui sait ? » dit JP.

Il avait acheté le *Financial Times* dans une station-service en chemin, et il l'épluchait du début à la fin, mot à mot.

« Impossible de lui faire croire au père Noël, me confia sa mère. Pourtant, j'ai essayé. Il avait cinq ans – quatre ou cinq ans –, quand il a commencé à trouver ça illogique. “Il ne peut pas aller dans toutes les maisons du monde entier”, disait-il. J'ai essayé de lui lire des histoires, mais elles ne l'ont pas convaincu. Un an plus tard, je recevais une liste de cadeaux pour sa chaussette.

— Tu aurais dû être plus convaincante, dit JP.

— Racontez-moi vos Noëls, Lex. »

Ce soir-là, dans le petit lit à fleurs de la chambre d'ami, JP immobilisa mes épaules avec ses genoux et m'étrangla. Pendant cinq secondes, dix peut-être, ou plus. Sa mère s'affairait juste en dessous, dans la cuisine ; elle préparait le repas du lendemain. Elle déplaçait son foutu lutin. Dans l'obscurité, le visage de JP avait quelque chose de différent, une sorte de passivité, dénuée de plaisir, et je lui fis signe d'arrêter.

« Tu aimes ça pourtant.

— Oui. Mais pas comme ça.

— C'est-à-dire ?

— Comme si tu étais en colère. »

Le lendemain, jour de Noël, avant que JP se réveille, je partis faire un long jogging en ville, dans le froid, guettant le moment où la fatigue effacerait tout le reste. La plupart des maisons étaient plongées dans l'obscurité, mais quelques chambres étaient déjà éclairées.

Des guirlandes lumineuses entouraient les fenêtres et les portes.

Nous ouvrîmes nos cadeaux en buvant un thé, la mère de JP était encore en peignoir. Elle m'offrit un pull de Noël et un livre sur la méditation.

« Il a changé ma vie, dit-elle.

— Comme les livres de coloriage pour adultes ? demanda JP. Comme la zumba ? »

Ils se disputèrent au cours du dîner également. Nous fîmes éclater des papillotes surprises, coiffés des petits chapeaux indispensables. Je mangeai sans dire un mot, en regardant ce que j'avais devant moi et le contenu des petites assiettes. La buée qui s'épaississait sur les fenêtres nous emprisonnait. JP parlait de notre famille, celle que nous aurions ensemble.

« On voit ça chez les gens qui ont toujours vécu à Londres, dit-il. Les gens que Lex et moi on connaît. C'est ce… cette assurance, je dirais. Quand vous grandissez au contact de la culture, du sport, des commerces. Tout cela vous paraît normal. C'est le seul endroit où on voudrait avoir des enfants, je pense.

— En plein centre ? Là où vous vivez maintenant ?

— En plein centre.

— Je ne comprends pas. Pour moi, c'est inconcevable. Rien que vous deux, sans famille à proximité ? Avec les gaz d'échappement et tous ces gens ?

— Plutôt qu'ici ? Dans ce trou à rats ?

— JP, dis-je.

— Je déconseille à quiconque de faire des enfants, dit sa mère, si c'est ainsi qu'on est remercié.

— En fait, dis-je, c'est déjà décidé. »

JP s'arrêta de boire. Nous nous regardâmes. Il se leva, si brutalement, que sa chaise chancela et tomba à la renverse.

« Excusez-moi », dit-il sans me quitter des yeux.

Sa mère ricana.

« Ne vous inquiétez pas pour lui, dit-elle. Il a toujours aimé faire son numéro.

— Merci encore, dis-je. Pour cet excellent dîner. »

Elle sourit.

« Cela fait plaisir à entendre. »

Elle jouait avec l'anneau de sa papillote surprise, qui se balançait au bout de son doigt. J'étais certaine qu'elle la garderait.

« Je ferais bien d'aller le voir », dis-je.

Je fis coulisser la porte-fenêtre pour rejoindre JP dans le jardin. Un îlot de béton, entouré d'herbe mouillée. Nous demeurâmes côte à côte sur les dalles, dans des tenues qui n'étaient pas adaptées à ce temps. J'ôtai mon chapeau en carton. Le ciel était d'un blanc glauque, couleur neige sale. Dans une heure, il ferait nuit. J'avais l'impression d'être dimanche soir, ou de rentrer de l'aéroport, de retour de vacances. Le sentiment des choses qui s'achèvent.

« Pourquoi as-tu dit ça ? demanda-t-il. Ça sort d'où, Lex ?

— Je ne sais pas. Ta mère est… Tu es cruel avec elle.

— Elle profère des idioties. Qu'est-ce que tu espères ?

— Je ne sais pas.

— Tu m'as humilié. Tu en as conscience ? Ici, tu es censée être de mon côté.

— Je suis toujours de ton côté.

— Là, tu ne l'étais pas. Il faut toujours que tu la ramènes avec ton… objectivité. Et… c'est quelqu'un qui doit demeurer objectif la plupart du temps qui te le dit : ce n'est pas toujours bienvenu. J'ai besoin que tu joues dans mon équipe.

— On croirait entendre un enfant. Quelle équipe ?

— Tu n'imagines pas ce que c'était. De grandir dans cette maison. C'était pitoyable, Lex.

— Vraiment ? C'était vraiment si merdique que ça ? »

Il tressaillit. Ce ne sont que des mots, JP, pensai-je. Puis, sachant que j'étais capable de penser une chose pareille : Bon, c'est terminé, je suppose.

« Qu'est-ce que tu voulais dire, en parlant des enfants ? En disant que c'était décidé.

— Tu veux la vérité ? Il y a une chose que tu dois savoir. Au sujet de notre future famille. »

Ce ne fut pas la fin, évidemment. Il y eut le trajet de retour à Londres, le 26 décembre, coincés dans les embouteillages avec une playlist de Noël, que JP arrêta au milieu. Il y eut les messages échangés au travail, rancuniers et tristes, alors que nous étions assis à nos bureaux respectifs, impassibles. Il y eut le fait que nous continuions à baiser ensemble, en nous haïssant un peu plus à chaque fois. Et puis, il y eut la dernière fois, lorsque la haine l'emporta sur le plaisir. Il y eut cette conversation au cours de laquelle JP me dit, je le cite : « Tu aurais dû me dire que tu étais…

— Vas-y. Continue.

— Que tu étais… Cassée. »

Pour la première depuis des années, j'envisageai de consulter la Dr K. Elle avait fêté le début de cette histoire : qu'elle compatisse à la fin. J'avais identifié le soulagement sur son visage, ce soir-là dans le patio de son cabinet. Elle songeait que j'avais peut-être trouvé quelqu'un d'autre qui m'apporterait la normalité, l'ambition et l'oubli. Elle s'attendait à ce que JP m'entraîne dans son sillage, et j'avais espéré la même chose. Mais mon passé n'était pas une chose que nous pouvions laisser derrière nous au bord d'un chemin, ou dans une maison encombrée, dans une ville lointaine. Sa réalité vivait en moi, et si JP voulait m'emmener avec lui, il devrait se la coltiner elle aussi.

Au lieu de cela, Evie vint s'installer chez moi. Elle prit le train à Gatwick et arriva avant le lever du soleil. Je la trouvai recroquevillée contre ma porte, vêtue d'une veste légère, les mains glissées sous les fesses pour les réchauffer avec son corps.

« Surprise ! » dit-elle, bien qu'elle ait appelé de l'aéroport pour s'assurer que j'étais réveillée.

« Tu n'étais pas obligée », dis-je.

Et c'était vrai : j'avais séché mes larmes et pris ma douche, j'étais prête à aller travailler.

« Je sais. »

Elle préparait le dîner, dénichait d'horribles programmes de télé ; elle portait mes pulls, jusqu'à ce que tout prenne son odeur. Après la première fois, nous ne parlâmes plus jamais de JP. « Écoute-moi, dit-elle, quand je lui eus tout raconté. Qu'il aille se faire foutre. » Le week-end, nous nous faisions belles, nous allions dans un bar et dansions sans honte sur la piste déserte, en ignorant les regards des gens. Nous rentrions à pied, de l'autre côté du fleuve, sous un léger crachin, et nous arrêtions toutes les deux pour vomir dans la Tamise. Nous dormions jusqu'au dimanche après-midi, nos membres entrelacés. Sous la douleur, je me sentais mieux. La réputation de Devlin avait traversé l'Atlantique, et j'avais déjà programmé un appel. J'annulai le billet d'avion de JP pour New York et surclassai le mien. Encore une fuite.

À Soho, je me réveillai brusquement en pleine nuit, comme si le souvenir de notre séparation m'avait fait sursauter. Ce n'était pas si grave. J'avais dit la vérité. Dans l'ensemble. J'aurais pu dire des choses beaucoup plus embarrassantes. Sur la solitude, par exemple. Face à son baratin – cette putain de mélancolie –, j'étais restée trop calme. Ça n'avait aucune chance de durer.

J'allumai la lumière et me traînai jusqu'à la salle de bains. J'étais trop fatiguée en rentrant pour prendre ma douche, et maintenant je me sentais sale, nauséeuse. Au cours de la soirée, j'avais cru voir du désir sur le visage de JP. Dégrisée maintenant, et seule dans la nuit, j'en conclus que c'était certainement de la pitié. Je fis couler de l'eau aussi chaude que je pouvais le supporter et me plaçai sous le jet. Mes cheveux s'écroulèrent sur mon visage et ma peau prit une couleur rose porcine. Je lavai mon corps, tous les plis, les vieilles cicatrices, aussi soigneusement que s'ils appartenaient à quelqu'un d'autre, et ensuite, je plaquai mes mains sur mon ventre, en essayant d'imaginer la peau tendue par un enfant. Parfois, j'en rêvais – des rêves précis et banals –, mais quand j'étais réveillée, rien à faire. Impossible même de l'imaginer.

Deux événements marquèrent la fin de ma scolarité à Five Fields. Le premier fut la disparition de Père. Le second l'ouverture de la boutique d'informatique à Hollowfield, même si je n'en avais pas conscience sur le coup. Je le comprendrais bien des années plus tard, avec l'aide de la Dr K.

Père disparut durant mon dernier jour à Five Fields. Je venais de sortir du cours d'anglais, un des rares cours que j'avais en commun avec Cara. On nous avait rendu nos devoirs – notre première dissertation sur *Le secret de Terabithia* – et elle était de mauvaise humeur, froide. J'avais obtenu un A, et elle un B+. « Comment ça se fait ? dit-elle. C'est moi qui t'apporte des bouquins à lire, et tu trouves le moyen de me battre ? » Je ne savais pas quoi répondre. Nous marchâmes en silence vers notre dernier cours de la journée. Tous les élèves de notre niveau terminaient leur journée du jeudi par les maths et il y avait foule dans le couloir. Cara était dans le groupe en dessous du mien et j'étais soulagée : ce soir, Evie me féliciterait pour mon A, et le lendemain, à l'heure de la pause, la proximité du week-end apaiserait la colère de Cara.

La femme dans le couloir ne fut tout d'abord qu'une brève apparition blanche au milieu des pulls bleus. Elle marchait dans notre direction, dépassant d'une tête les élèves qui l'entouraient. Lorsque nous arrivâmes près d'elle Cara s'arrêta et m'agrippa le bras.

La femme portait une robe blanche qui tombait

jusqu'au sol, jaunie au col et sous les bras, froissée comme si elle ne s'était pas changée depuis plusieurs jours. Ses cheveux plaqués sur son crâne pendaient jusqu'à ses genoux. Visiblement nerveuse, elle regardait de tous les côtés, et tressaillait quand un élève la frôlait de trop près. Sur son passage, le brouhaha se transformait en bourdonnement. Des chuchotements de terreur feinte. Elle était décharnée, exception faite de ses bajoues, de son ventre et de ses seins flasques.

« Oh, mon Dieu, dit Cara. Elle a un problème ? »

Je m'aperçus alors, en sentant monter lentement la brûlure de l'humiliation, que cette femme dans le couloir était Mère.

« Ne t'inquiète pas, dis-je. Je la connais. »

Cara se tourna vers moi, incrédule.

« C'est ma mère. Il a dû se passer un truc. »

Je songeai à mon invisibilité si durement acquise. Son voile commençait à glisser, et dans quelques secondes, il serait sur le sol.

« Je vais voir, dis-je. Demain à la récré ? »

Cara s'éloignait de moi, collée contre le mur du couloir. Elle fit quelques pas timides dans ses chaussures de collégienne, comme si elle espérait disparaître sans que je m'en aperçoive. Je savais qu'elle se demandait déjà qui pourrait devenir sa nouvelle meilleure amie.

« Je suis désolée, Lex. Sincèrement désolée. »

Seule, je m'approchai de Mère. Elle tremblait.

« C'est Evie ? » demandai-je et Mère secoua la tête.

Je ne l'avais pas vue hors de la maison depuis si longtemps que j'avais oublié sa nervosité. Privée de Père à ses côtés, elle se mouvait tel un mouton acculé qui cherche une échappatoire. Elle me prit le poignet et je vis ses ongles comme devaient les voir les autres élèves. Non pas posés de manière inoffensive sur son édredon lorsque nous montions lui dire au revoir, mais trop longs, jaunis, et bordés par la crasse emprisonnée dessous.

« On peut aller ailleurs ? demanda-t-elle. Au bureau, ils n'ont pas pu me renseigner… je ne savais pas où tu étais.

— Oui, bien sûr. »

Elle noua son bras autour de mon coude et l'océan des élèves s'écarta pour nous laisser passer. Cara en ferait ses choux gras, pensais-je ; elle pourrait témoigner de mes secrets, de mes manies étranges. Ses déclarations seraient très recherchées. Juste avant que la porte qui donnait sur la cour se referme, j'entendis l'éruption derrière nous.

Cara m'a contactée une fois, à l'époque où j'habitais à Londres avec JP. Elle m'avait retrouvée sur LinkedIn et espérait que l'on puisse reprendre contact. Elle ne parlait pas de Five Fields et ne faisait pas allusion aux événements de Moor Woods Road. Elle était avocate elle aussi. Je n'avais jamais entendu parler de son cabinet et je n'ai pas répondu. Mais ce n'était pas par rancœur. Nous n'avions jamais eu beaucoup de choses en commun, à part le fait que nous étions un peu plus intelligentes que nos pairs. Depuis, j'avais rencontré beaucoup de gens intelligents et je savais que c'était un socle insuffisant pour bâtir une amitié. Si j'avais été plus charitable, j'aurais peut-être pu l'informer que je ne lui tenais pas rigueur de ce qu'il s'était passé ce jour-là dans le couloir. Certaines personnes ont fait des choses bien plus terribles pour survivre à l'adolescence.

Mère et moi étions dans la cour, au crépuscule. La lande formait déjà une masse sombre sur le fond du ciel. J'apercevais des bribes de cours à travers les fenêtres éclairées des salles de classe. De l'autre côté de la route, des garçons plus âgés couraient sur les terrains de football, orange sous les projecteurs.

« Qu'est-ce qui se passe ? demandai-je.

— C'est Père. Il n'est pas rentré à la maison. »

Il était parti assister à un sermon de Jolly ce matin, avant l'aube. Il avait embrassé Mère à moitié endormie et posé la main sur son ventre, comme un porte-bonheur. Il serait de retour pour le déjeuner. J'essayais de ne pas penser aux longues journées de Mère maintenant que nous allions à l'école et qu'elle n'avait plus personne à apaiser. Elle avait passé la matinée à préparer le retour de Père, les mains dans la pâte et la viande hachée. Elle avait mis la tourte à refroidir et s'était endormie dans le canapé, au milieu de ses couvertures. Réveillée en milieu d'après-midi, elle avait paniqué en découvrant une maison vide.

« Où est-il ? » demanda-t-elle.

Elle était passée devant la Maison de la Vie. Tout était éteint.

« Allons chercher les autres, dis-je. Et rentrons à la maison. »

L'administration de l'école était décorée pour Noël. Des guirlandes roses ornaient le bureau de la secrétaire et on avait installé un sapin en plastique devant la porte du directeur. Quand je demandai où je pouvais trouver Ethan, la secrétaire m'informa qu'il avait été marqué absent ce matin, comme tous les matins de la semaine, d'ailleurs.

« Tu n'es pas sa sœur ? dit-elle.

— Il y a une erreur, affirmai-je. Il était là ce matin. On a fait le chemin ensemble.

— Ce n'est pas ce que dit le cahier de présence. »

La secrétaire avait installé un radiateur sous son bureau et glissé ses pieds nus entre les barreaux de la grille. Elle me dévisageait, comme si elle attendait que je m'en aille. Par la porte ouverte, je voyais Mère à l'orée de la cour, blottie contre le vent. Une enfant oubliée après l'école.

« Merci quand même », dis-je.

Quand nous arrivâmes à la maison, Ethan nous attendait, impatient et désorienté.

« Tu ne devrais pas être au lit ? » demanda-t-il à Mère.

Il écouta le récit de la disparition de Père avec des yeux de plus en plus écarquillés, et lorsque Mère eut terminé, il s'assit à la table de la cuisine et réquisitionna le téléphone. Il n'y avait personne à l'église de Blackpool. Le téléphone de Jolly sonnait dans le vide. Mère se tenait debout à côté de lui, tremblante, les mains autour de la gorge. Delilah l'appela du canapé, pour réclamer un câlin, et dès qu'elle passa dans la pièce voisine, Ethan entreprit d'appeler les hôpitaux.

Sans Père, la soirée fut étrange et calme. Je coupai la tourte en six parts égales et nous dînâmes dans le salon, réunis aux pieds de Mère. Evie, roulée en boule sur mes genoux, ronronnait comme un chat. Nous priâmes jusque tard, le ventre plein et la tête baissée. Je sentais les tressaillements d'un sourire sur mon visage. Je ne savais pas ce que je devais réclamer dans mes prières. J'avais dans la tête des idées qui vous envoyaient tout droit en enfer. La camionnette de Père s'était retournée sur la lande, il y avait un grand trou dans le pare-brise. Père gisait dans les fougères. Nous mangerions à notre faim pour toujours.

Amen.

Peu après minuit, des phares balayèrent la fenêtre.

Père entra, essoufflé et grimaçant de douleur, tel l'unique survivant d'une croisade sanglante. Il appela Mère, qui vint à lui. Ensemble, ils titubèrent jusqu'à la cuisine, où elle lui servit du thé et des chips, dans l'éclat brutal de la lumière électrique. Pendant que nous attendions qu'il parle, j'essuyai le plat à tourte vide et le rangeai dans le placard.

« J'étais au poste de police », dit Père.

On les avait arrêtés, Jolly et lui, chez Dustin, en plein petit déjeuner. Ils venaient d'être servis. Un vrai breakfast anglais, avec un rab de boudin noir. En voyant approcher les officiers de police, Jolly avait posé ses couverts et soupiré. Père raconta cette scène avec l'admiration feutrée qu'il réservait habituellement au Dieu de l'Ancien Testament.

« Laissez-nous au moins terminer ce putain de petit déjeuner », leur avait dit Jolly.

L'inquisition avait eu lieu au poste de police. Jolly était accusé de blanchiment d'argent et d'escroquerie. On lui reprochait d'avoir détourné à son profit les dons des habitants de Blackpool, ce qui était, bien évidemment, une putain d'invention. Je revoyais ses fidèles, leurs visages levés vers lui pour capter un peu de sa lumière. Ils avaient compté avec précision ce qu'ils pouvaient donner et fourré les billets dans ses mains chaudes et moites. La police avait demandé à Père comment Jolly dépensait son argent, où il conservait ses livres de comptes, pourquoi il n'avait pas partagé avec lui les bénéfices, puisqu'ils étaient si proches. Après avoir prié pour eux, Père avait su exactement comment répondre : « Sans commentaire », avait-il dit. Et répété tout l'après-midi.

Ils l'avaient libéré en fin de soirée. En lui rendant ses affaires, le policier avait lancé quelques pièces de monnaie par terre pour obliger Père à les ramasser.

« Ne dépensez pas tout en une fois », avait-il ironisé.

Père nous rassembla autour de lui.

« Les gens qui veulent vivre la vie que nous menons sont persécutés au-dehors », dit-il.

Je repensai aux rires dans le couloir de l'école, au moment où nous repartions, Mère et moi. Père posa sur ma nuque une main encore froide après le trajet en voiture, et je la réchauffai avec la mienne.

Ce soir-là, pour la première fois depuis de longs mois, Ethan souhaita me parler. Il m'appela de sa chambre, au moment où je passais devant pour aller me coucher, tout bas, si bien que je croyais avoir pris mes désirs pour la réalité. Il m'appela de nouveau et cette fois, je frappai à sa porte et entrai. Allongé sur son lit, dans son pantalon d'uniforme, il tenait la bible au-dessus de lui. Dès que je fus dans la chambre, il la lança dans ma direction, trop vite pour que je puisse l'attraper au vol. Elle me frappa en pleine poitrine. Il éclata de rire en disant :

« Tu ne voleras point.

— On ne sait rien pour le moment, dis-je, et Ethan s'esclaffa de nouveau.

— À ton avis, demanda-t-il, comment il a dépensé le fric ? Un truc vraiment glauque, je parie. Ce vieux Jolly. Il a toujours été complètement cinglé, mais je ne m'attendais pas à ça.

— Tu crois que Père est mêlé à cette histoire ?

— Ça m'étonnerait. Jolly n'est pas du genre à partager le gâteau. Mais… disons que cela ne va pas arranger son état d'esprit.

— Comment ça ? demandai-je et, parce que je ne pouvais pas m'en empêcher : À t'entendre, tu es son grand confident.

— Au moins, je siège à sa table. »

Ethan se leva. Il avait toujours été plus grand que moi – même Delilah était plus grande que moi –, mais depuis un an, son corps avait acquis une force nouvelle. Les muscles dessinaient des entailles sur ses bras et son torse. Je l'entendais faire de l'exercice le soir : les bruits des mouvements étranges se répétaient inlassablement, accompagnés de sa respiration. Il commençait sa transformation. Il s'arrêta à trente centimètres de moi. Je redressai les épaules, comme nous l'avait appris Père, et modifiai mon expression pour ne pas paraître effrayée.

« Je crois qu'il perd la boule », dit Ethan. Si bas,

là encore, que je dus me rapprocher. « Il est déjà convaincu que le monde entier est ligué contre lui. Il parle de créer son propre royaume, ici même, dans cette maison. Cette histoire avec la police… ça confirme ce qu'il soupçonne depuis longtemps. »

Ethan prenait toujours plaisir à transmettre son savoir. Il recherchait votre gratitude, la confirmation qu'il était plus intelligent que tout le monde. Je hochai la tête, comme si j'avais besoin d'un peu de temps pour assimiler cette information, et posai l'unique question digne d'intérêt :

« Qu'est-ce qu'on va faire, alors ?

— Prends soin de toi, Lex. Je ne pourrai pas le faire à ta place. »

Je le soupçonnais d'avoir requis ma présence pour en arriver à cette conclusion. Résigné face à notre sort, il ne cherchait aucune alliance. Au moment de quitter sa chambre, je songeai à la seule chose que je savais, et qu'il ignorait.

« Pourquoi tu n'es pas allé en cours aujourd'hui ?

— J'y étais.

— Non. Quand Mère est venue nous chercher, je ne t'ai pas trouvé. Tu as séché toute la semaine.

— Peut-être qu'il ne reste plus rien à apprendre.

— N'importe quoi.

— OK. Je consacre mon temps à des choses plus utiles. Des fois, je vais à la bibliothèque. Personne ne t'embête. Et des fois…

— Oui ?

— Des fois, je demande de l'argent aux gens.

— Hein ? »

Un sourire inquiet déforma son visage.

« Vous n'auriez pas quelques pièces ? Ma mère a oublié de me donner mes sandwichs. »

Son sourire tremblota et se transforma en éclat de rire. Après quelques secondes, voyant que je ne l'imitais pas, il s'essuya les yeux et se rallongea sur son lit.

« Je crois que bientôt l'école ne sera plus un problème, dit-il. Dans la paroisse de Moor Woods Road. »

Ethan avait raison au sujet de l'école, bien que je ne veuille pas le reconnaître : je ne suis jamais retournée à Five Fields. Le lendemain de l'arrestation de Jolly, j'entendis Père aller et venir dans la maison. Il faisait encore nuit dehors, et j'étais bien dans mon lit, au chaud. Je n'avais même pas faim. Je fermai les yeux et remontai les couvertures, et lorsque je me réveillai de nouveau, il faisait jour. Le réveil n'était plus à sa place, par terre.

« On a fait la grasse matinée ? demanda Evie en émergeant de sous la couette telle une tortue qui sort de sa carapace.

— Je ne sais pas. »

J'enfilai mon pull d'uniforme par-dessus mon pyjama, avant de me lever, et me préparai à affronter le froid. Dans la cuisine, je trouvai mes parents assis, main dans la main. Mère caressait la tempe de Père. Tous les réveils de la maison s'étalaient sur la table devant eux, en compagnie des pendules de l'entrée et du salon, et même la montre en plastique rose que Delilah avait reçue pour ses neuf ans. Mère et Père se raidirent lorsque j'entrai, et Père sourit en voyant ma tenue, comme on sourit de la maladresse d'un enfant.

« Tu n'auras pas besoin de ça », dit-il.

À la place de la pendule de la cuisine, il avait accroché le crucifix de la Maison de la Vie. Suspendu dans une position embarrassante au-dessus des plaques de cuisson.

« Si on réveillait les autres ? suggéra Mère. Pour leur annoncer la nouvelle. »

Quand nous fûmes tous réunis dans la cuisine, Père prit la parole. Ce qui était arrivé à Jolly était une abomination, dit-il. Cela faisait longtemps qu'il se méfiait de l'attitude des autorités vis-à-vis des groupes religieux, aussi pacifiques soient-ils. Il avait vu l'influence de cette attitude dans notre accablement et notre inhibition, dans nos péchés et – il me regarda – notre cynisme. Par conséquent, il avait décidé que nous devions opter pour un mode de vie plus libre, plus recentré, hors du carcan de l'enseignement public. Il assurerait lui-même notre éducation.

Seul Gabriel se réjouit de cette nouvelle.

« Ça veut dire qu'on sera plus obligés d'aller à l'école ? » demanda-t-il.

Quand Père hocha la tête, il réprima un petit cri de joie et serra les poings contre sa poitrine.

Père avait des idées sur l'organisation de nos journées. Le temps constituait une distraction inutile ; il le gérerait lui-même. Dans un monde enfin libéré des impératifs des horaires de l'école. Nous devions nous débarrasser des livres que nous avions étudiés ; il les récupérerait plus tard dans la journée. Il comptait sur nous pour nous débarrasser également des idées qu'ils contenaient.

« Il y a certaines choses que vous devrez oublier, dit-il. Mais vous avez encore tellement à apprendre. »

Ce matin-là, Père rédigea deux lettres : une au directeur de Five Fields Academy, l'autre à la directrice de l'école où étaient inscrits Evie, Gabriel et Delilah. Des lettres polies et de pure forme. Il souhaitait, écrivait-il, exercer son droit d'éduquer ses enfants à la maison. Il avait examiné le curriculum (« curricula », me glissa Ethan, incapable de s'en empêcher) et il ne doutait pas que son épouse et lui seraient capables de le dispenser. Les services sociaux restaient les bienvenus.

« Savez-vous où on se situe sur la liste de leurs préoccupations ? » demanda Père. Mère leva vers lui ses yeux écarquillés et secoua la tête. « Tout en bas, dit-il. En dernière position. »

Il signa la lettre, d'un geste ample.

Au cours du déjeuner, je demandai la permission de sortir de table pour aller aux toilettes. Dans notre chambre, j'examinai la petite pile de livres par terre, empruntés à la bibliothèque la semaine précédente. Je les avais déjà tous lus, mais dans la précipitation, je n'avais pas eu le temps de les restituer. J'imaginai la déception de la bibliothécaire, qui m'avait félicitée car je n'avais jamais encouru une seule pénalité de retard, et qui m'avait confié que certains jours, elle préférait les livres aux êtres humains. Je m'agenouillai pour passer en revue les titres. Il y avait des romans de fantasy, un R.L. Stine et un texte de Judy Blume. Je ne pouvais pas tous les cacher : j'allais devoir m'en séparer. Je pris le livre sur la mythologie grecque, enveloppé dans mon pull, et caressai la couverture, la tranche dorée. Je n'avais jamais rien possédé d'aussi beau. Je le glissai sous mon matelas, où Père ne le trouverait pas, et où il nous attendrait le soir. Je contemplai mon reflet dans le miroir de la salle de bains. « Réfléchis », dis-je. Je regardai mes lèvres prononcer ce mot. Pour la première fois, je m'imaginai en train de fourrer mes affaires dans un sac à dos et de quitter Moor Woods Road en pleine nuit. Je pourrais demander de l'argent aux passants, comme Ethan. Je pourrais aller jusqu'à Manchester, ou même Londres. Je pourrais retrouver Mme Glade, et la supplier de m'accueillir. Je me redressai. C'était une idée ridicule, et de plus, je ne pouvais pas laisser Evie. Je dramatisais. Je tirai sur ma peau de chaque côté de ma bouche et retournai dans la cuisine, tout sourire.

La boutique d'informatique ouvrit à deux portes de la Maison de la Vie, juste avant la fermeture de l'église. Elle s'appelait Bit by Bit. « Saloperies d'imposteurs », cracha Père lorsque nous découvrîmes l'enseigne, et il pressa le pas.

Chaque fois que nous passions devant – pour les offices du week-end ou une séance de prières le soir –, il y avait du monde dans la boutique. La caisse était tenue par une jeune femme au crâne rasé, couverte de tatouages. Une annonce en vitrine proposait des cours d'informatique gratuits pour les personnes du troisième âge. À l'école, nous avions des cours de technologie de l'information, qui étaient surtout l'occasion pour les garçons d'essayer de contourner les systèmes de protection afin d'accéder aux sites pornographiques, mais je savais envoyer un mail et formater un document. Ethan avait appris plus de choses avec Père, mais les autres membres de la famille n'avaient pas eu droit aux mêmes leçons.

Je mentionnai Bit by Bit à la Dr K, en passant. Nous évoquions Hollowfield, et le peu de souvenirs que j'en avais gardé. Elle m'arrêta d'un geste, front plissé.

« Parlons un peu de cette boutique, dit-elle. Et de ce qu'elle représentait pour ton père.

— Il ne l'aimait pas. C'est évident.

— Pour quelle raison, à ton avis ?

— Sa propre entreprise avait échoué. Alors, j'imagine qu'il était jaloux.

— N'était-ce pas le rappel ultime de ses échecs ? De tout ce qu'il avait essayé d'oublier, en déménageant ?

— C'était juste une boutique. »

Elle se leva de sa chaise, comme chaque fois qu'elle s'emportait, et marcha jusqu'à la fenêtre. Ce n'était pas la grande fenêtre de Harley Street. C'était dans les premiers temps, quand nous nous voyions à l'hôpital, à South London. Son bureau se trouvait au rez-de-chaussée et elle était obligée de fermer les stores, car les médecins aimaient venir fumer juste à côté.

« Fais-moi plaisir, Lex. Entre dans sa tête – oui, je sais, c'est un endroit désagréable – et songe à la litanie de ses échecs. Les cours de codage. Son poste au service informatique. La Maison de la Vie. La chute de son idole. Une succession d'échecs. Les hommes comme ton père sont d'étranges et fragiles créatures.

Ils se fendent aisément : une fêlure presque invisible dans la porcelaine. » Elle se retourna vers moi et me sourit. « On ne s'aperçoit pas qu'on les a brisés, jusqu'à ce que la merde se répande.

— Beaucoup de gens échouent. Tous les jours. Tout le temps.

— Et le cerveau de chaque personne est connecté un peu différemment. » Elle haussa les épaules et revint s'asseoir. « Je ne te demanderai jamais d'avoir pitié de lui. Uniquement de le comprendre. »

Comme souvent, nous nous fîmes face en silence, dans une impasse, chacune attendant que l'autre parle.

« Je te demande ça, reprit-elle, parce que je pense que ça pourrait t'aider. »

C'était un soir de semaine, et j'avais repris l'école cette année-là. J'avais encore rendez-vous chez le physiothérapeute ensuite et je devais terminer mes devoirs.

« On a fini ? » demandai-je.

Elle fit une dernière tentative.

« Tu te souviens de la date d'ouverture de la boutique, par rapport à l'époque de l'Enchaînement ? »

Je m'étais déjà levée, j'enfilais mon manteau.

« Il faut que j'y aille. Sincèrement. Papa va m'attendre. »

C'était faux. Assise dans le hall de l'hôpital, je regardai l'étrange casting franchir les portes coulissantes, cachée derrière la fontaine à eau, au cas où la Dr K sortirait de son bureau et me surprendrait en plein délit de mensonge. Quand je pensais à Père, je ne voyais qu'une galerie de photos publiées après l'évasion. Père en chaire (Le Prédicateur de la Mort), Père sur Central

Pier (Une Famille Normale Autrefois). Son véritable visage – les tics de plaisir et de déception – demeurait insaisissable. Ça lui aurait plu, pensais-je. L'idée qu'on ne pouvait pas le capturer.

Bien évidemment, la Dr K avait raison. Bit by Bit avait ouvert quelques mois avant le début de l'Enchaînement. La dernière fois que j'étais passée devant, à l'époque où nous sortions encore, la vitrine était brisée. Ils avaient scotché un carton par-dessus. Et mis un mot plein d'optimisme : Nous restons ouverts.

Pendant quinze jours, mon monde se concentra autour du bureau et de l'hôtel. Des taxis noirs me transportaient de l'un à l'autre ; ils allumaient leurs lumières lorsque j'approchais. Je dormais si peu que les journées n'avaient plus de fin ni de début perceptibles. Les chiffres en bas de mes écrans clignotaient d'une date à l'autre.

Je gardais les documents notariaux dans le coffre de ma chambre, afin d'apaiser cette peur étrange de découvrir, en rentrant un jour, qu'ils avaient disparu. Lorsque je demandai à Bill de décaler la date de notre visite à Hollowfield, il garda le silence. L'espace d'un instant, je crus qu'il allait refuser. Un article était paru dans un tabloïd, sous ce titre « La Maison des Horreurs de Hollowfield : Que sont-ils devenus ? » J'imaginais les membres du conseil municipal rassemblés autour du journal, se demandant lequel d'entre nous avait été payé pour ça. L'article s'étalait sur une double page, autour de la célèbre photo du jardin. Nos portraits avaient été gommés, il ne restait que sept silhouettes noires et les lettres de nos pseudonymes. Dans la marge, le journaliste résumait chacun de nous. Ethan était « une inspiration ». Des proches de Gabriel indiquaient qu'il était « perturbé ». La Fille A était « insaisissable ». Bill soupira. Il voulait bien m'accorder une semaine de plus.

Jake signa les documents au nom de ChromoClick à vingt-trois heures quarante-sept, soit treize minutes avant l'échéance fixée par notre client. Ce fut une fête en petit comité. Devlin était à New York. Les avocats de ChromoClick éparpillés. Lorsque je réclamai à la secrétaire de nuit une bouteille de champagne et deux verres, elle soupira et se dirigea vers la cuisine du cabinet, sans se presser. Elle me tendit la bouteille d'un air renfrogné.

« Félicitations », dit-elle.

Jake se tenait devant la fenêtre de notre salle de réunion. Quand il se tourna vers moi, il souriait.

« Il n'y a pas beaucoup de moments comme celui-ci dans une vie, dit-il. N'est-ce pas ? »

Je savais précisément de combien venait d'augmenter sa fortune.

« Je crois qu'on peut s'estimer heureux si ça arrive une fois, répondis-je. Santé.

— Vous allez reprendre une vie normale maintenant ? »

Je ris.

« C'est ça, ma vie.

— Vous n'êtes pas fatiguée ?

— Si. Mais je m'en fiche. Il faut toujours penser à une chose ou une autre. Aller quelque part. J'ai connu l'ennui dans le temps… le véritable ennui. Et… Bref, ce n'est pas si terrible.

— Votre patronne me fait l'impression d'être un vrai tyran.

— Elle travaille pour ce cabinet depuis trente-cinq ans. Je crois qu'elle n'a pas trop le choix. »

Nous nous retournâmes vers la fenêtre. Il restait plusieurs personnes dans le bureau voisin. Cela avait quelque chose de réconfortant : à la City, il y avait toujours quelqu'un qui passait une soirée pire que la vôtre.

« Je jouais à un petit jeu avec ma sœur, dis-je. "Que ferais-tu avec un million de livres ?" Puis-je me permettre de vous demander ce que vous avez en tête ? »

Il rit.

« Et avec le reste, dit-il.

— Je ne voulais pas être impolie.

— Je vais faire construire une maison. Une maison d'un genre précis, à laquelle je pense depuis que je suis enfant. Très différente de la maison où j'ai grandi. Est-ce que toutes les réponses ne sont pas des variations sur ce même thème ?

— Nous étions enfants. Je voulais une bibliothèque. Le bâtiment, pas le meuble. Ma sœur voulait une décapotable. »

Après un silence, il dit :

« Je suis certain que vous aurez votre bibliothèque. »

Nous échangeâmes une poignée de main devant les ascenseurs. L'adrénaline s'échappait. Je sentais que je rapetissais et m'aplatissais.

« Hé, dit-il. Je viens de penser à une chose… Vous vous en êtes servi ? Du test ChromoClick ? »

Je ris.

« Non.

— Laissez-moi vous confier un secret. » Son ascenseur était arrivé. Juste avant que la porte se referme sur lui, il dit : « Moi non plus. »

Je passai devant les bureaux vides pour regagner le mien. Un message de Devlin m'attendait : « Appelle-moi quand tu peux. » Elle m'avait envoyé un mail également : *Je t'ai laissé un message.*

« Félicitations, dit-elle aussitôt.

— Merci. C'était une belle affaire.

— Tu as été parfaite. Tout le monde est content. On organisera un dîner à New York.

— C'est exactement ce que j'avais envie d'entendre.

— Mais pas tout de suite. Jake reprend l'avion. Avec d'autres associés. J'espère que tu seras rentrée d'ici là.

— Je suis sur le départ. Il me reste une dernière chose à faire. Ma sœur vient me donner un coup de main ce week-end. Ce sera plus facile une fois qu'elle sera là.

— Tant mieux. Prends quelques jours. Il y a pas mal de choses dans les tuyaux, mais rien cette semaine.

— Je serais ravie d'en parler maintenant.

— Pas moi. Rentre te coucher, Lex. »

Je m'apprêtai à commander un taxi, puis changeai d'avis. Depuis douze jours, j'avais passé presque toutes les heures de la journée au bureau, et la plupart de celles de la nuit aussi. Assez pantouflé. Je décidai de marcher.

Je traversai le hall plongé dans l'obscurité et émergeai dans la City. Les nuits avaient fraîchi. Le vent rasait les trottoirs déserts et s'engouffrait entre les bâtiments sombres et imposants. Je longeai la façade de la Banque d'Angleterre avec ses colonnes pompeuses et ses sculptures qui trimaient au-dessus des portes. Perché sur son cheval, Wellington dominait la circulation nocturne. Je passai devant les anciennes bourses du commerce dans Cheapside et traversai l'enclos paroissial de Saint-Paul, sous le dôme gris éclatant. Je repensai à la promesse qu'avait tenue la City la première fois que j'avais débarqué, plus optimiste que je ne l'avais jamais été, avec l'autorisation de la Dr K et amoureuse. Difficile de réprimer le souvenir de ce sentiment, pas très différent du sentiment lui-même. Cet endroit renfermait encore quelques espoirs modestes. J'espérais finaliser tel ou tel accord. J'espérais continuer à satisfaire Devlin. J'espérais gagner suffisamment d'argent pour pouvoir m'offrir un petit déjeuner ou m'acheter une boîte de tampons. Je passai devant Millenium Bridge et les cours intérieures couvertes du quartier du Temple. JP était peut-être encore au travail, voûté dans l'obscurité des salles d'audience labyrinthiques. Un jour, dans son bureau, il avait été victime d'une invasion de mites qui avaient laissé des trous dans sa robe et sa perruque. Arrivée à Aldwych, je bifurquai vers le nord pour regagner le monde des vivants. Comme il le faisait tous les soirs, le portier du Romilly me salua et me souhaita bonne nuit.

Je quittai Londres de bonne heure le jeudi matin. Des renards fourrageaient encore dans les poubelles de Soho, et le soleil ne s'était pas levé. Je roulai directement jusqu'à Leicester et pris mon petit déjeuner dans une station-service sur les berges, d'où je regardai se former les premiers bouchons. Un message de Bill confirmait notre rendez-vous du lendemain. Un chauffeur routier s'arrêta à côté de moi pour finir son café ; il me demanda où j'allais. « À votre place, dit-il, je me grouillerais. » J'avais sept heures devant moi avant de récupérer Evie à l'aéroport et de rejoindre Hollowfield, mais j'avais l'intention de faire une autre halte en chemin. « Merci », dis-je et il m'adressa un signe de la main. Je retournai à mon porridge.

J'attendis que la circulation se fluidifie et pris la direction de Sheffield, puis du Peak District. Nous avions été éparpillés loin les uns des autres, quand on y réfléchissait : sans aucune autre raison que le désir des gens de nous emmener ici ou là. Voilà pourquoi, notamment, nous nous étions rarement retrouvés tous ensemble. Les conditions de l'adoption de Noah l'empêchaient de participer à ces réunions familiales ; Evie était réticente et préférait nos longues conversations téléphoniques, ou me rendre visite seule ; Ethan s'était fait une place à l'université et il se désintéressait de notre existence : nous étions des enfants étranges, réunis dans une pièce conçue par un comité. Les Coulson-Browne avaient toujours amené Gabriel – sans doute en quête de nouvelles pépites horribles qu'ils pourraient refourguer à la presse – et Delilah venait à reculons, en mâchonnant du chewing-gum, distraite par un nouveau gadget, jusqu'à notre ultime dispute. Je ne me souvenais d'aucune autre rencontre après celle-ci. C'était mieux ainsi, affirmait la Dr K, et on ne pouvait pas dire que mes frères et sœurs me manquaient.

Arrivée au Cragforth Cricket Club, je me garai dans

l'herbe et remontai mes lunettes de soleil sur mon nez. À peine descendue de voiture, je vis un vieil homme, tout de blanc vêtu, marcher vers moi. Il tenait une canne dans une main, un seau dans l'autre, et pendant un instant absurde, je crus que j'avais été démasquée : tous les habitants de la ville attendaient mon arrivée, prêts à protéger Noah, de la manière qui leur semblait appropriée.

« Il faut faire un don de cinquante cents pour le parking, me dit le vieil homme.

— Oh. Oui, bien sûr. »

L'extrémité de sa canne avait été taillée en forme de balle de cricket. Il y avait même les coutures, sculptées dans le bois.

« J'aime beaucoup », dis-je, ce qui le fit ricaner.

Je sortis un billet de dix livres – un peu gênée car c'était beaucoup plus que ce qu'il m'avait demandé, mais je n'avais rien d'autre – et le déposai dans le seau.

« Vous pouvez garder la monnaie.

— Vous devriez en garder un peu pour vous. C'est deux pour le prix d'un au bar du club-house, si vous commandez avant dix-huit heures.

— Merci. C'est bon à savoir. »

Il guettait déjà la prochaine voiture, mais il m'adressa un signe de la main par-dessus son épaule, et je le lui rendis.

Je contournai les vestiaires pour atteindre le terrain, juste derrière. La ville était entourée de collines douces et verdoyantes et j'apercevais des promeneurs sur l'arête la plus proche, minuscules sur le fond du ciel. Il y avait quelques bancs à l'ombre des bâtiments, juste sous le tableau d'affichage, mais les spectateurs s'étaient rassemblés au bord du terrain, au soleil. Postée à quelques mètres de la foule réduite, j'examinai l'évolution du score. JP se passionnait pour ce sport et je maîtrisais assez bien les règles. Quand il devait travailler le week-end, l'été, le son de *Test Match Special* envahissait notre appartement. Sa douce torpeur. Père disait que le cricket était un sport de tantouses.

L'équipe de Cragforth tenait la batte. Cinquante-deux pour trois. Un des batteurs venait d'entrer en jeu. Trop timoré, il laissait passer presque toutes les balles. Je me retournai vers les garçons qui attendaient dans les tribunes, sans trop savoir ce que j'espérais voir. Un des spectateurs longeait les limites du terrain pour me rejoindre. Il arborait une casquette du Cragforth Cricket Club.

« Bonjour, dit-il. Pas mal comme entame de match.

— Oui.

— Vous êtes une des mères ?

— Non. Simple curiosité.

— C'est une façon agréable de passer un après-midi.

— Oui. »

Je transpirais déjà. J'ajustai mes lunettes noires et repoussai d'un mouvement de tête les cheveux qui tombaient devant mon visage

« Je vais chercher à boire, dis-je.

— Ils font des promos de fin d'été, je crois.

— Je conduis. Quel dommage. »

Il faisait sombre et frais à l'intérieur du club-house. Il y avait une moquette vert mousse et tout un mur couvert de photos. Le vieil homme du parking était assis au bar, une pinte pleine à la main.

« Vous vous êtes facilement laissé convaincre », dit-il.

Je ris.

« Un Coca Light », dis-je.

La fille derrière le comptoir hocha la tête.

« Offert par la maison », dit le vieil homme. Puis, s'adressant à la serveuse : « Elle a claqué toutes ses économies pour payer le parking.

— Merci.

— Vous venez de loin ? demanda la fille, en attendant que le verre se remplisse.

— De Londres.

— Pas étonnant que vous ayez l'air si foutrement triste », dit le vieil homme.

Je souris et ressortis sous le soleil avec mon verre. Mon ami à la casquette était toujours seul, et il m'aurait semblé bizarre de ne pas le rejoindre. Le batteur timoré était sorti du terrain, il discutait avec son père, la mine sombre.

« Vous n'avez pas manqué grand-chose, me dit mon ami.

— Vous venez toutes les semaines ?

— J'essaie. Mon fils jouait dans cette équipe. C'était une époque heureuse.

— Oh. »

Il sourit.

« Nous formons une belle communauté. Les gens s'entraident. Ce n'est pas le cas partout.

— Non, certainement. »

Un nouveau batteur était à la manœuvre. Il expédia sans peine un coup droit hors limite. Je finis mon Coca et suçai les glaçons. Ces deux joueurs étaient beaucoup plus intéressants à regarder : ils faisaient preuve d'audace et d'agressivité, et ils échangeaient des instructions inaudibles d'un bout à l'autre du pitch. Je me sentais envahie d'une douce torpeur. J'aurais pu passer l'après-midi ici, pensais-je, à boire un gin-tonic à chaque série.

« Vous suivez ce sport ? me demanda mon ami.

— Un peu. J'avais un petit ami qui aimait ça. Mais c'est vieux.

— Au moins, vous en avez retiré quelque chose.

— Exact. »

Quelques balles plus tard, le premier batteur rata son coup et la balle atterrit mollement dans les mains du chasseur. Mon ami grimaça et fut le premier à applaudir. Le batteur haussa les épaules. Seul, il entreprit la longue marche jusqu'aux vestiaires. Uniforme blanc cassé sur le vert électrique de la pelouse. En chemin, il ôta son casque.

Je repoussai mes lunettes sur mon nez.

Noah Gracie.

Il mesurait une tête de plus que moi. Il avait nos cheveux clairs, blanchis par le soleil. Seul sur le pitch, il avait paru très jeune, mais lorsqu'il approcha du club-house, je constatai qu'il ne semblait pas plus juvénile que les autres garçons qui attendaient leur tour pour entrer sur le terrain. En vérité, quand nous étions enfants, nous paraissions âgés. Il rejoignit deux femmes assises sur des chaises pliantes, à côté d'une glacière portative, à l'ombre du bâtiment. J'étais trop loin pour entendre ce qu'ils se disaient. L'une des deux lui donna une banane et il alla rejoindre son équipe au petit trot.

Noah Kirby.

Les garçons l'accueillirent dans leurs rangs. L'un d'eux lui tendit de l'eau. Un autre lui ébouriffa les cheveux. L'homme à côté de moi continuait à applaudir.

« Il a fait une bonne saison », dit-il.

Je hochai la tête, incapable de parler, et me mis à applaudir moi aussi. Je regardais les femmes au bord du terrain. L'une avait ouvert un journal, mais l'autre repliait sa chaise et pointait le doigt en direction du village. Le temps qu'elle atteigne le parking, je lui avais emboîté le pas.

La Maison de la Vie avait connu une brève et peu glorieuse existence. L'église ferma ses portes à peu près au moment de la naissance du nouveau bébé, et la maison de Moor Woods Road parut soudain beaucoup plus pleine. Il y avait le bébé, dont le berceau était casé dans un coin de la chambre de mes parents, mais dont les cris résonnaient à tous les étages. Il y avait Père qui marmonnait d'une pièce à l'autre, n'ayant plus personne à qui adresser ses prêches désormais, hormis nous. Et Mère qui tentait de les apaiser l'un et l'autre. Quand nous l'entendions dire « chut » et roucouler, nous ne savions jamais qui était dans ses bras.

Mes frères, mes sœurs et moi étions les principaux habitués de la Maison de la Vie. Je m'apercevais que Père avait dilapidé son charme à vouloir convertir les habitants de Hollowfield. Ses anciens fidèles – des mères tourmentées et des jeunes femmes qui s'ennuyaient et espéraient vivre une aventure en sauvant leurs âmes – ne levaient plus la tête quand il passait. Son corps était crispé et agité, les veines affleuraient sous sa peau. Sa morosité, séduisante jadis, était devenue effrayante. Les mères écartaient discrètement leurs enfants de son chemin. Il avait de la bedaine et des trous dans ses habits. Il n'avait pas l'apparence de quelqu'un qui pouvait vous sauver.

J'avais espéré que l'arrivée du bébé le calmerait. En lui rappelant sa vitalité. Hélas, notre nouveau petit frère était difficile et maladif. Né un mois trop tôt, il souffrait d'une jaunisse et avait dû rester à l'hôpital, sous une lumière artificielle. Mère était demeurée absente quinze jours et Père broyait du noir, assis dans la cuisine. Il critiquait notre écriture, notre attitude, notre posture. Nous ne mangions presque rien, et je fus soulagée lorsque le bébé arriva enfin à la maison. Evie tendit à Mère une carte représentant Jésus dans son berceau, calme et serein. Mère écarta les couvertures pour que nous puissions voir le bébé. Il était tout rouge et rachitique, et se débattait pour échapper à ses bras. Evie reprit sa carte.

« Peut-être qu'il ressemblera à ça quand il sera plus grand », dit-elle.

Je remarquai que Mère essayait de cacher le bébé à Père. Elle le glissait à l'intérieur de son manteau et l'emmenait faire de longues promenades sur la lande, alors qu'elle était encore voûtée par l'accouchement. Pendant nos leçons, ils restaient dans le jardin, emmitouflés dans des couvertures, dans la pâle lumière hivernale. La porte de la cuisine étouffait les cris du bébé. Un soir, en allant chercher des verres d'eau, je les découvris assis là, à minuit passé : une créature bossue d'où s'échappaient deux nuages de respiration. Nous étions en mars et il y avait de la neige sur le sol.

Père estimait que ce bébé avait un problème. « Tous ces braillements, disait-il. Quel enfant crie autant ? » Il élabora d'étranges théories autour de ces quinze jours passés à l'hôpital. « Tu as gardé un œil sur lui ? demanda-t-il à Mère. En permanence ? » Et lorsque les cris redoublaient : « Tu es sûre que c'est le nôtre ? »

Les livres furent les premiers à disparaître, puis vint le tour des objets superflus : les vêtements colorés, le shampoing, nos anciens cadeaux d'anniversaire. Père obstrua les fenêtres avec du carton, afin que les autorités ne voient pas à l'intérieur. Il ne nous était pas interdit de sortir (au début, du moins), mais nous n'en avions pas envie. Je tournais avec trois T-shirts, qui sentaient le chaud et le moisi, et un pantalon de survêtement troué à l'entrejambe. J'envisageais de retrouver Cara et Annie dans la rue principale. Je mettais en scène mon humiliation : tel jour, elles s'enfuyaient en poussant des cris d'effroi ; un autre jour elles feignaient la politesse et échangeaient un long regard incrédule, juste avant que je tourne la tête. Seul Gabriel accompagnait Père au supermarché, et il revenait en reniflant ou avec des bleus. Il avait vu des choses qui lui faisaient envie, et oublié qu'il n'avait pas le droit de réclamer.

Les environs de la maison commencèrent à devenir flous, puis à s'effacer. Je me souvenais du tracé de

Moor Woods Road – la pente qui débutait en douceur, puis s'accentuait au croisement –, mais pas de l'aspect des maisons, ni des détails de Hollowfield. Je rêvais que je marchais entre les commerces de la rue principale. Ils m'apparaissaient dans l'ordre : la librairie, Bit by Bit, les friperies, la coopérative, le médecin. Les volets fermés de la Maison de la Vie. J'achetais des provisions dans des sacs en papier, en bavardant avec les commerçants. Des rêves suffisamment ordinaires pour paraître vrais.

Nous étions censés étudier ensemble. Père nous enseignait peu de choses que je ne savais déjà, alors j'observais mes frères et sœurs. Delilah poussait continuellement de longs soupirs théâtraux ; parfois, épuisée, elle tombait la tête la première sur son cahier. Gabriel tenait ses livres à quelques centimètres de son visage et déversait sa frustration sur les mots, les implorant de partager leurs secrets. Evie, sérieuse et studieuse, notait tout ce qui sortait de la bouche de Père.

Une ou deux fois par semaine, Ethan proposait à Père de le débarrasser de moi. Il le faisait à contrecœur, avec une fausse exaspération, et seulement lorsqu'il avait envie d'aborder tel ou tel sujet. Il avait réussi à conserver plus d'affaires que nous. Dans sa chambre, assis sur son lit, adossé au mur, il ouvrait *Les mathématiques pour les économistes* ou *Les Contes de Canterbury*. « Approche », disait-il, sans lever la tête, et dès que j'étais assise à côté de lui, il se mettait à parler, en une rapide succession de phrases concises, s'assurant que j'avais bien compris avant de passer à la suivante.

J'attendais le soir avec impatience. Après l'ennui

des leçons, nos exercices physiques et les jeux de Père à l'heure du dîner. Evie et moi avions pu garder trois livres : un atlas, un dictionnaire illustré, et les mythes grecs, cachés sous le matelas. Lorsque le calme régnait dans la maison, Evie traversait sur la pointe des pieds le plancher de notre chambre, jonché de détritus, et soulevait ma couette. D'abord le froid de la pièce, remplacé par la chaleur de son corps.

« C'est quoi, ce soir ? » demandai-je.

Il nous semblait important de rationner les livres, afin de ne pas nous en lasser.

« Ça m'est égal.

— Allez, choisis.

— Non, je t'assure. Je les aime tous. »

Je devinais son sourire dans le noir. J'avais l'impression de l'entendre. Elle allumait la lampe de chevet.

Son mot préféré était « Voiture », illustré par une photo d'une Mustang sur une route côtière. Mon mot préféré était « Défenestration ». Notre pays préféré était la Grèce, évidemment. Nous avions découvert les itinéraires de nos héros dans l'atlas, et nous les suivions avec le doigt, en préparant notre propre voyage.

En cette première belle journée de printemps, nous étions assis en demi-cercle autour de Père. Doux et charismatique, ce jour-là. Mère était à l'intérieur avec le bébé, et c'était un après-midi calme. Père décida de changer le programme pour évoquer l'apostolat. « Obéissez à vos leaders et soumettez-vous à eux, dit-il, car ils veillent sur vos âmes. » Il ferma les yeux et leva son visage vers le soleil. « Il n'y a pas de Judas à ma table. » Pour moi, il ne faisait aucun doute que Judas était le personnage le plus intéressant de la Bible. J'aimais sa tentative pitoyable pour rendre les deniers de sa trahison. Comme si ça pouvait changer quelque chose. Ethan et moi avions évoqué les différentes versions de sa mort. Preuve, selon nous, qu'il ne fallait pas considérer la Bible comme une vérité historique. Quand vous étiez une personne réelle, vous ne mouriez qu'une seule fois.

Après les leçons, il nous restait un peu de temps pour nous amuser, et nous jouions à chat dans le jardin. Père nous observait du seuil de la cuisine. Ce jour-là, c'était moi le chat. Je me jetai sur Delilah et l'attrapai aux mollets. Nous roulâmes dans le carré de terre où les légumes de Mère essayaient de pousser. Levant la tête, je vis mes frères et sœurs détaler dans la lumière déclinante, pliés en deux, hilares et essoufflés, et je songeai que si quelqu'un faisait le tour de la maison et franchissait le portillon du jardin à cet instant, il verrait notre jolie famille, des enfants aux cheveux assortis et aux vêtements d'une autre époque. Il n'aurait aucune raison de s'inquiéter.

Et puis, il y eut d'autres après-midi.

Comme celui où Gabriel brisa la bouteille d'alcool de Père. Nous n'étions plus obligés d'aller la chercher dans le placard : elle restait au milieu de la table de la cuisine, au même titre que le poivre ou le sel. Ce jour-là, Père avait bu au déjeuner, et la bouteille s'était déplacée vers le bord de la table. Gabriel n'avait fait aucun geste, il ne l'avait pas heurtée en passant ; il avait simplement pris appui sur la table pour se lever et posé une de ses paumes sur le goulot de la bouteille. Durant une étrange seconde, avant que jaillissent l'alcool et le sang, on put croire qu'elle allait survivre, mais la seconde suivante, elle se brisa sur le sol.

Père était quelque part dans la maison. D'en haut nous parvenaient les cris étouffés du bébé. Nous attendîmes. Aucun de nous n'osait regarder Gabriel. Le sang coulait sur son poignet. Seul au milieu de notre cercle, il se mit à pleurer.

« Bon sang, Gabe, dit Ethan. Arrête. »

Lentement, en prenant tout son temps, Père entra dans la cuisine. Il n'eut pas besoin de demander ce qu'il s'était passé. Il passa son doigt sur la nappe mouillée et le lécha.

« Oh, Gabriel, dit-il. Toujours aussi maladroit. »

Il posa la main sur la joue du garçonnet, tendrement.

« Que va-t-on faire de toi ? » dit-il, et la caresse se transforma en petites tapes, légères tout d'abord, comme quand on veut réveiller quelqu'un, puis plus appuyées. Une gifle.

« Sais-tu combien ça coûte ? » demanda Père, et sa main devint un poing. Je me glissai entre Evie et la table pour qu'elle ne soit pas obligée de voir ça.

« Non, évidemment, dit Père. Tu ne sais rien de rien.

— Arrête », dit Delilah.

Père éclata de rire et l'imita : Arrête, arrête, arrête. Un coup à chaque fois. Delilah se détacha de notre cercle. Je ne l'avais pas regardée – réellement – depuis un certain temps. Elle était beaucoup plus maigre que dans mon souvenir. Ses orbites étaient creusées, ses joues aussi. Elle agrippa la main de Père avec ses bras de cadavre.

« Tu ne comprends pas ! lui criait-elle. Il ne voit pas ! »

Elle serrait le poing de Père dans ses mains, comme si elle tentait d'apaiser un animal sauvage. Leurs visages étaient à quelques centimètres l'un de l'autre. Ce genre de proximité où vous pouvez sentir l'haleine de l'autre personne.

« Il ne voit pas », répéta-t-elle.

Gabriel se rassit sur sa chaise. Le sang s'était accumulé dans sa bouche en cœur. Il ne pleurait plus.

« Tous mes enfants voient », déclara Père et il ressortit de la cuisine.

Et puis, il y eut l'après-midi où Peggy nous rendit visite. Un incident absent de son livre, ce qui n'aurait pas dû me surprendre. Elle n'en serait pas sortie grandie. Quand j'eus fini de lire *Trois sœurs : observation d'une tragédie*, sous le contrôle de la Dr K, je revins en arrière pour être sûre, avec une sorte d'exaltation nauséeuse. Moi non plus, je ne serais pas sortie grandie de cet épisode.

La journée avait été pénible. Le bébé avait commencé à pleurer avant l'aube. Ses cris permanents envahissaient toutes les pièces de la maison. J'avais entendu Ethan grogner et jeter quelque chose contre le mur qui nous séparait. Je m'accrochai au sommeil aussi longtemps que possible, en tirant sur moi la couverture pour repousser les premières lueurs. Evie était allongée sur le dos, ses lèvres remuaient, elle se racontait une histoire. Lorsque le bébé se tut enfin, j'entendais toujours ses vagissements qui continuaient à vivre entre les murs.

L'automne était revenu, et avec lui ce ciel qui rejette la lumière du jour. Père nous ordonna de remplir nos journaux. Assise à la table de la cuisine, je contemplais la page blanche. En songeant à ce que je pourrais écrire, si j'avais été certaine que cela ne serait pas contrôlé ensuite. De fait, toutes mes réflexions étaient d'une platitude risible. *Aujourd'hui, nous avons passé un long moment à réfléchir au fait que Jésus n'a jamais évoqué le problème de l'homosexualité. Je suis d'accord avec Père pour dire que cette omission ne doit pas être considérée comme la permission de se livrer à des comportements homosexuels.* Je jetai un coup d'œil au cahier d'Evie. Elle dessinait un jardin, allant jusqu'à représenter les veines de chaque feuille, dont elle avait ombré les contours.

« L'Eden ? demandai-je.

— Je sais pas. C'est juste un endroit auquel je pense. »

Je ne savais pas dessiner ; j'étais prisonnière de ce monde. *On a eu une nuit épuisante,* écrivis-je. *Toute la famille était levée tôt. Je suis heureuse d'avoir un nouveau petit frère, mais j'aimerais bien qu'il dorme un peu plus.*

Les jours comme celui-ci, je pensais à des codes et à des messages. Comment transcrire – discrètement – l'étendue de notre ennui ? Comment enregistrer la moindre petite attaque ? Gabriel, assis à table avec nous, se voûta pour approcher ses yeux à quelques centimètres de la feuille. Et les agressions omniprésentes. Comment traduire le vide de la faim ? L'impression qu'une chose festoyait sur les parois de mon estomac, en le dévorant de l'intérieur ?

Mère reprend des forces de jour en jour, écrivis-je, pathétiquement.

Il y avait deux personnages dans l'Eden d'Evie, deux silhouettes qui marchaient en se tenant par la main. Ils penchaient la tête l'un vers l'autre, comme s'ils étaient plongés dans une conversation.

« Tu es sûre que c'est pas l'Eden ? demandai-je.

— Oui. » Elle colla sa bouche à mon oreille. « C'est nous. »

Elle posa son index sur ses lèvres, en souriant. Je roulai des yeux, en souriant moi aussi.

C'est alors que quelqu'un toqua à la porte.

Mon stylo tressauta sur la feuille.

Delilah se leva.

« C'est qui ? » demanda Evie.

Je pris sa main sous la table.

Nouveaux coups frappés à la porte.

Père entra dans la cuisine, à pas feutrés.

« Nous avons de la visite », annonça-t-il.

Ses mains étaient plaquées l'une contre l'autre, comme s'il s'apprêtait à délivrer un sermon.

« Ne faisons aucun bruit, dit-il. Et restons calmes. »

Il me prit par les épaules.

« Lex, viens avec moi. »

Dans le couloir, il s'agenouilla devant moi. Cela faisait longtemps que j'évitais de le regarder droit dans les yeux. Je découvris ce jour-là qu'il était fatigué et enragé. Des touffes de cheveux gris se dressaient sur son front. Les commissures de ses lèvres s'affaissaient dans ses bajoues. Et il émanait de lui une drôle d'odeur, pas uniquement de sa bouche ; une odeur qui semblait traverser sa peau comme si une bête s'était cachée là pour mourir.

« Je veux que tu ailles ouvrir la porte, Lex. Mais pas seulement. C'est l'occasion de prouver ton attachement à cette famille. »

Il empoigna mes cheveux – presque aussi longs que ceux de Mère désormais – et tira d'un petit coup sec pour m'obliger à lui faire face.

« C'est tante Peggy, dit-il. Tu sais qu'elle aime bien fourrer son nez dans nos affaires. Et qu'elle aimerait beaucoup nous voir souffrir. Tout ce que tu as à dire – et à faire –, c'est de lui expliquer qu'on est sortis, ta mère et moi. Et que tout le monde va bien. Ne la laisse pas entrer. Tu crois que tu peux faire ça, Lex ? »

Je me retournai vers la cuisine, le regard envieux.

« Allons, Lex. C'est très important pour moi. C'est très important pour nous tous. »

Voilà ce qui me vient à l'esprit quand je me remémore cet après-midi. La foi de Père dans ma loyauté. Dans mon obéissance.

Une vrille de honte qui remue dans mon ventre.

Père se releva et m'embrassa sur le front. Il me regarda passer devant le salon et le bas de l'escalier. L'intensité de son regard me poussait dans le couloir. Je souriais déjà en ouvrant la porte.

Peggy Granger sursauta. Elle se tenait en retrait du perron, les yeux levés vers les fenêtres des chambres. Elle était plus ronde, plus âgée et plus blonde que dans mon souvenir. Derrière elle, j'apercevais Tony qui attendait au volant de leur voiture, dans Moor Woods Road.

« Bonjour », dis-je.

Peggy examina mon visage et mon cou, ma robe, mes chevilles et mes pieds. Dans la lumière du jour, j'étais plus sale que je l'avais cru. Je posai un pied sur l'autre pour cacher une partie de la crasse.

« C'est toi, Alexandra ? »

Je ris.

« Oui. Oui, tante Peggy. Évidemment.

— Comment vas-tu ?

— Bien. Ça va. »

Puis, après réflexion :

« Et toi ?

— Très bien, merci. Dis-moi… Ta maman et ton papa sont là ? On passait dans le quartier.

— Non, pas pour le moment, dis-je. Ils sont sortis.

— Quand rentrent-ils ?

— Je ne sais pas.

— Ah, dommage. Je crois savoir que j'ai un nouveau neveu. J'aimerais beaucoup le voir. Comment va-t-il ?

— Il pleure beaucoup », dis-je et Peggy hocha la tête, satisfaite. Toujours sensible à un peu de *schadenfreude*. « Mais il va bien à part ça, ajoutai-je.

— Tant mieux. Bon, bah… On va rentrer chez nous. »

Elle me salua d'un geste de la main, sans bouger. Elle regardait ses chaussures, comme si elle ne parvenait pas à les convaincre de faire demi-tour.

« Écoute-moi, Alexandra. Je m'inquiète un peu pour

toi. En toute franchise, tu n'as pas l'air d'aller très bien. Pas bien du tout. »

J'ouvris la bouche, puis la refermai. Codes. Messages. Quelques vagues idées, que la fatigue m'empêchait d'appliquer.

« Alexandra ? »

Peggy fit un pas vers la porte. D'un air implorant, comme si elle brûlait d'envie de le dire à ma place.

« Est-ce que ça va, Lex ? »

Soudain, un petit être farouche se matérialisa à côté de moi, comblant le vide entre l'encadrement de la porte et mon épaule.

« Bonjour, tante Peggy, dit Delilah.

— Oh, tu dois être Delilah ! Regarde-toi ! Un vrai petit mannequin. »

Delilah fit une révérence et cette sorte de grimace qui incitait Père à lui pardonner toutes ses offenses.

« Alors, comment ça va, les filles ? demanda tante Peggy.

— Je suis désolée, tante Peggy, répondit Delilah. On était en train de jouer à un jeu. Et Lex nous empêche de continuer.

— Oh, ce n'est pas bien. »

Tante Peggy rit. Delilah l'imita. Et, après quelques secondes, j'en fis autant.

Delilah me prit par les épaules.

« Dites à vos parents de nous appeler, demanda Peggy.

— Promis.

— Bon, au revoir, les filles.

— Au revoir. »

Je fermai la porte et retournai dans la pénombre

du couloir. Père attendait là, immobile et souriant. Il avança, un bras levé, prêt à s'en servir lorsqu'il arriva devant nous. Je fermai les yeux. Quand je les rouvris, sa main était posée sur la tête de Delilah ; il caressait ses cheveux, son regard fixé sur moi.

« Bien joué, Delilah. » Il paraissait satisfait, comme après un bon et long repas. « Bien joué. »

Pas de Judas à sa table.

C'est ce jour-là que débuta l'Enchaînement.

Je suivis la mère de Noah à travers le village. Des cottages de pierre filiformes se dévissaient le cou pour voir la route. Les cloches de l'église sonnaient, mais il n'y avait pas âme qui vive dans les environs. Des randonneurs faisaient la queue à l'entrée d'un café, des chiens lapaient des bols d'eau dehors. Un tableau d'affichage faisait la promotion de la chorale et proposait des chatons à vendre. Je passai devant un groupe d'adolescents assis au pied du monument aux morts ; ils suçaient des glaces à l'eau, bras et jambes entrelacés. Les collines étaient constellées de vététistes et de moutons.

La mère de Noah marchait d'un pas vif, la chaise pliante sous le bras, l'autre se balançant. N'eussent été ses jambes griffonnées de varices, j'aurais eu l'impression de suivre une enfant. Nous traversâmes un ruisseau, dompté par l'été et encombré de canards, avant de nous engager dans une rue récente. Ici, les maisons étaient plus grandes, plus espacées. Elle s'arrêta devant la troisième et cala la chaise contre le mur.

« Madame Kirby ? » dis-je.

Elle se retourna, souriante.

Sur son T-shirt était écrit : Bondi Lifeguards.

« Une des deux, répondit-elle. Ma femme n'est pas là.

— Je crois que vous avez un fils… prénommé Noah ?

— Je viens de les quitter tous les deux. Il y a un… »

Elle me regarda pour de bon. Elle avait déverrouillé sa porte, mais elle ne l'ouvrit pas.

« Non, dit-elle.

— Je ne…

— S'il vous plaît. »

Sa bouche pincée barrait son visage d'un trait et lorsqu'elle secoua la tête, la peau de son cou, abîmée par le soleil, se relâcha.

« S'il vous plaît.

— Accordez-moi juste une minute.

— Dites-moi qui vous êtes. Et ce que vous voulez.

— Je m'appelle Lex. Je suis sa sœur… La Fille A. »

Elle s'adossa au mur de la maison. Je songeai qu'elle hésitait entre me supplier et m'étriper. Je reculai d'un pas, sur leur pelouse. J'avais levé les mains, mais je m'aperçus soudain que je devais avoir l'air idiote, alors je les laissai retomber.

« Dans les premiers temps, dit-elle, je m'attendais à ça tous les jours. Chaque fois qu'on frappait à la porte ou que le téléphone sonnait… je me disais : "Ça y est." Et puis le temps passe, vous commencez à croire que, peut-être, ça va aller. La presse, la famille… vous vous dites qu'ils vont vous laisser en paix. Vous commencez à vous dire que vous êtes tiré d'affaire. »

Elle ferma les yeux.

« Sarah répétait sans cesse que quelqu'un viendrait tôt ou tard, reprit-elle. Mais depuis quelques années… je n'y pensais plus.

— Ce n'est pas lui que je cherche, dis-je. Je n'ai pas besoin de le voir. C'est purement… administratif.

— Administratif », répéta-t-elle.

Elle rit.

« J'ai juste besoin d'une signature. Pour l'héritage de notre mère.

— Votre mère. »

Elle ouvrit sa porte et entra dans la maison.

« Je veux que vous soyez repartie à leur retour », dit-elle.

Je vis notre reflet dans le miroir du vestibule. J'avais le visage creusé et un air stupéfait. J'appartenais à une autre espèce. Elle écrasa le côté de ses baskets pour les ôter sans se baisser. Je voulus retirer mes chaussures.

« Pas la peine », dit-elle.

Elle traversa son intérieur pieds nus. Celui-ci se composait d'une unique et vaste pièce blanche, qui donnait sur le jardin intérieur. Le long des fenêtres, il y avait une table en bois, avec deux bancs, sur laquelle étaient éparpillés des clés, des enveloppes, un tricot inachevé. Elle se débattit avec la porte du patio et la chaleur du dehors envahit la pièce. Un chat la suivit à pas feutrés. Je m'assis timidement sur un banc, en m'attendant à ce qu'elle m'ordonne de rester debout. Au lieu de cela, elle me tendit un verre d'eau et s'assit face à moi. Ses yeux voltigèrent à la surface de mon visage. Elle cherchait à reconnaître son fils, devinai-je. Comme si j'avais déjà volé des parties de lui.

« Vous avez peut-être appris que ma mère est morte. »

Je déposai les documents sur la table et lui expliquai la procédure, comme je l'aurais fait avec une cliente. Je m'exprimai avec une précision toute professionnelle, d'un ton plus haut qu'en temps normal. C'était une des rares fois où j'entendais ma voix. Ça, dis-je, c'est un double du testament. Ça, ce sont nos demandes. En indiquant les endroits où elle devait signer.

« Une minute », dit-elle.

Elle alla chercher une paire de lunettes entre les coussins du canapé. Au-dessus de la cheminée, il y avait un attrape-rêve et une photo de la famille de mon frère. J'essayai de ne pas les regarder. Pendant qu'elle lisait les documents, je jetai un coup d'œil à mon téléphone pour voir où était l'avion d'Evie. Elle était dans les airs et se rapprochait de moi par petits bonds, chaque fois que j'actualisais la carte. Le chat sauta sur la table et me regarda d'un air de reproche.

« Ne vous inquiétez pas, dit la mère de Noah. Elle regarde tout le monde de cette façon. »

Elle resserra sa queue de cheval.

« Comment vont les autres ? » demanda-t-elle.

Je songeai : Vous avez du temps devant vous ?

« On va bien, répondis-je. Tout compte fait.

— Est-ce qu'ils savent où nous trouver ? »

Elle piocha un stylo dans la coupe à fruits et appuya sur le bouton-pressoir.

« Non, dis-je.

— Quand nous avons ramené Noah à la maison, Sarah avait des visions. Des cauchemars, plus exactement. Elle imaginait des caméras dans le berceau.

Votre mère qui débarquait de Northwood en pleine nuit. Elle a acheté une alarme ultrasophistiquée. Avec des lasers, comme dans les films. Dès qu'une musaraigne approchait de la maison, elle sortait en trombe avec une lampe-torche et un cutter. Il a fallu des années pour qu'elle retrouve son sommeil d'avant. »

Elle signa les documents, le visage tout près des feuilles.

« Je lui disais qu'elle devenait folle. Et nous en riions généralement, dans la journée. »

Elle fit glisser les documents sur la table. Elle regardait la rue, chaude et éclatante de soleil, par-dessus mon épaule.

« Maintenant, dit-elle, je vais vous demander de partir. »

Nous nous levâmes en même temps et je lui tendis la main. Elle la serra. Une vieille habitude : une poignée de main à la fin d'un entretien, pour sceller un accord.

« Ce centre communautaire, dit-elle. C'est une bonne idée. Ça me plaît.

— Merci. En fait, ça vient de ma sœur. C'est la meilleure d'entre nous. »

Elle me raccompagna à la porte. Je marchais plus lentement cette fois. Je remarquai les dessous de verre ornés d'abeilles, l'orchidée morte sur l'étagère de la bibliothèque. Les photos de mariage en haut de l'escalier, le couloir éclairé par les fenêtres des chambres. Une rangée de figurines Marvel protégeait la cheminée. Près de la porte, un panier contenait des chapeaux, des gants et des lunettes de soleil.

« Il fait très chaud dehors, dit-elle. Je peux vous donner de la crème solaire, si vous voulez.

— Ne vous inquiétez pas, je suis garée tout près d'ici.

— Je suis désolée. »

C'était plus facile pour elle d'être désolée, songeai-je, maintenant que les documents étaient signés et que j'étais sur le perron.

« Rassurez-vous, dis-je, je ne reviendrai pas.

— Est-ce que je peux vous aider, d'une manière ou d'une autre ?… Il y a une chose que vous aimeriez savoir ? »

Je souris. Vous n'avez pas besoin de me dire quoi que ce soit, pensai-je. Je sais déjà tout. Quand j'étais à l'université, il apprenait à faire du vélo. L'hiver, il joue à la console et fait du cross. Il ne pense pas à l'argent ni à Dieu. Il se déplace avec aisance dans les couloirs de l'école, et chaque fois qu'il entre en classe, il sait exactement à côté de qui il va s'asseoir. Il y a une bibliothèque de cinq étagères dans sa chambre. Je vous imagine en train de dîner ensemble le dimanche, et certains soirs – je le vois – vous restez assis à cette table après le repas, pour parler du club de cricket, de la semaine à venir. Alors, je ne le chercherai plus. Je sais tout.

« Non, répondis-je. Tout va bien. »

Elle commença à refermer la porte, mais sa tête se glissa dans l'entrebâillement. Je connaissais ce genre d'amour. Trop féroce pour les subtilités. Elle devait s'assurer que je m'en allais pour de bon.

« Merci quand même », dis-je.

Au cours d'une autre nuit interminable, les cris du bébé résonnèrent dans le couloir, encore plus forts. Soudain, notre porte s'ouvrit et Mère se faufila dans la chambre.

« Les filles, dit-elle. Les filles, j'ai besoin de votre aide. »

Ses bras étaient chargés de couvertures, au milieu desquelles se trouvait le bébé, cette petite chose tremblotante qui gesticulait. Elle s'agenouilla au milieu du Territoire, ôta les épaisseurs de tissu qui enveloppaient notre petit frère et s'avança entre nous pour desserrer nos liens.

« Les filles, faites en sorte qu'il se taise. »

Mère nous regarda tour à tour, Evie et moi.

« Par pitié. »

Les bébés ne me posaient pas de problème. Il y en avait toujours eu à la maison. J'aimais bien leur douceur et leurs préoccupations étranges. Ils riaient de tous mes jeux rebattus. Je le soulevai et l'allongeai dans le creux entre mes cuisses. « Hé, dis-je. Hé. » Ses yeux glissèrent sur moi, traversèrent le plafond, puis le toit. En le voyant ainsi, je le trouvai bizarre. Il lui manquait quelque chose. Je m'aperçus alors que je ne l'avais jamais regardé véritablement. À un moment, j'avais cessé de penser à tout ce qui se trouvait à l'extérieur de notre chambre.

Je me penchai pour frotter mon nez contre le sien. Il sentait la maison : les habits usés, la vaisselle sale, la merde.

« Pourquoi il n'arrête pas ? demanda Mère.

— Coucou, fit Evie en le regardant par-dessus mon épaule.

— Ça fait des jours, ajouta Mère. Votre Père… »

Elle regarda la porte.

« Tu es censée être intelligente. Pas vrai ? Alors… fais quelque chose. »

Je tins le bébé contre moi, sa tête calée contre mon épaule. Il continuait à pleurer.

« Pas si intelligente que ça, dit Mère.

— J'ai lu quelque part, dis-je, que plus un bébé pleure, plus il est éveillé. »

Je chatouillai les pieds de mon petit frère. Lorsqu'il se mit à se tortiller, Mère me le reprit et l'ensevelit sous les couvertures. Elle nous ignorait maintenant. Il n'y avait plus qu'elle et le bébé. Elle murmura une prière, adressée à Dieu et à l'enfant, en chuchotant son nom. Elle l'implorait de sauver sa peau.

Durant les deux premières semaines de sa vie, il n'avait pas eu de nom. L'étiquette autour de son poignet indiquait Gracie, pour que les infirmières sachent à quelle mère s'adresser lorsqu'elles le sortirent de la couveuse. Quand il arriva à la maison, Père déclara qu'il avait déjà survécu quinze jours dans la tanière des lions. Il voulait lui donner un prénom qui contredise son corps à moitié formé. Sa peau aussi fine qu'un mouchoir en papier. Comme si, en le prénommant, il pouvait le reconstituer, et recommencer. Mes parents se réunirent dans la cuisine, et quand ils en ressortirent, ils déclarèrent qu'ils l'appelleraient Daniel.

6

Evie (Fille C)

À l'aéroport, je me glissai dans la file d'arrêt minute et essayai d'apercevoir Evie. J'avais entendu mon téléphone vibrer sur le siège du passager, et j'aurais parié que c'était elle. En cette fin d'été, des hordes de voyageurs rentraient chez eux en faisant rouler des valises et des chariots. Je la trouvai assise à l'écart, en tailleur, adossée au mur, une main posée sur son sac à dos, qu'elle serrait contre elle. Elle portait des lunettes de soleil et une robe blanche à bretelles, retenues par de gros boutons rouges. Elle avait relevé ses cheveux sur le dessus de son crâne, en une sorte de turban blond précaire. J'agitai la main frénétiquement, comme on fait signe aux gens qu'on aime. Elle leva la tête et abaissa ses lunettes noires sur son nez pour s'assurer que c'était bien moi. J'attendis que le déclic se produise. À ce moment-là, elle se leva d'un bond et traversa en zigzaguant deux files de circulation.

« Tu aurais pu prendre une décapotable, dit-elle en m'embrassant par la vitre ouverte.

— Je n'avais pas beaucoup le choix. De toute façon, c'est le dernier jour de beau temps.

— Ah, c'est nul. »

Le conducteur qui se trouvait derrière nous klaxonna.

« Il ne voit pas qu'on parle de la météo ? » dit Evie.

Elle s'excusa d'un geste et fourra son sac à dos dans le coffre. La voiture de derrière klaxonna de nouveau.

« Fait chier », dis-je.

Evie se laissa tomber sur le siège à côté de moi, au moment où le conducteur criait quelque chose par sa portière.

« Connard, dit Evie et je démarrai.

— Prochain arrêt Hollowfield ? »

Evie répondit par un grognement.

« Tu sais, on pourrait aller n'importe où d'ici, dit-elle. Hong Kong, Paris, la Californie…

— Tous les endroits qu'on avait repérés sur l'atlas.

— Je ne sais si je lui ferais encore confiance. Il était si vieux. » Elle en parlait comme d'un vieil ami dont la présence nous manquait. « Je suis quasiment certaine que nous avions prévu de visiter les deux Allemagnes.

— Tu y es allée ?

— Ouest ou Est ? »

Evie abordait chaque question de la même manière, en les esquivant, comme elle avait esquivé les voitures devant l'aéroport. Elle menait une vie paisible en Europe, disait-elle, entretenant ainsi une sorte de mystère. Ses relations avaient uniquement des prénoms et aucun passé ; elle avait des petits amis ou des petites amies, mais jamais rien de sérieux. Chaque fois que je l'interrogeais sur son retour en Angleterre, elle restait muette. « J'ai passé toute ma vie à voyager loin de notre chambre, disait-elle. Je ne peux pas arrêter maintenant. »

En repensant à Hollowfield, elle tressaillit. C'était une des raisons pour lesquelles j'avais tenté de la dissuader de venir. La maison l'étreignait encore entre ses bras rachitiques, plus fortement que nous autres. Parfois, elle m'appelait en pleine nuit (en fin de soirée à New York) pour me raconter ses terreurs nocturnes. Elles débutaient toujours à la porte de Moor Woods Road, et à l'intérieur l'attendait un étrange paysage conçu par Père : la famille crucifiée, ou une plaine biblique, menacée par des fléaux visibles à l'horizon.

Mais dans la journée, elle était vive et constellée de taches de rousseur. En sentant ses bras noués autour de mon cou, et son sourire qui irradiait du siège passager, je me disais que notre séjour à Hollowfield serait au moins tolérable. Nous allions rencontrer Bill et les membres du conseil municipal, à qui nous présenterions nos propositions afin d'obtenir le financement du centre communautaire.

« Il y aura un chèque ? demanda Evie. Un de ces trucs énormes ?

— Si je voulais attirer les photographes, j'aurais emmené Ethan.

— Je me fiche de la photo. Je veux juste savoir comment ça marche. Ils déposent le chèque à la banque ?

— Si tu me guidais au lieu de parler ? »

Evie rit et alluma la radio.

« Une fois dans les collines, on ne captera plus rien, dit-elle. Autant en profiter maintenant.

— Monte le son, alors. »

Nous arrivâmes à Hollowfield peu après dix-neuf heures. À un moment donné au cours du trajet – je ne saurais l'identifier avec précision –, je commençai à reconnaître le paysage. Les virages étaient familiers, et je connaissais le nombre de kilomètres qui séparaient chaque village, annoncés sur des panneaux bleus carrés. Déjà, certaines parties de la lande étaient peintes en violet par la bruyère, qui se répandait comme un hématome. La lumière du jour durait plus longtemps ici qu'à Londres, mais l'obscurité serait plus dense ensuite, et conduire deviendrait difficile. Le temps pressait. La lune s'encadrait dans le pare-brise, fine comme un ongle. Nous plongeâmes dans la vallée.

Hollowfield paressait dans les dernières lueurs éventées de l'été. Le soleil avait disparu derrière la lune. Dans les jardins et le cimetière, l'herbe avait cédé du terrain, dévoilant les pierres tombales semblables à des dents cariées. Une fille au visage inexpressif chevauchait en direction de Moor Woods Road en serrant entre ses cuisses le ventre rond de sa monture. Je m'engageai dans la rue principale. Il n'était pas facile de faire la distinction entre ce qui avait changé et ce que j'avais oublié. La librairie était toujours là, entre un bookmaker et une friperie. La Maison de la Vie avait été transformée en restaurant chinois. Fermé lui aussi, maintenant. Quelques menus racornis étaient encore scotchés derrière les vitres.

Evie et moi avions réservé une chambre double au pub du coin de la rue. Je me garai à côté d'une poubelle, dans l'ombre du bâtiment, et nous nous regardâmes. Une serveuse assise sur une caisse de bouteilles souriait à son téléphone. Mes doigts laissèrent des empreintes sombres sur le volant. Evie prit ma main.

À l'intérieur, des gens du coin gardaient le bar. Ce pub avait été l'un des lieux de recrutement de Père et j'observai leurs visages, à la recherche d'anciens fidèles. Le sol était tapissé d'une moquette rose, couleur langue, et des photos de démolition couvraient un des murs. L'ancien pub, peut-être, ou bien Hollowfield autrefois. Tous les clients étaient des hommes, à la mine sévère. La patronne, surchargée de bijoux, tenait un verre à la main elle aussi ; elle me regarda d'un drôle d'air lorsque je mentionnai notre réservation. Nous étions des étrangères sur cette terre, comme nous l'avions été bien des années auparavant. Elle nous conduisit à notre chambre au premier étage, sans un mot, en laissant chaque porte claquer derrière nous.

« Sympathique, cette dame, commentai-je dès que nous fûmes seules.

— Oh, allons, Lexy. Elle était très bien. » Elle me donna un petit coup de coude dans les côtes. « Toi avec tes hôtels de luxe et tes critères de New-Yorkaise ! D'ailleurs, je veux que tu me racontes. New York.

— Laisse-moi prendre une douche d'abord. Je te raconterai pendant le dîner. »

Telles deux amantes, nous continuâmes à bavarder en nous déshabillant et en nous rhabillant. Evie n'ignorait rien de mon corps. Nos deux lits une place étaient collés contre des murs opposés. Sans même nous concerter, nous les rapprochâmes.

À un moment, je sombrai dans le sommeil et Evie me réveilla quelques minutes plus tard. Elle avait franchi le fossé entre nos deux matelas pour se coller contre moi : son nez dans mes cheveux, son bras appuyé contre mes côtes, sa cheville enroulée autour de mon tibia.

« J'ai froid, dit-elle.

— On crève de chaud. Ça ne va pas ?

— C'est peut-être l'avion.

— Approche. »

Je me tournai vers elle et l'enveloppai dans mes bras. Sa peau était fraîche. Je remontai la couette jusqu'à nos yeux. Elle rit.

« À quoi ressemblera la maison ? murmura-t-elle.

— Elle paraîtra insignifiante.

— J'espère.

— Ce qu'il nous faudrait, là à cet instant, dis-je, c'est le livre sur la mythologie grecque. C'était bien mieux que l'atlas. »

J'aimais exagérer le rôle joué par le cadeau de Mme Glade dans notre survie. Après tout, nous avions payé nos histoires au prix fort.

« Tu sais pourquoi on les aimait tant, à mon avis ? demanda Evie. Elles nous aidaient à accepter notre famille. »

« Tu ne nous as pas beaucoup parlé de cette époque, me dit la Dr K. Quand tu avais quatorze ou quinze ans.

— Je m'en souviens pas très bien.

— C'est compréhensible. La mémoire est une chose étrange. »

C'était un mois après notre rencontre. J'étais toujours

à l'hôpital mais je commençais à marcher. J'avais hérité d'un kiné passionné par son métier qui ressemblait à un labrador. Il célébrait chacun de mes progrès avec un enthousiasme que j'avais du mal à prendre au sérieux. Au cours de nos séances, je guettais les traces de moquerie sur son visage, en vain.

La Dr K et moi étions assises dans la cour de l'hôpital, au milieu des pavillons. En ce milieu de matinée, l'herbe était encore gelée. Au-dessus de nous, un soleil invisible blanchissait un coin du ciel. J'étais venue jusque-là seule, appuyée sur des béquilles, et maintenant, j'étais fatiguée, silencieuse.

« Toutes ces choses dont tu m'as parlé, dit la Dr K. L'éclairage permanent. L'absence de points de repère. Ne plus savoir si c'est le jour ou la nuit, ni quel jour on est. Ce sont de vieilles techniques de désorientation. Il est normal que tu sois perdue, Lex. Mais tu dois faire un effort. »

Un des inspecteurs rôdait autour de nous, un calepin à la main.

« C'est la période critique, dit-il. Ces deux dernières années.

— Nous le savons, répondit la Dr K. Merci. »

Elle se leva de notre banc pour venir s'agenouiller devant moi. Le bas de sa robe frottait par terre.

« Je sais combien c'est difficile, dit-elle. Et ta mémoire ne sera pas toujours là pour t'aider. Car vois-tu, elle te protège des choses auxquelles tu ne veux pas penser. Elle peut adoucir certaines scènes ou carrément les enfouir pendant très longtemps. Comme une sorte de bouclier. Malheureusement, elle protège également tes parents.

— Je veux vraiment essayer, dis-je, toujours désireuse de faire plaisir. Mais peut-être pas aujourd'hui.

— OK. Pas aujourd'hui.

— Vous m'avez apporté des livres ? »

Elle se releva, en souriant.

« Peut-être.

— Peut-être ? »

Elle pensait à autre chose. Ses mains gantées de cuir noir s'agitaient dans le vide, comme si elle tricotait.

« C'est un sujet qui m'intéresse particulièrement. La mémoire. »

L'inspecteur nous observait. « On va pouvoir s'en servir », déclara-t-elle.

Les cheveux de quelqu'un d'autre qui rampent sur votre peau. Ce fut la première chose dont je pris conscience, avant que la chambre émerge de l'obscurité.

Dans la maison de Moor Woods Road aussi le plafond était blanc.

Tout d'abord, vous essayiez de vous étirer, oubliant que c'était impossible. Débutaient alors les premiers examens de la journée : les nouvelles douleurs, les sécrétions nocturnes, les mouvements de la cage thoracique de votre sœur, plus faibles certains jours.

Je levai les bras, attendant que le présent revienne jusqu'à moi.

Les murs étaient tapissés de fleurs. Père n'aurait jamais toléré ce genre de papier peint.

Evie était réveillée. Couchée sur le flanc, elle m'observait.

« Salut », dit-elle.

Elle avait beaucoup vieilli.

Elle roula vers moi, par-dessus la séparation entre nos deux matelas, et posa sa tête sur ma poitrine. Cela faisait des années que nous n'avions pas dormi dans le même lit et j'avais parfois l'impression que mon corps tout entier réclamait ce réconfort. Afin de trouver le sommeil, j'entortillais mes membres pour me faire croire qu'ils appartenaient à quelqu'un d'autre. À une époque – après mon installation à New York –, j'avais tenté de mettre fin à ce subterfuge. Impossible. C'était le genre de petits plaisirs que je m'accordais, car j'étais l'unique témoin de mon humiliation.

Le petit déjeuner était inclus dans le prix de la chambre. « Du Lex tout craché », commenta Evie. Nous nous retrouvâmes assises face à face dans une pièce sombre, derrière le bar, avec vue sur le parking. Une lumière grise tombait sur le visage d'Evie. Elle coinça ses jambes sous ses fesses et suivit avec son doigt les cercles incomplets laissés sur la table par les verres de la veille. Elle n'avait pas faim.

« Tu es sûre ? » demandai-je quand on nous apporta à manger.

Les toasts triangulaires étaient froids et le petit morceau de beurre fondu au centre de mon assiette suivait l'inclinaison de la table bancale. Un sourire traversa le visage d'Evie.

« Certaine. Merci quand même.

— Si tu changes d'avis, dis-le-moi. »

Elle gardait les yeux fixés sur la table.

« Tu t'inquiétais toujours trop pour moi.

— Il fallait bien que quelqu'un s'inquiète. »

Elle leva la tête.

« Tu te souviens d'Emerson ? » demanda-t-elle.

J'avais oublié, mais ça me revint à cet instant. Emerson était une souris. À l'époque de l'Enchaînement. De temps à autre, elle détalait à travers le Territoire ou se glissait sous la porte de notre chambre. Nous l'avions baptisée du nom de l'auteur de notre dictionnaire, Douglas Emerson, que j'avais toujours imaginé sous les traits d'un binoclard voûté, dans une pièce remplie de livres. À présent, chaque fois que je voyais une souris passer devant mon bureau, au petit matin, je la visais avec un dossier. Mais nous n'avions pas peur d'Emerson. Au contraire, jour après jour, nous espérions sa visite.

« Je continue à récupérer les animaux errants », dit Evie.

Un chat sauvage était apparu devant son appartement, un logement qu'elle occupait à titre temporaire à Valence. Près de la plage. C'était un vieux chat, squelettique, précisa-t-elle. On apercevait ses côtes sous la fourrure. Une de ses pattes arrière était tordue. Elle l'avait acculé dans la cour de l'immeuble et conduit dans une clinique vétérinaire.

« Il était furieux, précisa-t-elle. Même le véto n'en revenait pas. »

L'animal avait subi une opération de plusieurs heures afin de redresser sa patte et passé une nuit à la clinique.

Cela avait coûté plus de cinq cents euros à Evie. Deux semaines plus tard, le chat était mort paisiblement, dans son lit.

« Mes amis me prennent pour une folle », dit-elle.

Jc rcgardais mon assiette, sans rien dire.

« Lex ? »

Je me mis à rire.

« Ce chat, dit-elle. Purée. »

Elle prit ma tasse de thé, but une gorgée et rit à son tour.

Mais après le petit déjeuner, la fatigue prit le dessus. Elle passa une demi-heure dans la salle de bains et en ressortit avachie et moite, en se tenant le ventre à deux mains.

« Cet endroit…, dit-elle en souriant. On n'aurait pas dû venir.

— Tu n'aurais pas dû venir. Je t'avais prévenue.

— Je suis désolée, Lex.

— Laisse-moi m'occuper de cette réunion. Reste ici. Repose-toi.

— Mais je suis venue exprès pour ça.

— Ça va être rasoir. Et tout ira bien. »

J'avais emporté ma tenue professionnelle la plus sérieuse. Tailleur gris ardoise, pantalon cigarette. Allongée sur le lit, Evie me regarda m'habiller. Elle retrouva son sourire.

« Regarde-toi ! dit-elle. Prête à conquérir le monde. »

Les documents étaient rangés dans une superbe pochette en cuir que j'avais empruntée au bureau. Je vérifiai qu'il ne manquait rien et coinçai la pochette sous mon bras.

« Je pourrais dire que tes parents doivent être fiers de toi. Mais on ne va pas se mentir… »

Je l'embrassai sur le front.

« Je suis fière, moi, dit-elle. Est-ce que ça compte ?

— Oui. C'est encore mieux. »

Dans la maison de Moor Woods Road aussi le plafond était blanc.

Evie et moi vécûmes dessous, mois après mois. Pendant un moment, je notai les dates dans mon journal, et puis je laissai passer un mardi, puis un week-end. Mes notations précédentes ne m'aidaient pas beaucoup : elles étaient d'une telle banalité que les jours devenaient indifférenciables. Ces événements s'étaient-ils produits avant-hier ou le jour précédent ?

Ensemble, nous nous enfonçâmes dans la vase du temps.

Nos cours étaient désordonnés. Nous avions commencé par Sodome et Gomorrhe, en insistant sur le péché d'homosexualité et sa place de plus en plus prépondérante dans le monde moderne. (« Les hommes de Sodome sont à nos portes », déclara Père, habité par une conviction qui me poussa à regarder par la fenêtre de la cuisine, en m'attendant à découvrir une horde.) En revanche, il ne s'attarda pas sur Loth qui offrait ses filles à la foule. « Protéger des hôtes angéliques exige de grands sacrifices », dit-il, et il enchaîna sur la mort de l'épouse de Loth, transformée parce qu'elle s'était retournée vers sa maison.

« Qu'est-ce qui l'a incitée à se retourner ? » demanda Père.

Je songeai à Orphée au seuil de l'Enfer.

« L'inquiétude ? demandai-je.

— Le désir », répondit Père.

Dernièrement, le désir de retrouver le passé était devenu à ses yeux un des pires péchés qui soient.

Il me semblait inconcevable que Cara et Annie continuent à se retrouver sous le gymnase pour déjeuner. Que dans les couloirs de l'école, derrière les portes des salles de classe, le savoir continue à être dispensé. Que la cloche continue à sonner. Au-delà de Moor Woods Road, j'imaginais des élèves qui découvraient le sexe, la conduite automobile, les examens. L'amour même. Leur monde s'accélérait, alors que nous autres étions retenus autour de cette table de cuisine, enfants éternels. C'était une des rares choses qui me donnaient encore envie de pleurer, mais comme je ne voulais pas être transformée en colonne de sel, j'essayais de ne pas trop y penser.

Les exercices physiques avaient été écourtés. Nous laisser sortir dans le jardin n'était pas sans risques, et puis nous devions conserver notre énergie. De fait, un incident s'était produit. Un après-midi, Delilah arrêta de courir au milieu du jardin et se tourna vers Père qui nous surveillait du seuil de la cuisine. Elle remuait la bouche comme si elle voulait dire quelque chose. Une bulle vide flottait au-dessus de sa tête. Ses yeux papillotèrent et devinrent blancs, puis elle s'écroula dans l'herbe avec un bruit sourd. C'était bien son genre de perdre connaissance comme les personnes qui font semblant de s'évanouir dans les films.

Père l'allongea sur la table de la cuisine, tel un mets de choix. Gabriel lui prit la main. Mère mouilla un torchon sale au robinet pour lui essuyer le visage. Quelque part au-dessus de nous, Daniel pleurait. Soudain, Delilah toussa et s'agita. Elle avait encore les yeux mouillés à cause du froid et elle parvint à faire couler quelques larmes en tendant la main vers Père. « Papa, dit-elle. J'ai tellement faim… »

Il eut un mouvement de recul, d'un air agacé. Il ouvrit la bouche pour dire quelque chose – nous renvoyer dans le jardin, sans doute –, mais se ravisa. Mère le regarda de l'autre bout de la table, au-dessus de leur fille ; son expression était un langage en soi. Père prit la main de Delilah. Il était tout à fait possible que Mère l'ait ébranlé.

Delilah mangea à sa faim ce soir-là, et le suivant. Elle me regardait par-dessus son assiette, en faisant glisser sa fourchette entre ses lèvres. Avec un sourire suffisamment discret pour passer inaperçu. La nuit, elle était libre d'errer d'une pièce à l'autre, et en fin de soirée, elle ouvrit la porte de notre chambre. La lumière du couloir éclaira le matelas souillé. Evie se recroquevilla contre ma poitrine pour se cacher. Delilah demeura sur le seuil, à contre-jour, alors je ne voyais pas son expression.

« Quoi ? » lançai-je.

Elle resta là une minute, puis deux.

« Delilah ?

— Bonne nuit, Lex », dit-elle et elle nous laissa toutes les deux dans l'obscurité.

Retour dans cette chambre, encore et toujours. Père avait fourni un lit à Evie, mais bien des soirs, elle échappait à ses liens pour se frayer un chemin à travers le Territoire. La légère compression du matelas, une ombre furtive. J'étais réveillée généralement, afin de l'accueillir dans mes bras, mais parfois elle me surprenait dans mon sommeil, et nos corps se percutaient gaiement dans l'obscurité.

Certains soirs, nous nous aventurions dans le Territoire pour y bâtir un monde. Ithaca, peut-être. Ou bien l'intérieur d'une Mustang, roulant vers la Californie. Je n'avais aucun mal à évacuer les événements de la journée pour me glisser dans un rôle que je m'étais choisi. Mais au fil des mois, Evie devint de plus en plus lasse et de moins en moins convaincante. Elle refusait de jouer Pénélope. Ne pouvait-elle pas être Eurydice, alors, puisqu'elle n'avait pas besoin de se lever ? Incapable de tenir une assiette à bout de bras, elle la laissait tomber sur ses genoux. Pas question d'en faire autant avec un volant. J'essayais de compenser. Mes interprétations se firent plus hystériques. Et je sentais qu'il y avait là quelque chose de gênant, étant donné que j'avais cinq ans de plus. Qu'importe, je savais que nous ne pouvions pas rester dans cette chambre. Pas toutes les nuits. Il existait forcément un autre monde ailleurs.

Bill m'attendait devant la salle du conseil municipal. Il avait enroulé les anses d'un sac de supermarché autour de son poignet et tenait un sandwich dans son autre main. Tout en lui était mou : son ventre et ses yeux, l'endroit où sa tête rejoignait son cou. Il souriait, comme s'il pensait à une chose précise, spéciale.

« Bonjour, dis-je et il parut surpris.

— Alexandra. Je ne vous avais pas reconnue.

— Je suis contente de vous voir », dis-je et j'étais sincère.

Je serrai la main qu'il me tendait.

« Je sais que vous n'êtes pas obligé d'être là, et je vous en remercie.

— Je n'allais pas vous laisser affronter seule cette meute.

— Je crois être capable de les mater.

— Oh, je pense que vous pourriez mater n'importe qui. »

La vérité, c'était que Bill avait fait tout le travail. Il m'avait recommandé un huissier pour authentifier les documents signés par mes frères et sœurs. Il avait engagé un géomètre-expert et lu son rapport. Il s'était renseigné sur le budget du conseil municipal et ses actuelles subventions. Il avait déjeuné avec les membres du conseil, des personnes un peu vieux jeu, certes, mais faciles à séduire. Et il nous avait obtenu un rendez-vous un vendredi matin, persuadé que tout le monde serait de bonne humeur.

« Prête ? me demanda-t-il.

— J'ai mes notes. Et les plans. »

Ces plans étaient mon unique contribution. Christopher travaillait dans un cabinet d'architectes, un grand bâtiment de verre, à North London, et il avait accepté de passer un après-midi à Hollowfield pour réaliser une première série d'esquisses. À prix d'ami.

« Et si j'y passais le week-end ? suggéra-t-il au moment de réserver son billet de train.

— Évite. »

Il m'avait apporté lui-même, au Romilly, un élégant tube en bois. Ses mains tremblaient quand il me le remit. Il alla se planter devant la fenêtre et attendit, en regardant la rue, pendant que je déroulai les dessins sur la couette. Il y avait plusieurs couches superposées, si bien que l'on découvrait d'abord le centre communautaire de l'extérieur, recouvert de métal et de bois. Dessous apparaissait l'intérieur, débarrassé des murs externes. Des personnages se déplaçaient d'une pièce à l'autre et se rejoignaient autour des tables, dans les couloirs, devant l'évier. Sur la dernière feuille, le bâtiment n'était plus qu'une coquille vide qui laissait voir le jardin derrière. Je suivis les traits fins de crayon avec mon doigt, essayant de faire fusionner ce plan avec la maison dont je me souvenais. La forme elle-même était incompatible avec Moor Woods Road, où chaque feuille de papier était cornée et avait déjà servi à dessiner.

« Il y a quelque chose de particulier et de gênant, dit Christopher, dans le fait de créer un projet pour une amie…

— C'est parfait, dis-je, et je ne pus m'empêcher de rire. Ça va coûter cher ?

— Possible… »

La réceptionniste assise devant nous s'étira, comme quelqu'un qui se réveille.

« Ils vous attendent », dit-elle.

Nous empruntâmes le couloir terne, côte à côte. À Londres, il existait une sorte de grandeur dans ces bâtiments, entretenus discrètement durant la nuit, mais ici il manquait des ampoules et des piles de prospectus au rabais annonçaient des événements passés et ignorés. La moquette, aux poils agglutinés par la crasse et les chewing-gums, se décollait le long des plinthes, comme si elle avait décidé qu'il était temps de partir.

Les conseillers municipaux nous accueillirent dans leur salle : une petite pièce étouffante aux rideaux épais, au centre de laquelle trônait une table trop grande pour ses occupants. Je m'étais préparée à les reconnaître – et à être reconnue –, mais ils étaient tous vieux et leurs visages m'étaient inconnus. Je pensai à Devlin, toujours la première à entrer dans une salle de réunion, main tendue, un sourire au bord des lèvres. Elle n'en ferait qu'une bouchée.

« Je vous présente Alexandra, dit Bill.

— Bonjour », dis-je et je serrai cinq mains.

Il restait une douzaine de chaises libres autour de la table, mais je demeurai debout. Qu'ils me voient bien, pensai-je. Qu'ils aient quelque chose à raconter ce soir au dîner. Qu'ils me regardent.

Je m'attendais à avoir devant moi des individus austères et méfiants, mais ils me paraissaient tristes surtout.

« Vous me connaissez peut-être mieux sous le nom de Fille A.

» Laissez-moi vous parler du centre communautaire.

» Le bâtiment serait en bois et en acier, et il jaillirait

du flanc de la lande. Une longue passerelle en bois partirait de Moor Woods Road jusqu'à la porte en verre. De ce fait, on aperçoit déjà la zone d'accueil avec les tables communes et une rangée d'ordinateurs. La première année, ça sentira le bois. Il y aura des cours de programmation, dispensés par une consultante en informatique du coin, qui possédait autrefois une boutique en ville. Un couloir ouvert conduit à l'arrière du bâtiment. Deux portes se font face dans ce couloir. Derrière l'une d'elles se trouve une bibliothèque pour enfants, avec des fauteuils-poires, des étagères et sur le mur, deux enfants dessinés au pochoir pour vous guider. Derrière l'autre porte, il y a une salle avec une petite scène et des canapés pour se reposer après avoir dansé. Certains après-midi, des adultes s'y retrouvent, en cercle, pour bavarder s'ils le souhaitent. En continuant dans le couloir, vous vous apercevez qu'il débouche sur une autre pièce, éclairée par des Velux. C'est là que se trouvait notre cuisine autrefois. Il y a encore un comptoir, un évier et un réfrigérateur, pour certaines occasions. Le réfrigérateur est plein généralement. Si vous faites coulisser les portes vitrées, tout au bout, vous pénétrez sous la véranda. Les soirs d'été, une fois que les nuages ont disparu, vous pouvez vous asseoir sur la terrasse et regarder les collines éclipser le soleil. On organisera de petits événements : un concert de la chorale, une fête de la bière. Il y aura de la musique.

» J'ai conscience de la malédiction que nous avons fait peser sur cette ville. Autrefois, les filatures produisaient du coton et de l'argent. Les péniches se bousculaient pour obtenir un mouillage. Des hommes tapageurs venaient de villes que vous n'aviez jamais vues pour surveiller leurs investissements. Aujourd'hui, votre ville est connue pour une réalité individuelle. Une réalité cruelle et individuelle. Je comprends ce que vous ressentez. Vous pouvez détruire cette maison ou exiger qu'on la vende. Mais vous ne pouvez pas effacer le passé, ni l'embellir, en faisant semblant de croire que ce n'était pas si affreux. Prenez-le et utilisez-le. Il est encore possible, pour vous comme pour nous, d'en tirer quelque chose de bien.

» C'est ambitieux, conclus-je, je le reconnais. »

La conseillère assise au centre de la rangée me fit signe de m'asseoir. Je compris que les autres l'observaient. Et attendaient qu'elle s'exprime.

« Il y a pire défaut que l'ambition, dit-elle. Sans aucun doute. »

Je m'assis face à elle et sortis de ma pochette les dessins de Christopher, les relevés de comptes et les demandes d'agrément, sur lesquelles j'avais travaillé avec un collègue, jusque tard dans la nuit.

« Vous avez un nom ? me demanda la conseillère municipale. Pour ce lieu ? »

Non, je n'en avais pas, et puis, lorsqu'elle me posa la question, une idée me vint.

« La Maison de la Vie », dis-je.

De plus en plus souvent nous avions interdiction de sortir de nos chambres, et puis, il y a toutes ces petites choses que je n'ai jamais comprises : un bruit, tard le soir, ou une absence à table. Les histoires perdues de la maison. Rejouées dans une chambre à Oxford, dans une chambre d'hôpital des Chilterns et dans des appartements en location, à travers l'Europe, au cours de ces innombrables heures où personne d'autre sur Terre ne semble être réveillé.

Par exemple : un matin, Mère quitta la maison avec Daniel, dont les cris s'atténuèrent dans Moor Woods Road. Ils revinrent le lendemain, dans la nuit. Des pas dans l'escalier, la porte de la chambre de mes parents qui s'ouvre. Pendant plusieurs jours après cela, Daniel fut plus calme, et Mère refusa de regarder Père, même quand il l'attirait contre lui pour déposer un baiser sur son visage.

Ou bien : la naissance de Noah, qui se déroula dans la chambre de mes parents, sans cérémonie, si bien qu'un jour, Daniel fut relégué du berceau au canapé, ou à la table de cuisine, voire par terre.

Ou encore : les conversations d'Ethan avec Père. Père qui lui accordait plus de liberté qu'à nous, et parfois, jc les entendais bavarder dans le jardin ; c'était surtout Père qui parlait, et Ethan qui acquiesçait ou riait, de ce même rire qu'il avait affiné quand il dînait en compagnie de Jolly, à l'époque où nous allions encore à l'école. Je captais des bribes de conversation par la fenêtre ouverte de la chambre, inutiles :

« … tu y as forcément pensé… »

« … notre propre royaume… »

« … l'aîné… »

Je passais ces journées à espérer qu'Ethan entre dans notre chambre. Il saurait si les choses étaient allées trop loin. Il saurait exactement ce qu'il fallait faire. Un après-midi – à l'heure où Père se reposait sans doute –, j'entendis ses pas dans l'escalier. Il passa devant la chambre où Delilah et Gabriel étaient attachés, devant la chambre de Mère et de Père, devant la sienne. Les pas s'arrêtèrent. Evie dormait : méli-mélo de membres sous le drap. « Ethan », dis-je. D'une voix timide qui n'atteignit même pas la porte. « Ethan », répétai-je, plus fort, et une des lattes du parquet grinça en guise de réponse. Les pas s'éloignèrent.

Puis vint le jour des chaînes.

Cela débuta par la silhouette de Père, dans la lumière matinale, qui ôtait nos liens. Les muscles roulaient sous sa chemise. Du pain pour le petit déjeuner et l'habituelle flopée de leçons. Désormais, c'était toujours l'Ancien Testament. (« Parfois, déclara Père, je me dis quel le Christ était un modéré. ») Dans mes souvenirs de cette époque, Gabriel et Delilah sont assis côte à côte dans la cuisine, leurs têtes se touchent. Difficile de différencier leurs cheveux.

Je considérais l'éventualité d'un déjeuner en termes de probabilités, basées sur les données des dix derniers jours. Je n'arrivais pas à remonter plus avant, et ça facilitait les calculs. La faim était une affliction barbante : l'idée de la nourriture enveloppait les mots de la Bible, à tel point que je ne pouvais plus les lire ; elle s'insinuait dans mes jeux avec Evie, si bien qu'au beau milieu de la Route 1, je proposais qu'on s'arrête pour manger des hamburgers, et je me perdais dans des images de viande hachée, d'oignons, de petits pains, et j'avalais ma salive, incapable dès lors de parler ou d'imaginer. Je rêvais de festins. Quand Mère nous servait à manger, je divisais ma portion en petites bouchées délicates, que je coinçais sous ma langue, dans les coins, avant de les avaler.

« Alexandra ? dit Père.

— Oui ?

— Remontez dans vos chambres. Méditation. »

Pas de déjeuner aujourd'hui, donc. J'ajustai mes calculs.

Dans notre chambre, nous nous assîmes sur mon lit, la colonne vertébrale d'Evie appuyée contre mes côtes. Elle récupéra le livre des mythes sous le matelas. Je fis la lecture et elle tourna les pages, comme si nous étions au piano. En pleine guerre de Troie, j'arrivai en bas de la page et attendis qu'elle se tourne, en vain. Je pris le livre des mains d'Evie, en douceur pour ne pas la réveiller, et l'ouvrit au passage du festin de Thyeste. Une odeur de pâtisserie monta de la cuisine. Ou peut-être des pages du livre. Je ne m'intéressais pas à la querelle entre Thyeste et son frère ni à la raison pour laquelle il en était venu à manger ses propres fils. Je voulais juste regarder les illustrations du banquet.

Des feuilles mortes voltigeaient devant la fenêtre. Le soir tombait et assombrissait les coins de la chambre. Nous devions être en septembre, estimais-je, ou peut-être en octobre. Nous allions bientôt être convoqués, pour le dîner ou la prière. Je traversai le Territoire et ouvris tout doucement notre porte. Le couloir était sombre et désert. Toutes les portes étaient fermées.

Je regagnai mon lit.

Je dus m'endormir car je fus réveillée par un bruit. Un homme cria, juste une fois. N'ayant pas entendu le début, je ne comprenais pas ce qu'il avait dit. Du bout du couloir, là où dormaient Gabriel et Delilah, me parvinrent plusieurs bruits sourds effrénés, qui faisaient vibrer toute la maison. Suivis d'un son plus doux, produit par une chose malléable.

Evie remua à côté de moi et je tirai les couvertures sur nous.

Un nouveau bruit se produisit, quelque chose d'humain et d'humide. Une sorte de gargouillis. Et pardessus, la voix de Père, calme, continue, comme s'il encourageait un petit enfant à faire une chose qu'il ne voulait pas faire.

« Qu'est-ce qui se passe ? demanda Evie et je sursautais car j'avais espéré qu'elle dormait encore.

— Rien.

— Il est quelle heure ? C'est la nuit ?

— Peu importe. Rendors-toi. »

Je soulevai le coin du drap et tendis l'oreille.

Ce soir-là, Mère ne vint pas nous voir et Père n'attacha pas nos liens. Mais il continua à parler, jusque tard dans la nuit, de cette même voix, lente et grave. Je posai mes mains sur les oreilles d'Evie. Le froid envahit la chambre et finalement, les gargouillis cessèrent.

Je n'ai parlé de cette nuit-là qu'une seule fois, avec Ethan. Il était venu me voir à l'université et nous nous étions donné rendez-vous dans un salon de thé du centre. Je ne voulais pas lui montrer ma chambre, avec les décorations des Jameson et les photos de mes amis. Il se serait moqué. Nous étions en mars, au début de l'époque des pluies. Les touristes étaient en quête de cirés. Je le vis avant qu'il me voie : il marchait sur les pavés d'un pas décontracté, un journal à la main, amusé par ce qu'il lisait en dernière page.

« Il fait toujours aussi moche ? » demanda-t-il lorsque je fus assez proche pour l'entendre, et j'accueillis avec soulagement notre étreinte qui m'évita de trouver une réponse spirituelle.

Nous choisîmes une table derrière la vitre, face à la rue. Au cours de cette première heure, nous nous montrâmes à notre avantage. Nous parlâmes de mon diplôme et de l'étrange ambiance de l'université. Nous parlâmes de ses étudiants, dont beaucoup lui rappelaient l'un de nous. Nous parlâmes de mes visites à Londres pour aller voir la Dr K. De la splendeur de son cabinet. « Elle a bien profité de toi », dit Ethan, et je répondis par un haussement d'épaules.

« Tu dis aux gens où tu vas ? » demanda-t-il. Il rit par avance de sa propre ineptie. « Qui tu es », ajouta-t-il, théâtralement.

« Pas encore, répondis-je. Mais je vais le faire, je crois. »

Il haussa un sourcil.

« Voilà qui est inattendu. Venant de toi.

— J'ai des amis ici.

— Oh, je ne te reproche rien. C'est une excellente histoire. Tu es devenue celle qui s'est échappée, finalement.

— Je m'interroge à ce sujet. »

Je me sentais bien. C'était bon d'être là, avec lui, de pouvoir parler, comme deux amis. Et j'avais envie de me confier à lui comme à un ami.

« Durant la dernière année, dis-je. Au cours des derniers mois. Je ne me souviens plus très bien. Quelqu'un d'autre a essayé de s'échapper, je crois. Gabriel peut-être. Ou même Delilah. J'ai entendu une bagarre dans l'escalier. Quelqu'un est intervenu. Ensuite, il y a eu un bruit terrible, comme si… je ne sais pas… comme si une des personnes était blessée. »

Il avait commandé un deuxième scone, dans lequel il mordit.

« Tu t'en souviens ? » demandai-je.

Il avait la bouche pleine. Il secoua la tête.

« Le lendemain, dis-je, Père est revenu à la maison avec les chaînes. »

Il déglutit.

« Ça, je m'en souviens. »

Je tournai la tête et regardai la pluie tomber, glisser sur la vitre et troubler la vue, s'accumuler sur la chaussée, entre les pavés.

« Cette nuit-là, dis-je, il m'a semblé t'entendre. Et j'ai pensé que c'était peut-être toi qui avais arrêté le fugitif.

— Je ne m'en souviens pas du tout, Lex. Il y avait toujours du chahut dans cette maison. Ça pouvait être n'importe quoi.

— C'est quand même bizarre, non ? Tous ces bruits… et dès le lendemain Père a changé d'approche. »

« Lex. » Pendant que je regardais dehors, son visage s'était transformé. « Maintenant que tu es ici, maintenant que tu es un peu plus âgée, tu ne crois pas qu'il est temps d'arrêter d'inventer des histoires ? »

Les chaînes, épaisses de trois millimètres et longues d'un mètre et demi, étaient en acier plaqué zinc, brillant. Elles étaient vendues pour suspendre des jardinières ou attacher des chiens. Au procès de Mère, l'accusation mentionna plusieurs fois ce détail. Un gros titre tout trouvé.

Je m'attardai pendant plusieurs jours sur l'aspect pratique de cet achat. J'imaginais Père dans les allées d'une quincaillerie, en train de choisir les outils adaptés. Avait-il pris un Caddie ou un panier ? Avait-il bavardé avec l'adolescent à la caisse ? Avait-il réclamé un sac ?

Les menottes furent achetées séparément, en ligne.

Les chaînes étaient une entrave totale. Plus de réunions sur le Territoire le soir, plus de lecture nocturne des mythes. Plus de Soupe Mystère. Impossible de se libérer en gigotant, pour aller aux toilettes ou même pour utiliser le pot dans notre chambre. La première fois où je fis pipi au lit, j'appelai Mère pendant deux ou trois heures, tandis que la gêne se transformait en douleur, puis en torture. Et juste derrière, la promesse du soulagement. Noah avait chouiné toute la journée. Je n'avais pas entendu les pas de Père depuis le petit matin. « Où ils sont ? » demandai-je à Evie. Le ventre en feu, gonflé. Je n'osais pas bouger. J'appuyais mes genoux contre mon ventre.

« Ça va aller, Lex. Tiens bon. »

Je me mis à pleurer. Impossible de me retenir, là aussi.

« Non, je ne pourrai pas. »

Plus tard, je retrouvai cette sensation dans un taxi

à Jakarta, avec Devlin, sur le trajet de l'aéroport. Au cours de notre premier voyage d'affaires ensemble. Il pleuvait, les rues regorgeaient d'eau et de véhicules. Coincés entre deux rangées de voitures, nous demeurâmes immobiles pendant plus d'une heure. « Il y en a encore pour longtemps ? » demanda Devlin et le chauffeur éclata de rire.

Elle regarda sa montre.

« On va manquer notre avion.

— Non… il y a forcément une solution, dis-je.

— Allons, Lex. »

Elle me montra les quatre murs de véhicules.

« Et si on appelait la compagnie aérienne ?

— Ils ne retardent pas les avions, répondit Devlin. Même pour moi. »

Ce même sentiment d'impuissance : j'étais de retour dans ma chambre à Moor Woods Road et la chaleur de l'urine se répandait sous moi. Je pensais à notre avion, en train de rouler vers la piste.

« On peut payer », dis-je au chauffeur. J'ouvris mon sac posé sur le siège pour chercher mon portefeuille. Il rit de plus belle.

« Gardez votre argent. Il ne sert à rien ici. »

« Lex », dit Evie.

Au beau milieu de la nuit. Je dormais, inconsciente, et pendant un instant, je fus incapable de parler. J'étais trop en colère après elle.

« Lex ?

— Quoi ?

— Daniel ne pleure plus.

— Hein ?
— Depuis trois jours.
— Comment tu le sais ?
— Tu n'as pas remarqué ? Ce silence. C'est nouveau.
— Il grandit.
— Tu ne trouves pas ça bizarre ?
— Il grandit, je te dis.
— Il est tout petit encore.
— Où tu veux en venir ?
— Je sais pas.
— Alors, rendors-toi.
— Quand même, c'est bizarre, non ?
— Tout va bien, Evie.
— Promis ?
— Promis. »

Le silence dura si longtemps que je crus qu'elle dormait. Puis, après une demi-heure, ou plus :

« Mais pourquoi il pleure plus ? »

Je fermai les yeux. Je me représentai Daniel, tout petit et tout chaud dans le lit de nos parents. Il grandissait, il commençait à faire ses nuits.

Les yeux d'Evie, des yeux de lémurien, dans le noir.

« Je ne sais pas, dis-je. Je ne sais pas. »

Après le conseil municipal, la maison. Après un café et un en-cas, nous regagnâmes la voiture en silence. Le soleil filtrait à travers les nuages, faisant briller la lande d'un éclat couleur bronze là où frappaient les rayons. Bill s'était garé devant le pub et je levai les yeux vers la fenêtre de ma chambre, espérant apercevoir un signe d'Evie. Mais elle était fermée et il n'y avait personne derrière.

« Vous avez été formidable, dit Bill. Sincèrement. Je n'ai pas eu besoin d'intervenir.

— Vous vouliez intervenir ?

— Non, ce n'est pas ce que je voulais dire. Je vous ai trouvée… impressionnante, voilà tout.

— Merci. »

Des hommes passèrent en horde, torses nus, et me regardèrent d'un drôle d'air. Ils ne regardaient pas la Fille A, non, juste une inconnue en tailleur, par une des journées les plus chaudes de l'année. Je sortis mes lunettes noires de mon sac. Je n'étais plus chez moi ici, pas plus que nous ne l'étions à l'époque.

« Ils ne devraient pas nous faire attendre trop longtemps, dit Bill. Une semaine au maximum. Prête pour la suite ? »

Une fois installé au volant, comme il n'était plus obligé de me regarder, il dit :

« Votre mère serait très fière de vous. »

Je ne répondis pas. Sa remarque voyagea avec nous dans la voiture. Une passagère aigrie.

La maison avait eu droit à ses gros titres étranges elle aussi. Durant sa détention, Mère avait émis le souhait de la vendre. L'agence Kyley Estates, située dans un des bourgs environnants, aux noms en « field », rédigea une annonce : Le 11 Moor Woods Road était une maison individuelle de quatre chambres dotée d'une vue exceptionnelle et d'un accès rapide au centre de Hollowfield. Le jardin, modeste, pouvait être aménagé. L'ensemble avait besoin d'être rafraîchi. Pendant plusieurs semaines, il ne fut fait aucune allusion aux événements qui s'étaient déroulés entre ces murs et très peu de personnes se dirent intéressées. Le diaporama montrait des moquettes sales, des peintures écaillées, la lande qui envahissait le jardin. Et puis, un journal local dévoila toute l'histoire. *La Maison des Horreurs est à vendre.* À partir de ce jour, Kyley Estates fut submergée d'appels. Des gens voulaient visiter la maison à la tombée de la nuit ; ils venaient avec des appareils-photo ; certains furent surpris en train d'arracher des morceaux de papier peint pour repartir avec. L'annonce fut retirée et la maison commença à se délabrer.

Nous nous engageâmes dans Moor Woods Road et Bill rétrograda.

« Vous connaissiez vos voisins ?

— Non. Mais il y avait des chevaux. Dans ce champ. On s'arrêtait pour leur parler en rentrant de l'école. Ils ne faisaient pas attention à nous.

— Vous les… vous leur donniez à manger ?

— À manger ? Non. »

Je ris. Je vis la maison apparaître en silence derrière les vitres de la voiture.

« Non, répétai-je. C'était impensable. »

Bill pénétra dans l'allée et coupa le moteur.

« Vous voulez descendre ? » proposa-t-il.

La coquille vide de la maison sur le blanc du ciel. Toutes les vitres étaient brisées ou absentes. Des lambeaux de rideaux pendaient encore aux fenêtres des chambres, à l'étage. Le toit s'affaissait, comme le visage d'une personne victime d'un AVC.

« Bien sûr. »

Il faisait plus frais. Le vent qui soufflait de la lande annonçait la fin de l'été. Je marchai vers le côté de la maison et contemplai le jardin. Envahi par les mauvaises herbes qui montaient jusqu'à la taille et un amas de détritus. Dans l'herbe étaient enchevêtrés des emballages périmés et des restes de vêtements non identifiables. Des cercles de terre roussie signalaient les endroits où des adolescents avaient allumé des feux. Bill se tenait sur le seuil ; il me parlait mais le vent étouffait sa voix. Il y avait encore un bouquet de fleurs fanées devant la porte, enveloppées de plastique. Je les touchai du bout de ma chaussure. Sans lire la carte.

« Des gens continuent à venir déposer des fleurs, dit Bill. C'est gentil.

— Ah bon ?

— Je trouve. »

La même chose s'était produite à l'hôpital. Ma chambre débordait de jouets neufs et de vêtements de seconde main. Et de bouquets de fleurs blanches, comme si j'étais morte. La Dr K avait chargé trois infirmières de trier les messages qui les accompagnaient, et que l'on pouvait classer en trois catégories : acceptables, bienveillants mais déplacés, et détraqués.

« Vous croyez qu'ils savent dans quoi ils s'engagent ? demandai-je. Les membres du conseil municipal ?

— Ils ont les chiffres.

— Oui. Sans doute.

— C'est comme vous l'imaginiez ? »

Il frappa à la porte, une seule fois, d'un geste brusque, et j'éprouvai l'envie de lui faire peur, de demander : « Vous n'avez pas envie de voir ce qu'il y a l'intérieur ? »

« Je n'imaginais rien. »

Contrairement à lui, devinai-je. Cela faisait longtemps qu'il l'imaginait.

Je regagnai la voiture et posai la main sur la poignée, attendant qu'il déverrouille les portières.

« La prochaine fois que vous reviendrez, dit Bill. Tout aura été déblayé.

— La prochaine fois ? »

Dans la voiture, en bas de Moor Woods Road, je montrai un endroit après le croisement.

« C'est là que la femme m'a trouvée, dis-je. Le jour où on s'est enfuis.

— Juste là ?

— Plus ou moins. Vous savez ce qu'a dit la conductrice quand on l'a interrogée ? Elle a cru que j'étais une goule. Je reprends son expression. Elle a cru que j'étais déjà morte. »

Je préparai mon sourire. Celui que je présentais durant les interviews ou aux comptoirs d'embarquement dans les aéroports. Quand je voulais quelque chose.

« Je peux vous poser une question ? » demandai-je.

Il se tourna vers moi, avant de revenir sur la route.

« Pourquoi Mère m'a-t-elle choisie ? Comme exécutrice ?

— Je ne connais pas la réponse.

— Oh, allons, Bill. Tout ce que vous avez fait. Pour m'aider. En organisant ce rendez-vous. En contactant l'huissier. Vous deviez très bien la connaître pour vous donner tout ce mal.

— C'est mon métier.

— Vraiment ? »

Il soupira et ses joues se dégonflèrent. Comme il conduisait, j'avais l'avantage de pouvoir le dévisager à ma guise.

« Bon, d'accord. On s'entendait bien, admit-il. Je voulais l'aider. Vous ne pouvez pas imaginer combien elle était vulnérable. La haine qu'elle a dû subir, tout ça parce qu'elle a survécu. Mais je suppose que vous n'avez pas envie d'en entendre parler. L'exiguïté de sa cellule, les sévices, les autres mères au réfectoire…

— Non, pas vraiment.

— Et c'est mon métier, je vous le répète. J'ai toujours voulu travailler dans l'humanitaire. Pour aider les gens. En étant avocat. Mais je n'étais pas assez intelligent, je suppose. Après l'université, j'ai passé un tas d'entretiens… Mais je n'étais pas assez intelligent. »

Je vis JP gravissant un grand escalier de pierre, serrant des documents dans son poing. Suffisamment intelligent, lui.

« Pourtant, je continue, ajouta Bill. Grâce à ce métier j'aide les gens dont tout le monde pense qu'ils ne méritent pas d'être aidés. »

Ses mains laissaient des empreintes moites sur le volant.

« Et si vous voulez mon avis, dit-il, je pense que c'est pour vous qu'elle avait le plus de respect.

— Du respect ? Vraiment. En voilà une surprise. Je ne m'y attendais pas. »

Je m'obligeai à rire, bien que ça ne soit pas drôle. J'avais surtout envie de lui faire mal.

« Je pense qu'elle a essayé, reprit-il. Je pense qu'elle a vraiment essayé. Elle m'a parlé de cette bourse d'études. Cette bourse que vous auriez pu demander. Elle m'a dit qu'elle avait passé des semaines à essayer de convaincre votre père. À le harceler, c'est le mot qu'elle a utilisé. Mais elle devait agir de manière subtile. Comme vous tous, en permanence. »

Nous avions dépassé la filature et avions repris la direction du bourg.

« Oh, oui, elle était très subtile, dis-je. Je le reconnais.

— Vous savez ce qu'elle m'a répondu quand je lui ai demandé si je devais vous contacter ? Alors qu'elle allait mourir ? Je lui ai demandé si elle voulait que vous lui rendiez visite, et elle m'a dit simplement : Oh, non. Lex est beaucoup trop intelligente pour ça. »

Une rougeur mate se propagea dans ses oreilles et il n'eut plus aucune envie de me regarder tout à coup. Je cherchai un sujet de conversation agréable pour meubler le reste du trajet. Je l'imaginai rentrant chez lui, tard, pour faire réchauffer un plat dans le four. Il arrachait sa chemise et son pantalon et retrouvait son calme – sagement, seul – dans une chambre silencieuse. *Cette salope ingrate.* Non, sans doute qu'il ne penserait jamais une chose pareille.

Il ne descendit pas de voiture pour me dire au revoir. Debout sur le trottoir, je le regardai par la vitre baissée. J'avais transpiré dans ma chemise et ma veste, et je coinçai mes bras sous mes aisselles, de peur qu'il se méprenne sur le sens des auréoles.

« Je vous remercie pour votre aide, Bill. Je vais me débrouiller maintenant. »

Il ne me regarda pas. Ses yeux étaient fixés sur le chemin terne qui conduisait chez lui.

« Votre père, dit-il. Vous avez pensé à tout ce qu'il lui avait fait subir ?

— Vous savez, répondis-je, on devait penser à tellement de choses. »

Evie m'attendait dans la chambre au-dessus du pub, chétive au milieu des deux lits joints. Pâle et avachie, elle sourit malgré tout lorsque je franchis la porte.

« Raconte-moi. Raconte-moi tout.

— Comment tu te sens ?

— Ça va. Allez, Lex ! »

Pendant que je prenais ma douche, elle s'assit par terre dans un coin de la salle de bains, les vertèbres appuyées contre le radiateur. Je lui racontai ma journée, à l'intérieur de la douche, en gesticulant sous le jet, sortant parfois la tête pour saisir son expression.

« Tu as assuré, dit-elle. Sérieusement. »

Et quand je lui parlai de Bill :

« Comment Mère s'est-elle débrouillée, nom d'un chien ? »

Concernant la maison, elle réagit plus calmement :

« Il faut que j'y retourne. Qu'est-ce que tu as ressenti ?

— Rien. »

Elle sourit.

« Réponse typique de Lex : Rien.

— Je ne sais pas quoi te dire d'autre. C'était une

maison ordinaire. Alors, je peux savoir comment tu vas maintenant ?

— Pas très bien.

— Tu fais une allergie à Hollowfield ? »

C'était une plaisantcrie, mais Evie prit cette question au sérieux.

« Je ne sais pas. Ça a commencé quand on est arrivées. Une sorte de peur… Une angoisse.

— On peut partir maintenant. Et loger quelque part à Manchester. Ou même à Londres. Il faut que tu voies mon hôtel…

— Je suis trop fatiguée, Lex. Demain.

— À la première heure, alors. »

J'achetai une bouteille de vin au bar et nous la bûmes assises dans un fauteuil devant la fenêtre, en attendant l'arrivée de l'orage. Le vent soufflait de la lande, déjà chargé d'humidité. Le ciel avait la couleur du sable. J'enveloppai Evie dans une couverture et posai les pieds sur le rebord de la fenêtre. En bas, dans la grand-rue, des gens couraient sous les stores des boutiques pour regagner leurs voitures. C'était bon d'être là, à l'abri, et ensemble, à la tombée du jour.

« Je m'inquiète pour toi, dis-je.

— Je suis fatiguée, c'est tout.

— Tu es toute maigre. Il faut que tu manges.

— Chut. Raconte-moi une histoire. Comme dans le temps.

— Par une sombre nuit d'orage… »

Elle rit.

« Une belle histoire.

— Une belle histoire ? OK. Au début, il y a sept frères et sœur. Quatre garçons, trois filles.

— Je ne suis pas sûre de vouloir l'entendre. » Elle leva les yeux vers moi, sourcil dressé. « J'ai l'impression de connaître la fin.

— Et s'ils vivaient au bord de la mer ? Dans une grande maison en bois sur la plage.

— C'est mieux.

— Leurs parents travaillent dur. Leur père dirige une société d'informatique. Leur mère est rédactrice en chef du quotidien local.

— Elle a survécu à la crise de la presse.

— Grâce à un site exceptionnel. Conçu par son mari.

— Bien vu.

— Les enfants ne s'entendent pas toujours très bien. Ils passent leur jeunesse sur la plage. Ils lisent beaucoup. Chacun est doué pour quelque chose. L'aîné est le plus intelligent…

— C'est faux.

— … C'est le plus intelligent, je te dis. Il a des idées bien précises sur ce que devrait être le monde. Il a un tas de convictions…

— Les filles, parle-moi d'elles.

— L'une d'elles est d'une beauté indescriptible. Elle tient ça de sa mère. Elle travaille à la télé. Elle est capable de faire dire n'importe quoi à n'importe qui. Elle sait ce qu'elle veut, et comment l'obtenir.

— Et les deux autres ?

— Oh, elles sont plus instables. Il y en a une qui veut devenir artiste. L'autre ne sait pas ce qu'elle veut faire. Elle pourrait être prof d'université. Escort girl.

Avocate même. Mais elles ont encore largement le temps de réfléchir.

— Pour elles, tout est possible.

— Exactement. Avant de se décider, elles quittent la maison en bois pour voyager à travers le monde. Elles emportent une sélection de livres. Elles partent plusieurs mois... plusieurs années.

— Pour vivre leur rêve.

— Et puis, elles se rapprochent de la maison. Elles arrivent dans une petite ville étrange. Un village, plus exactement.

— Il ne s'appellerait pas Hollowfield, par hasard ?

— Tout juste.

— OK.

— Elles ne sont plus qu'à une journée de voyage de leur maison sur la plage, mais elles sont fatiguées. Elles ont besoin de s'arrêter. Alors, elles prennent une chambre. Elles ont un mauvais pressentiment, comme si elles ne devraient pas être là. Comme si elles n'étaient pas les bienvenues. Ou comme si... elles étaient déjà venues dans cet endroit.

— Et après ?

— Rien. Elles s'assoient devant la fenêtre, avec une impression de malaise. Elles essaient de comprendre pourquoi. Le lendemain, elles plient bagage et poursuivent leur périple.

— Elles savent la chance qu'elles ont ?

— Non, je ne crois pas.

— J'aimerais pouvoir leur dire.

— Non. Laissons-les.

— Je suis tellement fatiguée, Lex.

— Ne t'en fais pas, on n'est plus obligées de parler. »

Lorsque je la regardai, elle semblait avoir régressé. On lui donnait douze ou treize ans.

L'orage se fit entendre d'abord, le front pluvieux avançait dans la grand-rue. Je fermai la fenêtre et portai Evie jusqu'au lit. Assise à son chevet, appuyée contre la tête de lit, je regardai la chambre s'assombrir.

La nuit, Mère. Assise au bout de mon lit, le dos voûté. Se tenant la tête à deux mains. Ses doigts enflés et incrustés de crasse.

Avant de parler, j'écoutai la respiration d'Evie. Il faisait suffisamment froid dans la chambre pour qu'on voie son souffle. La tache blanche de ses bras émaciés tendus au-dessus de sa tête.

« Maman, dis-je.

— Oh, Lex.

— Maman, il faut faire quelque chose. »

Je m'étais mise à pleurer. Je me targuais de pleurer rarement, à l'image de tous mes personnages préférés. Mais c'était plus difficile qu'ils ne le laissaient croire. Vous ne pouviez même pas penser aux larmes, et cette fois, j'avais réagi trop tard.

« Je t'en supplie, dis-je.

— C'est temporaire, dit-elle. C'est juste temporaire.

— Evie est affamée. Et sa toux…

— Je ne sais pas s'il y a une chose… une chose que je…

— Si, il y a des choses que tu peux faire.

— Quoi donc ? Qu'est-ce que je peux faire ?

— Quand tu sors pour aller aux courses. Demain,

par exemple. Ou après-demain. Tu peux en profiter. Tu t'adresses à quelqu'un, n'importe qui. Et tu lui parles de Père. Tu peux… Tu peux lui expliquer. Que les choses ont dégénéré. Qu'il a changé. Tu peux expliquer que tu as peur. Tu peux… parler de Daniel. »

Un sanglot parvint à s'extirper de ma gorge. Je le ravalai.

« Je t'en supplie. »

Elle secouait la tête.

« Comment les gens pourraient-ils comprendre ? dit-elle.

— Les choses ont dégénéré, voilà tout.

— Oui. Ce n'était pas censé se terminer de cette façon. Tu le comprends bien, Lex. On essayait de vous protéger. On ne voulait rien d'autre. Il n'y avait pas d'autre solution…

— Oui. Je comprends. Père avait sa façon de voir… ses rêves. Et quand ça n'a pas marché…

— C'est plus ancien que ça, Lex. Bien plus ancien.

— Tu peux tout raconter aux gens, dis-je. Mais vite. Il faut faire vite. »

Elle caressa mon épaule, puis mon visage, laissant l'empreinte glacée de sa main entre mon menton et ma bouche.

« Oui, peut-être, dit-elle. Peut-être que je pourrais. »

Elle ne l'a jamais fait, évidemment.

Ethan dans notre chambre, libéré de ses chaînes, un amas de tissu rose dans les bras.

« Vous devez porter ça, dit-il. Et aller vous laver. »

Il avait la clé des menottes et lorsqu'il se pencha vers moi, j'agrippai sa main. Il secoua la tête.

« Si tu tentes quoi que ce soit, murmura-t-il, il nous tuera tous les deux. Pas aujourd'hui, Lex.

— Quand, alors ?

— Je ne sais pas. »

Je m'assis au bord du lit et étirai tout mon corps. Mes muscles râlèrent. Aussitôt libérée, Evie traversa le Territoire en courant pour sauter sur mes genoux et nouer ses bras autour de mon cou, tel un paresseux accroché à une branche.

« C'est temporaire, dit Ethan. À votre place, je ne me réjouirais pas trop. »

Il portait une drôle de tenue d'une autre époque. Un costume noir croisé, aux épaules poussiéreuses, et un nœud papillon à clipser. Le genre de vêtements qui fait penser à une exhumation.

« L'une de vous deux doit aller dans la salle de bains, dit-il. L'autre ira ensuite. »

Après avoir enfermé Evie dans la chambre, il me prit par le coude pour m'entraîner dans le couloir. Je pensais qu'il me soutenait, mais lorsque mes jambes recommencèrent à fonctionner, l'étau de ses doigts se resserra et je compris qu'il n'en était rien. Quand nous atteignîmes la salle de bains, il coinça la porte avec sa chaussure et attendit.

« Je ne peux pas te laisser seule. Tu le sais bien. »

Je m'avançai sur le carrelage et me penchai au-dessus de la baignoire. Une eau tiède où flottait la crasse d'autres corps. Je me retournai vers Ethan et avant qu'il puisse regarder ailleurs, je fis passer mon T-shirt par-dessus ma tête.

« Tu ne peux pas ? » dis-je.

Je m'assis dans la baignoire, les genoux repliés contre la poitrine, et frottai mes membres avec la savonnette ratatinée. Quand je me mis à claquer des dents, je sortis du bain et m'essuyai avec une serviette ignoble qui traînait dans le lavabo. Ethan me tendit le morceau de tissu rose, en continuant à me tourner le dos. Je levai devant moi une robe au col montant qui descendait jusqu'aux mollets.

« C'est quoi ça ? demandai-je. Ethan, qu'est-ce qui se passe ? »

Il se retourna à moitié, pour murmurer :

« Il appelle ça une cérémonie.

— C'est bon, tu peux te retourner.

— Tu as l'air ridicule.

— Et toi, on dirait que tu es mort. »

J'attendis Evie, assise sur mon lit, en essayant d'élaborer un plan. Je l'entendais tousser dans la salle de bains. La panique de l'occasion offerte. Je soulevai un coin du carton qui masquait la fenêtre. Derrière, il n'y avait que l'obscurité bleutée du crépuscule, et la pluie sur les carreaux.

La porte de la chambre s'ouvrit, sur une apparition fuchsia.

« Ça te plaît ? » demandai-je.

Evie haussa un sourcil. C'était une chose à laquelle on s'était entraînées durant nos longues journées d'apathie : le sourcil dressé.

« Non ? Moi non plus. »

Vêtues de nos robes de soirée, nous descendîmes l'escalier. Devant moi, les cheveux mouillés d'Evie claquaient entre ses omoplates. Le salon émettait une lumière douce et chaleureuse, mais le reste de la maison était plongé dans le noir.

Nous étions les dernières. La pièce avait été réaménagée de façon à recréer une allée centrale entre les canapés disposés face à face, au bout de laquelle se tenait Père. Il avait confectionné une sorte d'autel sur lequel étaient alignés un magnétophone à cassettes, la Bible, des notes manuscrites et un bouquet de bruyère. Gabriel et Delilah étaient déjà assis sur un des canapés, avec Noah au milieu. En les voyant, je compris que notre fin était proche. Leurs os pointaient sous leurs vêtements, une lueur sauvage brillait dans leurs yeux immenses. Le visage de Gabriel semblait différent, déformé comme si son ossature s'était déplacée. Où est Daniel, pensai-je, et ces mots se transformèrent en refrain dans ma tête : Où-est-Daniel ?

« Bienvenue à notre petit auditoire », dit Père.

Il rassembla ses notes et ferma les yeux. J'essayai de me glisser sous ses paupières. Il délivrait un sermon à la Maison de la Vie, face à une foule exaltée qui se pressait autour de lui. Des enfants étaient brandis à bout de bras. Les retardataires se déversaient dans la rue, si bien qu'il fallut détourner la circulation.

Il rouvrit les yeux.

« Nous sommes incroyablement seuls, dit-il. C'est inévitable. Si vous n'êtes pas rejeté, vous ne vivez pas selon les préceptes de Dieu. Si vous n'êtes pas isolé, persécuté et mis en cause, vous ne vivez pas selon les préceptes divins. Voilà notre fardeau. Mais voyez-vous, en toute franchise, je n'ai jamais été obligé de le porter seul. »

Il enclencha le magnétophone. On entendit le bruissement de la cassette qui se mettait en marche, puis une belle et triste mélodie emplit le salon. Ce n'était pas un air religieux, mais une vieille chanson d'amour, vestige de ce monde qui continuait à tourner à l'extérieur de cette maison. Cela faisait bien longtemps que je n'avais pas écouté de la musique et je me laissai bercer par cette mélodie. Quand Père tourna la tête vers la porte, je vis qu'il pleurait.

Mère descendit l'allée d'un pas lent. Elle portait sa robe de mariée, que j'avais vue sur des photos joyeuses et jaunies. La robe avait jauni elle aussi, et sa peau faisait des plis au-dessus du décolleté. Lorsqu'elle passa devant moi, la mousseline frôla mon pied. Jusqu'à cet instant, je n'étais pas persuadée qu'elle était réelle. Elle ne nous regardait pas. Elle gardait les yeux fixés sur l'autel.

Quand elle s'arrêta devant, Père lui prit les mains.

« Nous sommes mariés depuis vingt ans, dit-il d'une voix qui se lézardait. Je t'ai aimée dès le début. Et je t'aimerai jusqu'à la fin. »

Il la prit dans ses bras, soumise. Il l'enveloppa. Le visage de Mère entrait dans la lumière et en ressortait, tour à tour doré et gris, parcouru de mouvements sous-cutanés, qui ne parvenaient pas à former une expression.

Père ne cessait de remettre la même chanson, encore et encore.

« Levez-vous, dit-il. Et unissez-vous. »

Evie et moi nous mîmes à danser en claquant des doigts et en faisant tournoyer nos robes. Evie était obligée de retourner s'asseoir sur le canapé toutes les deux minutes pour reprendre des forces. Delilah tourbillonnait entre nos parents, caressant au passage la robe de Mère. Je dansais le plus près possible du seuil du salon pour scruter les serrures de la porte d'entrée. Cinq pas. Une seconde pour soulever le loquet. Deux autres pour ôter la chaîne.

Je me rapprochai du couloir. Plus que quatre pas. Père avait les yeux fermés, appuyés contre le visage de Mère, dont les cheveux collaient à ses lèvres. Il pivotait lentement, en me tournant le dos. J'avais le temps.

Je sortis de la pièce et m'aventurai dans l'obscurité entre la cuisine et la porte. Je la sentais : l'adrénaline qui vous saisit à bras-le-corps et cogne dans votre ventre. J'examinai les verrous.

« Lex, dit Mère. Oh, Lex. »

En se retournant, au rythme de la musique, elle m'avait vue. Les corps de mes parents se séparèrent et un sentiment amer envahit l'espace entre eux. Père arrêta la musique. Mère tendit les bras, paumes ouvertes, attendant que mes mains les remplissent.

« Restons tous ensemble », dit-elle.

Père suivait du regard le tracé de ma chorégraphie, comme si j'avais laissé des empreintes sur le tapis. Son sourire se modifiait.

« Je crois qu'il est l'heure d'aller se coucher », dit-il.

Il adressa un signe de tête à Ethan, qui nous rassembla tous, en commençant par moi et Evie. Elle s'accrochait au canapé, en haletant.

« Allez, viens, Eve. »

Il nous poussa devant lui, en nous tenant par la peau du cou. Juste avant de franchir la porte, Evie tendit le bras en travers de l'encadrement.

« Où est Daniel ? demanda-t-elle.

— Il dort », dit Père, et Mère hocha la tête, comme si la musique jouait encore. Ce n'était pas une confirmation, mais une vieille chanson, en mode répétition : Oui, oui. Il dormait.

Nous dormions de plus en plus, d'ailleurs. La lumière raréfiée de l'hiver comprimait les journées. Evie se réveillait en pleine nuit, prise d'une quinte de toux ; son corps ruait entre les chaînes. Rendors-toi. Que dire d'autre ? Rendors-toi. Mon esprit me trahissait : des sauveurs sortaient de l'obscurité, avec de l'eau, des couvertures, du pain. Mme Glade ou Tante Peggy me parlaient à l'oreille, dans des langues que je ne comprenais pas.

Parfois, c'était Mère. Jamais elle ne nous avait autant aimés que lorsque nous étions dans son ventre, silencieux et totalement à elle, alors je la laissais prendre soin de moi. Certains jours, elle apportait du lait ou des restes. Elle nous nourrissait à la main. À d'autres moments, elle s'agenouillait près de mon lit avec une serviette et un bol en plastique contenant de l'eau. Elle parlait toute seule, comme si c'était une enfant elle aussi. Tout en passant la serviette sur mon corps, entre la clavicule et les côtes, sur la peau flasque de ma poitrine et de mes fesses, distendue, et entre mes cuisses, un endroit toujours sale, un motif de honte, car mon corps ne pouvait s'empêcher de vouloir être humain. Dans ces moments-là, émue par sa tendresse, je découvrais le goût de la défaite. Ne pas penser à fuir, à protéger Evie, à la nécessité d'être intelligente. Je m'y glissais dans ce plaisir, comme dans des draps propres.

Des rêves sombres et fragiles. Je me réveillai, glacée par une sueur rance, et tendis le bras en travers du lit, attendant que ma main touche le corps d'Evie. Plus loin, encore plus loin. Jusqu'à l'autre extrémité du matelas. Je me redressai et bataillai avec les draps. Un espace vide et lisse. Elle était partie.

« Evie ? »

Je m'arrachai du lit et traversai la chambre pour actionner le seul interrupteur dont je me souvenais, à côté de la porte. La petite pièce étouffante, vide et exposée. L'odeur chaude et âcre du pub en dessous, omniprésente. La salle de bains était plongée dans l'obscurité ; j'ouvris la porte malgré tout, je tirai le rideau de douche.

« Evie ? »

Je m'habillai.

En bas, la patronne faisait sa caisse. Les relents de l'alcool de la veille.

« Excusez-moi… », dis-je.

Elle leva la tête, sans un mot.

« Avez-vous vu passer ma sœur ? »

Des petites piles de monnaie étaient alignées sur le bar. Elle fronça les sourcils. Je l'avais interrompue dans ses comptes.

« Ma sœur, dis-je. Je suis arrivée avec elle. Elle était là ce matin, au petit déjeuner.

— Hein ? »

Elle regarda ses mains. Les billets avaient sali ses paumes. On aurait dit qu'elle essayait de saisir quelque chose – un ultime total – avant de pouvoir m'accorder son attention.

Elle secoua la tête.

« J'ai vu personne. »

J'allai jeter un coup d'œil dans la salle de restaurant. Je me rendis aux toilettes et ouvris les portes des trois W.-C. Je regagnai notre chambre. La couette froissée et pas le moindre mot. Je me représentai les rues qui menaient à la maison. Moor Woods Road qui s'incurvait en montant vers la lande. J'enfilai mes chaussures.

Je m'arrêtai au milieu de la chaussée déserte. L'eau gouttait des toits et formait un petit ruisseau quelque part sous mes pieds, dans les canalisations. Seuls les lampadaires perçaient l'obscurité. À deux heures du matin, toute la ville dormait. Les poivrots eux-mêmes s'étaient repliés.

« Il faut que j'y retourne », avait-elle dit.

La voiture de location était toujours sur le parking, étincelante. Evie était partie à pied. Je l'imaginai, malade et désorientée, obsédée par la maison. Je pouvais y être en vingt minutes. Une demi-heure peut-être. Elle était mal en point. Je pouvais la rattraper avant qu'elle atteigne Moor Woods Road.

Je me mis en marche, en suivant la bande blanche au centre de la chaussée. Et sursautai en captant ma silhouette dans les fenêtres noires. Après avoir dépassé les dernières boutiques, je suivis la route qui enjambait la rivière. Je l'entendis avant même de voir le pont. Des branches pendantes étaient prisonnières entre les deux rives, l'eau rebondissait sur les rochers et quelques Caddie abandonnés.

Je laissai derrière moi la filature qui marquait la limite du bourg et attaquai la montée.

Il bruinait encore sous les arbres. De l'autre côté de la route, des champs vides s'enfonçaient dans la nuit. Partout, l'odeur humide, musquée, de la terre, comme si des choses depuis longtemps endormies ressuscitaient. Je scrutai chaque virage pour tenter d'apercevoir une silhouette maigre, recroquevillée dans le noir. J'aurais dû la rattraper maintenant.

Moor Woods Road s'élevait devant moi. Je passais sous l'ultime lampadaire et m'arrêtai à la limite de son halo lumineux.

La nuit, tout devenait plus effrayant.

Je songeai à de petites choses réconfortantes : le téléphone dans ma poche, un rendez-vous dans un bar avec Olivia et Christopher en début de semaine prochaine, lorsque je leur raconterais cette histoire en buvant les derniers spritz de l'été. « Et puis, dirais-je, pendant qu'ils me regarderaient bouche bée, réagissant à propos comme le font les bons amis, j'ai pris la direction de la maison. »

Mon téléphone éclairait un cercle étroit devant moi.

Ce n'était pas loin. Quand je repensais à notre évasion, j'étais certaine d'avoir couru pendant dix minutes, ou plus. En réalité, seuls quelques centaines de mètres me séparaient de la maison. Je passai devant le champ où avaient vécu les chevaux et projetai la faible lueur sur la clôture. Elle éclaira un lopin de terre craquelée, avant de fléchir face à l'obscurité. C'est une idée absurde, pensai-je : les chevaux étaient morts depuis longtemps.

« Evie ? » criai-je en direction du champ.

Je me retournai vers la route. Cet endroit avait toujours été calme. Trop calme pour que quiconque s'y aventure par hasard. Le centre communautaire aurait besoin d'une grande campagne publicitaire. Il faudrait prévoir un budget à cet effet.

La maison attendait, silencieuse ; les pièces se profilaient derrière le bois depuis longtemps vermoulu. Je m'arrêtai à l'entrée de l'allée.

« Evie », dis-je. Et puis, le plus fort possible : « Evie ? »

L'entrée avait été condamnée par des planches. J'enjambai les fleurs et poussai sur la porte, à deux mains d'abord, puis avec le poids de mon corps. Des éclats de peinture restèrent collés à mes paumes, mais la porte ne bougea pas.

La cuisine.

Je pataugeai dans l'herbe mouillée, en suivant les murs de la maison. Un cadenas reliait la porte de derrière à son encadrement, mais il était rouillé et sectionné, et il céda entre mes mains. Je le laissai tomber dans l'herbe et poussai la porte.

Il y a des choses que votre corps ne vous permet pas d'oublier.

En fin d'après-midi, Père entra dans notre chambre. Le bruit de la clé dans la serrure. Il venait de dehors et il sentait le froid. Son visage était rougi, heureux.

« Mes filles », dit-il et il posa sa main sur nos têtes.

Ces derniers temps, il parlait moins de Dieu. Il évoquait des choses plus modestes. Il projetait un départ en vacances. Nous n'avions jamais pris l'avion. Il fallait remédier à cela. Est-ce qu'on se souvenait de ce week-end à Blackpool ? De la mer le matin ? Je hochai la tête. Nous pourrions acheter de nouveaux T-shirts, dit Père. Différents. Il nous en faudrait sept, ajouta-t-il. Et dans ma tête, je rectifiai : six.

« Cette famille a subi tant d'épreuves », dit-il, et lorsque je me retournai pour le regarder, debout devant notre fenêtre, le visage levé vers la maigre lumière, je compris qu'il en était convaincu.

À l'autre bout de la pièce, je vis Evie secouer la tête, les yeux fixés sur mon lit. Tout son corps était déformé par la terreur.

Je suivis la direction de son regard.

Le coin du livre dépassait de sous mon matelas.

Notre livre sur la mythologie.

Père se retourna vers nous. Il s'assit sur mon lit et le poids de son corps me fit rouler vers lui. Il enfouit ses doigts dans mes cheveux.

« Alexandra, dit-il. Où devrions-nous aller ? »

Je fermai les yeux.

« Je ne sais pas.

— Pourtant, Ethan et toi, vous connaissez bien la géographie, non ?

— En Europe, dit Evie.

— Tu vois ? Evie sait où elle aimerait aller. Tu ferais bien d'y réfléchir, Alexandra.

— Ou en Amérique, dit Evie, les yeux mouillés de

peur, essayant de maintenir l'attention de Père braquée sur elle, tremblante de courage. Ils ont Disney là-bas.

— Oui. Ça vous plairait. Non ?

— Oui, dis-je. »

Il soupira et se leva.

« Mes filles », répéta-t-il et il se pencha pour m'embrasser.

Je sentis son corps se figer, ses lèvres suspendues au-dessus de ma peau.

« C'est quoi, ça ? »

Il saisit le coin du livre et tira. La belle couverture et les pages dorées apparurent. Il l'ouvrit au milieu et demeura ahuri, comme s'il ne comprenait pas ce qu'il avait devant les yeux. Son visage se modifia, alternant entre la stupeur et le triomphe. Finalement, il opta pour une forme de folie, comme s'il venait d'avoir une révélation, et je repensai à Jolly en chaire. Mais Jolly avait toujours fait semblant d'être en colère. Père, c'était différent.

« Tous les malheurs de cette famille, dit-il. Maintenant, on sait. »

Qu'on en finisse, pensai-je. Vite. Qu'est-ce qu'on ressent ? Seras-tu capable de le supporter ? Avec un air de défi ? As-tu assez de cran ? Toi qui cherchais toujours à faire plaisir ?

Son poing se referma autour de mon cou. Entre ses bras, je vis Evie tirer sur ses chaînes, tout son corps était tendu. Ne regarde pas, avais-je envie de lui crier. Tu ne pourras plus jamais oublier. Et elle était si jeune. Si bonne. Soudain, il me parut très important qu'elle ne regarde pas, c'était une des dernières choses importantes. J'essayai de le lui dire avec mes yeux, mais impossible. Et elle continuait à se débattre.

« Tu veux mourir ? demanda Père. Tu veux mourir et aller en enfer ? »

Il me poussa sur le matelas. Inutile de continuer à faire semblant, alors j'éclatai de rire.

« Où on est, là ? demandai-je. Hein ? Où on est, là ? »

Il quitta la chambre en tremblant de tous ses membres. Durant les quelques secondes précédant son retour, je regardai Evie.

« Lexy, dit-elle.

— Tu n'as rien à craindre, dis-je. Tout ira bien pour toi, Evie.

— Oh, Lex.

— Ça va aller. Mais promets-moi de ne pas regarder.

— OK. Je te le promets.

— Bien. »

Quand Père revint, il tenait quelque chose dans la main. Une sorte de matraque en bois. Un élément de la croix, pensai-je. Celle qui était sur le mur de la cuisine. Vestige de la Maison de la Vie. Il se pencha au-dessus de moi pour détacher mes poignets – dans un ultime geste de tendresse – et je me dressai face à lui.

« Seigneur, dit-il. Seigneur, comme je t'aimais. »

Il me donna un coup dans le ventre et quelque chose s'effondra à l'intérieur de moi, éclata, se transforma. J'eus la sensation que mon corps s'ouvrait, je pris conscience de sa vulnérabilité stupide, avec ses nerfs et ses trous, ses entrailles molles.

Et voilà. Ce jour-là, Evie cessa de parler, et je compris que bientôt – très bientôt – nous devrions nous enfuir.

Froid et humidité. Le sol était mou et les derniers bouts de linoléum se décollaient sous mes pieds. Je marchai entre les mauvaises herbes et les jeunes pousses, là où la lande avait commencé à reprendre possession de la maison. Partout de l'eau gouttait. La lampe de mon portable sonda l'obscurité et éclaira des tumeurs de moisissures qui poussaient au plafond ; le faisceau pénétra dans les ruines de la cuisine : la cuisinière ensanglantée par la rouille, le réfrigérateur couché sur le flanc. Des particules de poussière voltigeaient dans l'air, invisibles jusqu'à ce que le faisceau de la lampe les transperce.

Un rat jaillit du couloir. Je reculai d'un bond, trop effrayée pour hurler. Je me demandai si, en réalité, Emerson n'était pas un rat que nous appelions souris car l'idée de dormir avec un rat était insoutenable.

« Evie ? Evie ? Je t'en supplie. »

Je passai devant le salon et braquai la lumière sur l'escalier. Il faisait trop sombre : le faisceau heurta les premières marches et vacilla devant l'obscurité. Je m'accroupis pour les examiner. En s'effritant, la couche supérieure du bois avait fait apparaître l'intérieur jauni qui commençait à se décomposer. Je pris appui contre le mur et le laissai absorber mon poids, le corps raidi, une respiration pour chaque marche. Les planchers craquaient au-dessus de moi.

Le palier m'apparut, porte par porte.

Je m'arrêtai sur le seuil de la chambre de Gabriel et Delilah. Derrière le bruit de l'eau qui goutte, il y en avait un autre : le gargouillis. La maison se vidait de ses vieux secrets. La première petite chambre misérable, dont les coins étaient si obscurs qu'ils échappaient à la lumière de la lampe. Des lambeaux de peinture pendaient sur les murs. Le vent traversait toute la maison et la porte faillit se refermer, mais je la retins à temps.

J'entendis un bruit derrière moi, à l'autre extrémité du palier. Mon cœur cognait dans mon crâne, mes mains et mon ventre. Je me retournai.

« Evie ? »

La porte de notre chambre était fermée.

Je traversai le palier, sans penser à rien, certaine que le moindre souvenir ferait surgir cette réalité hors de la nuit.

Je tendis la main, d'une blancheur éclatante, dans la lumière, et entrouvris la porte.

Je savais qu'il y avait quelque chose dans la chambre. Les lits, considérés comme des pièces à conviction, avaient été retirés bien des années plus tôt, laissant des reliques blanches sur le mur. Le Territoire était un terrain vague. Les tapis et les murs s'étaient érodés, dévoilant la chair de la maison, le plâtre et le squelette du parquet sous mes pieds. La terrible forme était blottie dans le coin, là où se trouvait autrefois le lit d'Evie. Frêle et immobile. Lorsque le faisceau de la lampe se posa sur elle, elle tressaillit. Je n'avais plus peur. Elle était là, elle m'attendait.

« Evie, dis-je.

— Oh, Lex. Tu crois vraiment que je suis sortie de cette chambre ? »

7

Nous tous

Je quittai l'Angleterre à l'automne. Au début du mois d'octobre, je traversai Soho, col relevé, et récupérai mes affaires au Romilly Townhouse. On les avait rassemblées dans ma chambre et elles m'attendaient depuis ma visite à Hollowfield.

« Comment s'est passé votre séjour ? » me demanda la réceptionniste.

J'ouvris la bouche pour répondre, puis la refermai. Elle me regarda d'un air entendu. Difficile de garder des secrets dans un hôtel.

« Mouvementé, dis-je.

— Et maintenant ?

— Maintenant, un mariage. »

Au matin, je me retrouvai dans un lit d'hôpital, adossée à des oreillers, au milieu du bavardage des infirmières et des machines. Ce n'était pas l'hôpital où on nous avait conduits après notre évasion, mais durant ces premières minutes étranges, je le crus. Il y régnait la même odeur chimique, douceâtre, qui aujourd'hui encore me procurait toujours ce soulagement inouï. Je regardai ma main se lever vers le plafond, tester sa liberté, sous le regard approbateur de la Dr K.

Elle avait attendu que je me réveille. Elle était pâle et semblait vieille. Elle portait une superbe robe couleur crème qui pendait tristement sur son corps et laissait voir les tendons de son cou. Impossible d'établir un rapprochement avec cette femme qui s'était assise auprès de mon lit d'hôpital quand j'étais enfant. On aurait dit une cheffe d'État à la fin de son mandat. Nos regards se croisèrent et elle me sourit, sans conviction.

« Lex, dit-elle.

— On est encore à Hollowfield ?

— Pas très loin.

— Où m'ont-ils trouvée ?

— Entre le village et la vieille maison. Un ouvrier qui venait de finir son travail de nuit. Pas très loin de l'endroit où tu as été récupérée la première fois, je suppose. Tu étais désorientée… épuisée.

— Un coup de chance, encore une fois.

— L'hôpital m'a appelée à cinq heures du matin. Apparemment, je suis toujours la personne à contacter en cas d'urgence.

— N'en tirez pas de fausses conclusions. C'est juste une absence d'alternative possible. »

Je devinais que c'était encore à moi de parler, mais j'ignorais ce que j'étais censée dire.

« Je ne voulais inquiéter personne. Je voulais juste voir la maison. Vous avez appris la mort de Mère, j'imagine. Elle a fait de moi son exécutrice testamentaire. Nous avons des projets pour Moor Woods Road. J'étais là-bas pour régler des détails. Et sans doute que… je me suis laissé submerger. »

Elle posa un coude sur son genou et son menton sur son poing. Je n'avais pas dit ce qu'elle espérait entendre.

« Mes parents ? demandai-je. Ils sont ici ?

— Oui. Greg et Alice.

— J'aimerais les voir.

— Bientôt. Il faut qu'on se parle d'abord. L'homme qui t'a découverte… tu lui as raconté que tu cherchais ta sœur.

— Ah bon ?

— Oui. » Elle commença à dire quelque chose, puis se ravisa, et dit finalement : « J'essaye de te joindre depuis que tu as atterri, mais impossible. Je craignais – dès que j'ai appris pour ta mère – qu'il se passe quelque chose. »

Je détournai le regard.

« Je crois que je n'étais pas prête. À prendre votre appel.

— Je comprends. Et nous devrions y voir un point positif. Tu ne penses pas ? Je crois… Je crois que tu savais ce que j'allais te dire. »

J'avais une boule dans la gorge.

« Je sais que mes méthodes peuvent choquer, Lex. Des années plus tard. Mais à l'époque, c'était différent. Durant les premiers mois, juste après l'évasion. Ça t'a aidée. Je pensais que le jour où je te dirais tout – absolument tout – ton esprit serait capable de gérer ces informations. Et de le supporter.

— Vous m'avez menti. C'est ce que vous voulez dire ?

— Oui. Pendant une courte période. Et depuis, je n'ai cessé de vouloir te convaincre d'accepter la vérité. »

Elle se redressa dans son fauteuil et regarda à travers moi.

« Dis-le-moi, Lex. Dis-moi ce qui est arrivé à Evie.

— Vous disiez toujours que la fin justifie les moyens. Eh bien, regardez où on en est aujourd'hui. »

Les larmes roulèrent sur mon visage, dans mes oreilles.

« J'ai besoin de te l'entendre dire, Lex. »

La police débarqua à la maison une demi-heure après mon évasion. L'odeur fit reculer les premiers agents arrivés sur place quand ils entrèrent. Ils découvrirent Père avachi près de la porte de derrière, comme s'il avait tenté de fuir, avant de se raviser. Mère veillait son cadavre, bien évidemment, en gémissant. Ils trouvèrent Daniel presque par hasard, dans un sac-poubelle, plié dans un des placards de la cuisine ; décomposé depuis plusieurs mois. Noah était dans son berceau, empêtré dans ses excréments. Gabriel et Delilah ressemblaient à des squelettes aux yeux écarquillés. Ethan attendait calmement sur son lit, réfléchissant déjà à ce qu'il allait dire. Evie était toujours dans notre chambre, enchaînée. Inconsciente. Quand un policier la prit dans ses bras, elle était aussi légère que sa propre fille. Qui n'allait pas encore à l'école. Faisant fi du protocole, il brisa les chaînes lui-même. Il l'emporta au rez-de-chaussée, puis dehors, pour attendre l'arrivée de l'ambulance. La Fille

C. Dix ans. Déclarée morte à l'hôpital, le lendemain, sans avoir repris connaissance. Pour moi, c'était le plus dur à supporter. La dernière chose qu'elle avait vue, c'était cette chambre.

Après deux nuits à l'hôpital, il ne me restait plus qu'à rentrer à la maison. Maman et Papa vinrent me chercher dans ma chambre et m'escortèrent jusqu'à la voiture. Assise à l'arrière, j'observais leurs cheveux au-dessus du repose-tête, comme une enfant.

Lorsque je me réveillai, nous étions déjà dans le Sussex, non loin de la maison.

Le cottage est situé à l'extrémité d'une allée ombragée, à l'écart d'une des routes qui partent de la ville. À côté de la porte d'entrée, il y a un banc sur lequel Papa étale ses journaux, en coinçant chaque supplément sous une pierre du jardin. Quand il pleut, les pages se séparent et se délitent entre les lattes. Derrière la maison, il y a un jardin encombré d'abeilles, d'herbes et d'un trampoline. Un portillon s'ouvre sur un grand champ qui s'étend jusqu'aux Downs. Un unique moulin à vent au caractère fantasque se détache dans le ciel.

Il m'avait fallu du temps pour prendre conscience du sacrifice qu'entraînait ce déménagement. Juste avant de partir, j'avais découvert des photos de leur ancienne maison, à la périphérie de Manchester, avec ses trois étages et l'allée en mosaïque qui menait à la porte d'entrée. Ici, nous n'avions que deux chambres et demie, et le jardin étouffait sous les nombreux projets de mes parents. Il y avait toujours quelque chose qui agonisait, éclipsé par autre chose. Autrefois, Maman était infirmière aux urgences ; elle travaillait maintenant dans un service de médecine générale où elle administrait des vaccins et faisait la conversation.

« Ce n'est pas aussi simple que ça, m'avait dit Papa le jour où je l'avais interrogé.

— Pourtant, ça m'a l'air évident.

— Crois-le si tu veux, mais il y a des choses que tu ne peux pas comprendre. »

Quand nous arrivâmes au cottage, il s'extirpa de notre petite voiture et récupéra ma valise dans le coffre.

« Laisse-moi faire », dis-je, mais il secoua la tête et traîna mon bagage à l'intérieur.

« Te voilà de retour », dit Maman.

Le soleil hésitait sur les crêtes des Downs. Nous pénétrâmes dans l'ombre de la maison, sous les jardinières suspendues, et décidâmes de faire du thé.

La première fois que j'étais venue ici, la Dr K et l'inspecteur Jameson voyageaient à l'avant de la voiture. J'étais assise à l'arrière avec la femme de l'inspecteur Jameson. Durant le trajet, sa main hésitait entre nous, comme si elle avait peur de me toucher. À la station-service, elle m'avait acheté un paquet de Quavers, et elle m'avait dit que je pouvais l'appeler Maman, si je voulais.

Il y avait encore un panneau « À vendre » devant le cottage, que je n'aimais pas. La Dr K m'avait clairement fait comprendre que ce serait ma maison désormais. « Peut-être que vous pourriez nous prendre en photo ? » avait demandé Maman, et nous avions posé tous les trois, mes nouveaux parents et moi, collés les uns aux autres sur le pas de la porte, sans savoir si nous devions sourire.

« J'en ai pris plusieurs », avait dit la Dr K.

Une fois la séance photo terminée, tous les trois avaient disparu à l'intérieur de la maison. J'étais demeurée sur le seuil, vampire débraillé qui attend qu'on l'invite à entrer.

Je passai le mois de septembre à lire et à dormir. Du sommeil des morts, dénué de rêves par chance. Le matin, le soleil inondait la couette et illuminait les livres d'enfants, les posters, mon diplôme encadré. Je me réveillais en sachant exactement où j'étais.

Tous les samedis, Olivia et Christopher descendaient du train. Edna m'appela pour critiquer mon lieu de résidence et mon sens des affaires. Payer pour une chambre d'hôtel qu'on n'utilisait pas, dit-elle, était le signe d'une politique monétaire médiocre. Devlin m'envoya des fleurs et des mails. Ses messages se lisaient comme des extraits d'un guide de développement personnel particulièrement direct.

N'aie pas honte. Pense à tout ce qui n'a jamais été fait à cause de la honte.

Merde à ces couilles molles. Je te garde dans l'équipe.

Jake demande après toi, alors tu peux toujours épouser un millionnaire.

Dans ma réponse, je réclamai des détails sur les dossiers de l'automne, et elle me les envoya.

Je rafraîchis ma messagerie aussi souvent que je pouvais le supporter, espérant des nouvelles de Bill. Et, chaque fois, je me le représentais devant un vieil ordinateur portable, en train de rafraîchir sa propre messagerie, dans l'attente de mes excuses.

Je lisais, courais, me masturbais, prenais des bains et mangeais. C'était ça le problème quand on retrouvait sa maison : on était obligé de retrouver également la personnalité qui vivait là. Quand je discutais avec mes parents, nous parlions des sujets les plus faciles. La météo, bien évidemment : l'été semblait toujours sur le point de s'achever. Maman m'interrogeait sur Olivia et Christopher, sur Devlin, et les clients les plus dingues de New York, sur PJ, avec mépris. Je l'accompagnais au supermarché et chez le marchand de journaux. Je passai plusieurs jours avec elle en chirurgie, je l'aidai à faire du classement : assises par terre toutes les deux, dos à dos, assiégées par des paperasses. « Attends-toi à recevoir une facture », dis-je.

Nous ne parlions pas de Hollowfield. Nous ne parlions pas du mariage d'Ethan.

Je reconnaissais que mes parents étaient âgés, et que j'étais partiellement responsable. Les messages sans réponse. L'appel de la Dr K au petit matin. N'étaient-ce pas ces choses-là qui faisaient vieillir les gens, bien plus que le passage du temps ? Parfois, en écoutant le son de leurs voix, dans leur chambre, le soir, je savais qu'ils parlaient de moi. Les poches sous les yeux de Papa s'étaient affaissées, comme des bajoues supplémentaires, et il avait pris l'habitude de me suivre d'une pièce à l'autre. Après sa sieste, il se précipitait dans l'escalier pour frapper à la porte de ma chambre, ou bien il déboulait dans la cuisine, sans raison, et se plantait devant mon petit déjeuner, penaud.

« Qu'est-ce qui t'inquiète ? demandais-je, et il secouait la tête, incapable de répondre.

— Je ne sais pas. »

Un après-midi où il faisait plus doux, munie d'un seau d'eau, j'allai nettoyer le trampoline dans le jardin. Le meilleur endroit de la maison pour lire. Je commençai par ôter les feuilles, puis me mis à frotter, la toile d'abord, puis les ressorts et les pieds. Il était tout juste assez solide pour supporter mon poids si je restais immobile. Si je sautais dessus, je me retrouverais sur le béton. Après avoir récupéré une couverture et un coussin, je lus jusqu'à ce que la lumière décline et prenne une teinte brumeuse dans le jardin. Peu de temps avant que Papa me rejoigne. Je le regardai traverser le jardin. De sa démarche lente et prudente. Les mains plaquées sur les reins. Arrivé devant moi, il se retourna vers la maison et se hissa à mes côtés sur le trampoline.

« Papa. Qu'est-ce que tu fais ?

— Je me joins à toi. Alors, ce livre ?

— Bien.

— Tu te souviens des heures qu'on a passées sur ce machin ?

— Évidemment.

— J'ai cru que tu allais me tuer, à force.

— Arrête ! Tu adorais ça.

— Oui. C'est vrai. On était si sûrs de… »

Je posai mon livre et me retournai pour le regarder.

« Lex… »

J'attendis qu'il continue, mais il resta couché là, sur le trampoline, à regarder les branches se balancer.

« Tu peux rester ici, dit-il finalement. Tu peux rester jusqu'à la fin de l'année.

— Papa…

— Reste, Lex. Ne va pas à ce mariage. Je suis sérieux. Tu peux rester ici pour toujours, si tu veux.

— Impossible. Tu le sais bien. »

J'aurais pu, cependant. Au-dessus de nous, les Downs étaient un patchwork de vert et d'or, relié par des haies et des chemins de craie. Je me voyais dans dix ans, puis vingt, vivant dans cette enfance perpétuelle que j'avais manquée. Les posters de ma chambre décolorés par des décennies de soleil. Dormant toujours aussi bien, dans un lit muni de rebords.

« Hélas, dis-je, je suis obligée de vivre dans le monde réel. »

Il hocha la tête. Ça valait la peine d'essayer.

« Je suis casse-pieds. Je sais.

— Non, Papa. Tu n'es pas casse-pieds.

— Quand tu es venue vivre avec nous, dans les premiers temps, je rêvais de toi. Tu étais toujours chétive. On se rencontrait par hasard, comme si on se connaissait déjà, et on bavardait un instant. Parfois, on était au supermarché, ou tu étais dans le jardin, sur le trampoline. Tu étais minuscule. Tu avais juste six ou sept ans. C'était bien avant que je puisse te connaître. C'étaient toujours des rêves agréables au départ. Et puis, venait toujours un moment où tu devais partir. Comme si je savais, depuis le début, que ça allait arriver. Et bizarrement… bizarrement, je savais aussi ce qui t'attendait là-bas. »

Il pleurait. Je détournai le regard, sachant qu'il n'aimerait pas que je voie ça, et il plaqua les mains sur ses yeux.

« Je me réveillais toujours à ce moment-là.

— Papa.

— Oh, bon sang. Je suis désolé.

— Ce n'est rien.

— Et une fois que tu es réveillé, tu as beau essayer de… une fois que tu es réveillé, tu ne peux pas retourner dans ton rêve. »

Je n'avais pu quitter l'hôpital qu'à condition de consulter la Dr K. Elle me cherchait un psychologue à New York, disait-elle, mais cela prendrait du temps. Il fallait choisir la bonne personne. En attendant, nous continuerions à nous voir une fois par semaine.

Pour parler.

Je ne voulais pas me rendre dans son cabinet à Londres et je ne supportais pas de l'imaginer au cottage, en train d'analyser notre dynamique. Saluant Papa comme un vieil ami perdu de vue. Nous optâmes finalement pour un coffee shop en ville. Le service était nul et les meubles artistiquement patinés, mais leur café excellent. Nous étions d'accord sur ce point.

Elle ne s'embêtait plus avec les civilités. Elle arrivait généralement la première, son sac était posé sur la table et son imperméable occupait un siège vide. Elle avait déjà commandé : une tasse de café m'attendait à ma place. Elle ne se levait pas pour m'accueillir.

Au-dessus de notre table, sur un tableau noir, il était écrit : Vivre. Rire. Aimer.

« Comment ça va ? » me demanda-t-elle, et je répondis à sa question comme elle l'exigeait : simplement, en m'en tenant aux faits. J'allais bien. J'avais hâte de reprendre le travail. Je me préparais à rentrer à New York. Evie était morte bien des années plus tôt, peu de temps après notre évasion.

« Et pourquoi, selon toi, as-tu été incapable d'accepter cette réalité pendant si longtemps ? » me demanda la Dr K.

Certains jours, je me soumettais à cet interrogatoire. Le corps est notoirement doué pour oublier la douleur, dis-je. Faut-il s'étonner que l'esprit – si on l'encourage un peu – puisse en faire autant ? Ou bien : Parce que vous m'en avez donné l'occasion. Dans le dénuement des premiers jours à l'hôpital, vous m'avez offert un mensonge, j'y suis entrée en titubant et j'ai refermé la porte derrière moi. Et quand vous m'avez avoué la vérité, je m'étais déjà installée. J'avais déballé mes affaires et changé les serrures.

À d'autres moments, je ne voyais pas l'intérêt d'avoir cette conversation. Je m'étais raconté des histoires, en effet. Et alors ? Quel mal y avait-il à se convaincre que certaines choses s'étaient déroulées différemment ? Ethan, Delilah, Gabriel et Noah : chacun avait sa propre fiction. Qui ne se racontait pas des histoires, pour se lever le matin ? Il n'y avait pas de mal à cela. Ces jours-là, j'avais envie de la planter là. Laissez-moi vivre dans ma fiction, lui dirais-je. Comme ça.

Le seul sujet que nous n'abordions pas, c'était le

mariage, et si nous n'en parlions pas, c'était parce que j'avais annoncé à la Dr K que je n'y assisterais pas. Elle m'avait interrogée sur chacun de mes frères et sœurs, sous couvert de curiosité professionnelle, mais quand je parlais, elle m'écoutait avec cet air qu'ont les parents qui attendent à la porte de l'école et comparent les autres enfants avec le leur. Je lui décrivis Ana et les différents succès d'Ethan. J'atténuai la scène de la chambre et amplifiai l'histoire d'amour entre les protagonistes.

« Je crois savoir qu'Ethan va se marier, dit-elle.

— Oui. En octobre.

— Un mariage en famille ? »

Elle ne souriait pas.

« Je pense qu'il veut toute la lumière, sans la partager avec nous. Vous connaissez Ethan. »

Elle hocha la tête.

« Ethan, dit-elle en gardant son nom dans sa bouche comme si elle essayait d'identifier un goût particulier. J'espère qu'il aura la vie qu'il mérite. »

Je trouvai une consolation dans la théorie du droit : c'était plus une omission qu'une représentation erronée, et ce n'était pas très grave. La Devlin dans ma tête haussa un sourcil. En l'occurrence : je n'avais pas voulu gâcher une séance avec quelque chose de joyeux et banal.

Mais avant de repartir, la Dr K s'arrêta, debout devant la table, son manteau boutonné.

« Concernant le mariage… »

Elle ne me regardait pas, ce qui facilitait les choses.

« Oui ?

— Je suis contente que tu n'y assistes pas. »

Certains jours, j'avais l'impression que nous étions là pour sa propre santé mentale. Au cours de ces séances, elle parlait davantage que durant toutes les années où je l'avais connue. Dans l'éclairage brutal du café, elle paraissait exténuée et illuminée.

« Je ne peux pas oublier ton expression quand je t'ai dit la vérité pour la première fois, me confia-t-elle. J'y pense sans cesse. C'était au cours de ton troisième mois à l'hôpital. Tu m'interrogeais sur elle depuis plusieurs jours. Tu n'en pouvais plus. À force de penser à elle, dans une nouvelle famille. Tu n'arrêtais pas de me demander : pourquoi est-ce que je ne peux pas aller vivre avec eux ? Maintenant que tu allais beaucoup mieux, je commençais à mettre en doute mon approche. C'était sans fin, vois-tu. Ou plutôt, il n'y avait qu'une seule fin : te dire la vérité.

» Ce que j'ai fait. Nous nous promenions dans la cour de l'hôpital. Et quand je te l'ai annoncée, tu n'as pas dit un mot. Tu m'as regardée avec… pitié, je crois. Comme si tu avais de la peine pour moi, parce que j'étais capable de dire une chose aussi stupide. Et tu as embrayé sur un autre sujet, sans aucun rapport. La qualité des repas de l'hôpital. On aurait pu croire que tu ne m'avais même pas entendue.

» À partir de là, c'était comme si chaque jour, on repartait de zéro. Tu te souvenais du nom d'un obscur poète que j'avais mentionné en passant, ou d'un animal que tu n'avais jamais vu. Mais ça… tu arrivais toujours à l'oublier.

» On a essayé, encore et encore. Que faire ? Tu

avais une nouvelle famille, et en septembre tu aurais une nouvelle école. Tu marchais de nouveau. Tu te débrouillais bien, Lex. Comme je l'avais espéré. Les Jameson avaient leur enfant, et moi j'avais ma justification. En toute franchise, nous pensions que ça te passerait avec le temps.

— Comme un doudou ? Ou… sucer son pouce ?

— Sais-tu ce que disait Alice ? "Quel enfant n'a pas un ami imaginaire ?"

Cette fidélité. Je réprimai un sourire, mais je le sentais sur mon visage.

« Finalement, reprit la Dr K, j'ai arrêté de t'interroger à ce sujet. Pourquoi ? J'y pense maintenant. Mais c'est évident, non ? À tous les autres égards, tu étais ma plus grande réussite. »

Au début, pourtant, il y avait eu des échecs. Ainsi, le fait que je n'aie pas d'amis provoquait une vive inquiétude.

À la fin de l'été, Maman m'avait accompagnée dans une longue et large allée bordée d'arbres. Nous passions du soleil à l'ombre, aussi nerveuses l'une que l'autre. Sa main cognait contre la mienne. Une petite tour avec une horloge nous attendait tout au bout, et au pied, un proviseur, main tendue.

Ce matin-là, assise seule dans une salle de classe, je planchai sur trois sujets d'examens. Des tondeuses à gazon bourdonnaient sur des pelouses invisibles et un jeune homme mort d'ennui m'annonça qu'il me restait une demi-heure, puis dix minutes. Après cela, dans un bureau en bois, lumineux, je m'entretins avec le proviseur, qui me demanda, successivement, ce que je lisais en ce moment (*Le Mage*, de John Fowles. Mes parents savaient que ça parlait de la Grèce, mais ignoraient qu'il y avait des scènes de sexe), si je connaissais la Bible (par où commencer), si je savais ce qu'était la philosophie (oui) et quel était l'endroit le plus intéressant que j'avais visité (Blackpool). La semaine suivante, avec six ans de retard, je décrochai ma bourse. Pour des raisons de programme national, m'expliqua le proviseur, j'intégrerais une classe où les élèves avaient deux ans de moins que moi. Sur un plan scolaire, je trouverais ça peut-être un peu ennuyeux. Dans ce cas, je ne devrais pas hésiter à le faire savoir.

De fait, je ne me suis jamais ennuyée.

Il y avait sept cours par jour. On apprenait à faire un nœud de cravate. Il y avait les devoirs. Les cours de natation, pendant lesquels j'effectuais quelques largeurs en pataugeant, gênant ainsi les élèves qui faisaient des longueurs. On se familiarisait avec Word. Il y avait une immense bibliothèque, où on pouvait emprunter huit livres – « Huit ! », dis-je à Maman sur le chemin du retour – et où la bibliothécaire m'informa qu'elle pouvait me procurer n'importe quel livre manquant, à condition que ce ne soit pas un ouvrage pornographique ou *Mein Kampf*.

Deux filles de ma classe furent chargées de me tenir compagnie au réfectoire et entre les cours, pour s'assurer que je ne restais jamais seule, que j'avais les bons manuels dans mon sac et que je savais toujours où aller. Après la première semaine, je n'avais plus besoin de leurs services, et petit à petit, elles prirent leurs distances et me laissèrent naviguer seule dans les couloirs.

Les autres élèves étaient plutôt sympas, mais le soir, je passais à côté du flot de textos qui constitueraient les ragots du lendemain. Après le premier trimestre, je ne fus presque plus jamais invitée dans les fêtes.

L'amitié me fuyait. J'étudiais mes camarades au déjeuner et durant les heures de perm, pour essayer de percer cette magie particulière. Ils riaient si facilement – bêtement, en réalité –, pour n'importe quoi. Aucun ne me semblait aussi intéressant qu'Ethan, aussi enjoué qu'Evie.

« Ce n'est pas de la magie, Lex, m'avait dit la Dr K. Il te suffit de… » Haussement d'épaules. « … te mettre en avant. »

J'imaginais la scène : je marchais vers une table où étaient assis mes pairs et posai mon plateau à côté d'eux. « Tu étais dans quelle école avant ? » me demanderait quelqu'un, comme ils l'avaient déjà fait, et je me pencherais en avant sur ma chaise. « Euh… »

Je haussai un sourcil et la Dr K ne put s'empêcher de rire.

« Si ça t'intéresse, me confia-t-elle, je n'ai jamais trouvé ça particulièrement facile, moi non plus. »

Je n'étais pas malheureuse. Chaque soir, à table, mes parents s'intéressaient à ma journée, avec une curiosité sans bornes. La nuit, je parlais à Evie, comme si elle était là, d'abord, à côté de moi dans mon lit tout neuf et propre ; et plus tard en collant mon téléphone à mon oreille, parce que c'était plus crédible. Personne ne riait quand je répondais à une question en classe ou quand je lisais une dissertation à voix haute. J'étais bizarre et tolérée. « Je ne me sens pas seule », dis-je à la Dr K, et c'était la vérité.

Et puis, il y eut le jour où je dévorai Noël.

Mon premier mois de décembre avec les Jameson. Nous avions respecté toutes les traditions familiales. Nous endossions timidement les habits de nos nouvelles vies. Nous étions allés chercher un sapin en ville. Il sentait le froid et était beaucoup, beaucoup trop grand pour le salon. « Il ne rentrera jamais », dis-je à Maman, alors que nous attendions devant la jardinerie pendant que Papa payait. Je trouvais que c'était une dépense inutile et ça me dérangeait.

« Ne t'en fais pas pour ça, me dit Maman. C'est une fois par an. »

Voyant que je continuais à faire la tête, elle ajouta : « On en rira plus tard, je te le promets. »

J'avais tout l'attirail : un CD de chansons de Noël, un calendrier de l'avent et un pull orné de pingouins. Sans oublier, source de scepticisme : une grande chaussette.

« Le père Noël n'existe pas, dis-je.

— Certes, répondit Papa. Mais les cadeaux, si. »

Nous consacrâmes le 24 décembre aux derniers préparatifs. J'emballai les cadeaux à un rythme de tortue, attentive au moindre détail. « Les paquets n'ont pas besoin d'être impeccables, Lex », me dit Maman, mais j'étais bien décidée à ce qu'ils le soient. Des chants de Noël carillonnaient dans la cuisine. Maman s'affairait avec frénésie : toutes les demi-heures, la minuterie du four signalait une nouvelle odeur. Elle nous convoquait pour des tâches aussi étranges que précises : décorer les bonshommes en pain d'épice ou compter les fromages.

Le soir, les odeurs se répandirent dans toute la maison. Allongée dans mon lit, rayonnant des plaisirs de la journée, je repensais à tout ce que nous avions fait, la croûte ondulée des *mince pies*, les bonshommes en pain d'épice, le bac de crème anglaise, constellée de vanille. Mon estomac se souleva, hanté par les fantômes de la faim.

Je levai les bras au-dessus de ma tête. J'étais libre.

D'abord l'escalier, puis la cuisine. La masse du réfrigérateur ressortait dans le noir, plein à craquer. Juste un truc, me dis-je. Un tout petit truc.

Je pris le plateau de fromages sur la clayette du haut et le déposai sur le comptoir. Je défis un petit emballage en papier et détachai un morceau de comté. Mes mains tremblaient. Le goût du fromage se répandit sur ma langue. Déjà, mes doigts défaisaient l'emballage suivant. Je t'en supplie, pensais-je : arrête. C'est une très mauvaise idée. Je mangeais de plus en plus vite, ma faim exigeait de la nouveauté. Le premier placard que j'ouvris abritait le gâteau de Noël, enfermé dans sa boîte en fer joliment décorée. Allons-y. Les bonshommes en pain d'épice se trouvaient juste à côté, alors je les pris eux aussi.

Pendant un quart d'heure, je festoyai dans l'obscurité. Un esprit de Noël affamé qui s'empiffre à la table familiale. J'avais de la nourriture sur le menton et sous les ongles. Un sentiment d'effroi, sourd et implacable, me clouait à table. Lorsque mes parents apparurent sur le seuil de la cuisine, j'envisageais d'attaquer mon plat suivant, grotesque : la dinde potelée et rose ou le pot de brandy butter dans la porte du réfrigérateur.

Dans la lumière de la cuisine, je découvrais les

dégâts. Le gâteau n'était plus qu'un éboulis de fruits confits. Les bonshommes en pain d'épice avaient été massacrés. Les fromages transpiraient sur la table. Le réfrigérateur, resté ouvert, bourdonnait.

Je déglutis.

« Je suis désolée. Je…

— Seigneur, dit Maman. Tout devait être parfait. »

Il y avait sur son visage une chose que je n'avais pas vue depuis longtemps. Un pli autour de sa bouche et entre ses yeux. Papa s'en était aperçu aussi, et il lui prit le bras, si fort qu'elle poussa un petit cri.

« Ne te… », dit-il et elle se tourna vers lui.

Je n'entendis pas ce qu'il lui glissa à l'oreille. Sans lâcher son bras. Lorsqu'elle revint sur moi, l'hideuse grimace avait disparu, ne restait que l'incrédulité. On aurait dit qu'elle allait éclater de rire.

« On pensait que tu cherchais les cadeaux », dit-elle, mais au lieu de rire, elle enfouit son visage dans le cou de Papa et se mit à pleurer.

Si les journées étaient longues, les semaines défilaient. La dernière fois que j'avais parlé à Ethan, il était tendu et ne chercha pas à savoir comment j'allais.

« Tu ne peux pas imaginer les questions auxquelles j'ai dû répondre ces quinze derniers jours. »

J'étais dans ma chambre, un livre à la main. Je l'ouvris et demandai :

« Genre ?

— Est-ce que nous souhaitons être annoncés ? Veut-on que le champagne soit servi avant ou après les confettis ? »

Quelques gouttes de pluie bien nettes constellaient la fenêtre. En bas, Maman rassemblait le linge sale. Le calme d'un dimanche morne.

« Sans oublier la disposition de ces putains de couverts et… »

Il s'interrompit. Puis :

« Tu viens toujours, hein ?

— J'espère. »

Toutes les dispositions avaient été prises. Je me représentais déjà le voyage : le train jusqu'à Londres, puis l'avion pour Athènes, un autre avion ensuite, plus petit, et le trajet en voiture jusqu'à une villa rose située à cinquante mètres de la mer. Et ensuite, Ethan au bout de l'allée centrale d'une église. Heureux de me voir.

« C'est très important pour moi, dit-il, que tu sois là.

— Je te le répète : j'espère. »

Mon dernier après-midi dans ma chambre, je le passai à vider le contenu de mon enfance et à remplir un sac-poubelle avec les déchets. Les lettres et les cadeaux avaient continué à arriver longtemps après l'évasion, même après qu'on avait quitté l'hôpital. Les infirmières les faisaient parvenir au cottage, accompagnés de petits mots ironiques pour se couvrir. À propos d'un ours en peluche d'un mètre de haut : *Nous ne sommes pas sûres que ce soit adapté en termes d'âge.* Ou d'une reproduction, lugubre, de la photo prise sur la plage à Blackpool : *Nous avons pensé que ça te ferait rire.* Ou d'une bouteille de champagne : *On ne sait pas ce qui leur passe par la tête.*

Cette première année, posséder des choses était pour

moi une nouveauté. Sur mon lit s'alignaient des animaux en peluche destinés à des enfants de cinq ou six ans. J'érigeai dans un coin de ma chambre un petit autel pour accueillir les cadeaux que je pouvais ainsi passer en revue chaque jour. J'examinais un T-shirt, un ballon de football ou un livre et les reposais au même endroit. Je disposais les cartes devant la fenêtre, à bonne distance entre la vitre et le bord. *Chère Fille A...*

Même lorsque je pris conscience de l'absurdité de tout cela – le fait que mes camarades d'école sélectionnaient leurs objets personnels, au lieu de s'en remettre à la fascination morbide de quelques inconnus – je ne pus me résoudre à jeter toutes ces choses. Aujourd'hui, en faisant le tri dans ce qu'il restait, j'avais honte. C'étaient des cadeaux de pochettes-surprises, inutiles et incongrus. Des livres d'images, des jeux de société incomplets, des lettres qui m'offraient une multitude de pensées et de prières, sans la moindre idée de ce qui avait été perdu. Dans le lot, il y avait une seule lettre que j'avais attendue, et lorsque je tombai dessus, je décroisai les jambes et rampai jusqu'à mon lit pour m'installer confortablement. Je voulais la savourer.

Chère Lex. J'ai longuement réfléchi à la manière de formuler ce que je voulais te dire. Peut-être que tu ne te souviens pas de moi. J'étais ta professeure à l'école primaire Jasper Street quand tu avais neuf et dix ans. À l'époque, j'étais profondément perturbée par la situation de ta famille. Je pensais que l'éducation et les livres suffiraient peut-être à te sauver... illusions d'une jeune enseignante naïve qui n'a pas conscience d'être totalement dépassée. Pendant des années j'ai regretté de ne pas avoir été capable d'agir, avant et après avoir appris ce qui vous était arrivé, à toi et à tes frères et sœurs. Je regrette infiniment de ne pas avoir fait plus pour t'aider. C'est une chose qui m'accompagnera jusqu'à la fin de mes jours. Tous mes vœux de bonheur, Lex, et – même si les livres ne peuvent pas protéger de tout – j'espère que tu continues à lire.

Je revis Mme Glade, main levée au bout d'un couloir joyeux. Je relus la lettre, encore une fois, et l'ajoutai au contenu du sac noir.

Le dernier dîner. Dans l'après-midi, Papa disparut et revint en brandissant deux bouteilles du même vin rouge.

« Ton préféré, non ? »

Je ne reconnaissais pas l'étiquette, mais j'acquiesçai et sortis le tire-bouchon du tiroir.

« Merci, dis-je.

— À Lex », dit Papa.

Après avoir trinqué tous les trois, nous prîmes place autour de la table. Pour la première fois de mon séjour, nous étions mal à l'aise, et je buvais verre sur verre pour le cacher.

« Je n'ai pas fait assez de légumes, dit Maman. Si ?

— C'est très bien, dis-je.

— Comment s'est passée l'opération nettoyage ?

— J'ai encore rempli quelques sacs. Je les laisserai dans la chambre. Il y a beaucoup plus de place maintenant… vous pourriez l'utiliser.

— Quand tous ces colis sont arrivés, dit Maman, au début, on croyait que ça ne s'arrêterait jamais. » Elle regarda Papa. « La Dr K voulait qu'on jette tout. Tu t'en souviens ?

— Oui. Je m'en souviens, dit-il.

— Je ne voyais pas où était le problème. Enfin, sauf pour les abeilles. »

Cela avait été le premier élément de notre folklore familial. Une énorme boîte triangulaire arriva un jour au moment du petit déjeuner. Le postier la tendait à bout de bras, telle une offrande, et la posa sur le seuil de la porte. Fragile, pouvait-on lire. Ruche. « J'ai jamais vu un truc pareil », dit-il avant de décamper. Nous restâmes plantés là tous les trois, face à cette boîte. Des démineurs en robes de chambre. Les abeilles étaient accompagnées d'un petit mot solennel, écrit à la main, qui me souhaitait bonne chance et se concluait par ces mots : *Nous avons pu constater que les abeilles avaient de grandes vertus thérapeutiques*.

« Thérapeutiques », dit Papa, qui en riait encore.

Un apiculteur du coin avait récupéré la ruche. Heureux qu'on ait pensé à lui.

Nous continuâmes à manger au son des couverts qui tintaient dans les assiettes en porcelaine.

« Il y a une chose dont je dois te parler », dit Papa.

Il posa les mains sur la table, paumes ouvertes, comme s'il allait réciter le bénédicité. Je lui pris la main, Maman prit l'autre.

« Ce mariage, dit-il. Ça nous inquiète, Lex. »

Un réquisitoire, donc. Je lâchai sa main et recommençai à manger.

« Ce n'est pas bon pour toi de les revoir, ajouta Maman. Ce n'est pas ce que pense la Dr K ? On aimerait mieux… que tu rentres à New York. Que tu reprennes le travail, en toute sécurité. Tu ne dois rien à Ethan.

— C'est un mariage en famille. Des vacances. »

Maman se tourna vers Papa, et Papa se tourna vers moi.

« Qu'a dit la Dr K ? »

Cette vieille confiance entre eux, forgée dans des couloirs d'hôpitaux et des pièces sans fenêtres.

« Elle n'est pas inquiète, dis-je.

— Dans ce cas… »

Mes parents regardèrent leurs assiettes vides, comme s'ils attendaient qu'on leur apporte une portion de réconfort.

« Si vous voulez tout savoir, dis-je, j'ai un rencard. »

Olivia et moi prîmes l'avion en milieu de semaine, tôt. À l'aéroport, nous déambulâmes entre WHSmith et Boots, apathiques, les yeux gonflés, en regardant des choses que nous n'avions pas l'intention d'acheter. Nous essayâmes des lunettes de soleil, mais aucun modèle ne pouvait masquer combien je paraissais vieille de si bon matin.

« Champagne ?

— Bonne idée. »

Un de ces bars tout blancs, immondes, était planté au milieu du hall des départs. Quelques homards morts depuis longtemps s'étiolaient sur un lit de glace.

« Tu as vu que le bébé de JP est né ? » dis-je.

Une photo de JP, un paquet blanc dans les bras,

avait été postée en ligne. La mère et l'enfant se portaient bien. Ils l'avaient appelé Atticus. Bien que seule, j'avais levé les yeux au ciel.

« C'est joli, dit Olivia. Non ?

— J'espère que c'est un bébé difficile, dis-je. Un bébé en bonne santé, évidemment, mais difficile.

— Colérique.

— Un putain d'enragé, carrément. »

Elle pouffa dans sa flûte et prit ma main.

Olivia m'avait conseillé de commencer à dépenser de l'argent, alors je louai l'unique décapotable disponible à l'aéroport. C'était exactement comme je l'avais imaginé enfant, avec un bouton qui commandait l'ouverture du toit. En voyant la voiture, Olivia éclata de rire, et elle ne cessa de rire pendant le trajet, en agrippant ses lunettes de soleil, son sac et ses cheveux.

Des marches pavées menaient à la villa rose avec sa véranda et ses volets, les lézards qui grimpaient aux murs en un éclair. La seule colline de l'île se dressait au loin. Le jardin, ombragé par un énorme figuier, allait rétrécissant jusqu'à des buissons de fleurs sauvages et des pins. En contrebas, il y avait une crique et l'océan. Laissant nos bagages sous la véranda, nous nous empressâmes de descendre sur la plage, incapables de dire un mot. Le silence était si profond qu'on avait l'impression d'être écoutées. Une jetée de fortune, aux planches glissantes et fendues, se balançait sur les flots, et dans l'ombre de la crique se trouvait une barque rudimentaire, retournée. Sans ses rames. Il y avait quelque chose d'improbable dans ces objets banals et isolés.

Olivia s'assit sur les galets, ôta ses chaussures, ses chaussettes et son jean.

« Viens, dit-elle. C'est trop bon, on ne peut pas attendre. »

Nous marchâmes jusqu'à la mer d'un pas chancelant, main dans la main, et pénétrâmes dans l'eau peu profonde. Nos pieds étaient d'albâtre sous la surface. Des bancs de petits poissons transparents grouillaient entre nous, aussi ordonnés qu'un vol d'étourneaux.

Le premier soir, couchée dans un lit inconnu, sur des oreillers inconfortables, je reçus un mail de Bill. Ils acceptent de financer, disait-il.

Je demeurai allongée de longues minutes, à lire et relire le message. Le martèlement joyeux dans mon corps était trop bruyant pour cette chambre. Olivia dormait déjà et je ne pouvais pas parler aux personnes auxquelles j'aurais aimé annoncer la nouvelle. À pas feutrés, je me rendis dans la cuisine, me servis un verre de vin et l'emportai sous la véranda. La nuit était douce et argentée. Je levai mon verre, à personne en particulier.

Bientôt, un rideau d'échafaudages entourerait le 11 Moor Woods Road, et derrière, la maison se métamorphoserait.

Les pièces sont pleines de gens qui transportent des outils électriques et des Thermos. Ils déblaient tous les étages et le jardin. Ils libèrent les vieux murs du poids du premier étage avant de les abattre. Ils plaisantent à propos de tout ce qu'ils trouvent dans le jardin, mais seulement en pleine journée. Christopher visite le chantier, en cachemire et gilet fluo. Personne ne veut récupérer les rebuts, pas même pour la ferraille. Ils enduisent les murs au début de l'année puis laissent la maison sécher. Ils installent les fenêtres, les éclairages, les prises, les interrupteurs. Ils fixent les portes et meublent les pièces. Pour finir, ils s'attaquent à la décoration. Dans la bibliothèque, un artiste du coin peint une fille et un garçon qui se donnent la main, grandeur nature. Ils courent, comme s'ils allaient sortir du mur. Le garçon a sept ou huit ans et la fille est déjà adolescente. Un âge qu'ils n'ont jamais atteint. Ils partagent un sourire complice.

Nous vécûmes trois jours de célébration. Sans nous presser, sans rien prévoir, et souvent ivres. Je courais le matin lorsque la lumière était encore fraîche et neuve. Nous allions nous baigner avant le déjeuner. Olivia nageait très loin, au-delà de la crique, au large, jusqu'à ce que son corps se fonde dans la mer et le soleil. Pour ma part, je m'arrêtais lorsque la surface me coupait la gorge et je restais là à gigoter de manière disgracieuse, écoutant le bruit de ma respiration et le clapotis. Je scrutais la plage et les rochers au-dessus. Toute l'île était constellée de criques secrètes et de bosquets d'oliviers. Dans ce décor, vous pouviez croire aux mythes. Vous pouviez croire à n'importe quoi. Je regagnais la plage et marchais sur les galets, en laissant une traînée d'eau salée.

C'était le genre de bonheur que l'on essayait de préserver en vue des jours plus difficiles. J'étais redevenue blonde : Ethan approuvera, pensais-je. Nous passions nos après-midi à boire et à préparer des dîners extravagants : un plat de poisson, un plat de viande. Du fromage. Nous restions assises sous la véranda jusque tard dans la nuit, à bavarder ou à lire. Olivia ne m'interrogea pas sur ce qu'il s'était passé durant l'été, et je n'en parlai pas.

« Quand on sera vieilles, dit-elle, on pourrait acheter une *taverna*.

— Sans clients, alors.

— Mon Dieu non.

— On renverra les gens, dis-je, même quand il n'y aura pas un chat.

— "Vous avez réservé ?" »

La veille du mariage, je fus réveillée par des voix provenant de la crique. Une intrusion. Les vestiges d'un rêve peut-être. Je me levai et marchai jusqu'à l'extrémité du jardin, une tasse de café à la main. Un yacht avait jeté l'ancre dans la baie, à une cinquantaine de mètres de la côte, et le canot pneumatique était déjà sur la plage. Un homme s'élança de la jetée, exécuta un saut périlleux et transperça la surface de l'eau. Quand il réapparut, il cria quelque chose au groupe resté à bord pour le petit déjeuner. Des Anglais. J'éprouvai une déception amère. La magie était brisée. Les invités venaient d'arriver.

Ce soir-là, je gardai Olivia sous la véranda le plus longtemps possible. Après minuit, alors que la musique provenant du yacht s'était tue, jusqu'à la deuxième, puis la troisième bouteille.

« Je me retire », déclara-t-elle aux alentours de deux heures du matin, paumes levées dans une posture de défense. « Et je te conseille fortement d'en faire autant. »

Elle revint peu de temps après, avec sa brosse à dents dans la bouche.

« Tu sais, dit-elle, tu n'es pas obligée d'assister à ce stupide mariage.

— Bonne nuit, Olivia.

— Va te coucher, Lex. »

Impossible de dormir. Je débarrassai la table. Pris une douche. Ouvris la fenêtre de ma chambre et m'allongeai sur les draps pour sonder la nuit. J'étais trop ivre pour lire. Le silence de la maison s'étendait de tous les côtés, jusqu'à l'océan et jusqu'à la route, jusqu'à Delilah et Ethan, seuls dans des chambres louées, jusqu'au village et aux lieux de réjouissances qui attendaient. On avait l'impression que tout le monde sur l'île dormait. Pour m'occuper, je suspendis ma tenue de mariage à la porte de la chambre et contemplai les vêtements vides, comme s'ils pouvaient me distraire. Blazer croisé et pantalon large. Couleur flamant rose.

Qu'ils regardent.

N'ayant plus rien à faire, je pensai à des choses de trois heures du matin. Ma dernière conversation avec la Dr K, lorsque je lui avais confié que j'avais hâte d'atterrir à New York. Le réquisitoire de mes parents à la table de la cuisine, et la dispute à plusieurs strates qui y avait sans doute conduit. Ce que j'avais dit à Delilah. Non pas au Romilly, mais la fois précédente.

Lors de notre ultime et misérable réunion familiale. Chaque séance avait lieu dans une sorte de centre, doté d'objets brillants, bien en évidence, destinés à nous distraire. Après une discussion dirigée et un exercice collectif, c'était le moment du Temps Libre. Ethan révisait, une main sur le front, un crayon coincé derrière l'oreille. Gabriel était concentré sur sa PlayStation : un rat bipède tentait d'échapper à un rocher qui l'écrasait à chaque tentative, immanquablement. Je battais Delilah au Scrabble.

« Elle est comment ta maison ? me demanda-t-elle.

— Quoi ?

— Ta maison. Là où tu vis.

— C'est bien. Très bien. » Je réfléchis. « J'ai ma chambre à moi. »

Delilah ricana. Elle regardait ses lettres d'un air dégoûté.

« Tout le monde a sa chambre. Et tes parents ? Ils sont sévères ?

— Comment ça ?

— Moi, je peux faire ce que je veux. Et toi ?

— Ça dépend.

— Ça dépend ? »

Elle m'observait, tout son corps était figé. Enroulé comme un ressort. Je me replongeai dans mon jeu.

« Je les ai vus quand ils t'ont amenée, dit Delilah. Les gens qui t'ont adoptée. »

Je levai la tête.

« Ils ont l'air vieux », dit-elle.

Je pensai à Maman et à Papa qui m'avaient accompagnée dans le train pour Londres ce matin, avec des sandwichs faits maison et deux exemplaires du même journal. Je portais une robe neuve que j'avais choisie avec Maman, longuement, exprès pour cette réunion, et qui avait commencé à me gratter dès que nous avions quitté la maison.

Delilah portait un jean déchiré et un sweatshirt à capuche.

« C'est ce qui arrive, j'imagine, quand on est la dernière qui reste. »

J'agrippai le bord du plateau de Scrabble et le projetai dans sa direction. Il la manqua et se plia en deux sur le sol. Des lettres s'éparpillèrent à travers la pièce. Quelques-unes rebondirent sur son visage et retombèrent – quelle déception – sur ses genoux.

« Comment tu as fait pour survivre ? lançai-je d'une voix qui résonnait de manière gênante dans cette petite pièce en plastique. Quand… »

Des portes s'ouvrirent, des mains s'emparèrent de nous. Delilah était blessée à cet instant. Elle passa sa main sur ses lèvres pour voir si elle saignait. Comme si je l'avais frappée.

« Tu aurais mieux fait de mourir là-bas », dis-je.

Je me mis à appeler Evie. Ébranlée par son absence entre ces murs. Dans chaque famille, vous avez des alliés, et j'avais perdu la mienne. Malgré tous mes efforts, j'étais seule et honteuse, j'avais des parents vieux et une robe bon marché. Je l'appelai comme dans les premiers temps à l'hôpital, comme si elle m'attendait derrière ces fenêtres. Delilah s'accrochait à une assistante maternelle et Ethan à son bureau. Ils comprirent lentement, au cours des nuits qui suivirent. Je l'appelai comme vous appelez quelqu'un que vous vous attendez à voir arriver.

Une file de voitures serpentait jusqu'à l'église. En chemin, nous avions vu des pancartes – *Mariage dans trois kilomètres ! Dernier kilomètre avant la cérémonie !* –, et Olivia s'était tournée vers moi, pince-sans-rire, pour me demander si j'étais sûre d'avoir pris la bonne route. Nous nous joignîmes à la procession, coincées entre une Bugatti et un taxi poussiéreux, qui roulait au pas en direction de la place.

De la route à l'église s'étendait un auvent de fleurs et un tapis violet recouvrait les pavés. Je passai en revue les invités qui attendaient par petits groupes, éclatants et beaux, en se photographiant mutuellement. Je ne connaissais personne, bien évidemment.

« Je t'attendrai », me dit Olivia, et je descendis de voiture avant de pouvoir changer d'avis.

J'avais réfléchi à la manière dont j'allais accueillir Ethan. À l'entrée de l'église, la lumière était moins forte et il fut la première chose que je vis dans l'ombre, smoking et sincérité, face à des gens qui faisaient la queue pour capter son attention. Il ne semblait pas nerveux. L'homme à qui il s'adressait hochait la tête, riait, hochait la tête à nouveau. Je passai devant eux, me glissai sur un banc vide et affichai un sourire aimable. Au fond de l'église, le Christ m'observait avec ses bras levés, dubitatif. L'air de dire : *Oh, je t'en prie.*

La Dr K et moi parlions parfois de religion. « Qu'est-ce que tu en penses ? » C'était toujours la même question, quel que soit le sujet.

« De quoi ?

— Dieu. Par exemple. »

Je ris.

« Je suis sceptique.

— Pas en colère ?

— À quoi bon ? »

Silence.

« C'était pas vraiment sa faute, dis-je. Si ?

— Ça dépend à qui tu demandes.

— Non, je ne crois pas. »

On ferma les portes de l'église. Ethan prit place au bout de l'allée. Seul. Le prêtre était là.

Je joignis les mains. Tout va bien, me dis-je. Ma prière habituelle : Je ne t'en veux pas. Dans le silence, avant que le prêtre prenne la parole, je levai les yeux. Par-dessus les têtes inclinées et les chapeaux, Ethan m'observait.

Après le lancer de confettis, nous envahîmes les rues du village, jusqu'à l'hôtel. Sous un enchevêtrement de câbles et de lierre. Des inconnus perchés sur des balcons précaires nous saluaient. Le soleil brillait entre les maisons et les ombres s'allongeaient.

Je trouvai Delilah dans les jardins en escalier de l'hôtel. Il y avait d'abord une terrasse où des tables avaient été dressées pour le dîner, puis une pelouse avec une piscine et ensuite un campement de tipis, jusqu'aux murs du village. Delilah était assise tout en bas avec un verre d'eau et une cigarette, vêtue d'une robe noire qui laissait voir les ondulations de sa colonne vertébrale.

« C'était magnifique, hein ? dit-elle.

— J'étais très émue, répondis-je en m'asseyant à côté d'elle.

— Tu sais quoi ? Je me dis qu'ils se marient peut-être par amour.

— Par opposition à quoi ?

— Oh, toutes sortes de choses. Tu crois que ça durera ?

— Aussi longtemps qu'Ethan en tirera profit, je suppose. Tu as vu où sont les bouteilles ?

— Ils les planquent dans la pièce à côté des toilettes. Va me chercher un verre, tu veux bien ? »

En chemin, je passai devant Peggy et Tony Granger assis à une table, à l'ombre, avec de la crème solaire et leurs fils anonymes. Peggy se servait du programme de la cérémonie pour s'éventer. Je soupçonnais Ethan de les avoir invités non pas parce qu'il appréciait leur compagnie – ils n'étaient pas assez importants pour cela –, mais pour exhiber la magnificence de son existence. Peggy me jeta un regard et lorsque je lui souris, de manière appuyée, elle tourna la tête. Je pris quatre verres de champagne et rejoignis Delilah.

« Tu as vu que tante Peggy était là ? » demandai-je.

Elle leva les yeux au ciel.

« Tu as lu son livre ?

— Allons, Lex. Tu sais bien que je ne lis pas. Et si je devais m'y mettre, je commencerais par autre chose.

— Elle a fait tout ce qu'elle pouvait pour nous sauver. »

Delilah éclata de rire.

« Mon cul.

— Comment va Gabriel ?

— Il ne s'est pas encore suicidé.

— C'est bien.

— Oui. On peut dire ça. »

Elle posa son verre sur le muret – le champage s'inclina jusqu'au bord – et regarda de l'autre côté.

« Tu as dû y penser, dit-elle.

— Tout le temps.

— Figure-toi que j'ai passé des heures à chercher dans la Bible un passage qui l'interdisait. Une chose à laquelle il pourrait s'accrocher. Et qu'est-ce que j'ai trouvé ? Que dalle. »

Nous bûmes en silence.

« Delilah ?

— Oui ?

— Compte tenu de tout ce que tu as fait pour Gabe… je regrette ce que j'ai dit. La dernière fois qu'on s'est tous retrouvés. C'était affreux de dire ça.

— C'était plutôt excessif, je le reconnais. Mais tu ne m'as jamais beaucoup aimée, Lex. Pas la peine de commencer maintenant. »

J'attendis, en n'ayant plus rien à boire.

« C'est pas grave, dit-elle. En vérité, si je voulais être cynique, j'ai tout intérêt à croire au pardon.

— Hein ? »

Elle attaqua un autre verre et une autre cigarette. Tous les vices réunis.

« Un jour, tu m'as demandé si on avait essayé de s'échapper, Gabe et moi.

— Je vous ai entendus. Une nuit… peu de temps avant la fin.

— Non, on n'essayait pas de s'échapper, Lex. Mais je comprends pourquoi tu aimerais croire ça. Qu'on ne pouvait plus le supporter… comme toi. Hélas, ce n'est pas la réalité. Gabe et moi… on mourait d'ennui. Alors, je nous inventais des missions, pour nous distraire. Tu connais Gabriel : il faisait absolument tout ce que je lui disais. Des trucs idiots. Nous libérer de nos liens. Qui était capable de descendre le plus bas dans l'escalier ? Ce genre de choses.

» Et ce jour-là, j'ai décrété que c'était mon anniversaire. Non fêté, évidemment. Oublié. Depuis Noël, j'essayais de compter les jours et je ne devais pas être très loin. En tout cas, c'était une de ces journées où les odeurs de gâteaux flottaient dans la maison. Tu sais de quoi je parle. Je ne suis pas gourmande, et je ne l'étais pas non plus à l'époque… mais ces journées pouvaient paraître interminables. Alors, j'ai suggéré à Gabe que, peut-être, il pourrait m'offrir un cadeau. Pas sérieusement, évidemment. Je m'attendais à ce qu'il m'envoie sur les roses.

— Il n'aurait jamais fait ça.

— Bref, voilà que je lui parle de cadeaux, de bougies, en disant que c'est le pire anniversaire de tous les temps. Et ce jour-là, nos liens ne sont pas très serrés. Je le vois se lever et sortir dans le couloir, avec son petit sourire – tu t'en souviens –, comme s'il était le champion du monde.

» Je me disais qu'il ne risquait rien, je pense. Père dormait. Mère était avec les petits, dans leur chambre. Alors, je m'allonge par terre et je le regarde descendre l'escalier. Plus bas qu'on n'était jamais descendus. Arrivé en bas, il se retourne vers moi, toujours en souriant. Et là, sincèrement, Lex, je me souviens d'avoir pensé : il en est capable.

» Il est dans la cuisine maintenant et moi, allongée sur le plancher, je fais le guet, j'attends qu'il revienne. Je le vois réapparaître avec deux énormes parts de gâteau au citron, vraiment énormes. Et là, je me dis : Gabe, impossible de cacher ça. Mais on ne pouvait pas faire machine arrière. Je l'encourageais à remonter rapidement ; et une fois qu'il serait revenu dans la chambre, on réfléchirait. On trouverait un plan. Hélas, arrivé à l'avant-dernière marche – parce qu'il y voyait que dalle, évidemment –, il a trébuché. Il y avait du gâteau au citron partout. Et Gabe était étalé de tout son long. Et devine qui ouvre sa porte ? »

Elle se retourna vers Ethan, en train de contempler Ana avec une dévotion calculée, conformément aux recommandations du photographe.

« Je pensais qu'il allait nous aider, dit-elle. Durant les premières secondes, je l'ai vraiment cru.

— Et en fait, non ?

— Oh, Lex. Tu connais la réponse. C'est une des raisons pour lesquelles j'ai accepté de venir aujourd'hui. Je pensais que j'étais peut-être prête à lui pardonner. »

Elle dut s'arrêter avant de poursuivre. C'était la partie de l'histoire qu'elle ne pouvait pas rendre comique.

« Gabe n'a jamais parlé de mon anniversaire. Ça a duré toute la soirée et il n'en a pas parlé une seule fois. Père m'a obligée à me retourner – pour me protéger, j'imagine – et j'ai obéi. Mais j'entendais. À partir de ce jour, il n'a plus jamais été le même. Les crises ont commencé. C'était le plus adorable des petits garçons, et ça l'a tué. »

Je songeais aux bruits que j'avais entendus, jusque dans le couloir. Et j'imaginais l'effet que ça devait produire dans cette petite pièce obscure, le nez collé au mur. Là-bas, en plein soleil, Ethan rassemblait la famille d'Ana pour la photo. Les petites demoiselles d'honneur se battaient pour être dans ses bras. Il souleva l'une d'elles du sol et la leva au-dessus de sa tête. Elle poussait des cris stridents.

« Il était là lui aussi ? demandai-je. Toute la nuit ?

— Allons, Lex », répondit Delilah et pendant un long moment, je fus incapable de la regarder, sachant que la réponse était déjà là, sur son visage. « Qui le tenait, à ton avis ? »

Ana insista pour que nous fassions une photo de famille nous aussi. Elle nous adressa de grands signes de la main, qu'on ne pouvait pas ignorer. Delilah et moi échangeâmes un regard.

« Je crois que ce n'est pas facultatif », dis-je.

Munies de nos verres, nous marchâmes jusqu'à la piscine, qu'une arche fleurie séparait de la pelouse. J'abaissai mes lunettes noires devant mes yeux. Nous attendîmes que la famille d'Ana ait terminé : ils avaient été séparés en deux rangées, la première étant agenouillée devant. Les petites demoiselles d'honneur étaient ravies de s'asseoir dans la poussière. « Maintenant, une photo rigolote », dit le photographe et Ethan allongea Ana sur son genou pour l'embrasser, sous les acclamations de sa famille.

Puis vint notre tour. Delilah se plaça à côté d'Ana et je me mis à côté d'Ethan. Le poids de son bras sur mon épaule m'écrasait, comme un monde miniature. « Vous êtes tous là ? » demanda le photographe, et Ethan hocha la tête : Oui, on est tous là.

Au dîner, je fus placée entre Delilah et le mari d'une des demoiselles d'honneur. Il portait une queue-de-pie noire, et dès qu'il eut repéré le carton avec son nom, il prit une serviette dans un verre, à une autre place, pour s'éponger le visage.

« Eh bien, les filles, dit-il, qui vous connaissez ici ?

— Ana », répondit Delilah.

Elle me pinça le genou sous la table.

« On est de vieilles amies, ajouta-t-elle. Je l'ai connue à la galerie.

— Oh, des artistes alors. »

Il nous servit trois grands verres de vin. Je me demandais si Ethan dînait souvent avec ce genre d'individus. Les supportait-il en se moquant d'eux subtilement ou avait-il fini par apprécier leur compagnie ? Ana et lui déambulaient entre les tables, main dans la main, obnubilés l'un par l'autre, et notre compagnon de table se pencha en avant avec des airs de conspirateurs.

« Vous le connaissez bien ? demanda-t-il, après les applaudissements. En dehors de ce que tout le monde sait.

— Ce que tout le monde sait ? »

Il déglutit.

« Vous n'êtes pas au courant ? L'histoire de la maltraitance sur enfants. »

Il s'interrompit, attendant qu'on percute.

« Ça a fait du bruit à l'époque. Un truc énorme. Ça remonte à loin. Les parents traitaient leurs enfants comme des animaux. Dans des cages, sans manger. Pendant des années. Quelque part dans le nord, évidemment. Eh bien… je n'invente rien… c'était un des gamins.

— C'est un peu sinistre comme histoire, dit Delilah. Pour un mariage.

— Rien que d'y penser, je me sens mal, ajoutai-je.

— Vous imaginez les conséquences sur un être humain ? dit Delilah.

— Exactement, dit-il. Comment faire confiance à quelqu'un comme ça ?

— Vous pouvez me passer le pain ? demandai-je.

— Et les autres, que sont-ils devenus ? interrogea Delilah.

— Dieu seul le sait. Une vie entière d'analyse. Je crois bien que quelques-uns sont morts.

— Juste quelques-uns », dit Delilah en se tournant vers moi et en haussant les épaules.

« Vous faites quoi dans la vie ? demandai-je.

— Je travaille dans la finance, répondit-il comme si, quel que soit son métier, je ne pouvais pas comprendre.

— Moi, je suis avocate.

— Une bonne avocate ? »

J'avais commencé à manger. Delilah se pencha devant moi.

« La meilleure », dit-elle et la conversation en resta là.

La piste de danse avait été installée en bas du jardin, là où Delilah et moi avions bu du champagne avant le dîner. Les différentes générations de la famille d'Ana bougeaient en rythme. Les petites demoiselles d'honneur couraient entre les danseurs ou se roulaient dans l'herbe en essayant de s'attraper par leurs robes. Quelqu'un avait poussé Ethan dans la piscine et il était le centre de l'attention maintenant, les cheveux mouillés, le nœud papillon défait, dégoulinant sur la piste de danse. Je me repliai sur moi-même, je le sentais. Je devenais plus triste, plus molle. C'était à cause de la danse.

Delilah se laissa tomber sur la chaise d'à côté.

« Qu'est-ce qui ne va pas ?

— Rien, dis-je.

— J'avais l'impression que tu cherchais quelqu'un.

— Non. Je regarde, c'est tout. »

Elle ferma les yeux.

« Toujours en train de regarder. Et si tu dansais plutôt ? »

Elle posa sa tête sur mon épaule.

« Cet homme, au dîner, dit-elle. À qui il te faisait penser ? »

Le type en question se tenait un peu à l'écart ; il discutait avec une fille dont la robe paraissait plus cheap que toutes les autres. La tête inclinée sur le côté, elle semblait hésiter entre l'admiration et le mépris.

« À Père, dis-je.

— C'est ça le problème, tu vois. Le monde en est plein. »

Elle se leva en titubant et je lui offris ma main pour l'aider à se stabiliser. Elle alluma une cigarette, leva son verre et recula, tout en éclatant de rire, les mains tendues vers moi. Je la regardai danser, amusée par sa conduite absurde, et la manière dont les gens s'écartaient sur son chemin. À la fin de la chanson, elle se retourna vers moi et forma un cœur avec ses index et ses pouces. Amour. C'était tout Delilah : elle se convertissait sans peine aux exigences de la noce.

À deux heures du matin, j'allai récupérer mon blazer et mon sac à main. Le calme régnait sur la piste de danse ; les derniers invités étaient assis par petits groupes dans le jardin, ou bien ils buvaient du vin au goulot sur la terrasse. Je trouvai Ana allongée à l'intérieur d'un tipi, en train de partager un Magnum avec une demoiselle d'honneur.

« Où est Ethan ? demandai-je et elle haussa les épaules.

— Approche », dit-elle en tendant les bras comme une enfant qui veut qu'on la prenne. Je me penchai au-dessus d'elle, mon visage dans ses cheveux, et dans cette position propice aux secrets, elle me dit :

« C'était une belle journée.

— Oui. Vraiment.

— Je suis désolée. Pour la dernière fois…

— Il n'y a pas de raison.

— Hé ! s'exclama-t-elle comme si ce souvenir venait de refaire surface. Au dîner… Delilah et toi, vous vous êtes fait passer pour quelqu'un d'autre ? »

Quand elle arrêta de rire, elle m'embrassa sur les deux joues.

« Envoie-moi Ethan », dit-elle et je hochai la tête.

Juste avant de repartir, je me retournai vers elle.

« La prochaine fois qu'on se verra, dis-je, pas ce soir, évidemment… il faudrait qu'on se parle. »

Je m'éloignai à reculons, les mains dans les poches.

« Il faudrait qu'on parle de Gabriel, dis-je. Il va mieux. Il te plairait, je pense. »

Ethan n'était pas dans le jardin, ni dans le hall de l'hôtel. Je demandai à un taxi de venir me chercher sur la place du village et marchai dans les rues sombres et silencieuses. Quelques invités égarés se tortillaient dans l'encadrement d'une porte et une fille trébucha devant moi, en direction de l'hôtel. Les volets des maisons étaient fermés, mais ici et là, j'apercevais dans l'entrebâillement les lumières des téléviseurs et les visages des gens assis devant. Je boutonnai mon blazer et marchai face au vent. Dans une semaine, les avions cesseraient de voler. Ce serait la fin de la saison.

Je trouvai Ethan sur la place, à la porte de l'église. Il contemplait l'allée centrale, en tenant un verre qui contenait un liquide ambré. Je gravis les quelques marches pour le rejoindre. Du seuil, je voyais derrière nous le scintillement des icônes qui attendaient dans le noir.

« Ana te cherche, dis-je.

— Lex. On n'a pas eu le temps de se parler, hein ?

— Il paraît que c'est toujours comme ça dans un mariage.

— Dans l'ensemble, j'aurais préféré parler avec toi. »

Le vent s'engouffrait entre les battants de la porte et à l'intérieur de l'église quelque chose tomba.

« Je m'en vais. Je voulais juste te dire au revoir. »

Il posa ses mains sur mes épaules. Il semblait chercher ce qu'il pourrait dire, la phrase idéale, qui lui échappait.

« Félicitations, ajoutai-je. Encore une fois. Je rentre à New York. On ne se reverra pas avant longtemps, je pense. »

Je pris ses mains et les repoussai.

« Ne fous pas tout en l'air », dis-je.

Olivia m'attendait, comme elle l'avait promis. Elle lisait sous la véranda, assise dans un fauteuil en plastique blanc, les pieds sur la table. Des papillons de nuit grésillaient autour de la lumière au-dessus de sa tête. Il y avait un verre rouillé sur la table et une bouteille de vin rouge vide.

« Je voulais t'en garder, dit-elle, mais tu rentres plus tard que prévu. »

Je tirai un fauteuil et m'y laissai tomber. Je posai les pieds sur la table, à côté des siens.

« Alors, c'était comment ? » demanda-t-elle.

Elle prit ma main et je me laissai faire.

« Bien.

— Bonne bouffe ? Bon vin ?

— Ouais.

— On pourra en parler une autre fois, si tu préfères.

— Oui, je préfère. »

Elle prit son livre sur la table et se mit à lire. Au bout d'un moment, elle le reposa et me regarda par-dessus son verre.

« Tu me raconteras tout ?

— Oui. Tout. »

Au matin, je me réveillai frigorifiée et confuse, tordue sur le matelas que nous avions sorti sous la véranda. Un désir de voir la mer lorsque j'ouvrirais les yeux. Sur le coup, ça m'avait semblé être une bonne idée.

J'entendais un moteur. La valise d'Olivia attendait près de la porte. Elle descendit l'escalier les bras chargés de vêtements, les yeux cernés, la démarche hésitante.

« C'est pas idéal, dit-elle en me voyant. On aurait dû rester un jour de plus.

— Un an de plus même. »

Nous parlions tout bas, comme on le fait à l'aube. Elle fourra les dernières affaires dans sa valise, força sur la fermeture Éclair et afficha un grand sourire. « Bordel de merde. » Elle me prit dans ses bras et embrassa mes cheveux, puis la valise se retrouva dans sa main et elle sortit dans la lumière du matin.

Mon avion décollait en milieu d'après-midi et je n'avais plus grand-chose à faire. J'ôtai mon ensemble rose et errai d'une pièce à l'autre en soulevant au passage les jolis bibelots. Une vieille pierre servant de presse-papier sur une table de chevet. Une barque miniature, peinte à la main, dans les mêmes couleurs que celle échouée dans la crique. Nous avions ouvert toutes les fenêtres et le bruit des vagues se répandait dans la maison. C'était la première fois que je me retrouvais seule depuis de nombreuses semaines.

Sous la douche, je pensai à New York. Je pensai au dîner ChromoClick, et à la tenue que je porterais, assise face à Jake. Je pensai à mon nouveau psy et à tout le travail que nous devions encore accomplir. Je savais que la Dr K était désireuse de m'aider, et qu'elle comptait sur moi pour m'aider moi-même : il était prévu que l'on s'appelle dès que j'aurais atterri. Je n'étais pas encore réhabilitée. C'était l'expression qu'elle avait employée. Nous étions assises devant notre café, quelques jours avant mon départ, et elle cherchait une carte de visite dans son sac. Alors que j'avais déjà toutes ses coordonnées. Depuis des années.

« Et si ça prend une éternité ? demandai-je.

— Tant pis », répondit-elle et, quand elle se releva,

elle me regarda avec dans les yeux la seule chose qui avait toujours été là. Aussi intense que la toute première fois. La fierté.

Je m'habillai tout en blanc et, après avoir déposé ma valise dans la voiture, je descendis dans le jardin. Les branches des arbres dansaient dans la brise comme quelqu'un qui se réveille. Le yacht avait quitté la crique et la mer, tranquille maintenant, somnolait au soleil ; transparente près des galets, d'un bleu plus profond, brillant, vers le large. Le chant des cigales emplissait l'après-midi.

Les derniers instants. C'est ici que je viendrais, songeai-je, pour tourner le dos à la tristesse de la ville.

Je protégeai mes yeux avec ma main.

Quelqu'un approchait sur la plage.

Elle marchait vers l'eau d'un pas décidé. Les mouvements de ses tendons, de ses muscles, de ses os. Sa peau chauffée par le soleil. Telle que je l'avais toujours imaginée.

Je me frayai un chemin entre les arbres pour atteindre la crique. Les aiguilles de pin se collaient sous mes pieds. Je compris qu'il était inutile de courir. Elle m'attendrait. Je savais exactement à quoi ressemblerait son sourire. Nous sommes arrivées jusqu'ici, dirait-elle. Après tout ce temps.

J'émergeai en plein soleil et criai son nom. Elle se trouvait au bord de l'eau maintenant, face au large. Elle se retourna vers moi et leva la main, pour me faire signe d'approcher ou me dire au revoir.

REMERCIEMENTS

Merci à ma magnifique agente et amie, Juliet Mushens. Je n'imagine pas ce voyage fou sans toi. Merci également à la fabuleuse Liza DeBlock, pour toute sa magie pragmatique.

Je suis reconnaissante à tous les co-agents et éditeurs qui ont soutenu ce livre.

Des remerciements particuliers à Phoebe Morgan et Laura Tisdel, pour votre perspicacité, votre intelligence et votre humour. Ce livre ne serait pas ce qu'il est sans vous. Merci également à Julia Wisdom et à la merveilleuse équipe de choc de chez HarperFiction, et à toute l'équipe de chez Viking aux États-Unis, pour votre créativité et votre soutien extraordinaires.

Je suis extrêmement reconnaissante à mes collègues, anciens et nouveaux, pour leurs encouragements et leur compréhension.

Merci aux nombreux enseignants qui m'ont poussée à continuer à écrire. Et notamment M. Howson, et son département d'anglais, qui m'ont témoigné une bonté sans limites lorsque j'en avais le plus besoin.

Merci à mes amis et à ma famille, tous merveilleux. Merci à Lesley et Kate Gleave, à la famille Trinick. Merci à Anna Bond, Marina Wood et Jen Lear, pour ce temps passé à parler de livres. Merci à Will Parker, Anna Pickard, Elizabeth et Paul Edwards, James Kemp, Tom Pascoe, Sarah Rodin, Naomi Deakin, Sophie et Jim Roberts, et Rachel Edmunds, qui ont partagé l'excitation des débuts.

Merci à Gigi Woolstencroft, qui a cru en ce livre bien avant moi.

Merci, particulièrement, à Paul Smith, Rachel Kerr, Matthew Williamson et Ruth Steer pour toutes ces années de rire et d'amour.

Merci à mes parents, Ruth et Richard Dean qui ont rempli notre maison d'histoires et qui ont toujours, toujours, été là pour moi.

Merci enfin, et tout mon amour, à Richard Trinick, mon plus grand supporter et mon adversaire le plus coriace, qui n'a jamais cessé de croire.

PAPIER CERTIFIÉ

Le Livre de Poche s'engage pour l'environnement en réduisant l'empreinte carbone de ses livres. Celle de cet exemplaire est de :
450 g éq. CO_2
Rendez-vous sur
www.livredepoche-durable.fr

Composition réalisée par NORD COMPO

Achevé d'imprimer en septembre 2023 en Espagne par
BLACKPRINT
Dépôt légal 1re publication : octobre 2023
LIBRAIRIE GÉNÉRALE FRANÇAISE
21, rue du Montparnasse – 75298 Paris Cedex 06

37/7114/3